U0772865

柳鸣九散文随笔手迹

柳鸣九 / 著

海天出版社（中国·深圳）

图书在版编目（CIP）数据

柳鸣九散文随笔手迹 / 柳鸣九著. — 深圳：海天出版社，2018.7

ISBN 978-7-5507-2436-5

Ⅰ. ①柳… Ⅱ. ①柳… Ⅲ. ①散文集—中国—当代 Ⅳ. ①I267

中国版本图书馆CIP数据核字（2018）第132256号

柳鸣九散文随笔手迹

LIUMINGJIU SANWEN SUIBI SHOUJI

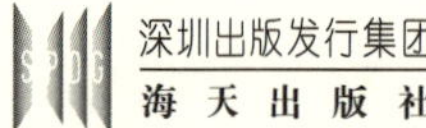

出 品 人 聂雄前
策划编辑 韩海彬
责任编辑 韩海彬
责任技编 蔡梅琴
装帧设计 Smart 深圳斯迈德设计 0755-83144228

出版发行 海天出版社
地 址 深圳市彩田南路海天大厦（518033）
网 址 www.htph.com.cn
订购电话 0755-83460397（批发） 0755-83460397（邮购）
印 刷 深圳市新联美术印刷有限公司
开 本 889mm×1194mm 1/16
印 张 14.5
字 数 250千
版 次 2018年7月第1版
印 次 2018年7月第1次
定 价 128.00元

出版说明

著名学者、翻译家、文艺理论家柳鸣九先生是与本社长期友好合作的重要作者。

由柳鸣九先生所著、我社出版的《柳鸣九文集》项目，被列入“广东省原创精品出版资金扶持项目”，并获得“深圳市文化创意产业发展资金”专项支持，具有重大的文化积累意义和学术价值。该文集收集了柳鸣九先生的主要作品，共计15卷，包含文学理论批评、文学史、文化散文随笔、翻译四大部分内容，约有600万字。

16×15＝240　　第　页

柳鸣九先生担任主编的“本色文丛”出版后，好评如潮。在约稿时，作为主编，他亲力亲为，费心劳力，以“有作家文笔的学者”与“有学者底蕴的作家”作为约稿对象，并力图弘扬知性散文、文化散文、学识散文。柳鸣老所倡导的“学者散文”广受赞誉，“本色文丛”散文随笔系列（第三辑）获2016年度全国城市出版社优秀图书一等奖。

在柳先生的任劳擘画下，伴随“本色文丛”出版工作的推进，屠岸、刘再复、高莽、蓝英年、叶廷芳、许渊冲、谢冕、王春瑜、刘心武、邵燕祥等诸位先生，成为海天出版社的作者。一时名家集聚，蔚为壮观。“海天出好书”的

16×15＝240　　第　页

形象得以在读者、媒体中日渐扎根，这套“本色文丛”所占的分量，不在轻矣。

先贤有言：“人之有德于我也，不可忘也。”为此，在柳先生八十有三之年，本社决定出版《柳鸣九散文随笔手迹》。柳老挑选了自己认可的散文随笔，精心编排目次。斯时先生虽然备受帕金森之苦痛折磨，仍然奋笔录就《柳鸣九散文随笔手迹》全部稿件。二〇一八年元月十日，到北京与先生晤面。先生将手录原稿一一呈示，讲解写作之艰难经过，几乎当场为之泪下。

需要说明的是，对手迹中的手误之

16×15＝240　　第　　页

处，因难以整页重新书写，故柳先生采取了在每页手迹之下补以释文的形式。手迹文字与释文并不完全一致，乃属不得已，望读者谅解并抱以通情之理解。

《柳鸣九散文随笔手迹》共分四节，分别为“历史的痕迹”“‘坚硬’的短序”“名士风貌掠影”“外一篇：亲情悠悠”。耳边依然回荡着柳老的心愿“愿这套书留下痕迹”，作为出版人，我们坚信：柳老的精神，必将得到承继；柳老的文章，必将得到永传。这本《柳鸣九散文随笔手迹》，也必因其独特的价值而弥足珍藏。

海天出版社

2018年1月18日

16×15=240　　第　页

致读友

接受手迹本之约，实为勉強之举：一则为，右手已被帕金森氏控制多年，书写时有或突兀、或出格、或细微难认的笔迹，由此又难免有所涂改；二则为，我生活在繁体字与简体字交替的时代，偏偏又於文字学下功夫太少，随手书写，不免繁简二体字杂然纷陈，仅此二端，就不得不请读友上帝们知我谅我为感！

16×15＝240　　第 一 页

致读友

接受手迹本之约，实为勉强之举：一则为，右手已被帕金森氏控制多年，书写时有或突兀、或出格、或微细难认的笔迹，由此又难免有所涂改；二则为，我生活在繁体字与简体字交替的时代，偏偏又于文字学下功夫甚少，随手书写，不免繁体字与简体字杂然纷陈，仅此二端，就不得不请读友上帝们知我谅我为感！

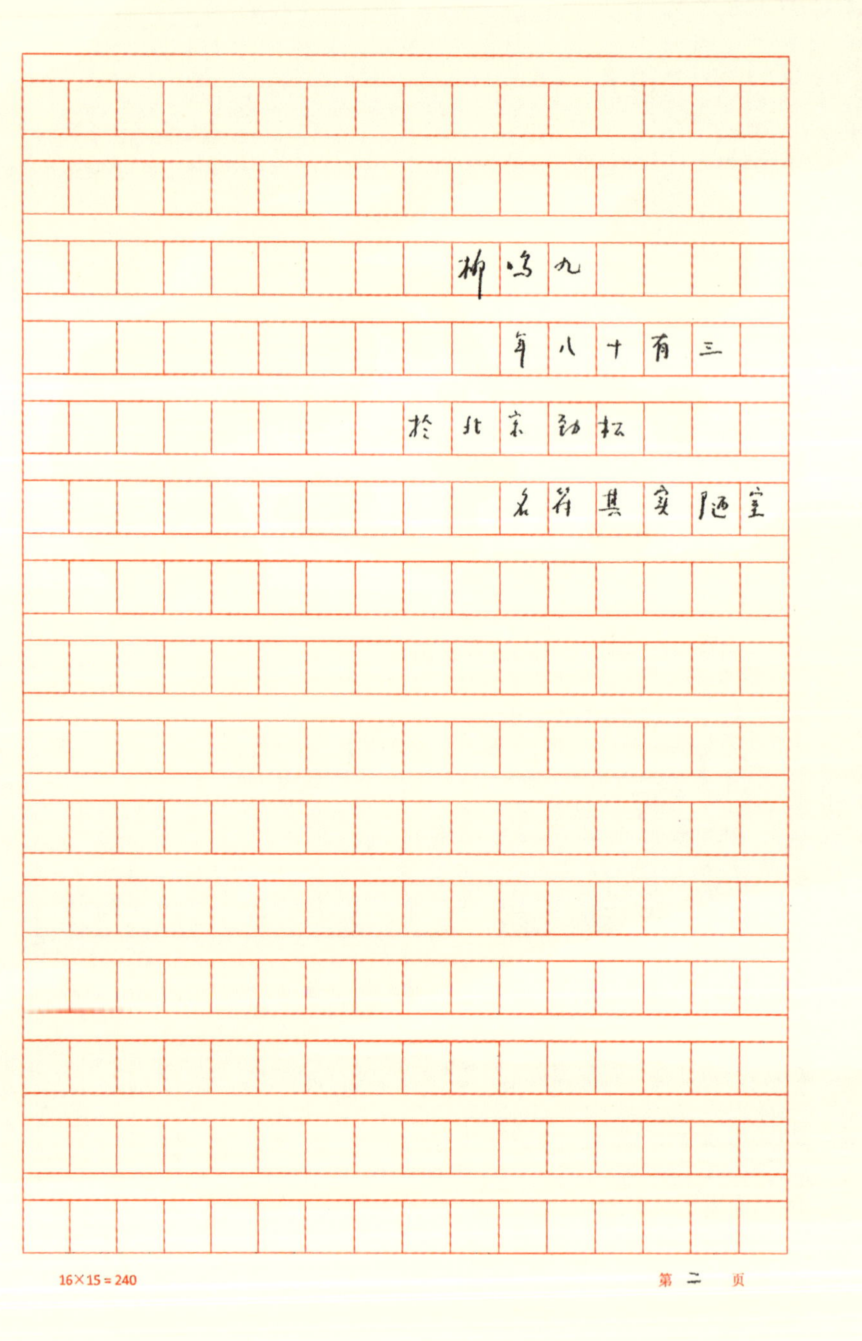

柳鸣九

年已八十有三

2016年11月

于北京劲松　名符其实陋室

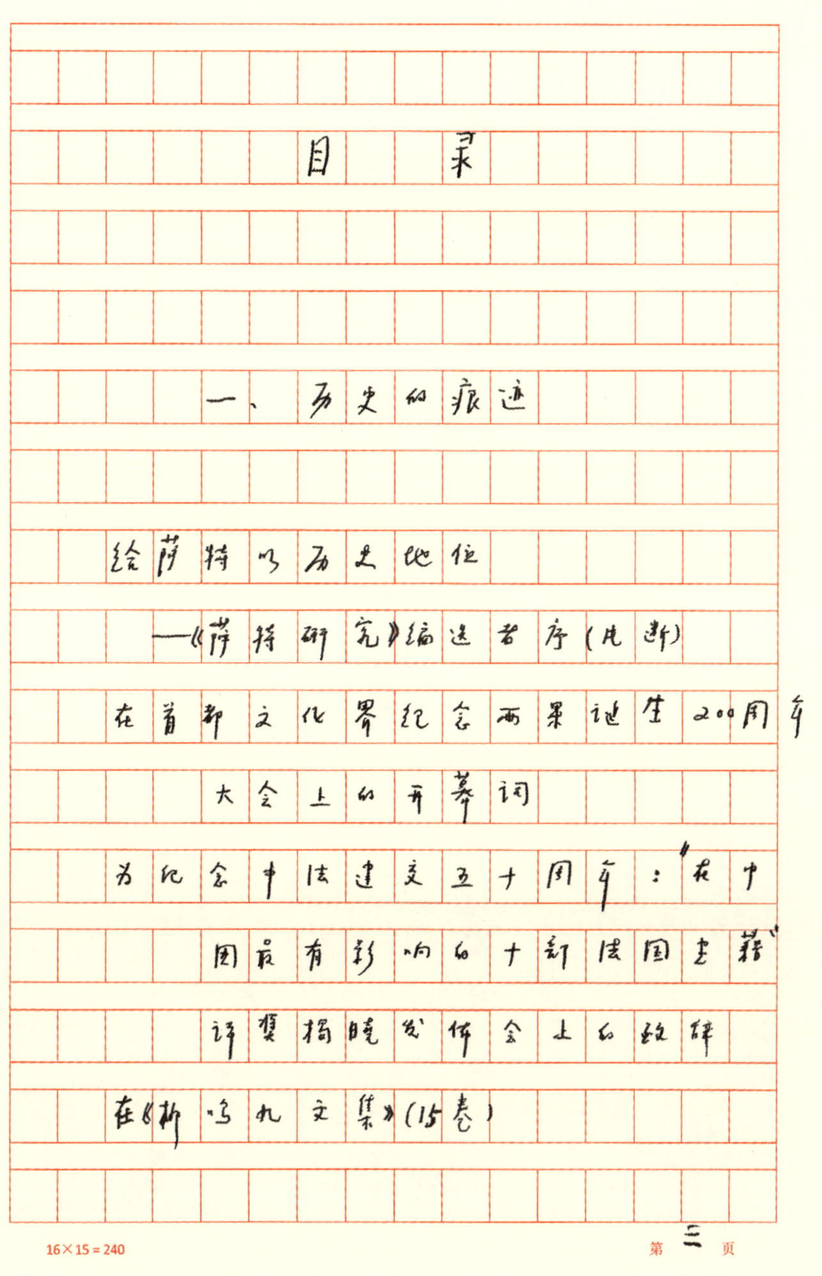
目录

一、历史的痕迹

给萨特以历史地位

——《萨特研究》编选者序（片断）

在首都文化界纪念雨果诞生200周年

大会上的开幕词

为纪念中法建交五十周年："在中

国最有影响的十部法国书籍"

评选揭晓发布会上的致辞

在《柳鸣九文集》(15卷)

16×15=240　　第 三 页

目　录

一、历史的痕迹

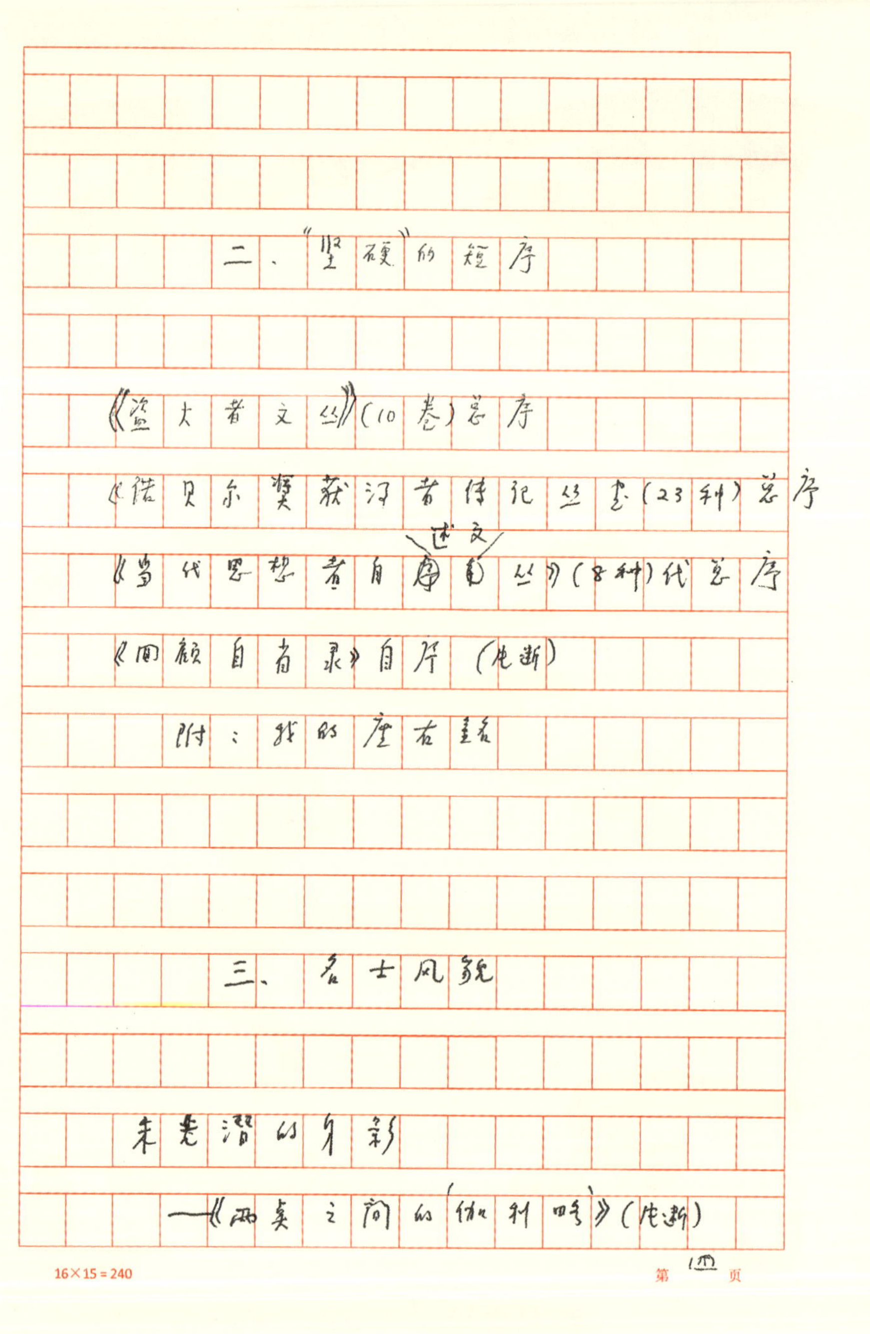
二、"坚硬"的短序

《盗火者文丛》(10卷)总序

《诺贝尔奖获得者传记丛书》(23种)总序

《当代思想者自述文丛》(8种)代总序

《回顾自省录》自序(片断)

附:我的座右铭

三、名士风貌

朱光潜的身影

——《两点之间的"伽利略"》(片断)

16×15=240　　第 四 页

二、"坚硬"的短序

三、名士风貌掠影

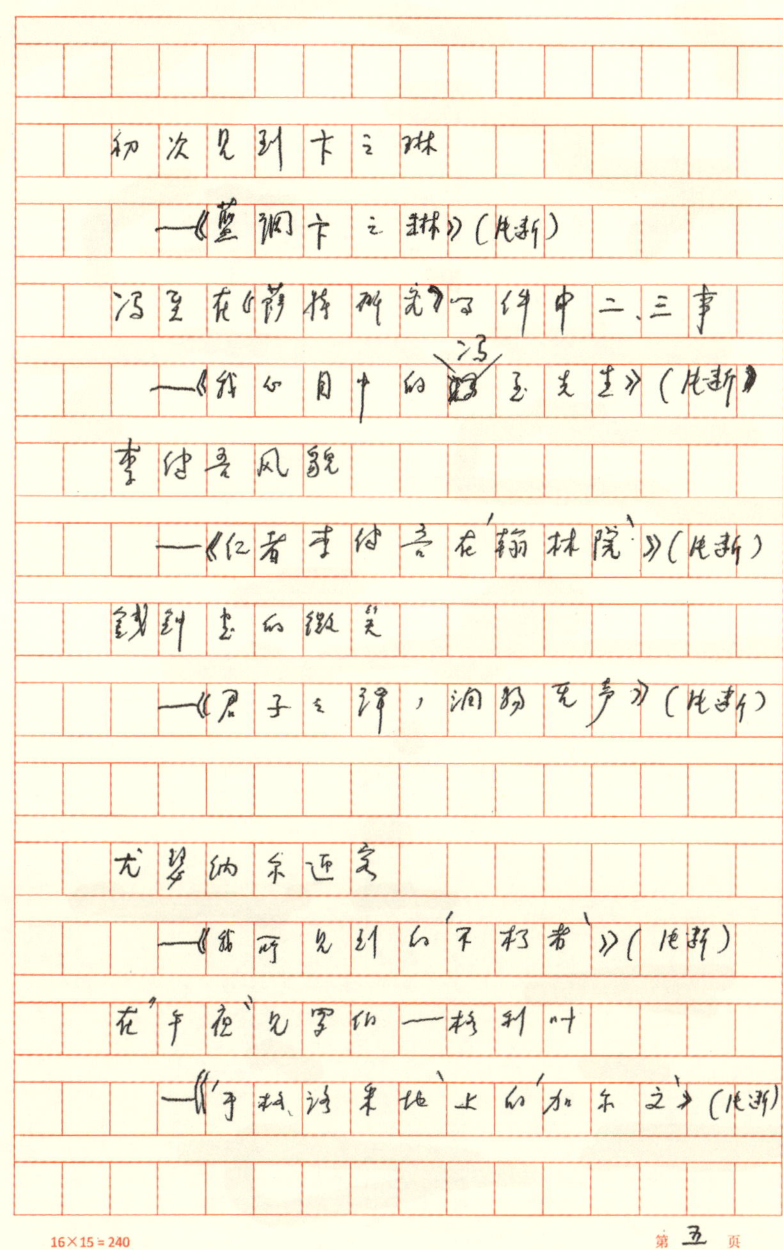
初次见到卞之琳
——《蓝调卞之琳》(片断)
冯至在《萨特研究》事件中二、三事
——《我心目中的冯至先生》(片断)
李健吾风貌
——《仁者李健吾在"翰林院"》(片断)
钱锺书的微笑
——《君子之泽，润物无声》(片断)
尤瑟纳尔迎客
——《我所见到的"不朽者"》(片断)
在"午夜"见罗伯—格利叶
——《"于格洛采地"上的"加尔文"》(片断)

16×15=240　　第五页

萨特"未亡人"的晚景

——《与萨特、西蒙娜·德·波伏瓦在一起的时候》(片断)

外一篇：亲情悠悠

父亲的故事

16×15=240　　第 六 页

外一篇：亲情悠悠

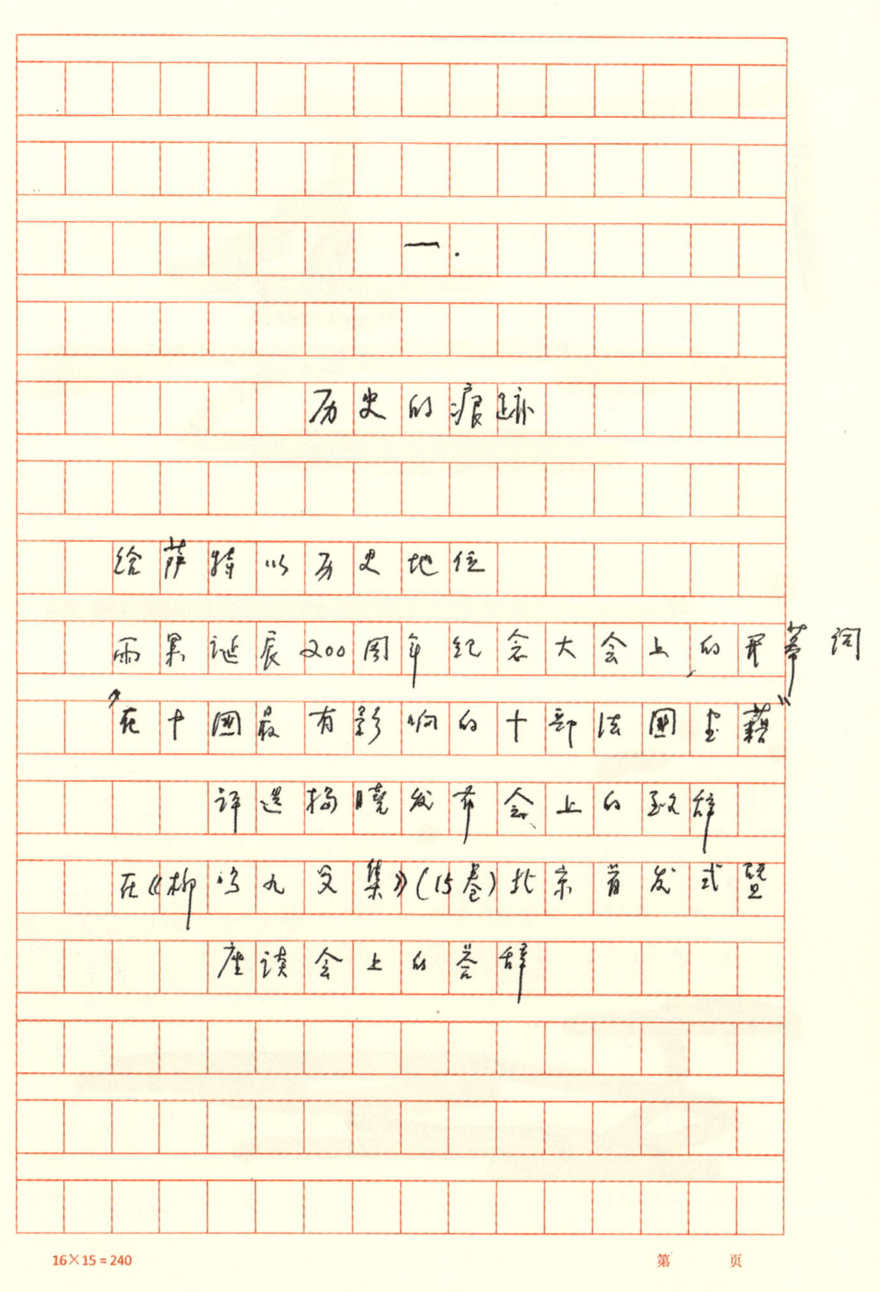

一、历史的痕迹

- 给萨特以历史地位
- 雨果诞辰 200 周年纪念大会上的开幕词
- “在中国最有影响的十部法国书籍”评选揭晓发布会上的致辞
- 在《柳鸣九文集》（15 卷）北京首发式暨座谈会上的答辞

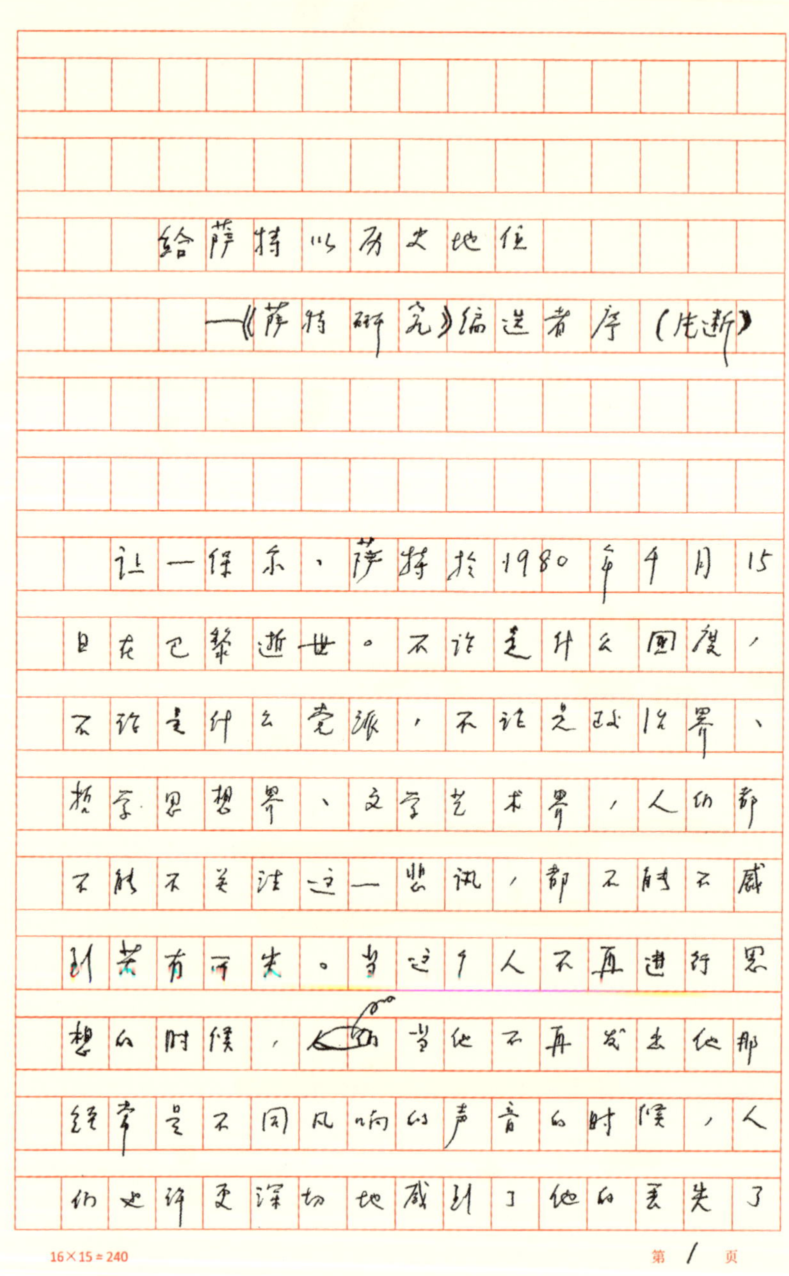

给萨特以历史地位

——《萨特研究》编选者序（片断）

让－保尔·萨特于1980年4月15日在巴黎逝世。不论是什么国度，不论是什么党派，不论是政治界、哲学思想界、文学艺术界，人们都不能不关注这一悲讯，都不能不感到若有所失。当这个人不再进行思想的时候，当他不再发出他那经常是不同凡响的声音的时候，人们也许更深切地感到了他的丢失了

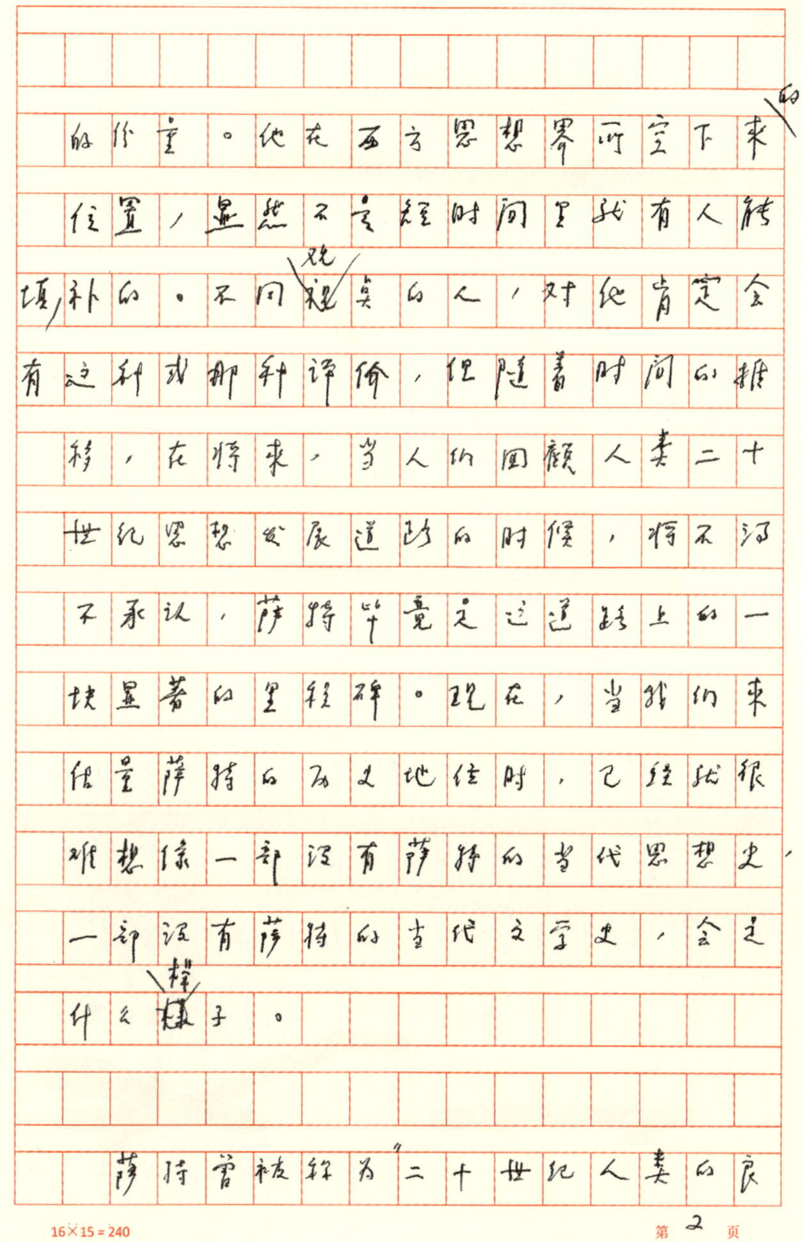

的分量。他在西方思想界所空下来的位置，显然不是短时间里就有人能填补的。不同观点的人，对他肯定会有这种或那种评价，但随着时间的推移，在将来，当人们回顾人类二十世纪思想发展道路的时候，将不得不承认，萨特毕竟是这条道路上的一块显著的里程碑。现在，当我们来估量萨特的历史地位时，已经就很难想象一部没有萨特的当代思想史，一部没有萨特的当代文学史，会是什么样子。

萨特曾被称为“二十世纪人类的良

心"，但对此，资产阶级批评家曾进
行了奚落：他的错误太多了，成不
了良心。类似的批评也曾来自社会
主义国家：他在政治上太"反复无常"
了，不可取。萨特作为一个资产阶
级思想家，的确有其局限性，他在
政治上、思想上也有过不止一次"失
误"，但是，在近半个世纪以来当代
极为复杂、变化多端的政治环境中，
试问能保持一贯正确、绝对正确的
究竟有多少？只不过萨特比较表里
如一、不隐蔽自己的观点、不掩盖
自己的矛盾、不文过饰非而已，"万
能的上帝啊，请您把无数的众生叫到

16×15＝240　　　　第 3 页

心"，但对此，资产阶级批评家曾进行了奚落：他的错误太多了，成不了良心。类似的批评也曾来自社会主义国家：他在政治上太"反复无常"了，不可取。萨特作为一个资产阶级思想家，的确有其局限性，他在政治上、思想上也有过不止一次"失误"，但是，在近半个世纪以来当代极为复杂、变化多端的政治环境中，试问能保持一贯正确、绝对正确的究竟有多少？只不过萨特比较表里如一、不隐蔽自己的观点、不掩盖自己的矛盾、不文过饰非而已，"万能的上帝啊，请您把无数的众生叫到

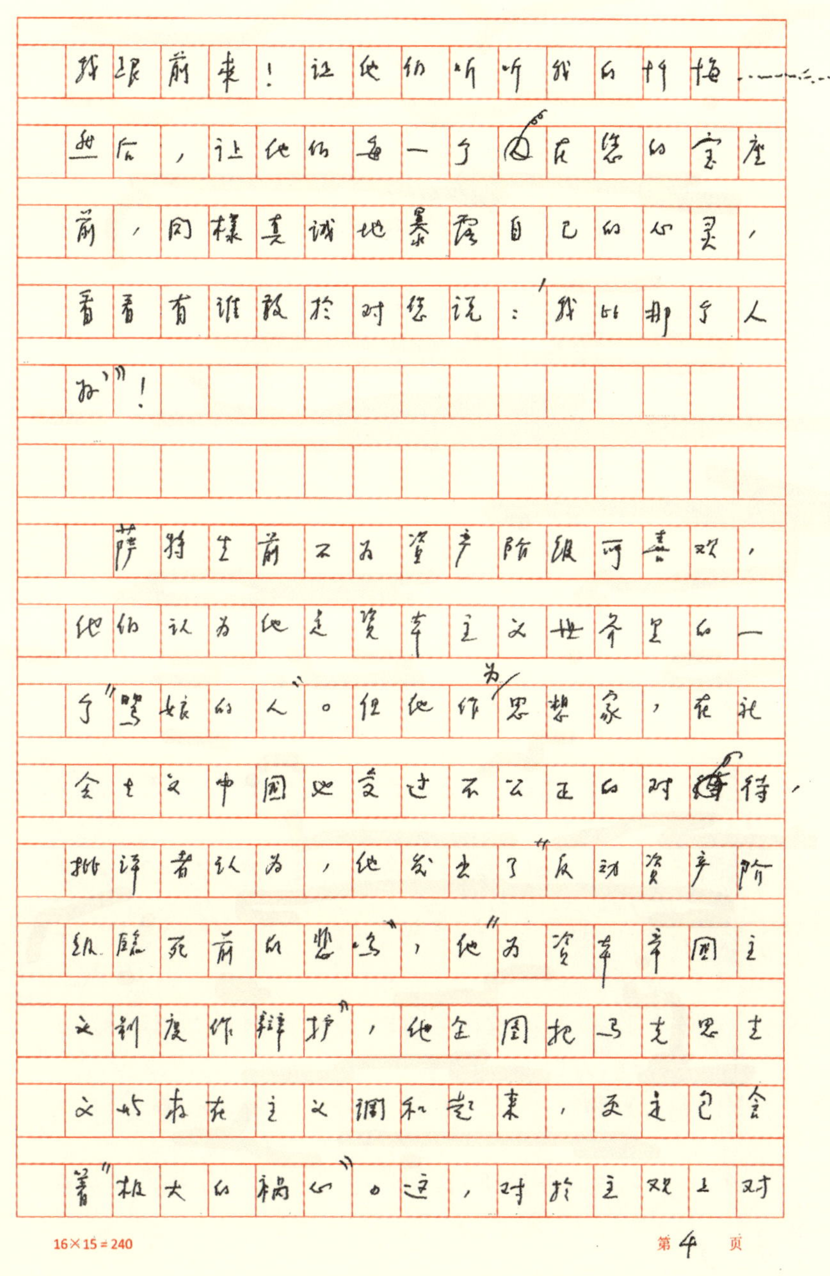
我跟前来！让他们听听我的忏悔……
然后，让他们每一个人在您的宝座前，同样真诚地暴露自己的心灵，看看有谁敢於对您说：‘我比那个人好’”！

萨特生前不为资产阶级所喜欢，他们认为他是资本主义世界里的一个“骂娘的人”。但他作为思想家，在社会主义中国也受过不公正的对待，批评者认为，他发出了“反动资产阶级临死前的悲鸣”，他“为资本帝国主义制度作辩护”，他企图把马克思主义与存在主义调和起来，更是包含着“极大的祸心”。这，对於主观上对

16×15＝240　　第4页

我跟前来！让他们听听我的忏悔……然后，让他们每一个人在您的宝座前，同样真诚地暴露自己的心灵，看看有谁敢于对您说：‘我比那个人好’”！

萨特生前不为资产阶级所喜欢，他们认为他是资本主义世界里的一个“骂娘的人”。但他作为思想家，在社会主义中国也受过不公正的对待，批评者认为，他发出了“反动资产阶级临死前的悲鸣”，他“为资本帝国主义制度作辩护”，他企图把马克思主义与存在主义调和起来，更是包含着“极大的祸心”。这，对于主观上对

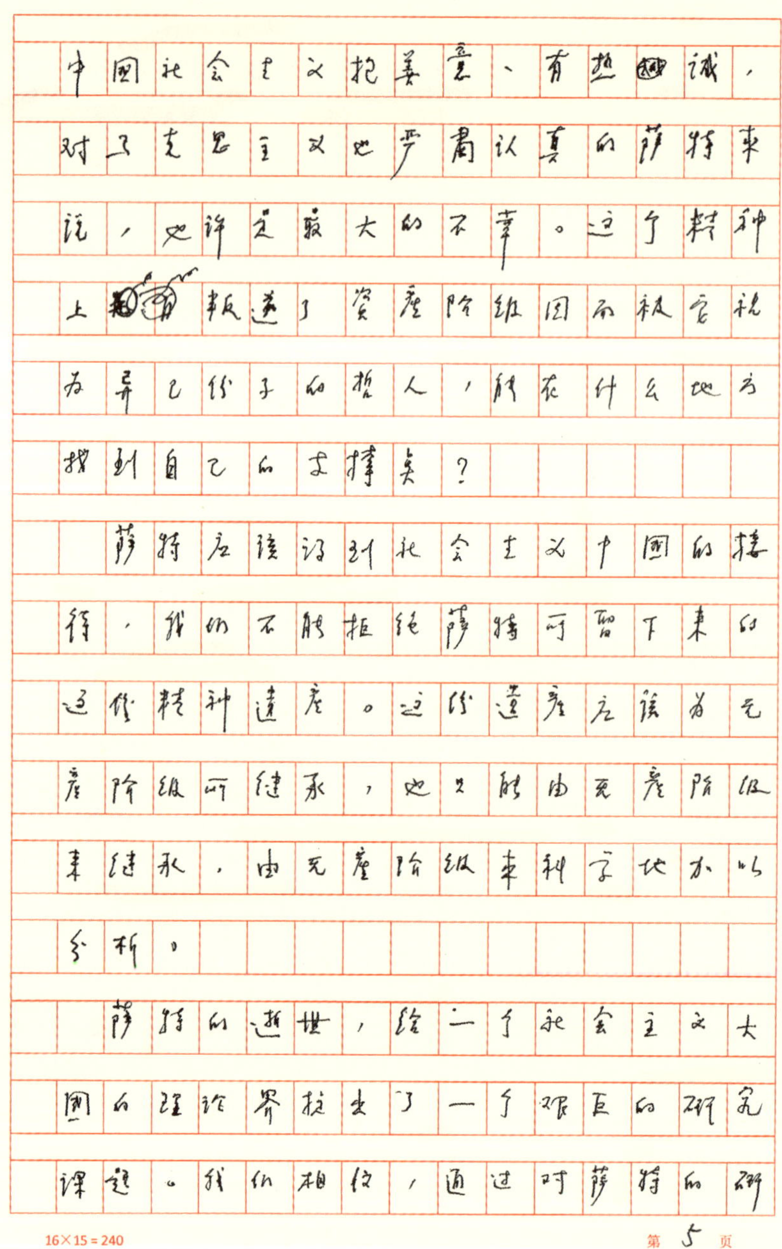
中国社会主义抱善意、有热诚，对马克思主义也严肃认真的萨特来说，也许是最大的不幸。这个精神上叛逆了资产阶级因而被它视为异己分子的哲人，能在什么地方找到自己的支撑点？

萨特应该得到社会主义中国的接待，我们不能拒绝萨特所留下来的这份精神遗产。这份遗产应该为无产阶级所继承，也只能由无产阶级来继承，由无产阶级来科学地加以分析。

萨特的逝世，给一个社会主义大国的理论界提出了一个艰巨的研究课题。我们相信，通过对萨特的研

16×15=240　　第 5 页

中国社会主义抱善意、有热诚，对马克思主义也严肃认真的萨特来说，也许是最大的不幸。这个精神上叛逆了资产阶级因而被它视为异己分子的哲人，能在什么地方找到自己的支撑点？

萨特应该得到社会主义中国的接待，我们不能拒绝萨特所留下来的这份精神遗产。这份遗产应该为无产阶级所继承，也只能由无产阶级来继承，由无产阶级来科学地加以分析。

萨特的逝世，给一个社会主义大国的理论界提出了一个艰巨的研究课题。我们相信，通过对萨特的研

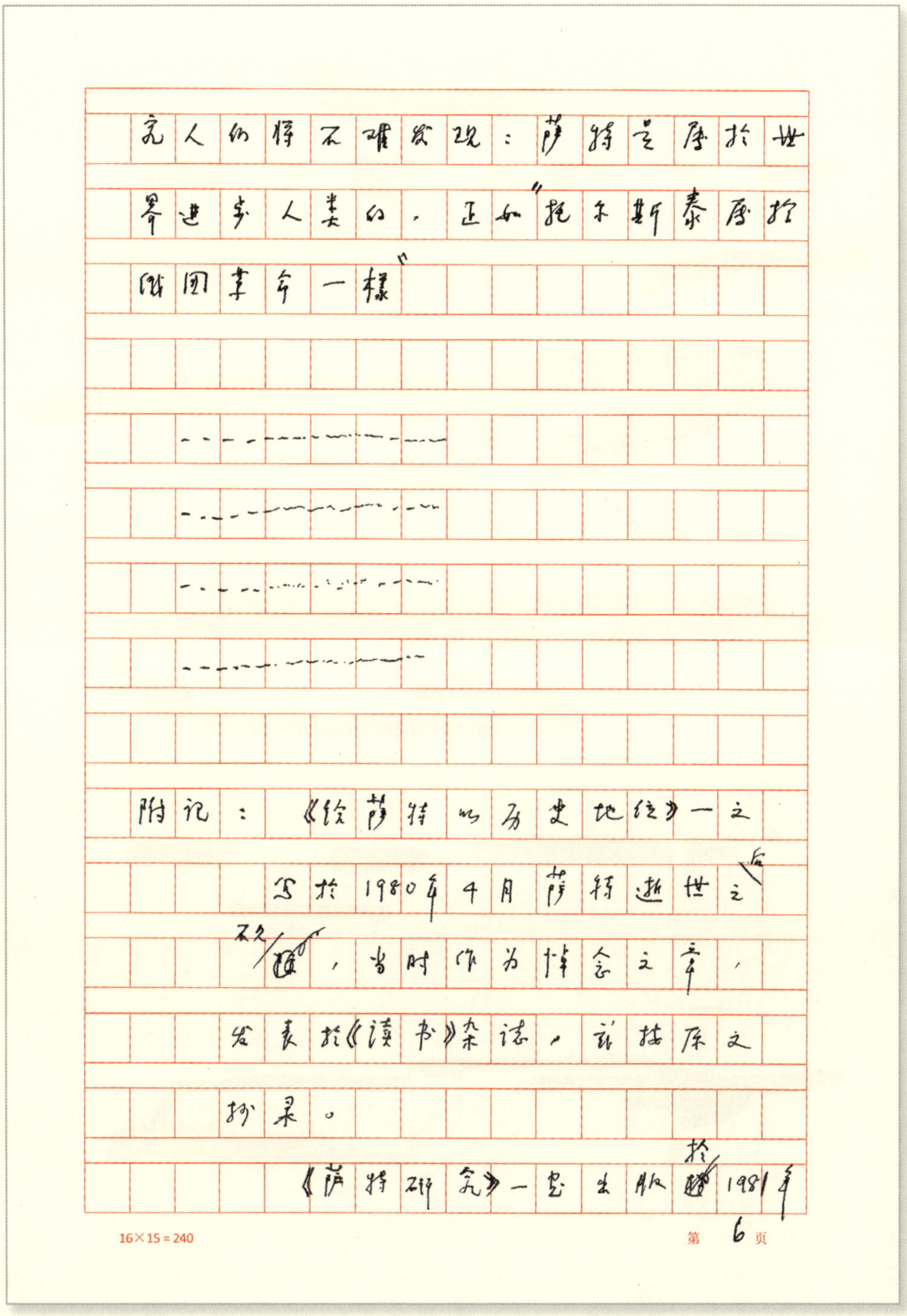

16×15=240　　第 6 页

究，人们将不难发现：萨特是属于世界进步人类的，正如“托尔斯泰属于俄国革命一样”。

…………

…………

…………

…………

附记：《给萨特以历史地位》一文写于 1980 年 4 月萨特逝世之后不久，当时作为悼念文章，发表于《读书》杂志，兹按原文抄录。

《萨特研究》一书出版于1981年

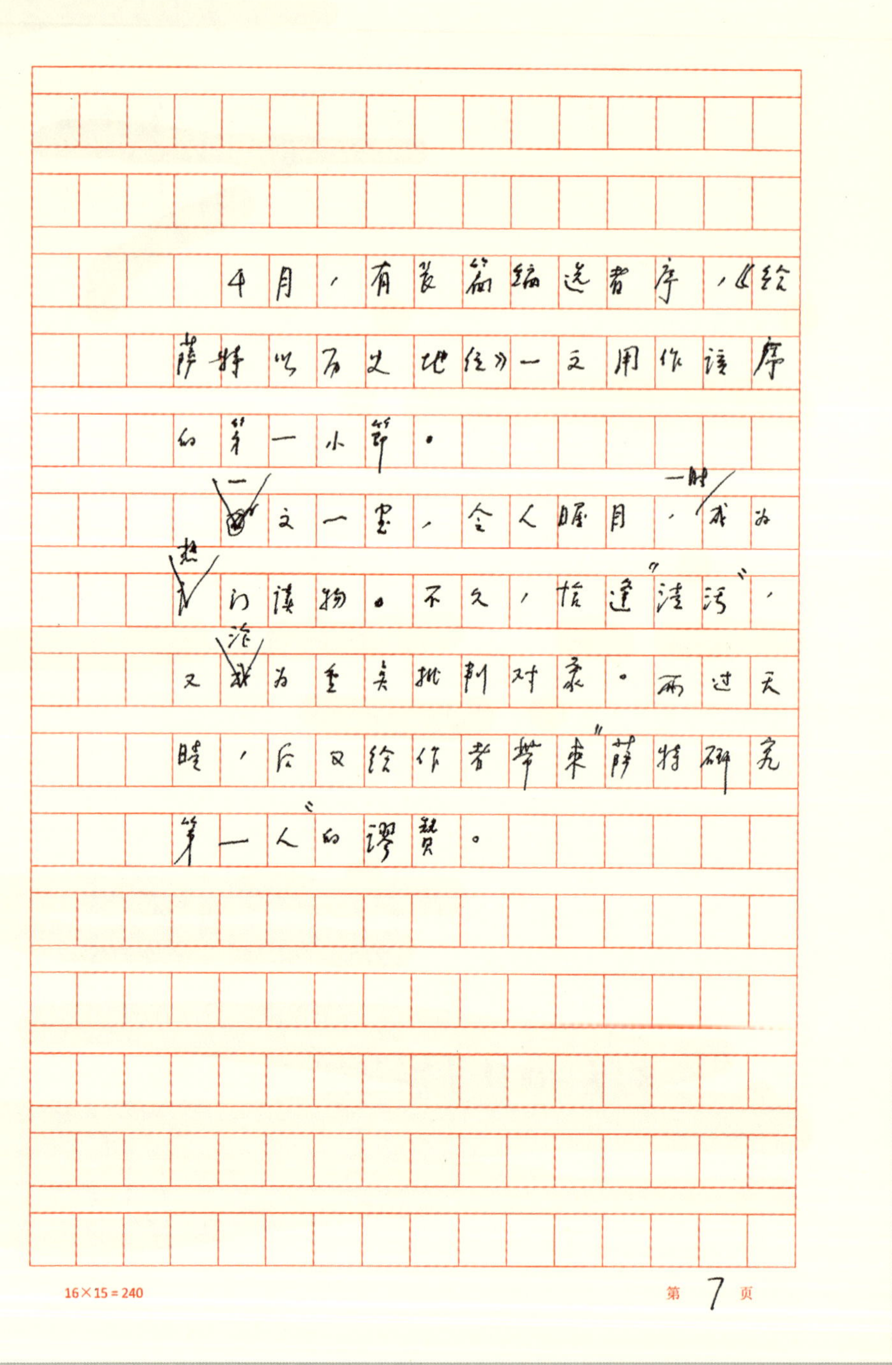
4月，有长篇编选者序，《给萨特以历史地位》一文用作该序的第一小节。
一文一书，令人瞩目，一时成为热门读物。不久，恰逢“清污”，又沦为重点批判对象。雨过天晴，后又给作者带来“萨特研究第一人”的谬赞。
16×15=240　　第 7 页

4 月，有长篇编选者序，《给萨特以历史地位》一文用作该序的第一小节。

一文一书，令人瞩目，一时成为热门读物。不久，恰逢“清污”，又沦为重点批判对象。雨过天晴，后又给作者带来“萨特研究第一人”的谬赞。

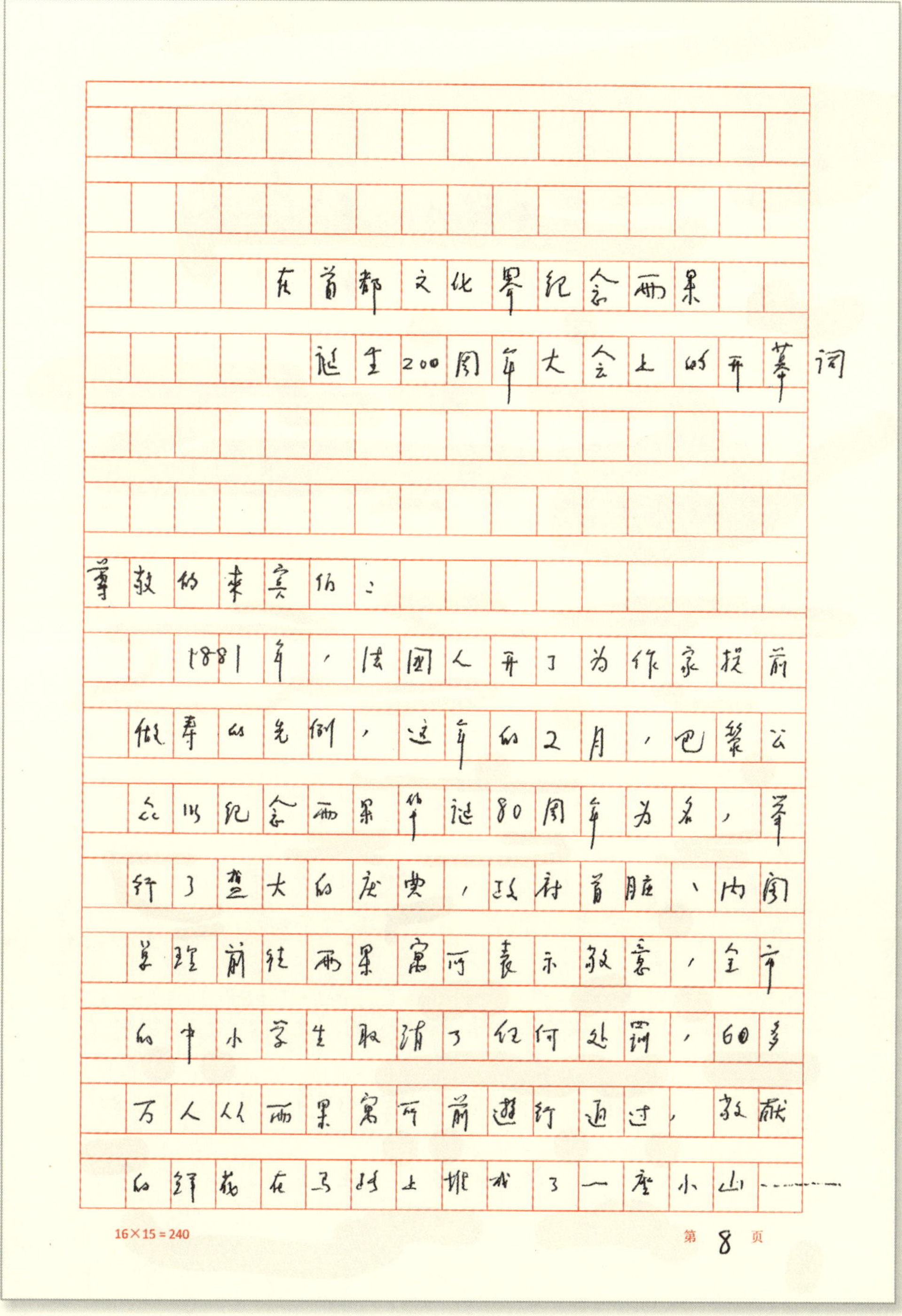
在首都文化界纪念雨果诞生200周年大会上的开幕词

尊敬的来宾们：

1881年，法国人开了为作家提前做寿的先例，这年的2月，巴黎公众以纪念雨果华诞80周年为名，举行了盛大的庆典，政府首脑、内阁总理前往雨果寓所表示敬意，全市的中小学生取消了任何处罚，60多万人从雨果寓所前游行通过，敬献的鲜花在马路上堆成了一座小山……

16×15=240　　第 8 页

在首都文化界纪念雨果诞生 200 周年大会上的开幕词

尊敬的来宾们：

1881 年，法国人开了为作家提前做寿的先例，这年的 2 月，巴黎公众以纪念雨果华诞 80 周年为名，举行了盛大的庆典，政府首脑、内阁总理前往雨果寓所表示敬意，全市的中小学生取消了任何处罚，60 多万人从雨果寓所前游行通过，敬献的鲜花在马路上堆成了一座小山……

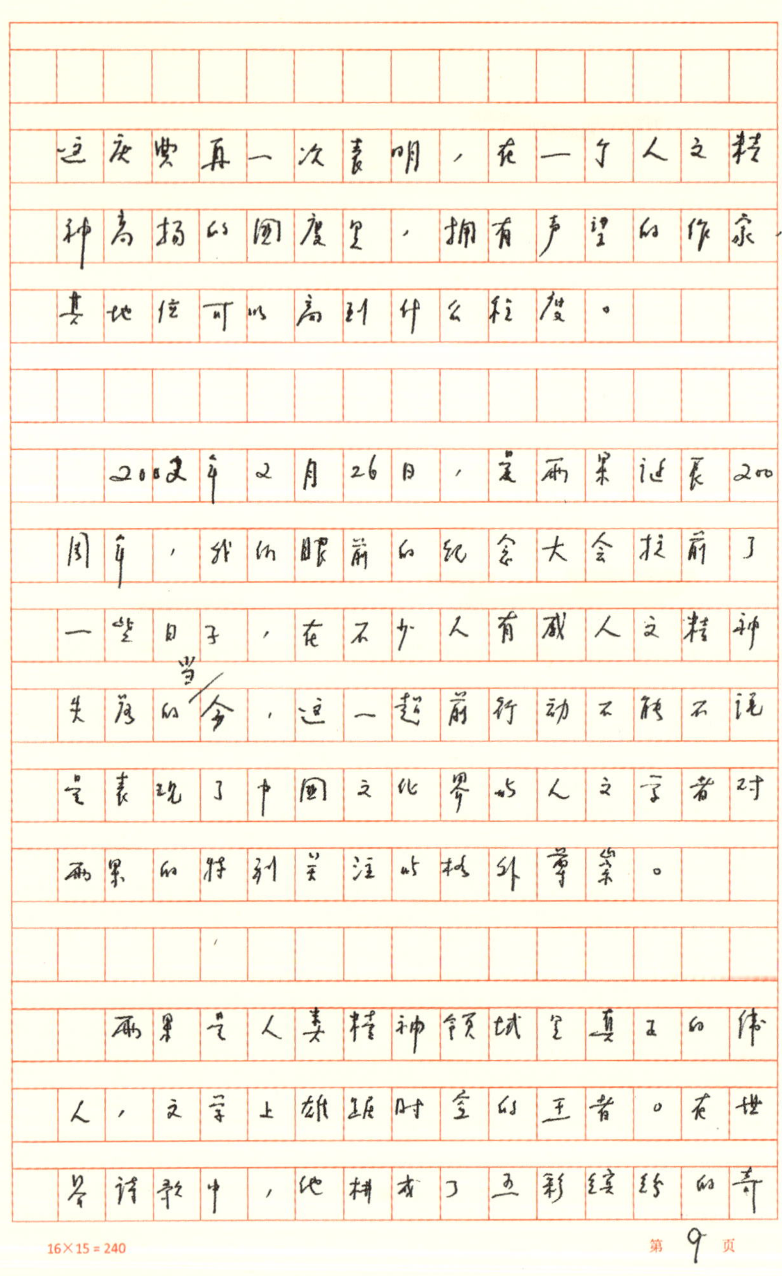

这庆典再一次表明，在一个人文精神高扬的国度里，拥有声望的作家，其地位可以高到什么程度。

2002年2月26日，是雨果诞辰200周年，我们眼前的纪念大会提前了一些日子，在不少人有感人文精神失落的当今，这一超前行动不能不说是表现了中国文化界与人文学者对雨果的特别关注与格外尊崇。

雨果是人类精神领域里真正的伟人，文学上雄踞时空的王者。在世界诗歌中，他构成了五彩缤纷的奇

16×15＝240　　第 9 页

这庆典再一次表明，在一个人文精神高扬的国度里，拥有声望的作家，其地位可以高到什么程度。

2002 年 2 月 26 日是雨果诞辰 200 周年，我们眼前的纪念大会提前了一些时日，在不少人有感人文精神失落的今天，这种超前的行动不能不说是表现了中国文化界与人文学者对雨果的特别关注与格外尊崇。

雨果是人类精神文化领域里真正的伟人，文学上雄踞时空的王者。在世界诗歌中，他构成了五彩缤纷的奇

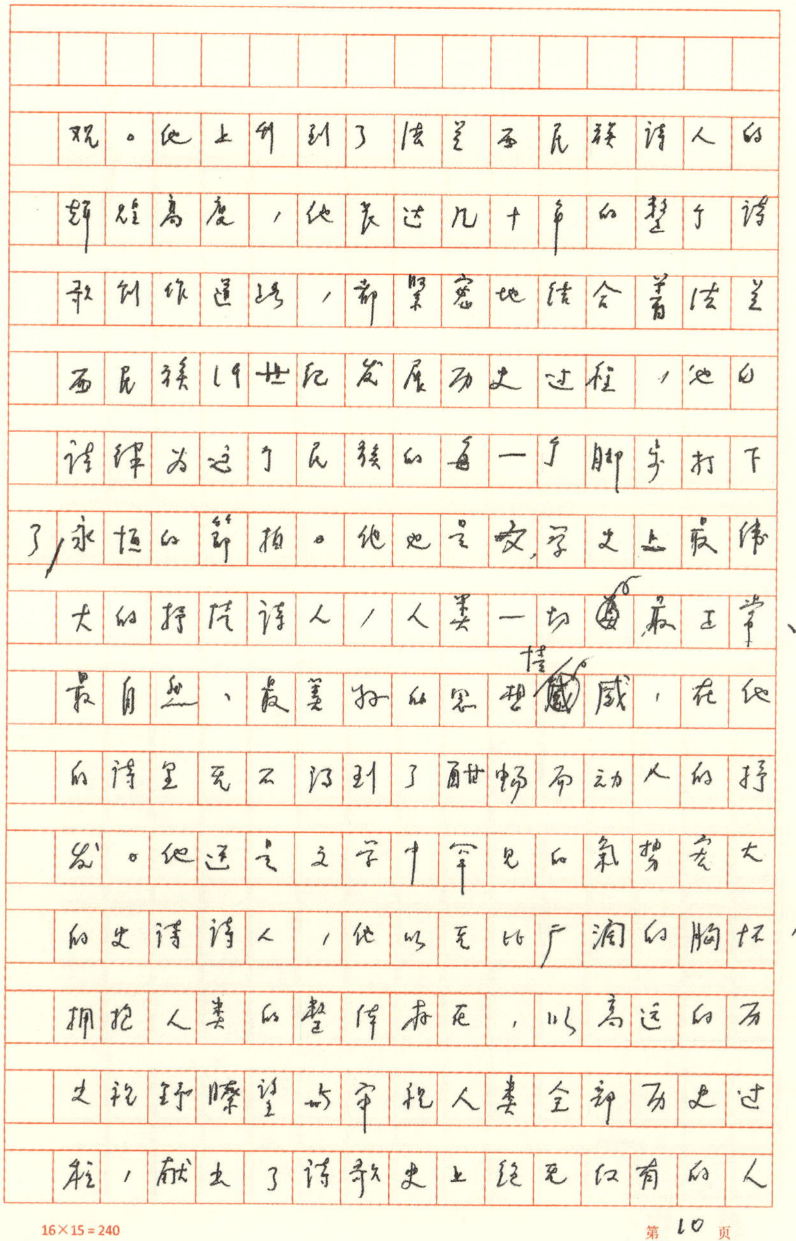

观。他上升到了法兰西民族诗人的辉煌高度，他长达几十年的整个诗歌创作道路，都紧密地结合着法兰西民族 19 世纪发展的历史过程，他的诗律为这个民族的每一个脚步打下了永恒的节拍。他也是文学史上最伟大的抒情诗人，人类一切最正常、最自然、最美好的思想与情感，在他的诗里无不得到了酣畅而动人的抒发。他还是文学中罕见的气势宏大的史诗诗人，他以无比广阔的胸怀，拥抱人类的整体存在，以高远的历史视野瞭望与审视人类全部历史过程，献出了诗歌史上绝无仅有的人

类史诗鸿篇巨制。他是诗艺之王，其语言之丰富、色彩之灿烂、韵律之多变、格律之严整，至今仍无人出其右。

在小说中，他是唯一把历史题材与现实题材都处理得有声有色、震撼人心的作家。他小说中丰富的想象，浓烈的色彩，宏大的画面，雄浑的气势，显示出了某种空前的独创性与首屈一指的浪漫才华。他无疑是世界上怀着最澎湃的激情、最炽热的理想、最充沛的人道主义精神去写小说的小说家，这使他的小说具

16×15=240　　第 14 页

类史诗鸿篇巨制。他是诗艺之王，其语言的丰富，色彩的灿烂，韵律的多变，格律的严整，至今仍无人出其右。

在小说中，他是唯一能把历史题材与现实题材都处理得有声有色、震撼人心的作家。他小说中丰富的想象，浓烈的色彩，宏大的画面，雄浑的气势，显示出了某种空前的独创性与首屈一指的浪漫才华。他无疑是世界上怀着最澎湃的激情、最炽热的理想、最充沛的人道主义精神去写小说的小说家，这使他的小说具

有了灿烂的光辉与巨大的感染力，而在显示了这种雄伟绚烂的浪漫风格的同时，他又最注意、也最善于把它与社会历史的必然性与人类现实的课题紧密结合起来，使他的小说永远具有现实社会的意义。尽管在小说领域里，取得最高地位的伟大小说家往往都不是属于雨果这种类型的，但雨果却靠他雄健无比的才力也达到了小说创作的顶峰，足以与世界上专攻小说创作而取得最高成就的最伟大小说家媲美。

在戏剧上，雨果是一个缺了他欧

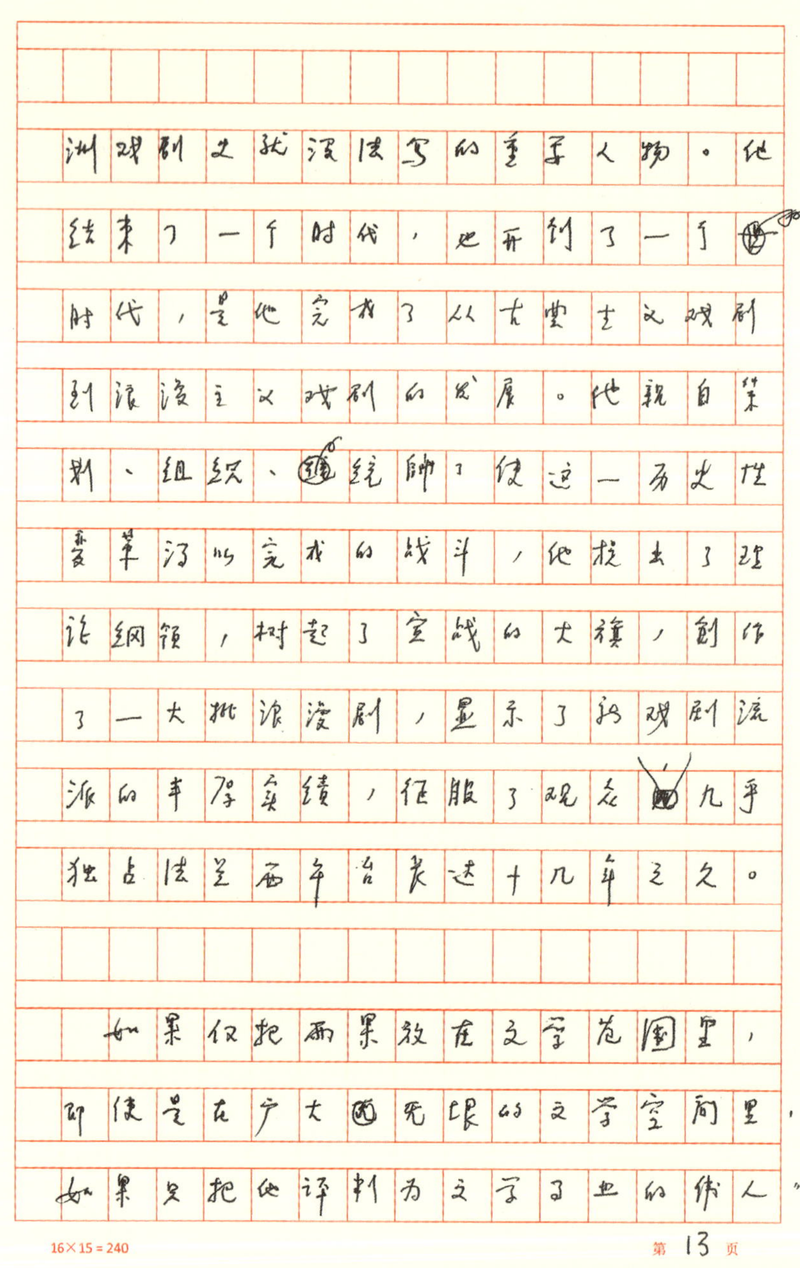
洲戏剧史就没法写的重要人物。他
结束了一个时代，也开创了一个时
代，是他完成了从古典主义戏剧
到浪漫主义戏剧的发展。他亲自策
划、组织、统帅了使这一历史性
变革得以完成的战斗，他提出了理
论纲领，树起了宣战的大旗，创作
了一大批浪漫剧，显示了新戏剧流
派的丰厚实绩，征服了观众，几乎
独占法兰西舞台长达十几年之久。

如果仅把雨果放在文学范围里，
即使是在广大无垠的文学空间里，
如果只把他评判为文学事业的伟人，

洲戏剧史就没法写的重要人物。他结束了一个时代也开创了一个时代，是他完成了从古典主义戏剧到浪漫主义戏剧的发展。他亲自策划、组织、统帅了使这一历史性变革得以完成的战斗，他提出了理论纲领，树起了宣战的大旗，创作了一大批浪漫剧，显示了新戏剧流派的丰厚实绩，征服了观众，几乎独占法兰西舞台长达十几年之久。

如果仅把雨果放在文学范围里，即使是在广大无垠的文学空间里，如果只把他评判为文学事业的伟人，

评判为精通各种文学技艺的超级大师，那还是很不够的，那势必会大大贬低他。雨果走出了文学。他不仅是伟大的文学家，而且是伟大的社会斗士，像他这种作家兼斗士的伟人，在世界文学史上寥若晨星，屈指可数。他是法国文学中自始至终关注着国家民族事务与历史社会现实并尽力参与其中的唯一的人，紧随着法兰西民族在19世纪的前进步伐。他是四五十年代民主共和左派的领袖人物，在法兰西国家政治生活中有过举足轻重的影响，在长期反拿破仑第三专制独裁的斗争中，

更成了一面旗帜，一种精神，一个主义，其个人勇气与人格力量已经永垂史册。这种高度是世界上一些在文学领域中取得了最高成就的作家都难以企及的。作为一个伟大的社会斗士，雨果上升到的最高点，是他成为人民的代言人，成为穷人、弱者、妇女、儿童、受苦受难者的维护者，他对人类献出了崇高的赤诚的博爱之心。他这种博爱，用法国一个著名作家的话来说：“像从天堂纷纷飘落的细细露珠，是货真价实的基督教的慈悲”。

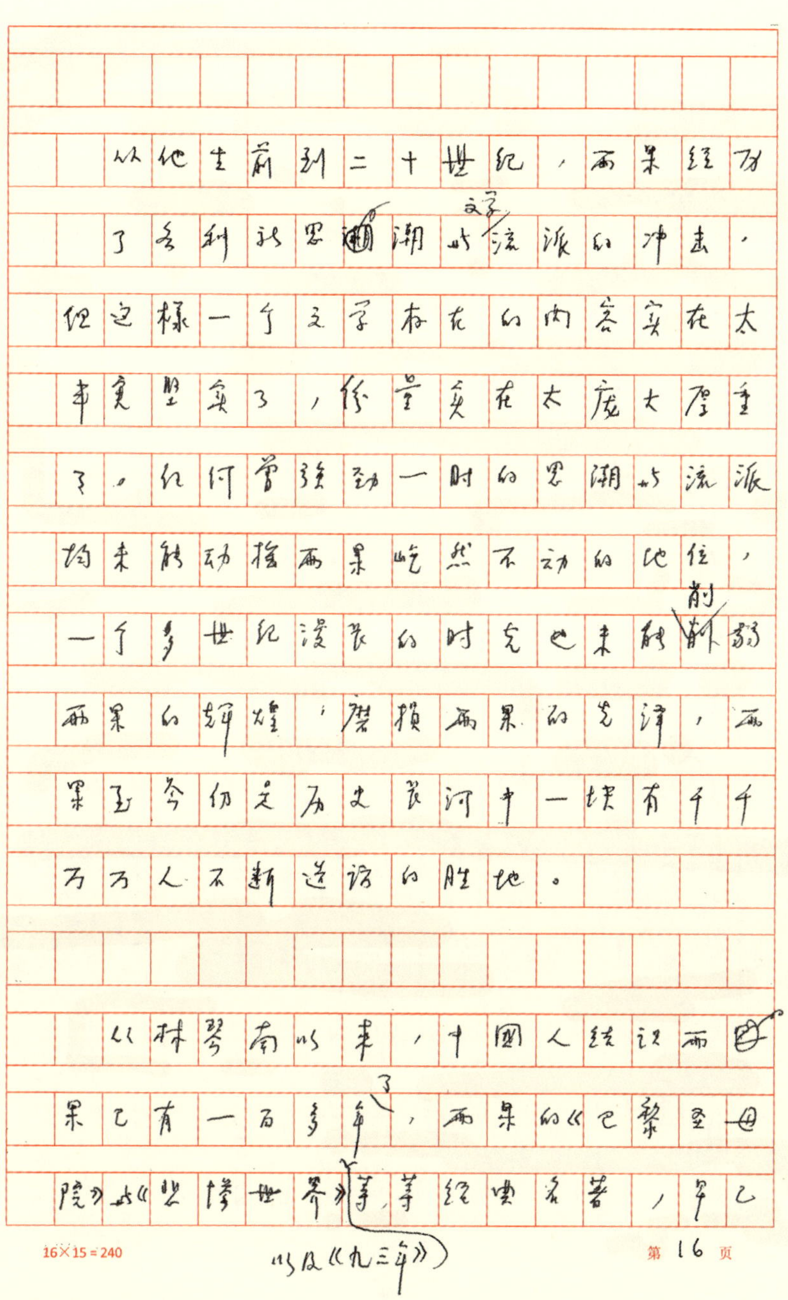

从他生前到二十世纪，雨果经历了各种新思潮与文学流派的冲击，但这样一个文学存在的内容实在太丰富坚实了，分量实在太庞大厚重了，任何曾强劲一时的思潮与流派均未能动摇雨果屹然不动的地位，一个多世纪漫长的时光也未能削弱雨果的辉煌，磨损雨果的光泽，雨果至今仍是历史长河中一块有千千万万人不断造访的胜地。

从林琴南以来，中国人结识雨果已有一百多年了，雨果的《巴黎圣母院》与《悲惨世界》以及《九三年》等等经典名著，早已

16×15=240　　第 16 页

从他生前到二十世纪，雨果经历了各种新思潮的冲击，但这样一个文学存在的内容实在太丰富坚实了，分量实在太庞大厚重了。任何曾强劲一时的思潮与流派均未能动摇雨果屹然不动的地位，一个多世纪漫长的时光也未能削弱雨果的辉煌，磨损雨果的光泽，雨果至今仍是历史长河中一块有千千万万人不断造访的胜地。

从林琴南以来，中国人结识雨果已经有了一百多年，雨果的《巴黎圣母院》与《悲惨世界》以及《九三年》等等经典名著，早已

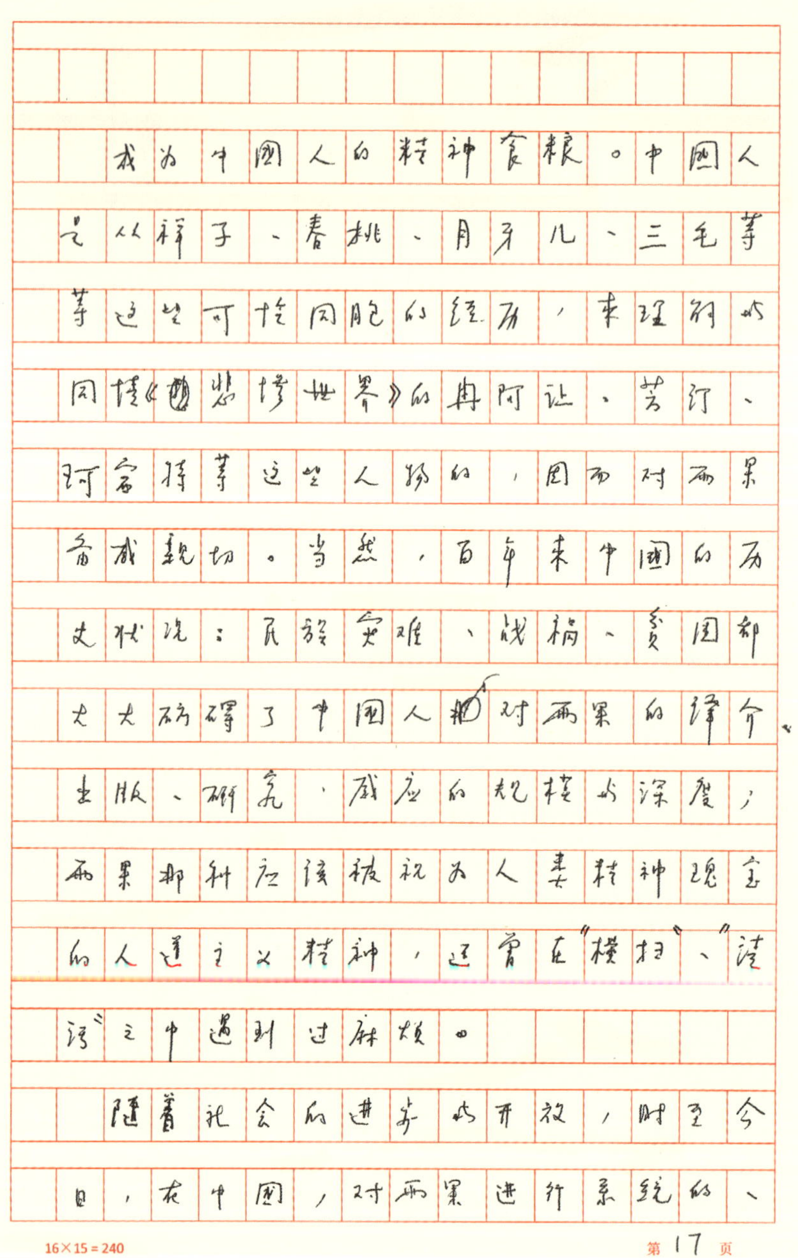
成为中国人的精神食粮。中国人是从祥子、春桃、月牙儿、三毛等等这些可怜同胞的经历，来理解与同情《悲惨世界》的冉阿让、芳汀、珂赛特等这些人物的，因而对雨果备感亲切。当然，百年来中国的历史状况：民族灾难、战祸、贫困都大大妨碍了中国人对雨果的译介、出版、研究、感应的规模与深度；雨果那种应该被视为人类精神瑰宝的人道主义精神，还曾在"横扫"、"清污"之中遇到过麻烦。

随着社会的进步与开放，时至今日，在中国，对雨果进行系统的、

16×15=240　　第17页

成为中国人的精神食粮。中国人是从祥子、春桃、月牙儿、三毛等等这些可怜同胞的经历，来理解与同情《悲惨世界》的冉·阿让、芳汀、珂赛特等这些人物的，因而对雨果也备感亲切。当然，百年来中国的历史状况：民族灾难、战祸、贫困都大大妨碍了中国人对雨果的译介、出版、研究、感应的规模与深度；雨果那种应该被视为人类精神瑰宝的人道主义精神，还曾在“横扫”“清污”之中遇到过麻烦。

随着社会的进步与开放，时至今日，在中国，对雨果进行系统的、

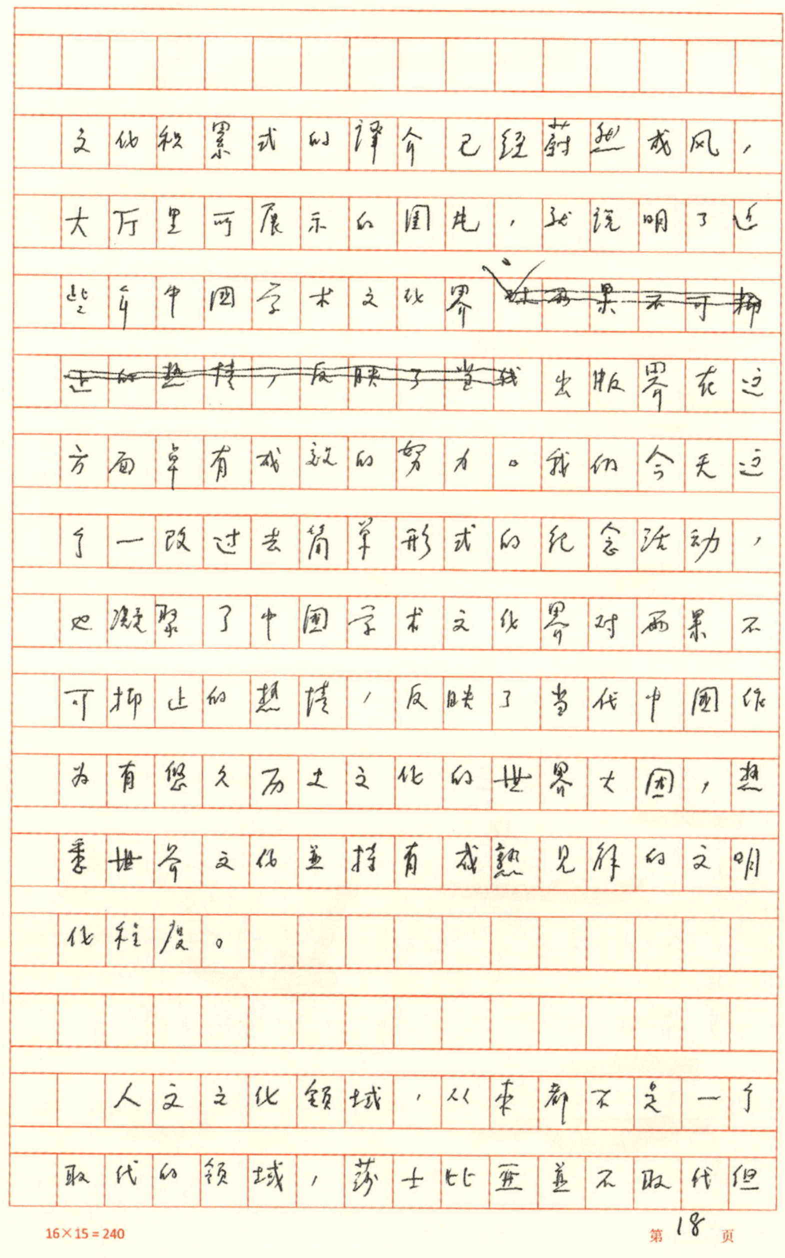
文化积累式的译介已经蔚然成风，大厅里所展示的图片，就说明了近些年中国学术文化界~~对雨果不可抑止的热情，反映了当代~~出版界在这方面卓有成效的努力。我们今天这个一改过去简单形式的纪念活动，也凝聚了中国学术文化界对雨果不可抑止的热情，反映了当代中国作为有悠久历史文化的世界大国，熟悉世界文化并持有成熟见解的文明化程度。

人文文化领域，从来都不是一个取代的领域，莎士比亚并不取代但

16×15=240　　第 18 页

文化积累式的译介已经蔚然成风，大厅里所展示的图片，就说明了近些年中国文化学术界、出版界在这个方面卓有成效的努力。我们今天这个一改过去简单形式的纪念活动，也凝聚了中国学术文化界对雨果不可抑止的热情，反映了当代中国作为有悠久历史文化的世界大国，熟悉世界文化并持有成熟见解的文明化程度。

人文文化的领域，从来都不是一个取代的领域（莎士比亚并不取代但

丁，而是一个积累的领域。文学纪念总蕴含着人文价值的再现与再用。我们对雨果的纪念不仅仅是缅怀，也是一种向往与召唤。在现实生活中，我们还需要卞福汝主教这样具有崇高的人道主义精神与人格力量的教化者，需要马德兰市长这样大公无私、舍己为人、广施仁义的为政者，需要《九三年》中那种对社会革命进程与人文精神结合的严肃深沉的思考，需要《笑面人》中那种面对特权与腐败的勇敢精神与慷慨激昂。

我们今天的社会进程与发展阶段还需要雨果，需要他的人道精神与

16×15＝240　　第 19 页

丁），而是一个积累的领域。文学纪念总蕴含着人文价值的再现与再用。我们对雨果的纪念不仅仅是缅怀，也是一种向往与召唤。在现实生活中，我们还需要卞福汝主教这样具有崇高的人道主义精神与人格力量的教化者，需要马德兰市长这样大公无私、舍己为人、广施仁义的为政者，需要《九三年》中那种对社会革命进程与人文精神结合的严肃深沉的思考，需要《笑面人》中那种面对特权与腐败的勇敢精神与慷慨激昂。

我们今天的社会进程与发展阶段还需要雨果，需要他的人道精神与

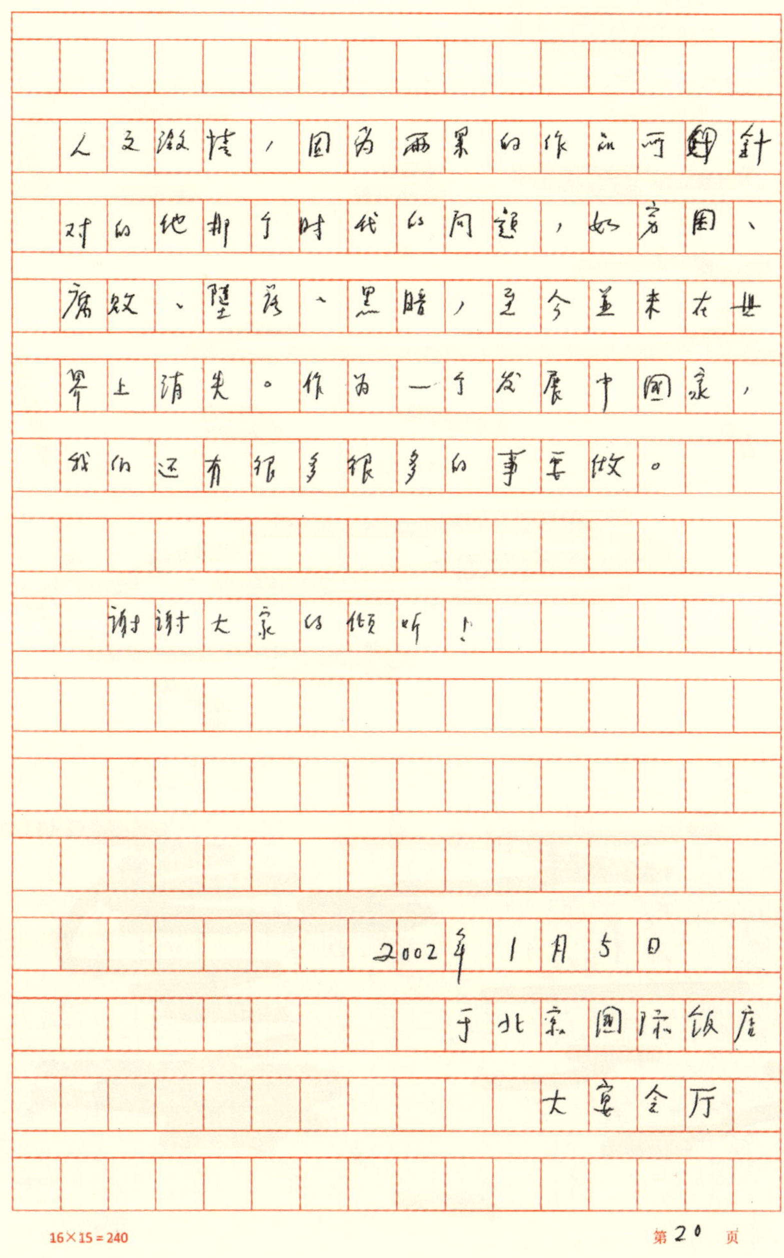
人文激情，因为雨果的作品所针对的他那个时代的问题，如穷困、腐败、堕落、黑暗，至今并未在世界上消失。作为一个发展中国家，我们还有很多很多的事要做。

谢谢大家的倾听！

2002年1月5日

于北京国际饭店

大宴会厅

16×15=240　　第20页

人文激情，因为雨果的作品所针对的他那个时代的问题，如穷困、腐败、堕落、黑暗，至今并未在世界上完全消失。作为一个发展中国家，我们还有很多很多的事要做。

感谢大家的倾听！

2002年1月5日

于北京国际饭店大宴会厅

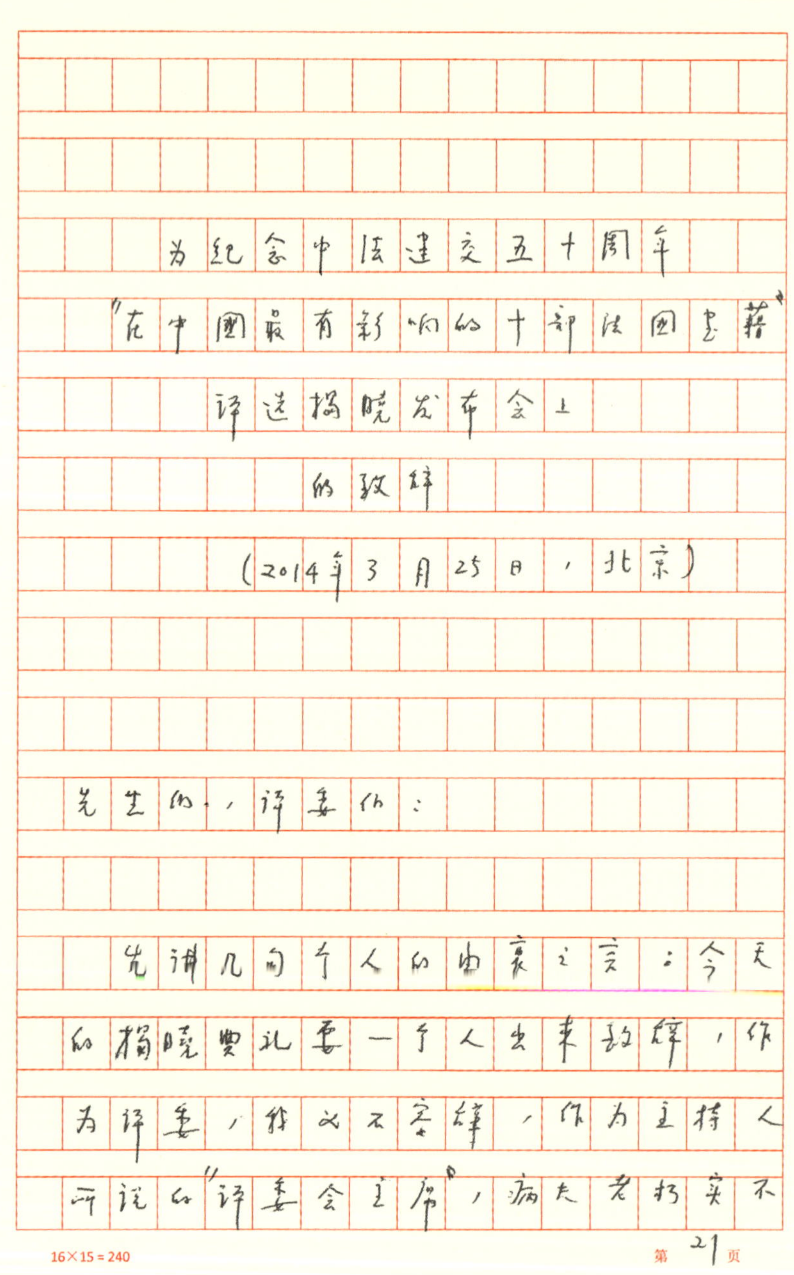

为纪念中法建交五十周年
"在中国最有影响的十部法国书籍"
评选揭晓发布会上
的致辞
（2014年3月25日，北京）

先生们，评委们：

先讲几句个人的由衷之言：今天的揭晓典礼要一个人出来致辞，作为评委，我义不容辞，作为主持人所说的"评委会主席"，病夫老朽实不

16×15=240　　第 21 页

为纪念中法建立五十周年：

"在中国最有影响的十部法国书籍"评选揭晓发布会上的致辞

（2014年3月25日，北京）

先生们、评委们：

先讲几句个人的由衷之言：今天的揭晓典礼要一个人出来致辞，作为评委，我义不容辞，作为主持人所说的"评委会主席"，病夫老朽实不

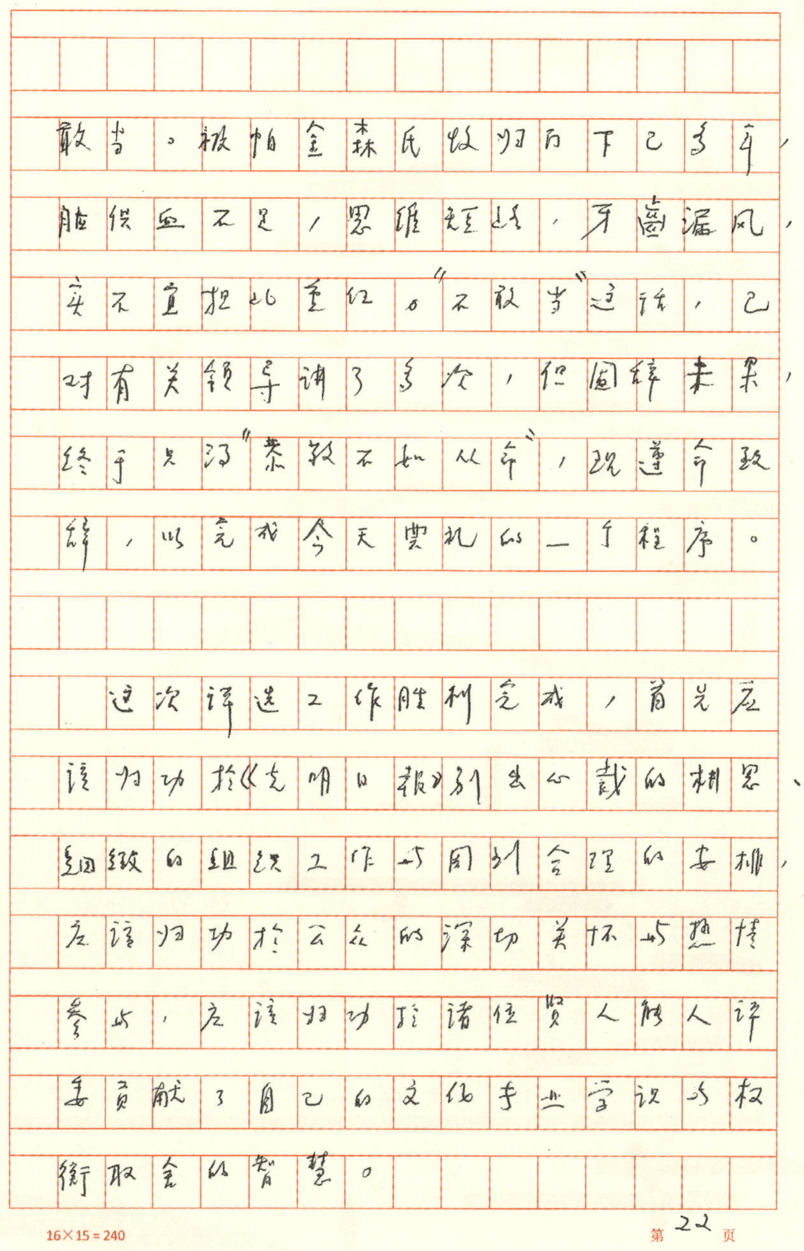
敢当。被帕金森氏收归门下已多年，脑供血不足，思维短路，牙齿漏风，实不宜担此重任。“不敢当”这话，已对有关领导讲了多次，但固辞未果，终于只得“恭敬不如从命”，现遵命致辞，以完成今天典礼的一个程序。

这次评选工作胜利完成，首先应该归功于《光明日报》别出心裁的构思、细致的组织工作与周到合理的安排，应该归功于公众的深切关怀与热情参与，应该归功于诸位贤人能人评委贡献了自己的文化专业学识与权衡取舍的智慧。

16×15＝240　　第 22 页

敢当。被帕金森氏收归门下多年，脑供血不足，思维短路，牙齿漏风，实不宜担此重任。“不敢当”这话，已对有关领导讲了多次，但固辞未果，终于只得“恭敬不如从命”，现遵命致辞，以完成今天典礼的一个程序。

这次评选工作胜利完成，首先应该归功于《光明日报》别出心裁的构思、细致的组织工作与周到合理的安排，应该归功于公众的深切关怀与热情参与，应该归功于诸位贤人能人评委贡献了自己的文化专业学识与权衡取舍的智慧。

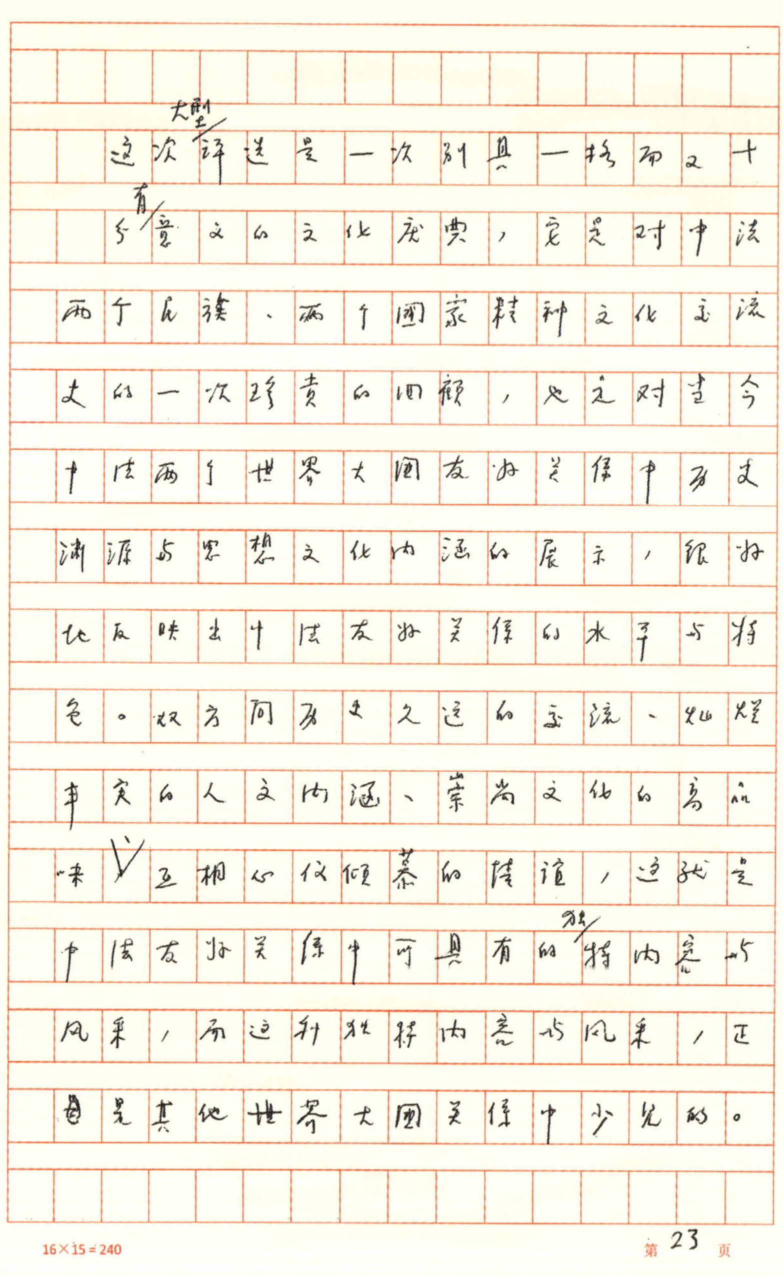
这次大型评选是一次别具一格而又十分有意义的文化庆典，它是对中法两个民族、两个国家精神文化交流史的一次珍贵的回顾，也是对当今中法两个世界大国友好关系中历史渊源与思想文化内涵的展示，很好地反映出中法友好关系的水平与特色。双方间历史久远的交流、灿烂丰富的人文内涵、崇尚文化的高品味、互相心仪倾慕的情谊，这就是中法友好关系中所具有的独特内容与风采，而这种独特内容与风采，正是其他世界大国关系中少见的。

16×15＝240　　第 23 页

这次大型评选是一次别具一格而又十分有意义的文化庆典，它是对中法两个民族、两个国家精神文化交流史的一次珍贵的回顾，也是对当今中法两个大国友好关系中渊源与思想文化内涵的展示，很好地反映出中法友好关系的水平与特色。历史久远的交流、灿烂丰富的人文内涵、崇尚文化的品位、互相心仪倾慕的情谊，这就是中法友好关系中所具有的独特内容与风采，而这种独特内容与风采，正是其他世界大国关系中罕见的。

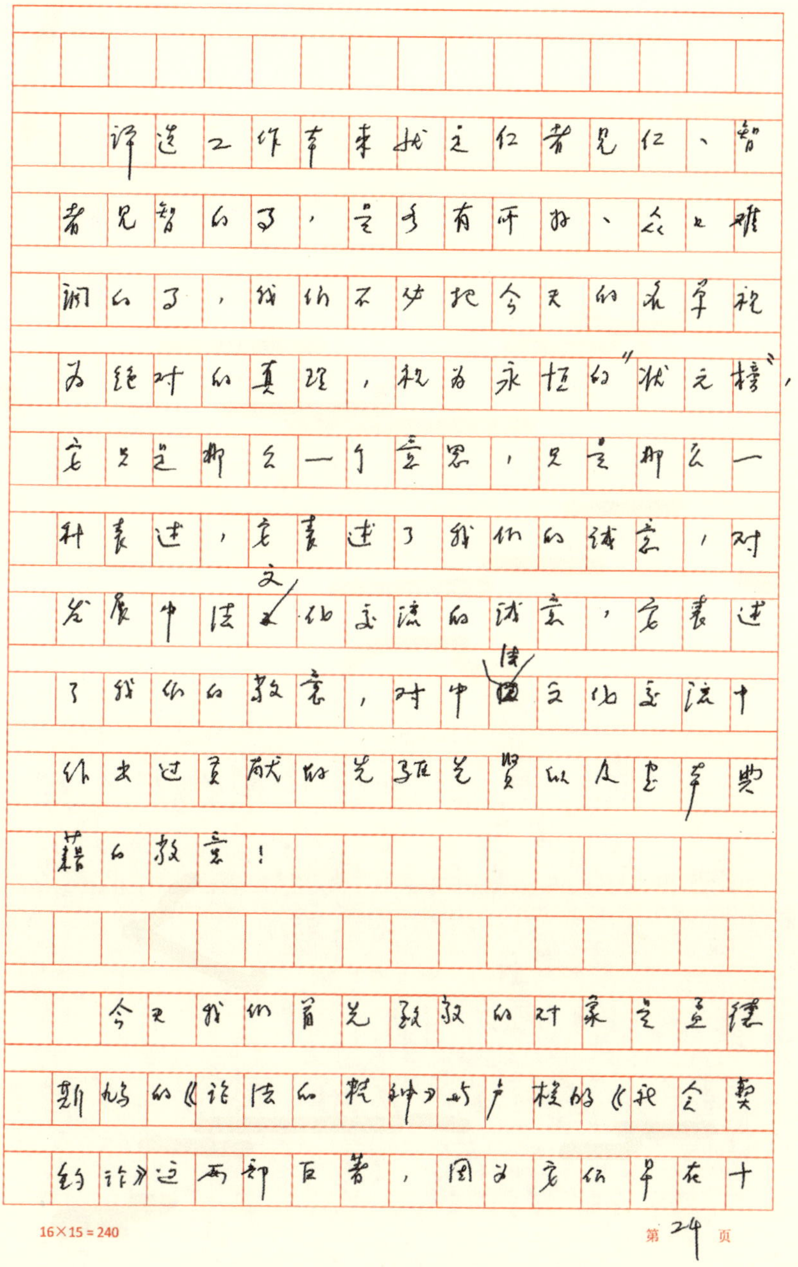

评选工作本来就是仁者见仁、智者见智的事，是各有所好、众口难调的事，我们不必把今天的名单视为绝对的真理，视为永恒的“状元榜”，它只是那么一个意思，只是那么一种表述，它表述了我们的诚意，对发展中法文化交流的诚意，它表述了我们的敬意，对中法文化交流中作出过贡献的先驱先贤以及书本典籍的敬意！

今天我们首先致敬的对象是孟德斯鸠的《论法的精神》与卢梭的《社会契约论》这两部巨著，因为它们早在十

16×15=240　　第24页

评选工作本来就是仁者见仁、智者见智的事，是各有所好、众口难调的事，我们不必把今天的名单，视为绝对的真理、视为永恒的“状元榜”，它只是那么一个意思，只是那么一种表述，它表述了我们的诚意，对发展中法文化交流的诚意，它表述了我们的敬意，对中法文化交流中做出过贡献的先驱先贤以及书本典籍的敬意！

今天我们首先致敬的对象是孟德斯鸠的《论法的精神》与卢梭的《社会契约论》这两部巨著，因为它们早在十

九世纪末二十世纪初就进入了中国，给了正在上下求索的中国人很有力的启示，前者影响了中国维新改良的政治思潮，后者则传播了民主主义的政治思想，直接影响了辛亥革命时期的民主革命派。

我们也没有忘记在清朝末年林纾所译出的《茶花女》，它当时的确使人耳目一新并几乎带来了一点“洛阳纸贵”的效应，故称得上是法国文学飞到中国人群中的“第一只燕子”，此后，这部通俗流行的作品，在中国一直人气不减。

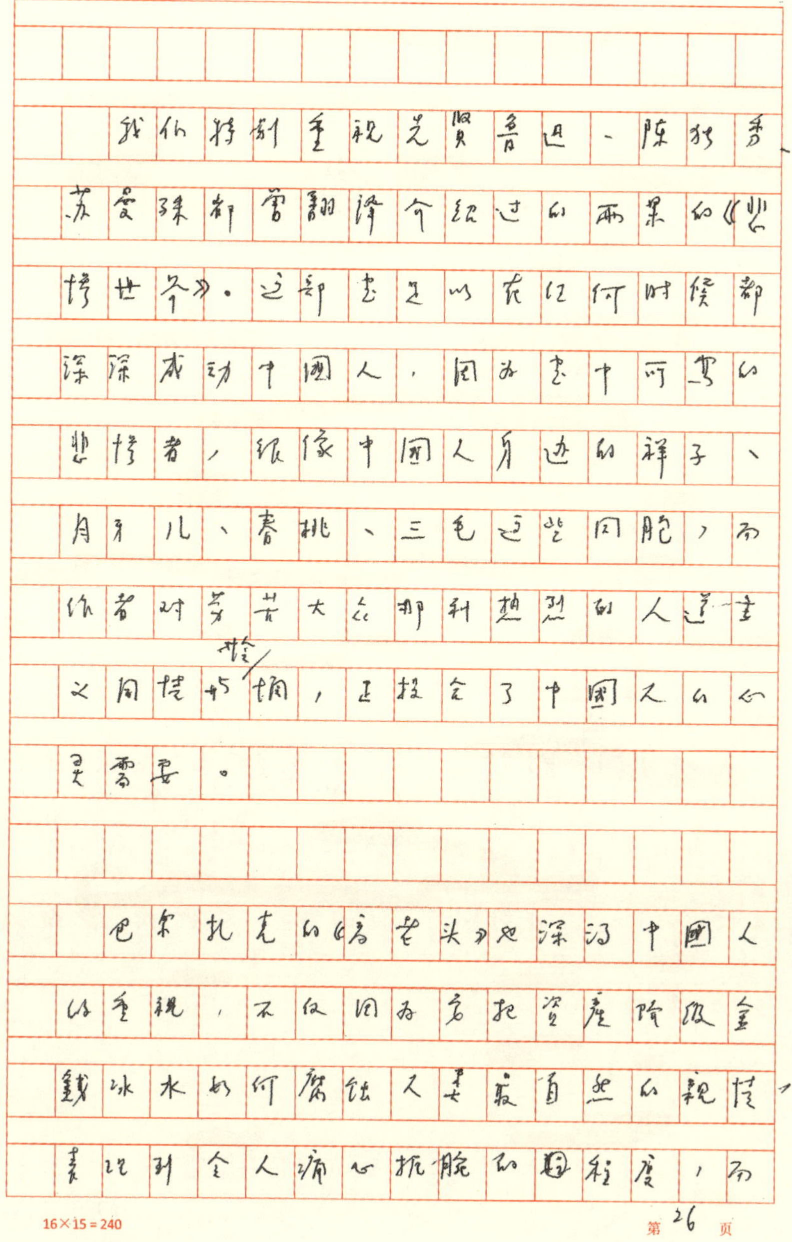
我们特别重视先贤鲁迅、陈独秀、苏曼殊都曾翻译介绍过的雨果的《悲惨世界》，这部书足以在任何时候都深深感动中国人，因为书中所写的悲惨者，很像中国人身边的祥子、月牙儿、春桃、三毛这些同胞，而作者对劳苦大众那种热烈的人道主义同情与怜悯，正投合了中国人的心灵需要。

巴尔扎克的《高老头》也深得中国人的重视，不仅因为它把资产阶级金钱冰水如何腐蚀人类最自然的亲情，表现到令人痛心扼腕的程度，而

16×15=240　　第 26 页

我们特别重视先贤鲁迅、陈独秀、苏曼殊都曾翻译介绍过的雨果的《悲惨世界》，这部书足以在任何时候都深深感动中国人，因为书中所写的悲惨者，很像中国人身边的祥子、月牙儿、春桃、三毛这些同胞，而作者对劳苦大众那种热烈的人道主义同情与怜悯，正投合了中国人的心灵需要。

巴尔扎克的《高老头》也深得中国人的重视，不仅因为它把资产阶级的金钱冰水如何腐蚀人类最自然的亲情，表现到令人痛心扼腕的程度，而

且因为它是规模宏大的艺术巨制《人间喜剧》的代表作，面对着这样一座包括了九十多部作品的宏伟文学大厦，谁能不肃然起敬呢？

《约翰·克利斯朵夫》也是一部很多人都念念不忘的书，主人公那种不向恶俗世道低头、坚守自我尊严与骄傲的倔强性格，曾经是好几代中国年轻人在污浊社会环境中进行精神坚守的榜样，成为了他们与低俗抗争的支撑点。

《红与黑》是中国人特别喜爱的一部

16×15＝240　　第 27 页

且因为它是规模宏大的艺术巨制《人间喜剧》的代表作，面对着这样一座包括九十多部作品的宏伟文学大厦，谁能不肃然起敬呢？

《约翰·克利斯朵夫》也是一部很多中国人都念念不忘的书，主人公那种不向恶俗世道低头、坚守自我尊严与骄傲的倔强性格，曾经是好几代中国青年在污浊社会环境中进行精神坚守的榜样，成为他们与低俗抗争的支撑点。

《红与黑》是中国人特别喜爱的一部

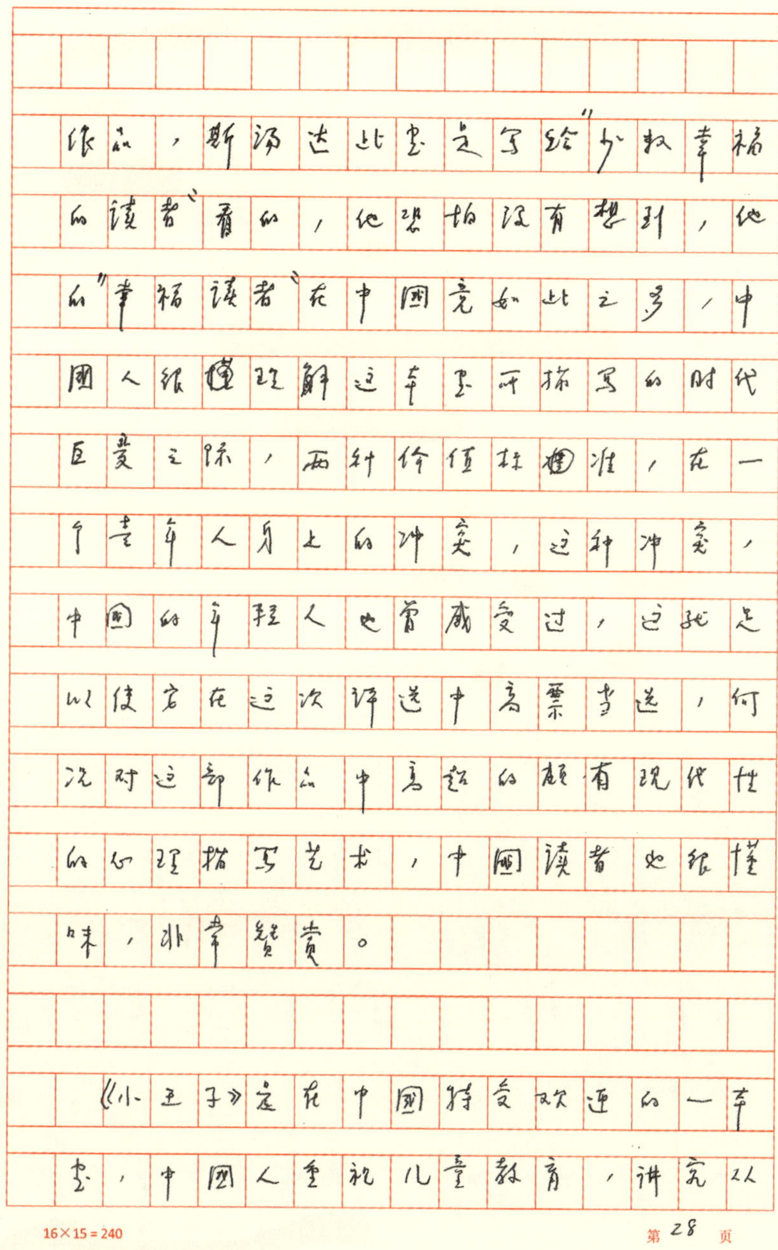
作品，斯汤达此书是写给"少数幸福的读者"看的，他恐怕没有想到，他的"幸福读者"在中国竟如此之多，中国人很理解这本书所描写的时代巨变之际，两种价值标准，在一个青年人身上的冲突，这种冲突，中国的年轻人也曾感受过，这就足以使它在这次评选中高票当选，何况对这部作品中高超的颇有现代性的心理描写艺术，中国读者也很懂味，非常赞赏。

《小王子》是在中国特受欢迎的一本书，中国人重视儿童教育，讲究从

16×15=240　　第 28 页

作品，司汤达此书是写给“少数幸福的读者”看的，他恐怕没有想到，他的“幸福读者”在中国竟如此之多，中国人很理解这部书所描写的时代巨变之际，两种价值标准在一个青年人身上的冲突。这种冲突，中国的年轻人也曾感受过，这就足以使它高票当选，何况对这部书高超的颇有现代性的心理描写艺术，中国读者也很懂味，非常赞赏。

《小王子》是在中国特受欢迎的一本书，中国人重视儿童教育，讲究从

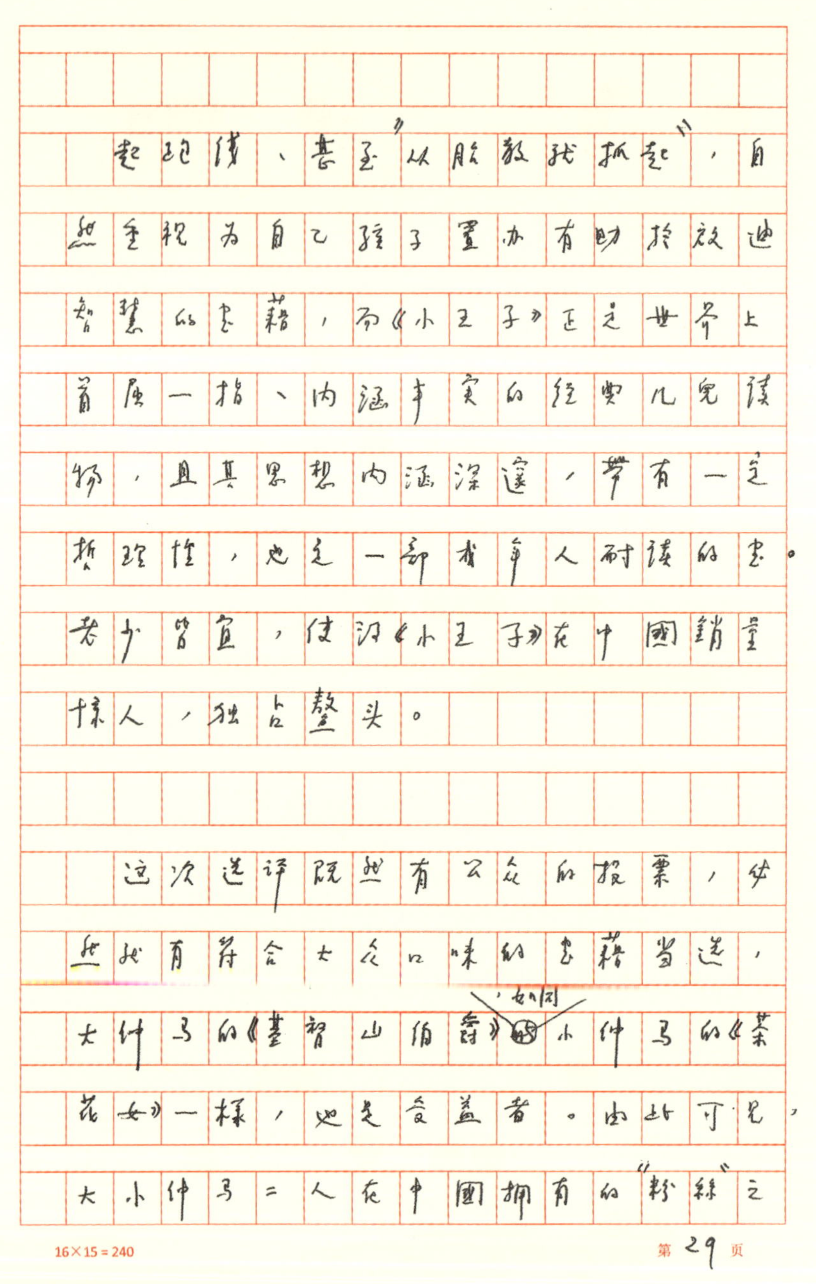
起跑线、甚至“从胎教就抓起”，自然重视为自己孩子置办有助于启迪智慧的书籍，而《小王子》正是世界上首屈一指、内涵丰富的经典儿童读物，且其思想内涵深邃，带有一定哲理性，也是一部成年人耐读的书。老少皆宜，使得《小王子》在中国销量惊人，独占鳌头。

这次选评既然有公众的投票，必然就有符合大众口味的书籍当选，大仲马的《基督山伯爵》如同小仲马的《茶花女》一样，也是受益者。由此可见，大小仲马二人在中国拥有的“粉丝”之

16×15=240　　第29页

起跑线、甚至“从胎教就抓起”，自然重视为自己孩子置办有助于启迪智慧的书籍，而《小王子》正是世界上首屈一指的、内涵丰富的经典儿童读物，而且思想深邃，带有一定哲理性，也是一部成年人耐读的书。老少皆宜，使得《小王子》在中国销量惊人，独占鳌头。

这次选评既然有公众的投票，必然就有合乎大众口味的书籍当选，大仲马的《基督山伯爵》如同小仲马的《茶花女》一样，也是受益者，可见大小仲马父子二人在中国的粉丝人数之

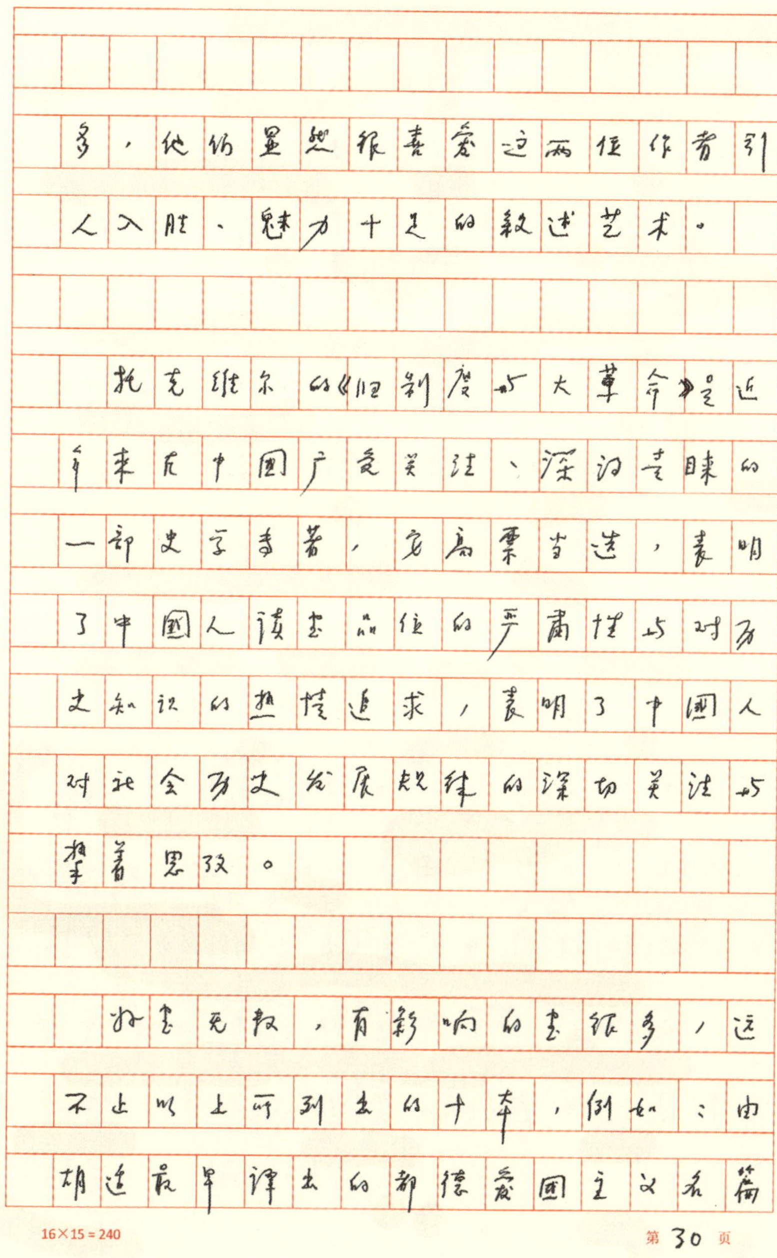

多，他们显然很喜爱这两位作者引人入胜、魅力十足的叙述艺术。

托克维尔的《旧制度与大革命》是近年来在中国广受关注、深得青睐的一部史学专著，它高票当选，表明了中国人读书品位的严肃性与对历史知识的热情追求，表明了中国人对社会历史发展规律的深切关注与执着思考。

好书无数，有影响的书很多，远不止以上所列出的十本，例如：由胡适最早译出的都德爱国主义名篇

16×15＝240　　第30页

众多，他们显然很喜爱这两位作者引人入胜、魅力十足的叙述艺术。

托克维尔的《旧制度与大革命》是近年来在中国广受关注、深得青睐的一部史学专著，它的高票当选，表明了中国人读书品位的严肃性与对历史知识的热情追求，表明了中国人对社会历史发展规律的深切关注与执着思考。

好书无数，有影响的书很多，远不止以上所列出的十本，例如，由胡适最早译出的都德爱国主义名篇

《最后一课》《柏林之围》，对中国二十世纪新文学起过重要作用的左拉的自然主义巨著，莫泊桑脍炙人口的短篇小说，蒙田影响了中国好几代散文名家的《随笔集》，卢梭以坦诚的人格力量著称的自传《忏悔录》，改革开放后一代知识精英所热衷的萨特的哲学著作与哲理小说，梅里美在中国知名度很高的小说《卡门》，加缪风格纯净而内涵深邃的《局外人》，以及杜拉斯风靡世界的《情人》《广岛之恋》等等，等等，都曾在这次评选中获得了广泛的支持与大量的选票。

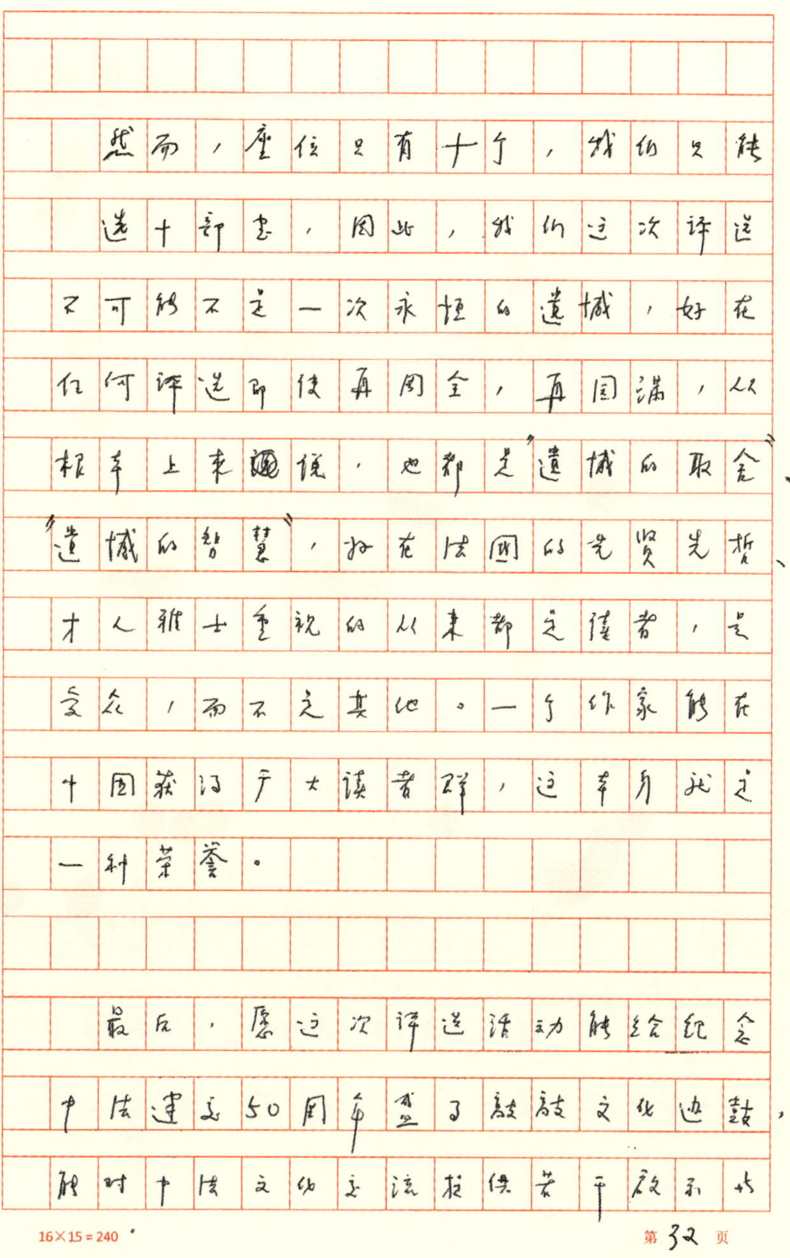

然而，座位只有十个，我们只能选十部书，因此，我们这次评选不可能不是一次永恒的遗憾，好在任何评选即使再周全，再圆满，从根本上来说，也都是"遗憾的取舍"、"遗憾的智慧"，好在法国的先贤先哲、才人雅士重视的从来都是读者，是受众，而不是其他。一个作家能在中国获得广大读者群，这本身就是一种荣誉。

最后，愿这次评选活动能给纪念中法建交50周年盛事敲敲文化边鼓，能对中法文化交流提供若干启示与

16×15＝240　　第 32 页

然而，座位只有十个，我们只能选十部书，因此我们这次评选不可能不是一次永恒的遗憾，好在任何评选即使再周全、再圆满，从根本上来说，也都是“遗憾的取舍”“遗憾的智慧”，好在法国的先贤先哲、才人雅士重视的是读者、是受众而不是其他。一个作家能在中国获得广大读者群，这本身就是一个种荣誉。

最后，愿这次评选活动能给纪念中法建交 50 周年盛事敲敲文化边鼓，能对中法文化交流提供若干启示与

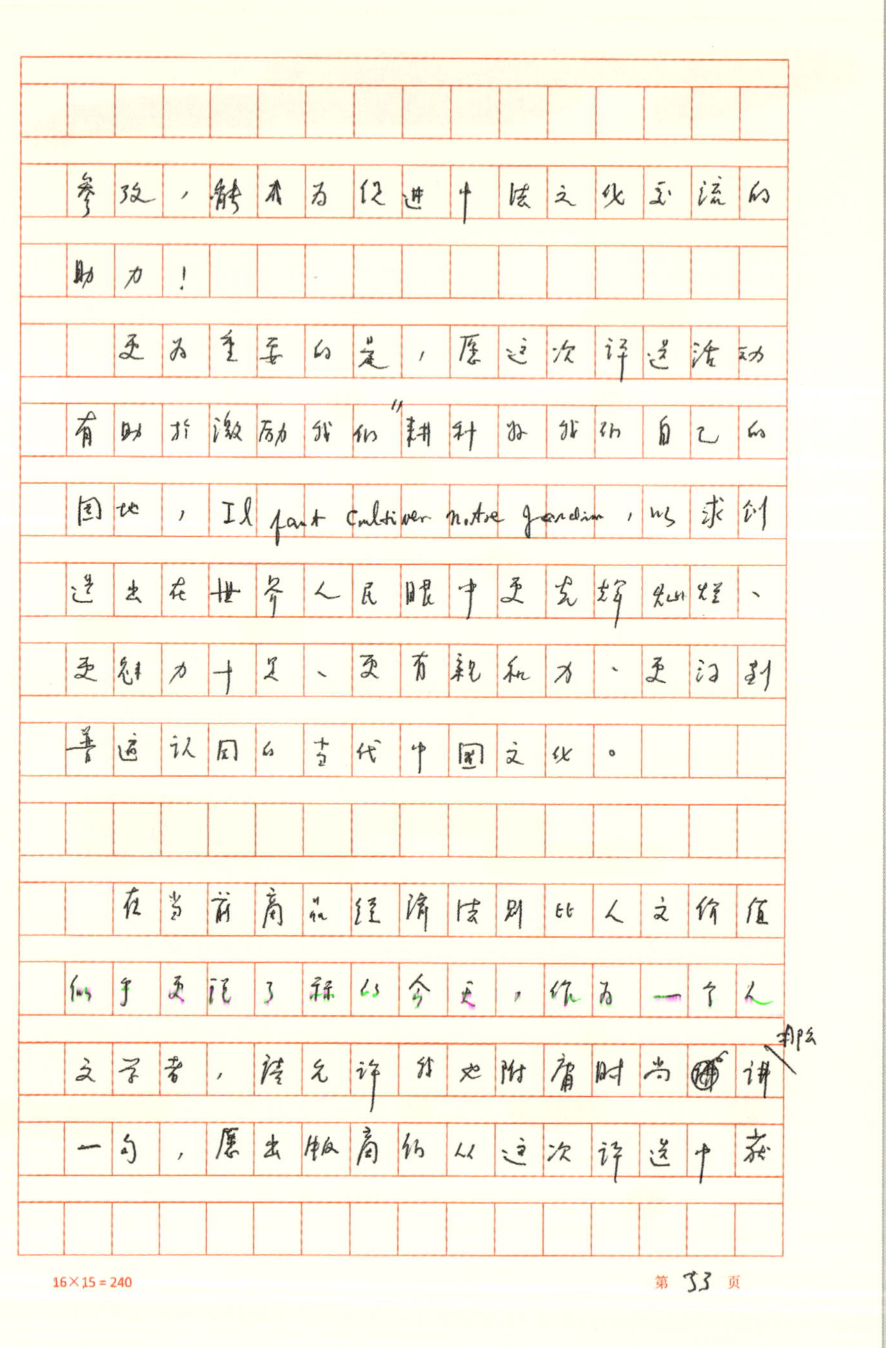

参考，愿这次评选活动成为更进一步促进中法文化交流的助力！

更为重要的是，愿这次评选活动有助于激励我们“耕种好我们自己的园地”，Il faut cultiver notre jardin ，以求创造出在世界人民眼中更光辉灿烂、更魅力十足、更有亲和力、更得到普遍认同的当代中国文化。

当然，在当前商品经济法则比人文价值似乎更说了算的今天，作为一个人文学者，请允许我附庸时尚也讲那么一句，愿出版商们从这次评选中获得营销商机与发财灵感！

谢谢！谢谢！

於《光明日報》大会议厅

16×15=240　　第34页

得营销商机与发财灵感。

谢谢！

于《光明日报》大会议厅

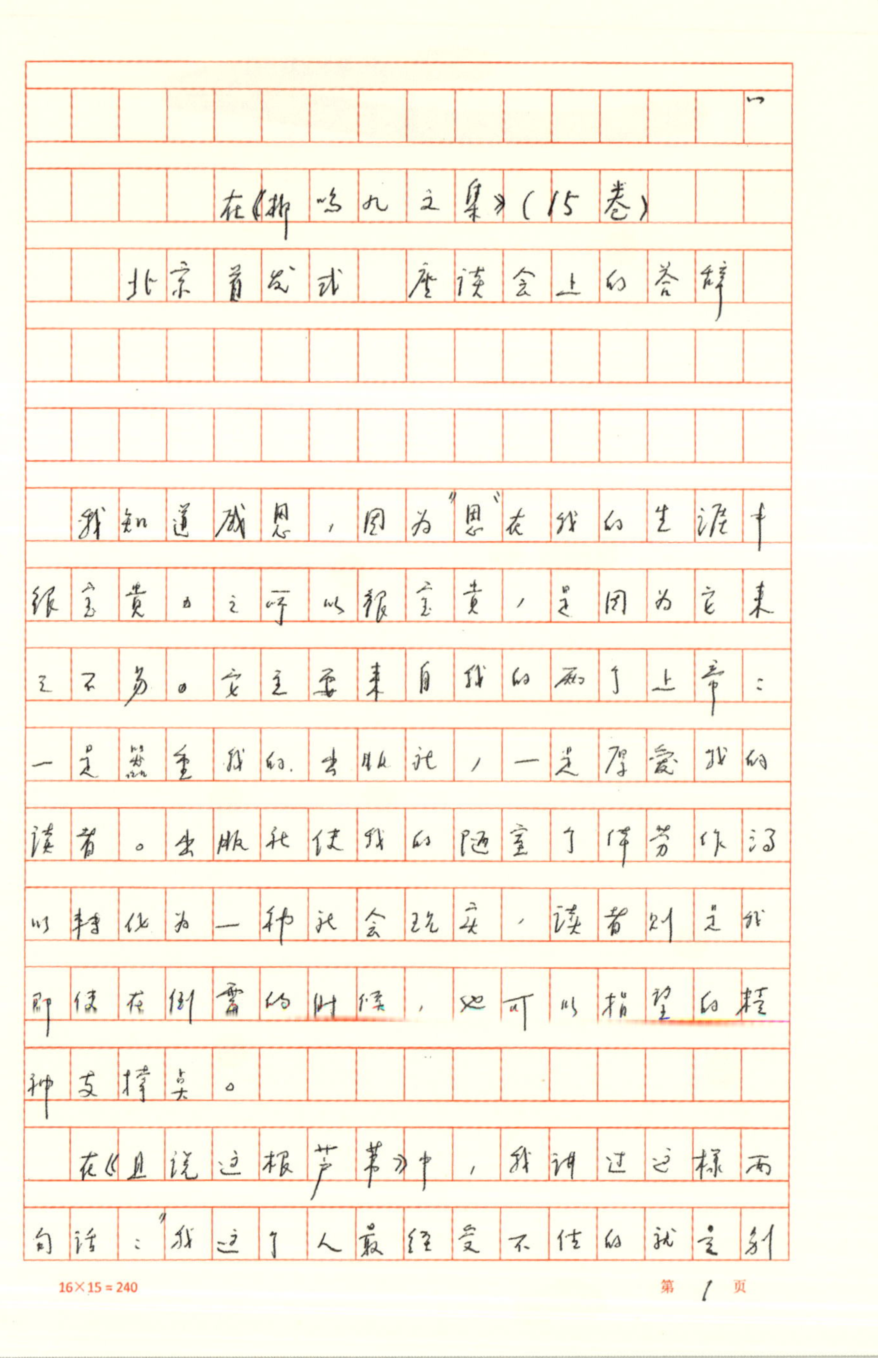

在《柳鸣九文集》(15卷)
北京首发式 座谈会上的答辞

我知道感恩，因为"恩"在我的生涯中很宝贵，之所以很宝贵，是因为它来之不易。它主要来自我的两个上帝：一是器重我的出版社，一是厚爱我的读者。出版社使我的陋室个体劳作得以转化为一种社会现实，读者则是我即使在倒霉的时候，也可以指望的精神支撑点。

在《且说这根芦苇》中，我讲过这样两句话："我这个人最经受不住的就是别

16×15＝240　　第 1 页

在《柳鸣九文集》（15 卷）北京首发式暨座谈会上的答辞

我知道感恩，因为“恩”在我的生涯中很宝贵。之所以很宝贵，是因为它来之不易。它主要来自我的两个上帝：一是器重我的出版社，一是厚爱我的读者。出版社使我的陋室个体劳作得以转化为一种社会现实，读者则是我即使在倒霉的时候，也可以指望的精神支撑点。

在《且说这根芦苇》中，我讲过这样两句话：“我这个人最经受不住的就是别

人对我好，凡遇此情形，我就有向对方"掏心窝"的冲动。今天，大家对我这样好，我想讲几句掏心窝的话。

我感恩，我感谢深圳海天出版社的知遇之恩，他们的尹总尹昌龙先生早就因萨特与我神交已久，几年前，是他们的老总与责编敲开了我那寒碜不堪的陋室的门，门口一直挂着"年老有病，谢绝来访"的纸牌，他们以诚相见，委以重托——《世界散文八大家》与《本色文丛》的主编工作，而后，又主动提出了出版十五卷《柳鸣九文集》的建议与要求。

16×15=240　　第 2 页

人对我好，凡遇此情形，我就有向对方‘掏心窝’的冲动。”今天，大家对我这样好，我想讲几句掏心窝的话。

我感恩，我感谢海天出版社的知遇之恩，他们的尹总尹昌龙先生早就因萨特与我神交已久，几年前，是他们的老总与责编敲开了我那寒碜不堪的陋室的门，门口一直挂着“年老有病，谢绝来访”的纸牌，他们以诚相见，委以重托——《世界散文八大家》与“本色文丛”的主编工作，而后，又主动提出了出版《柳鸣九文集》的建议与要求。

感於他们的诚意与效率，我把《文集》交给了他们。在这个问题上，我对不起另一家对我也有知遇之恩的河南文艺出版社，实际上，是河南社早於海天向我提出了出版十五卷《文集》的要求。在这里，请允许我向河南文艺出版社表示我衷心的歉意，并向你们保证，一定尽我的努力帮你们把《当代思想者自述文丛》办起来，以作弥补。当然，我还要对海天出版社《文集》而付出的辛劳表示感恩，他们对《文集》的重视大大出乎我意料，仅首发式与座谈会就开了三次，一次在北京，一次在香港，一次在深圳。

我感恩，我感谢今天来参加首发式

16×15＝240　　第 3 页

感于他们的诚意与他们的效率，我把《文集》交给了他们，在这个问题上，我对不起另一家对我也有知遇之恩的河南文艺出版社，实际上，是河南社早于海天向我提出了出版十五卷《文集》的要求。在这里，请允许我向河南文艺出版社表示我衷心的歉意，并向你们保证，一定尽我的努力帮你们把“当代思想者自述文丛”办起来，以作为弥补。当然，我还要对海天出版拙《文集》所付出的辛劳表示感恩，他们对《文集》的重视大大出乎我意料，仅首发式与座谈会就开了三次，一次在北京，一次在香港，一次在深圳。

我感恩，我感谢今天来参加首发式

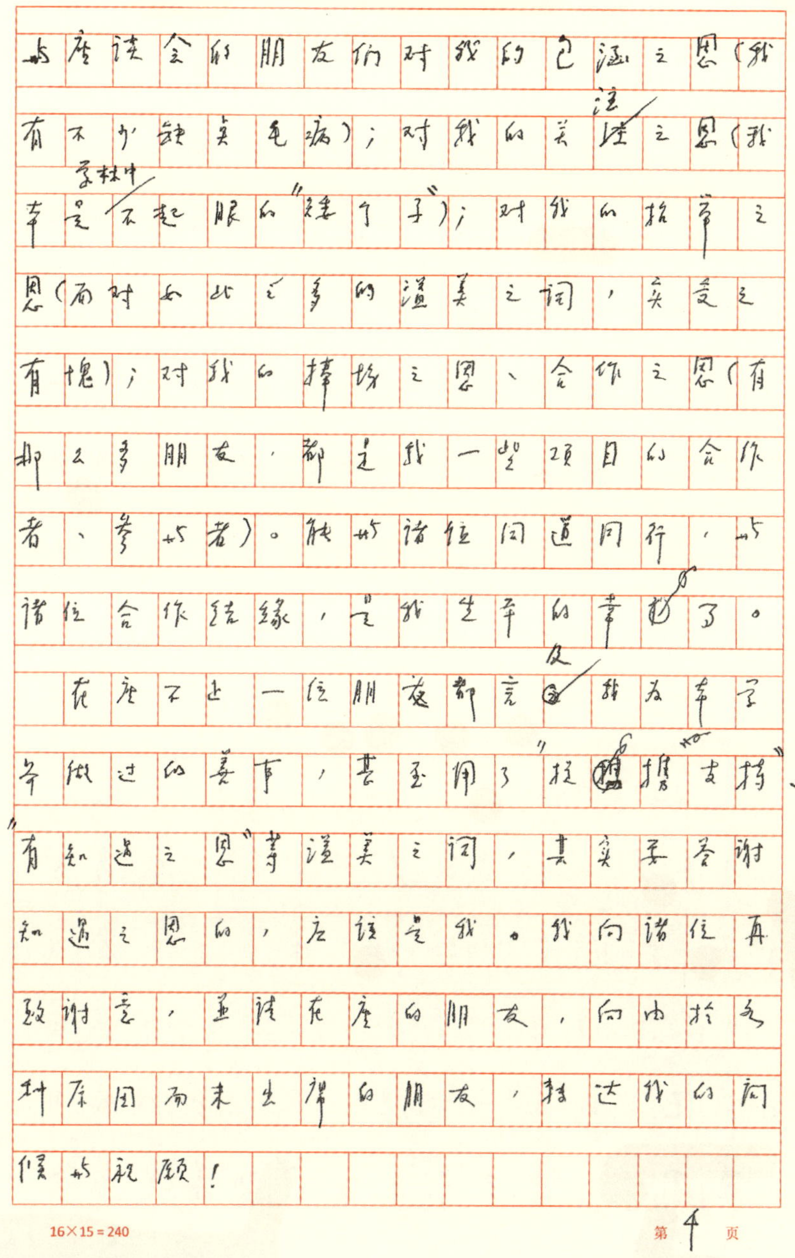

与座谈会的朋友们对我的包涵之恩（我
有不少缺点毛病）；对我的关注之恩（我
本是不起眼的“矮个子”）；对我的抬举之
恩（面对如此之多的溢美之词，我受之
有愧）；对我的捧场之恩、合作之恩（有
那么多朋友，都是我一些项目的合作
者、参与者）。能与诸位同道同行，与
诸位合作结缘，是我生平的幸事了。
在座不止一位朋友都言及我为本学
界做过的善事，甚至用了“提携支持”、
“有知遇之恩”等溢美之词，其实要答谢
知遇之恩的，应该是我。我向诸位再
致谢意，并请在座的朋友，向由于各
种原因而未出席的朋友，转达我的问
候与祝愿！

16×15＝240　　第 4 页

与座谈会的朋友们对我的包涵之恩（我有不少毛病与缺点）；对我的关注之恩（我本是不起眼的矮个子）；对我的抬举之恩（面对如此之多的溢美之词，我受之有愧）；对我的捧场之恩、合作之恩（有那么多朋友，都是我一些项目的合作者、参与者）。能与诸位同道同行，与诸位合作结缘，是我生平的幸事。

在座不止一位朋友都言及我为本学界做过的善事，甚至用了“提携支持”“有知遇之恩”等溢美之词，其实，要答谢知遇之恩的，应该是我。我向诸位再致谢意，并请在座的朋友，向由于各种原因而未出席的朋友，转达我的问候与祝愿！

按照致词的一般惯例，我应该感恩、感谢的，不言而喻，还有祖国、人民、父母、师长、母校、组织、领导、亲人亲友……对我而言，特别还有并非亲人却情同亲人的一个农民工三口之家，他们使我长期在空巢老人的生活中，也得以享受了准天伦之乐、亚天伦之乐，并且四体不勤而衣食无忧。

我身高一米六差一公分，智商水平为中等偏下，既无书香门第的家底，又无海外深造的资历，不论从哪个方面来说，在人才济济的中华学林，都是一个矮个子。幸好有北大燕园给我的学养为本，凭着笨鸟先飞、笨鸟多飞的劲头，总算做出了一点事情，含金量不高，且不免有历史时代烙印。归根结底说来，我只是浅水滩上一根很普通的芦苇，一根还算是巴斯喀所说的那种“会思想的芦苇”。

我知道，个体人是脆弱的，个体人是速朽的，个体人的很多努力往往都是徒劳的，如西西弗推石上山。但愿我所推动的石块，若干年过去，经过时光无情的磨损，最后还能留下一颗小石粒，甚至只留下一颗小沙粒，若果能如此，也是人生之未虚度。

历史文化发展的无情规律便是如此，我们面临的必然天命便是如此！

谢谢！谢谢！

2015年9月5日
於北京飞天大厦

16×15＝240　　第7页

谢谢！谢谢！

2015年9月5日
于北京飞天大厦

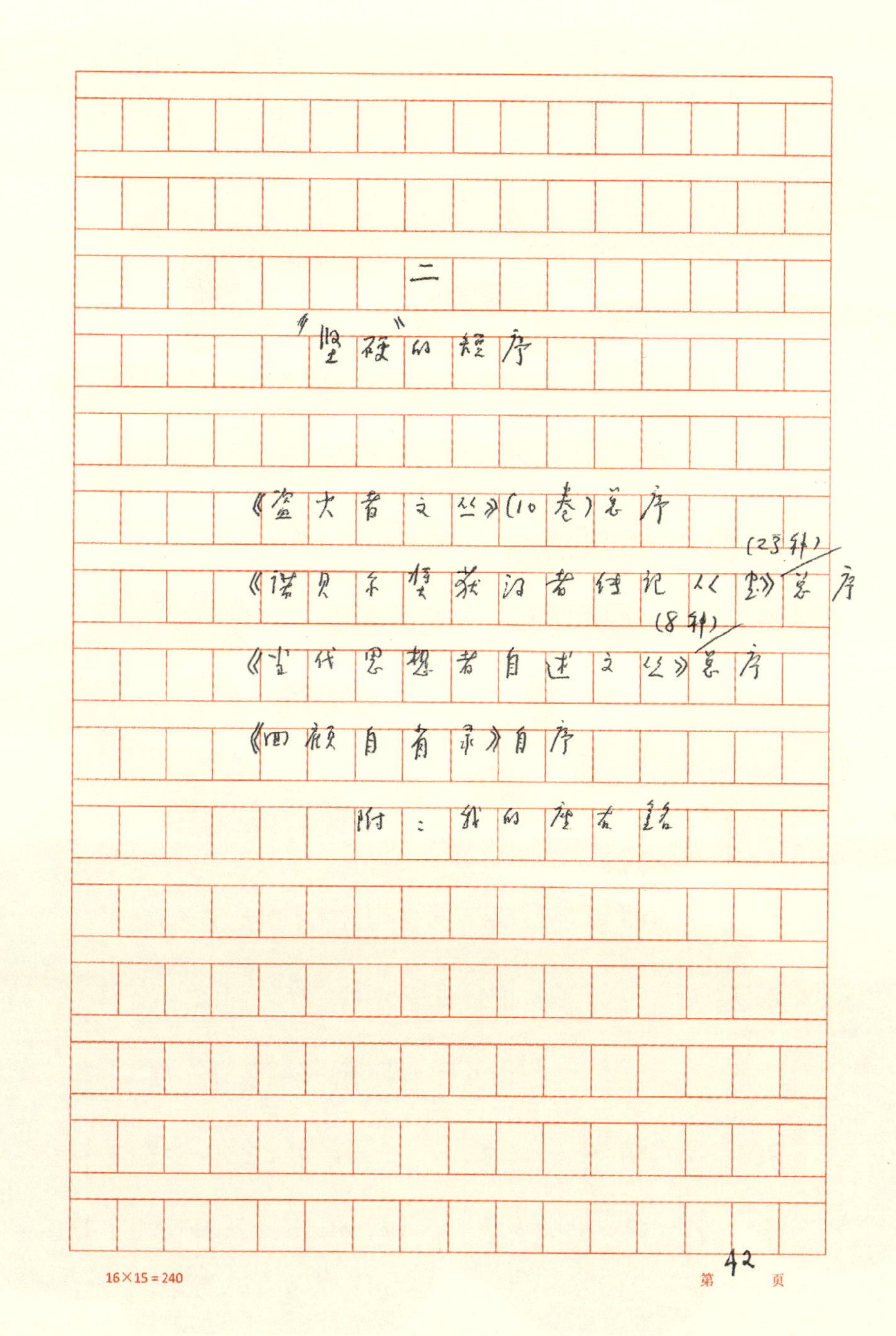
二

“坚硬”的短序

《盗火者文丛》(10卷)总序
《诺贝尔奖获得者传记丛书》(23种)总序
《当代思想者自述文丛》(8种)总序
《回顾自省录》自序
附：我的座右铭

16×15=240　　第42页

二、“坚硬”的短序

- 《盗火者文丛》(10 卷) 总序
- 《诺贝尔奖获得者传记丛书》(23 种) 总序
- 《当代思想者自述文丛》(8 种) 总序
- 《回顾自省录》自序　附：我的座右铭

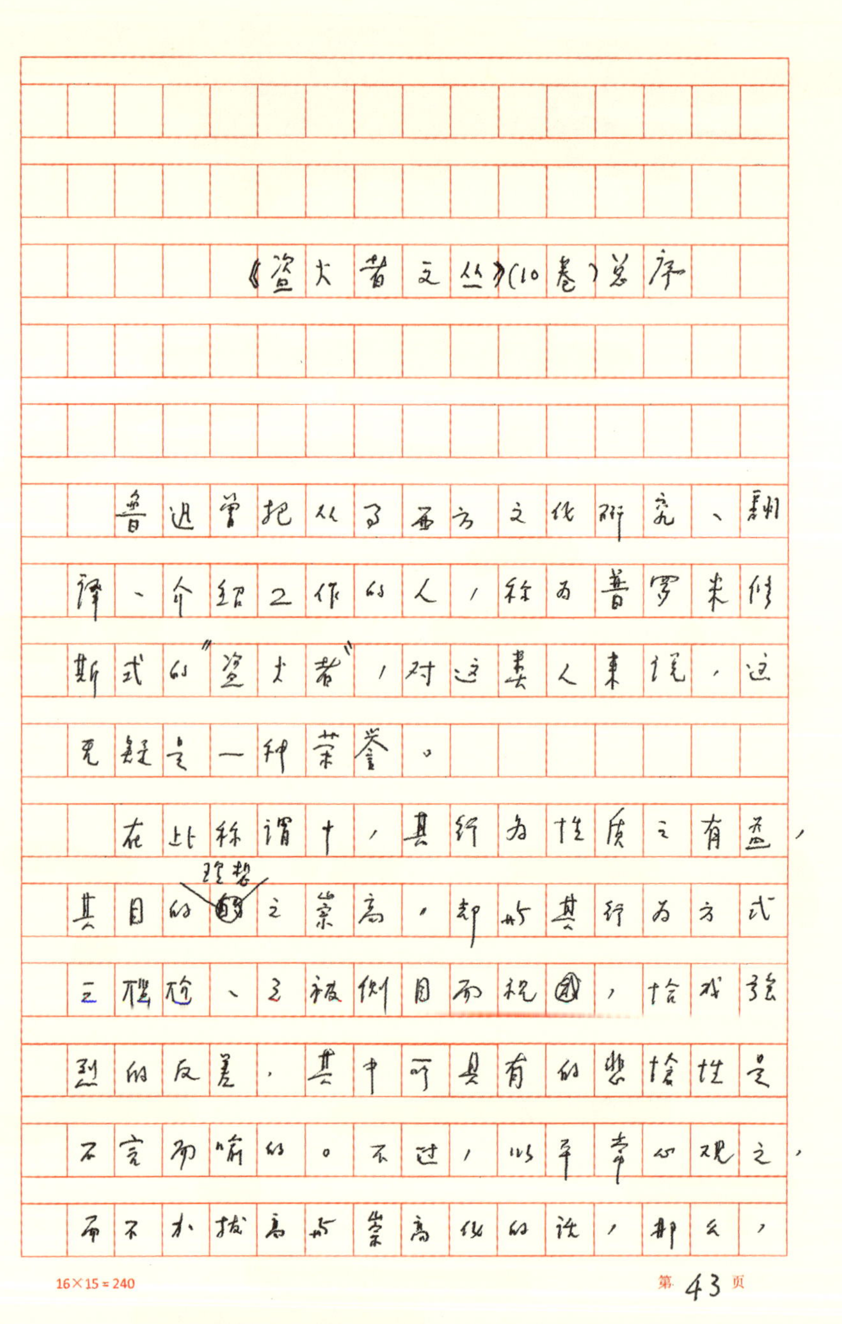

《盗火者文丛》(10卷)总序

鲁迅曾把从事西方文化研究、翻译、介绍工作的人，称为普罗米修斯式的"盗火者"，对这类人来说，这无疑是一种荣誉。

在此称谓中，其行为性质之有益，其目的理想之崇高，却与其行为方式之尴尬、之被侧目而视，恰成强烈的反差，其中所具有的悲怆性是不言而喻的。不过，以平常心观之，而不加拔高与崇高化的话，那么，

16×15＝240　　第 43 页

“盗火者文丛”（10卷）总序

鲁迅曾把从事西方文化研究、翻译、介绍工作的人，称为普罗米修斯式的“盗火者”，对这类人来说，这无疑是一种荣誉。

在此称谓中，其行为性质之有益，其目的理想之崇高，却与其行为方式之尴尬、之被侧目而视，恰成强烈的反差，其中所具有的悲怆性是不言而喻的。不过，以平常心观之，而不加拔高与崇高化的话，那么，

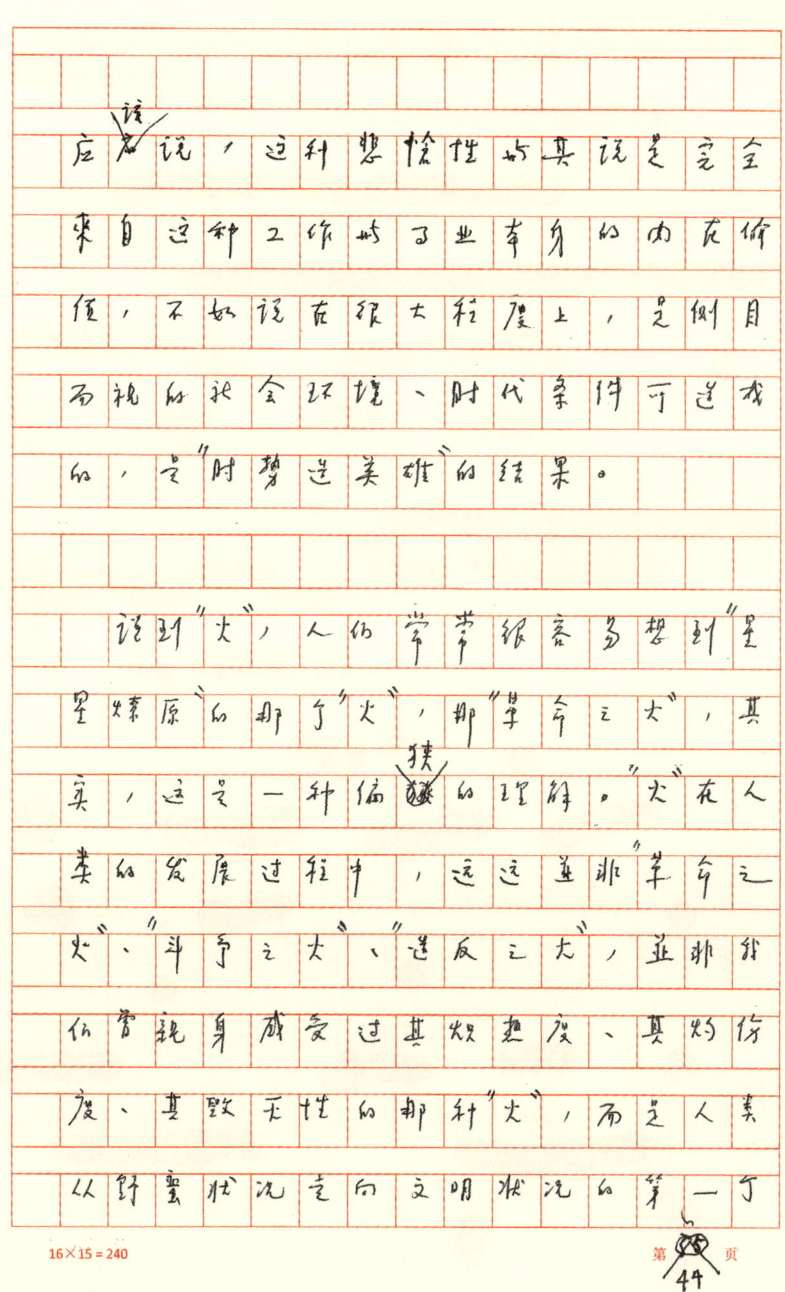

应该说，这种悲怆性与其说是完全来自这种工作与事业本身的内在价值，不如说在很大的程度上，是侧目而视的社会环境、时代条件所造成的，是“时势造英雄”的结果。

说到“火”，人们常常很容易联想到“星星燎原”的那个“火”，那“革命之火”，其实，这是一种偏狭的理解。“火”在人类的发展过程中，远远并非“革命之火”“斗争之火”“造反之火”，并非我们曾亲身感受过其炽热度、其灼伤度、其毁灭性的那种“火”，而是人类从野蛮状况走向文明状况的第一个

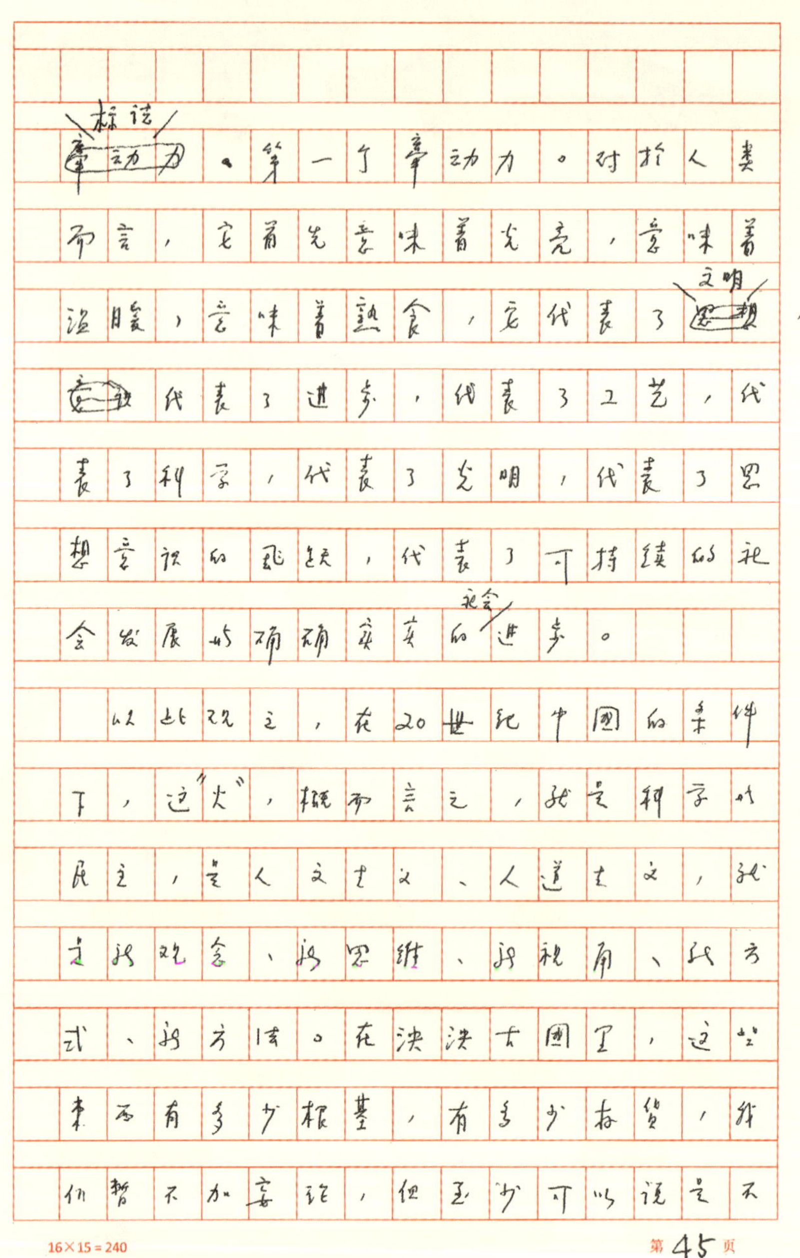
标志、第一个牵动力。对于人类而言，它首先意味着光亮，意味着温暖，意味着熟食，它代表了文明，代表了进步，代表了工艺，代表了科学，代表了光明，代表了思想意识的飞跃，代表了可持续的社会发展与确确实实的社会进步。

以此观之，在20世纪中国的条件下，这"火"，概而言之，就是科学与民主，是人文主义、人道主义，就是新观念、新思维、新视角、新方式、新方法。在泱泱古国里，这些东西有多少根基，有多少存货，我们暂不加妄论，但至少可以说是不

16×15=240　　第45页

标志、第一个牵动力。对于人类而言，它首先意味着光亮，意味着温暖，意味着熟食，它代表了文明，代表了进步，代表了工艺，代表了科学，代表了光明，代表了思想意识的飞跃，代表了可持续的社会发展与确确实实的社会进步。

以此观之，在20世纪中国的条件下，这“火”，概而言之，就是科学与民主，是人文主义、人道主义，就是新观念、新思维、新视角、新方式、新方法。在泱泱古国里，这些东西有多少根基，有多少存货，我们暂不加妄论，但至少可以说是不

够用的，毕竟我们的精神历程缺了文艺复兴与启蒙主义两个重要阶段，于是，就有一个引进的需要。而引进者不过就是古丝绸道上的贩运者、驼队，就是在大江阻隔下的摆渡者而已。鲁迅所指不外如此，并无惊天动地之意，只不过由于中国社会积习甚深，惯性甚大，反倒常常容易引起“侧目而视”，甚至阻力重重，引进者、摆渡者反倒成了“盗者”。

在二十世纪的中国，不论引进的道路是否崎岖，不论摆渡的航道是否曲折，这条道路上的人倒是络绎

不绝的，完全堵塞的时日毕竟有限。在这条道路上，前者呼，后者应，行者不绝于途。即使通道也有彻底封闭堵塞的时期，但“春风吹又生”，后继者仍踽踽前行不止，于是，一个世纪下来，在中国就形成了一种特定的文化景观，盗火者景观，摆渡者景观，这一景观就像古丝绸道上的行者与驼队的景观，值得后人念想，值得后世留存，哪怕只是若干浮光掠影，“断简残篇”。

这便是我编选“盗火者文丛”的初衷与立意。

16×15＝240　　第 47 页

不绝的，完全堵塞的时日毕竟有限。在这条道路上，前者呼，后者应，行者不绝于途，即使通道也有彻底杜绝、被根除的时期，但“春风吹又生”，后继者仍踽踽前行不止。于是，一个世纪下来，在中国就形成了一种特定的文化景观，盗火者景观、摆渡者景观，这一景观就像古丝绸道上的行者与驼队的景观，值得后人念想，值得后世留存，哪怕只是若干浮光掠影、“断简残篇”。

这便是我编选“盗火者文丛”的初衷与立意。

二十世纪，在中國，致力於研究、翻译、介绍西方文化並有业绩的人士，多如满天繁星。当然，其中更对跨学科文化有广泛兴趣，更对社会现实有人文关切，并常发而为文，产生了社会影响，形成了学者散文此一特定文化景观的名家，其数量相对会较少一点，即使如此，为数亦很可观。以这一景观为编选对象，本应是一项巨型的文化积累工程，然而，在物质功利主义大为张扬的条件下，人文出版殊为不易，加以版权壁垒的限制更增加了难度，幸有中央编译出版社大力支持，

16×15=240　　第48页

二十世纪，在中国，致力于研究、翻译、介绍西方文化并有业绩的人士，多如满天繁星。当然，其中更对跨学科文化有广泛兴趣，更对社会现实有人文关切，并常发而为文，产生了社会影响，形成了学者散文此一特定文化景观的名家，其数量相对会较少一点，即使如此，为数亦很可观。以这一景观为编选对象，本应是一项巨型的文化积累工程，然而，在物质功利主义大为张扬的条件下，人文出版殊为不易，加以版权壁垒的限制更增加了难度，幸有中央编译出版社大力支持，

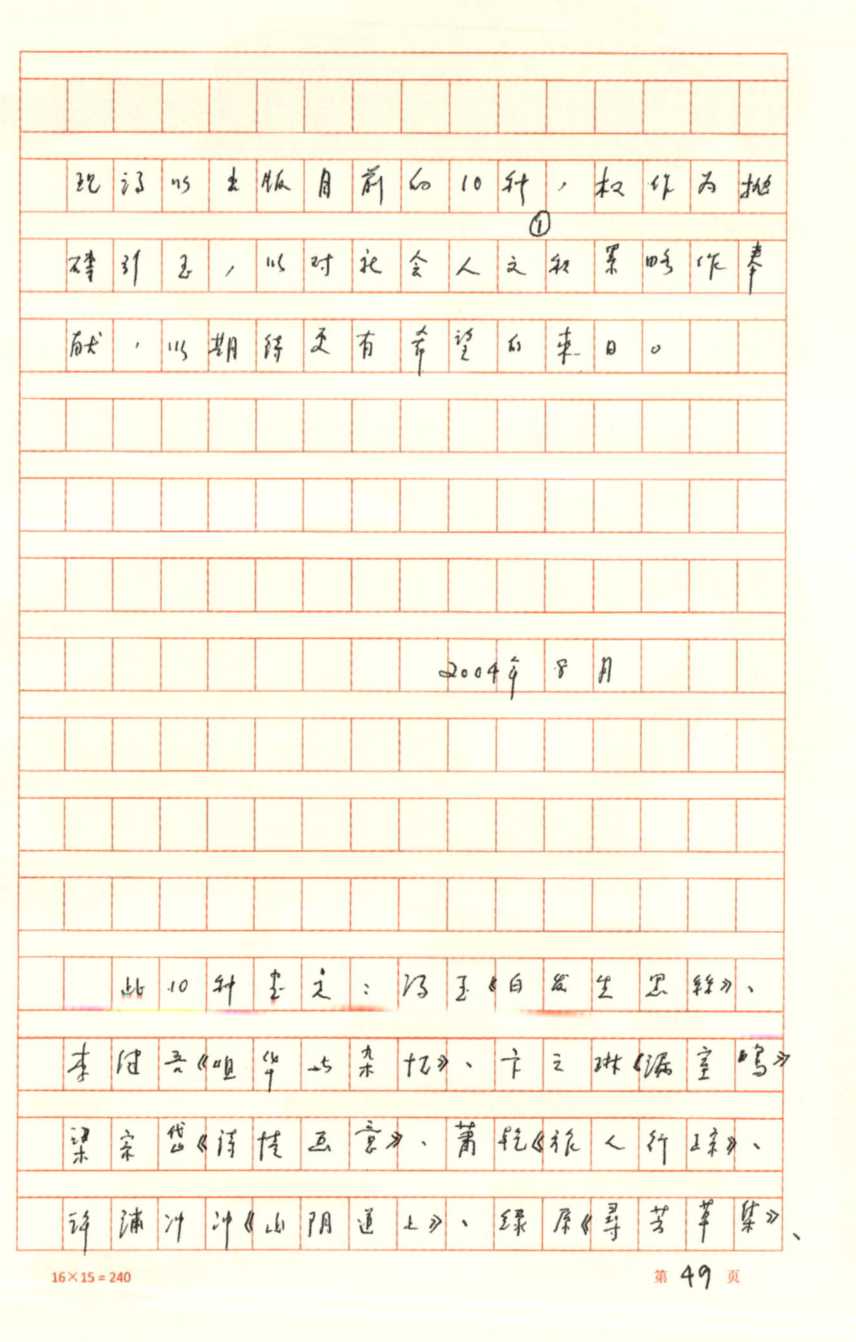
现得以出版目前的10种①，权作为抛砖引玉，以对社会人文积累略作奉献，以期待更有希望的来日。

2004年8月

此10种书是：冯至《白发生黑丝》、李健吾《咀华与杂忆》、卞之琳《漏室鸣》、梁宗岱《诗情画意》、萧乾《旅人行踪》、许渊冲《山阴道上》、绿原《寻芳草集》、

16×15＝240　　第49页

现得以出版目前的10种[1]，权作为抛砖引玉，以对社会人文积累略作奉献，以期待更有希望的来日。

2004年8月

此10种书是：冯至《白发生黑丝》、李健吾《咀华与杂忆》、卞之琳《漏室鸣》、梁宗岱《诗情画意》、萧乾《旅人行踪》、许渊冲《山阴道上》、绿原《寻芳草集》、

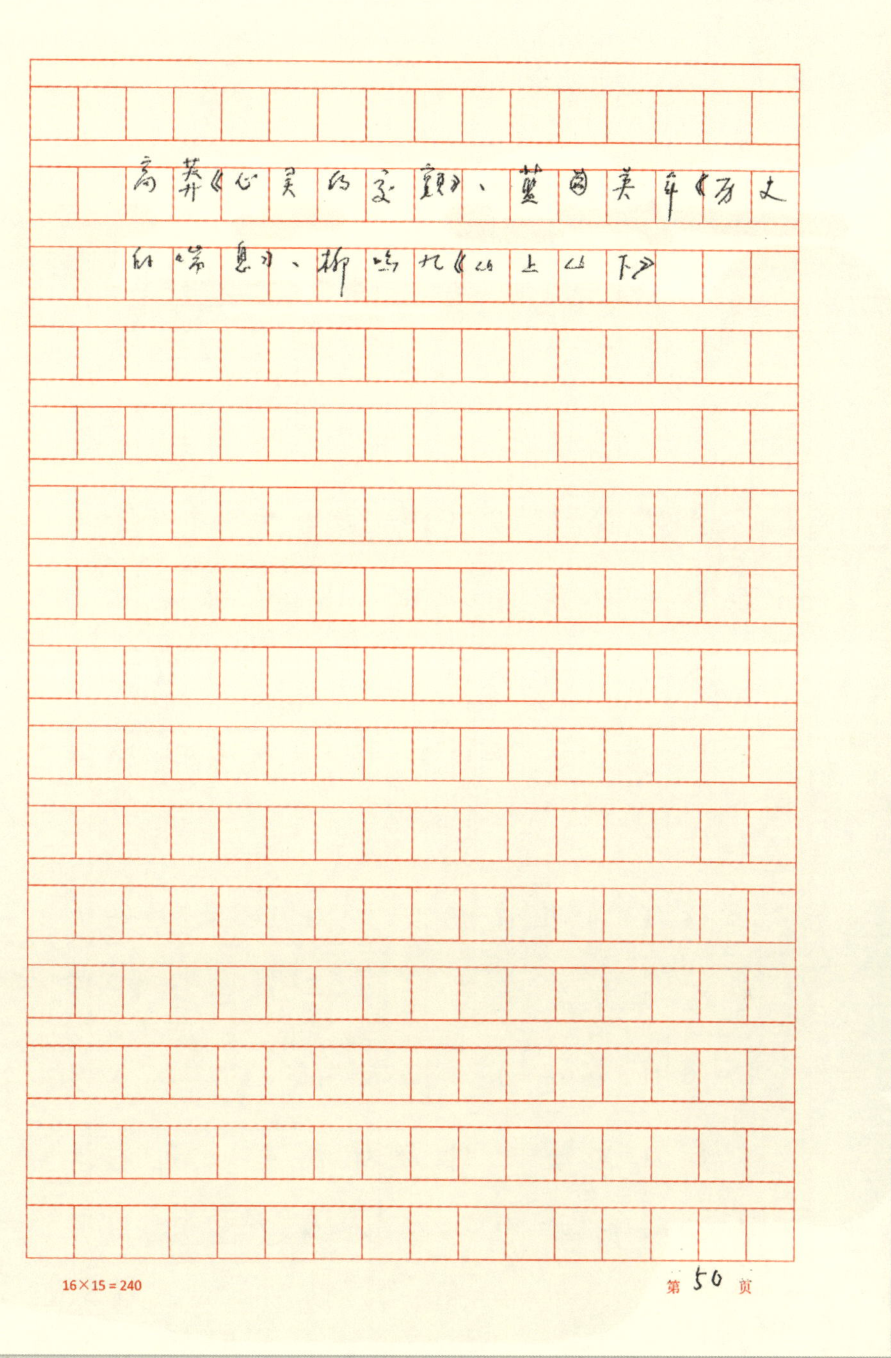

高莽《心灵的交颤》、蓝英年《历史的喘息》、柳鸣九《山上山下》。

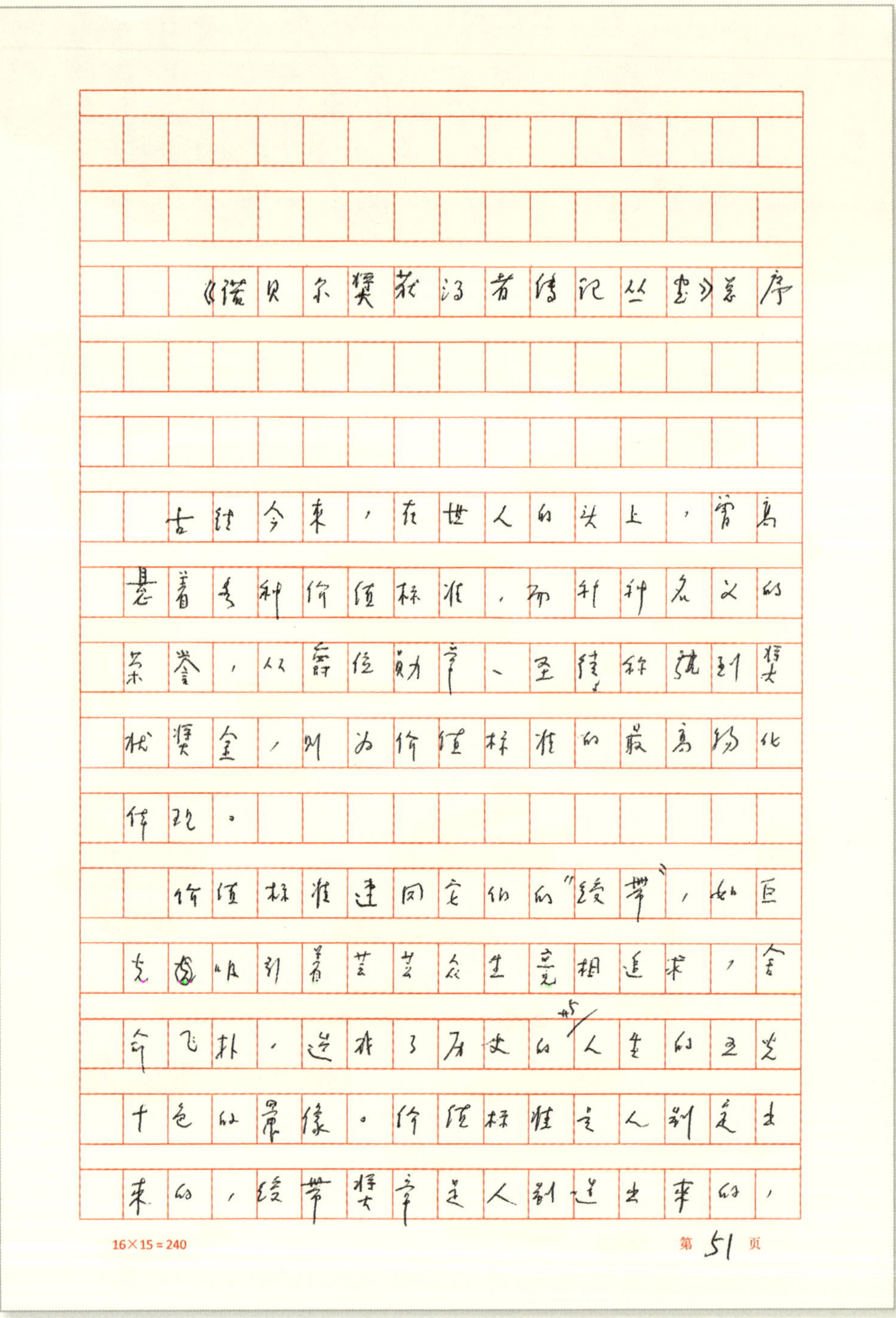

《诺贝尔奖获得者传记丛书》总序

古往今来，在世人的头上，曾高悬着各种价值标准，而种种名义的荣誉，从爵位勋章、圣徒称号到奖状奖金，则为价值标准的最高物化体现。

价值标准连同它们的"绶带"，如巨光吸引着芸芸众生竞相追求，舍命飞扑，造成了历史的与人生的五光十色的景象。价值标准是人制定出来的，绶带奖章是人制造出来的，

16×15＝240　　第 51 页

"诺贝尔奖获得者传记丛书"（23 种）总序

古往今来，在世人的头上，曾高悬着各种价值标准，而种种名义的荣誉，从爵位勋章、圣徒称号到奖状奖金，则为价值标准的最高物化体现。

价值标准连同它们的"绶带"，如巨光吸引着芸芸众生竞相追求，舍命飞扑，造成了历史的与人生的五光十色的景象。价值标准是人制定出来的，绶带奖章是人制造出来的，

人又以自己的造物为理想为目标，人是奇妙的上帝，他自编自导自演了规模宏大、壮丽非凡的追求奇观。

每一种价值标准，不论是政治法权的，宗教道德的，社会文化的，学术技艺的，都曾力求保持自己的庄严崇高的仪表，都曾声称自己的绝对与永恒。然而，历史是无情的，它总要把各种价值标准召唤到它的审判台前来加以检视，让它们辩明自己继续存在的理由，它严格地精选出符合人类发展方向、有助于历

16×15=240　　第 52 页

人又以自己的造物为理想为目标，人是奇妙的上帝，他自编自导自演了规模宏大、壮丽非凡的追求奇观。

每一种价值标准，不论是政治法权的，宗教道德的，社会文化的，学术技艺的，都曾力求保持自己的庄严崇高的“仪表”，都曾声称自己的绝对与永恒。然而历史是无情的，它总要把各种价值标准召唤到它的审判台前来加以检视，让它们辩明自己继续存在的理由，它严格地精选出符合人类发展方向、有助于历

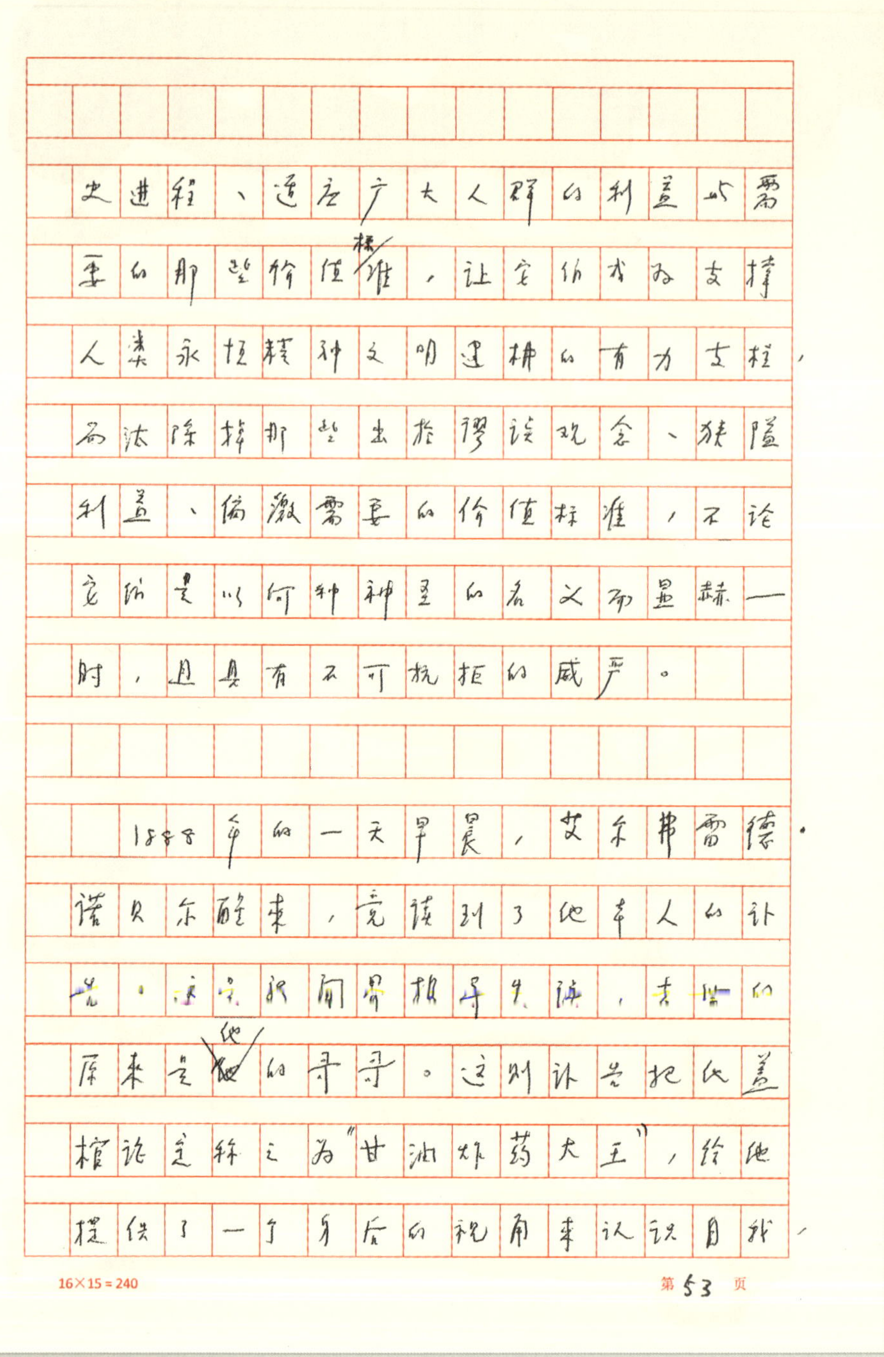

史进程、适应广大人群的利益与需要的那些价值标准，让它们成为支撑人类永恒精神文明建构的有力支柱，而汰除掉那些出于谬误观念、狭隘利益、偏激需要的价值标准，不论它们是以何种神圣的名义而显赫一时，且具有不可抗拒的威严。

1888年的一天早晨，艾尔弗雷德·诺贝尔醒来，竟读到了他本人的讣告。这是新闻界报道失误，去世的原来是他的哥哥。这则讣告把他盖棺论定称为“甘油炸药大王”，给他提供了一个身后的视角来认识自我，

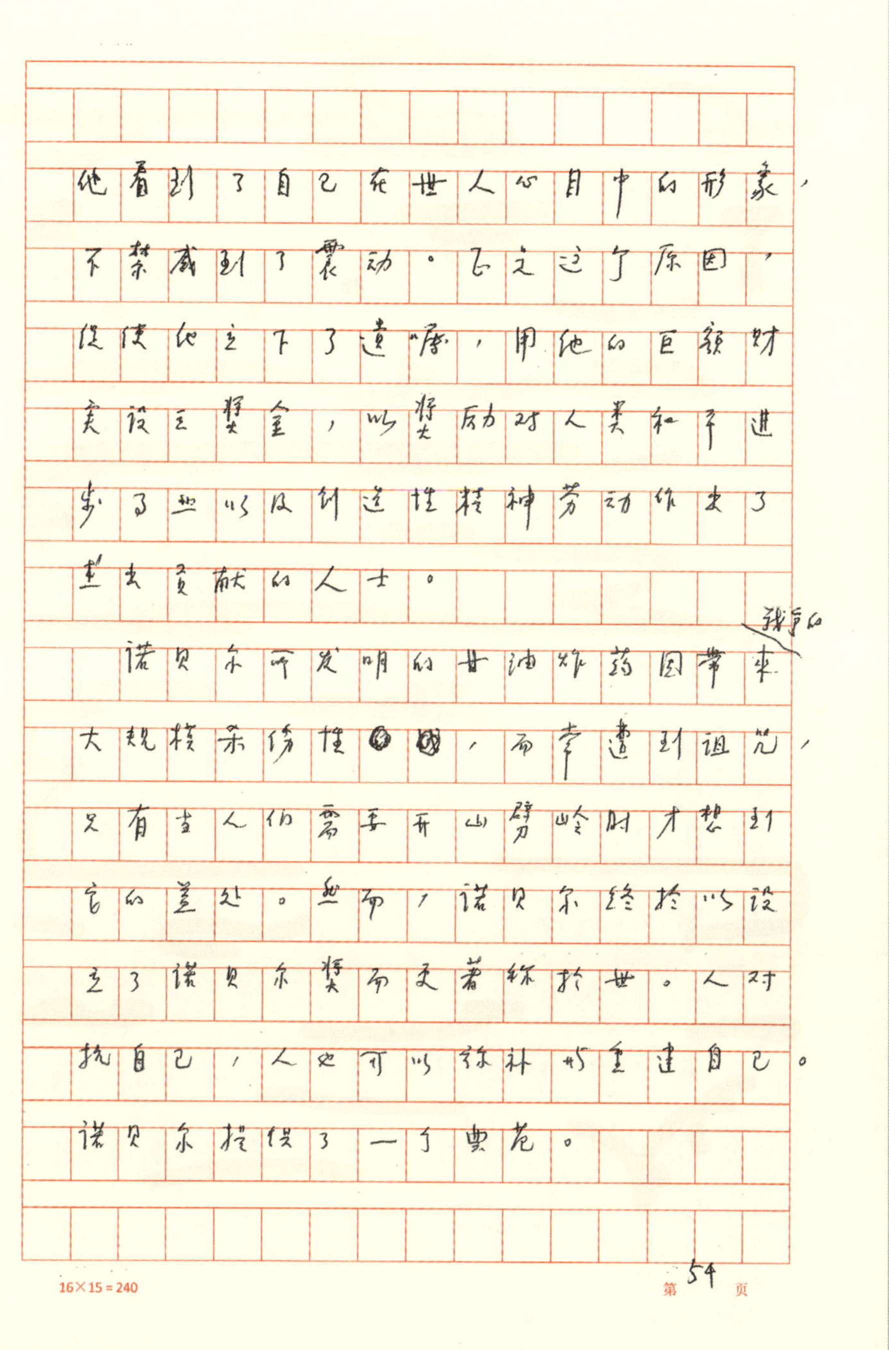
他看到了自己在世人心目中的形象，不禁感到了震动。正是这个原因，促使他立下了遗嘱，用他的巨额财富设立奖金，以奖励对人类和平进步事业以及创造性精神劳动作出了杰出贡献的人士。

诺贝尔所发明的甘油炸药因带来战争的大规模杀伤性，而常遭到诅咒，只有当人们需要开山劈岭时才想到它的益处。然而，诺贝尔终于以设立了诺贝尔奖而更著称于世。人对抗自己，人也可以弥补与重建自己。诺贝尔提供了一个范例。

16×15＝240　　第 54 页

他看到了自己在世人心目中的形象，不禁感到了震动。正是这个原因，促使他立下了遗嘱，用他的巨额财富设立奖金，以奖励对人类和平进步事业以及创造性精神劳动做出杰出贡献的人士。

诺贝尔所发明的甘油炸药因带来了战争的大规模杀伤性，而常遭到诅咒，只有当人们需要开山劈岭时才想到它的益处。然而，诺贝尔终于以诺贝尔奖的设立而更著称于世。人对抗自己，人也可以弥补与重建自己。诺贝尔提供了一个范例。

从一九〇一年起至今，获诺贝尔奖者已达到数百人之多，在价值标准品种如林，奖章奖杯奖状何止千万的二十世纪，诺贝尔奖无疑已成为影响最大、涵盖面最广、最为崇高、最受人景仰的一种殊荣。诺贝尔奖获奖项目已成为本世纪人类创造性精神活动与进步事业的集中展现，而摘取了诺贝尔桂冠者，已形成了本世纪人类真正精英的一支不小的团队。

在二十世纪这样一个各种意识形态、各种制度、各种民族国家利益、各种思想观点尖锐对立、激烈撞击的时代，诺贝尔奖历年各方面的颁奖对象，并非从未引起过任何异议，特别是带意识形态性的奖项，在中国，我们就曾不止一次听到在文学奖项上的微词与异见。这是不可避免的，是很自然的。但比起各种偏激狭隘的标准，诺贝尔奖毕竟更具有较广阔的视野，较博大的胸襟，较公正的态度，较合理的取舍，毕竟为地球上更广大的人群所认同、所推崇，毕竟更经得起历史的检验，而它之所以能保持这种全球性的崇高地位与长存性，就在于它的价值标准中有一最简单然而也最可贵的

16×15＝240　　　　第 56 页

烈撞击的时代，诺贝尔奖历年各方面的颁奖对象，并非从未引起过任何异议，特别是带意识形态性的奖项，在中国，我们就曾不止一次听到在文学奖项上的微词与异见，这是不可避免的，是很自然的。但比起各种偏激狭隘的标准，诺贝尔奖毕竟更具有较广阔的视野，较博大的胸襟，较公正的态度，较合理的取舍，毕竟为地球上更广大的人群所认同、所推崇，毕竟更经得起历史的检验，而它之所以能保持这种全球性的崇高地位与长存性，就在于它的价值标准中有一最简单然而也最可贵的

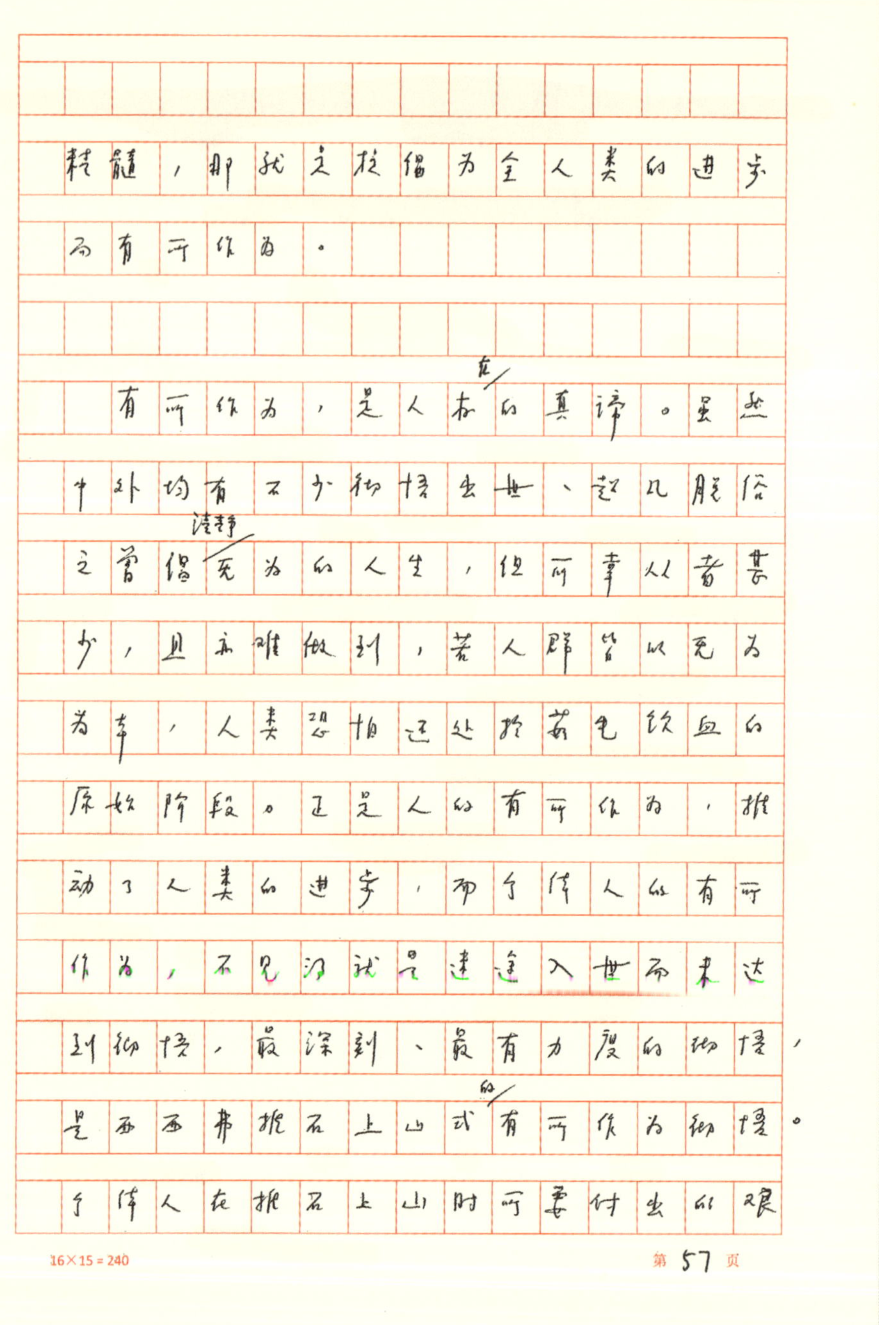

精髓，那就是提倡为全人类的进步而有所作为。

有所作为，是人存在的真谛。虽然中外均有不少彻悟出世、超凡脱俗之士曾提倡过清静无为的人生，但所幸从者甚少，且亦难以做到，若人群皆以无为为本，人类恐怕还处于茹毛饮血的原始阶段。正是人的有所作为，推动了人类的进步，而且，个体人的有所作为，不见得就是迷途入世而未达到彻悟，最深刻、最有力的彻悟，是西西弗推石上山式的有所作为的彻悟。个体人在推石上山时所要付出的艰

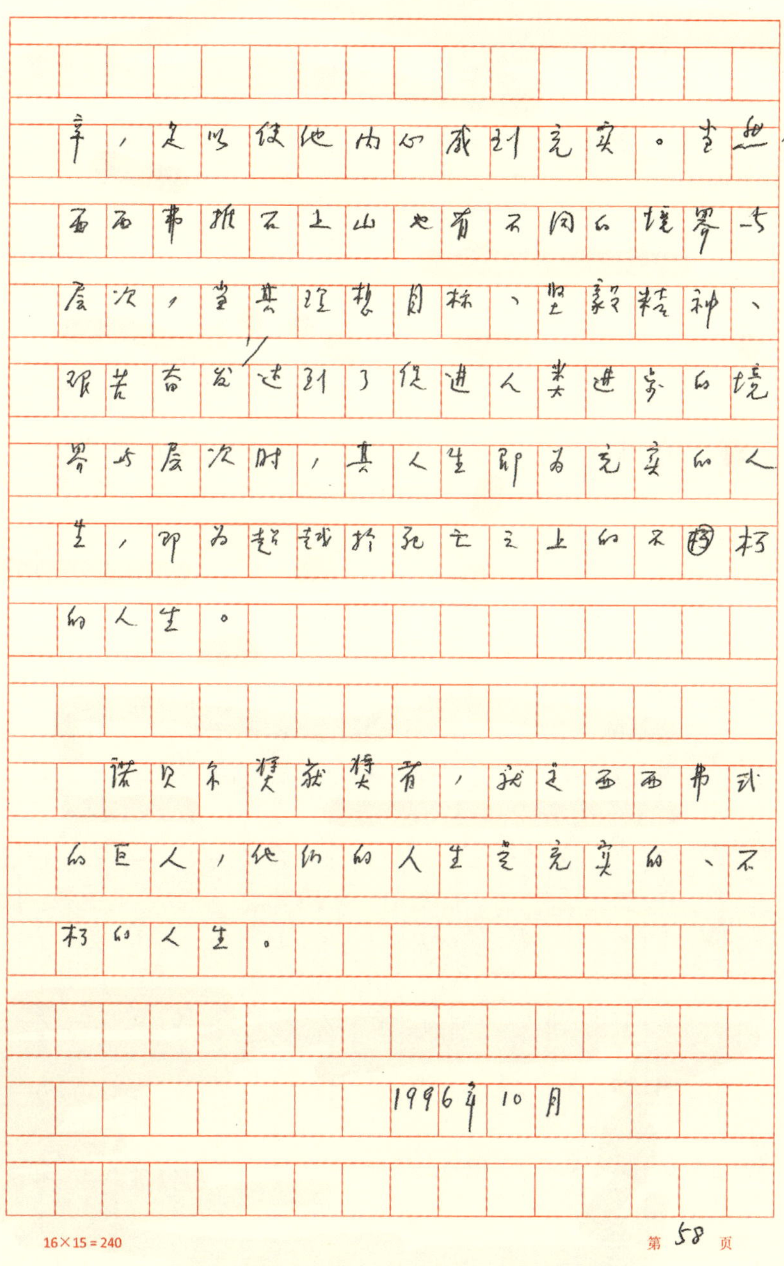
辛，足以使他内心感到充实。当然，西西弗推石上山也有不同的境界与层次，当其理想目标、坚毅精神、艰苦奋发，达到了促进人类进步的境界与层次时，其人生即为充实的人生，即为超越於死亡之上的不朽的人生。

诺贝尔奖获奖者，就是西西弗式的巨人，他们的人生是充实的、不朽的人生。

1996年10月

16×15＝240　　第 58 页

辛，足以使他内心感到充实。当然，西西弗推石上山也有不同的境界与层次，当其理想目标、坚毅精神、艰苦奋发，达到了促进人类进步的境界与层次时，其人生即为充实的人生，即为超越于死亡之上的不朽的人生。

诺贝尔奖获奖者，就是西西弗式的巨人，他们的人生是充实的、不朽的人生。

1996年10月

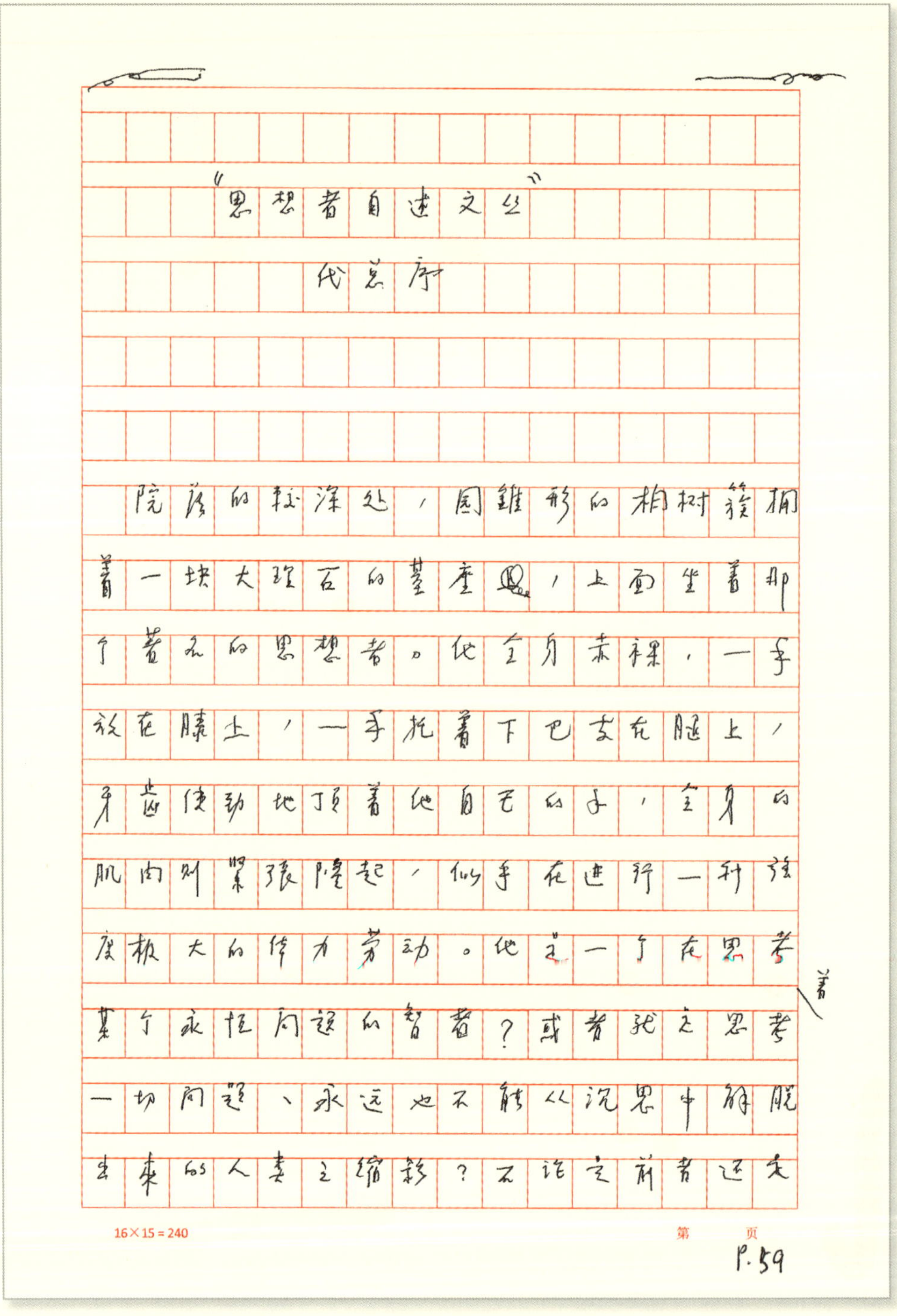

"思想者自述文丛"

代总序

院落的较深处，圆锥形的柏树簇拥着一块大理石的基座，上面坐着那个著名的思想者。他全身赤裸，一手放在膝上，一手托着下巴支在腿上，牙齿使劲地顶着他自己的手，全身的肌肉则紧张隆起，似乎在进行一种强度极大的体力劳动。他是一个在思考某个永恒问题的智者？或者就是思考着一切问题，永远也不能从沉思中解脱出来的人类之缩影？不论是前者还是

16×15＝240　　第　页

P.59

"思想者自述文丛"（8种）代总序

院落的较深处，圆锥形的柏树簇拥着一块大理石的基座，上面坐着那个著名的思想者。他全身赤裸，一手放在膝上，一手托着下巴支在腿上，牙齿使劲地顶着他自己的手，全身的肌肉则紧张隆起，似乎在进行一种强度极大的体力劳动。他是一个在思考某个永恒问题的智者？或者就是思考着一切问题，永远也不能从沉思中解脱出来的人类之缩影？不论是前者还是

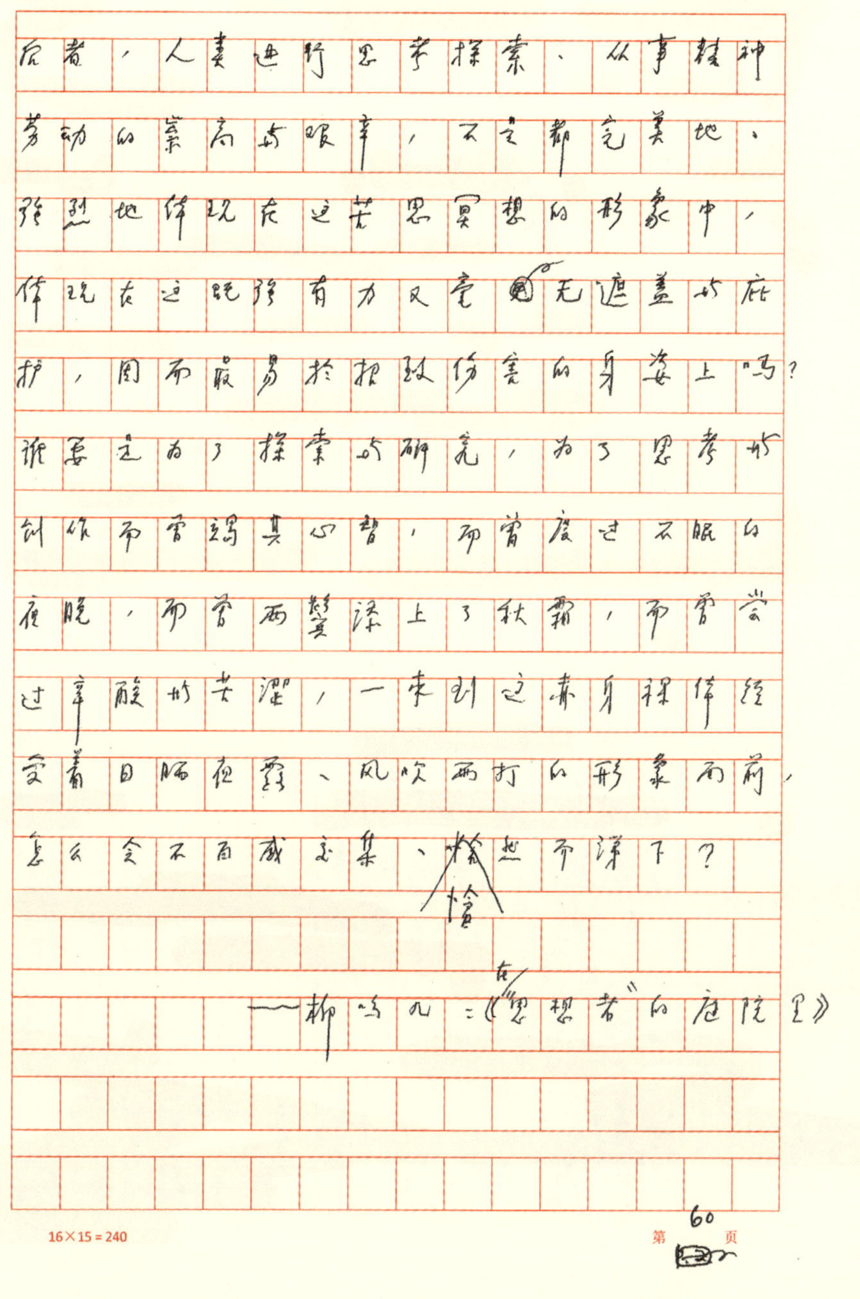
后者，人类进行思考探索、从事精神劳动的崇高与艰辛，不是都完美地、强烈地体现在这苦思冥想的形象中，体现在这既强有力又毫无遮盖与庇护，因而最易于招致伤害的身姿上吗？谁要是为了探索与研究，为了思考与创作而曾竭其心智，而曾度过不眠的夜晚，而曾两鬓添上了秋霜，而曾尝过辛酸与苦涩，一来到这赤身裸体经受着日晒夜露、风吹雨打的形象面前，怎么会不百感交集、怆然而涕下？

——柳鸣九：《在“思想者”的庭院里》

16×15=240　　第 60 页

后者，人类进行思考探索、从事精神劳动的崇高与艰辛，不是都完美地、强烈地体现在这苦思冥想的形象中，体现在这既强有力又毫无遮盖与庇护，因而最易于招致伤害的身姿上吗？谁要是为了探索与研究，为了思考与创作而曾竭其心智，而曾度过不眠的夜晚，而曾两鬓添上了秋霜，而曾尝过辛酸与苦涩，一来到这赤身裸体经受着日晒夜露、风吹雨打的形象面前，怎么会不百感交集、怆然而涕下？

——柳鸣九：《在“思想者”的庭院里》

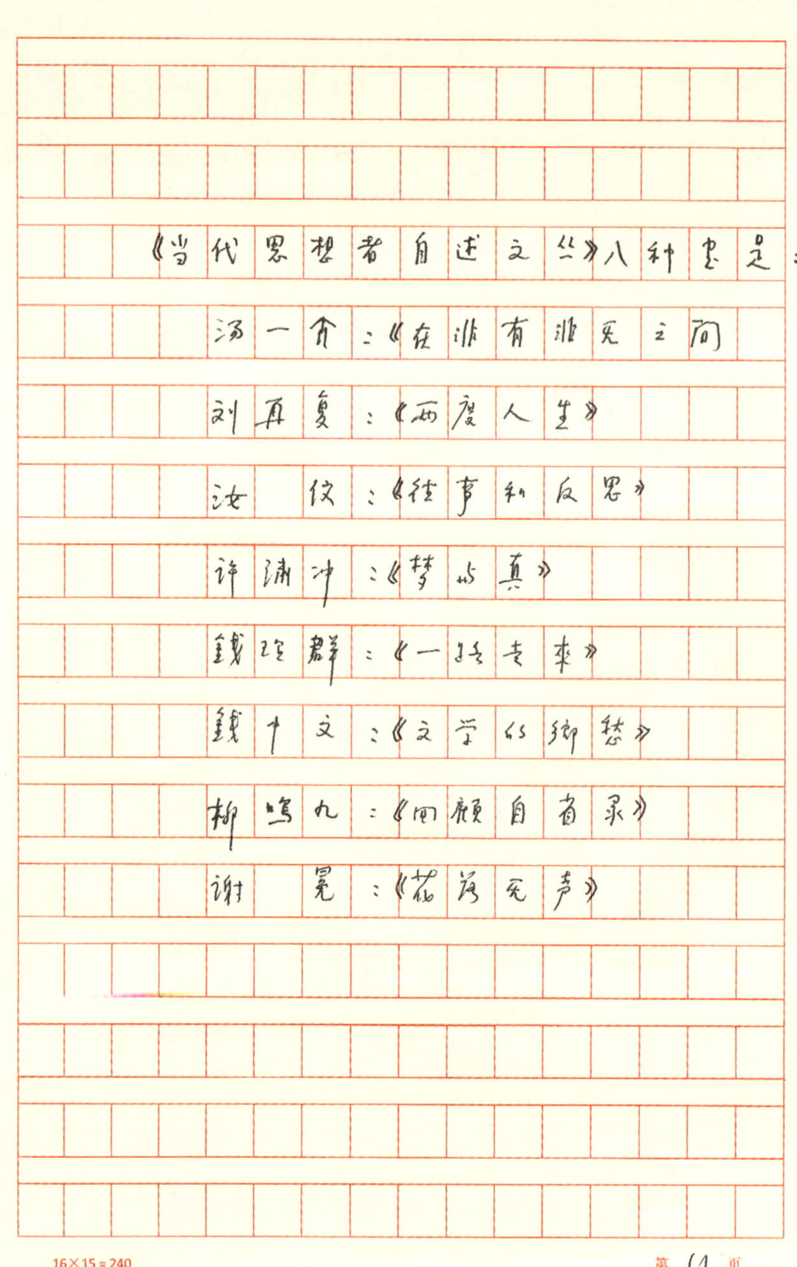

《当代思想者自述文丛》八种书是：

汤一介：《在非有非无之间

刘再复：《两度人生》

汝　信：《往事和反思》

许渊冲：《梦与真》

錢理群：《一路走来》

錢中文：《文学的乡愁》

柳鸣九：《回顾自省录》

谢　冕：《花落无声》

16×15=240　　第61页

"当代思想者自述文丛"八种书是：

汤一介：《在非有非无之间》

刘再复：《两度人生》

汝　信：《往事与反思》

许渊冲：《梦与真》

钱理群：《一路走来》

钱中文：《文学的乡愁》

柳鸣九：《回顾自省录》

谢　冕：《花落无声》

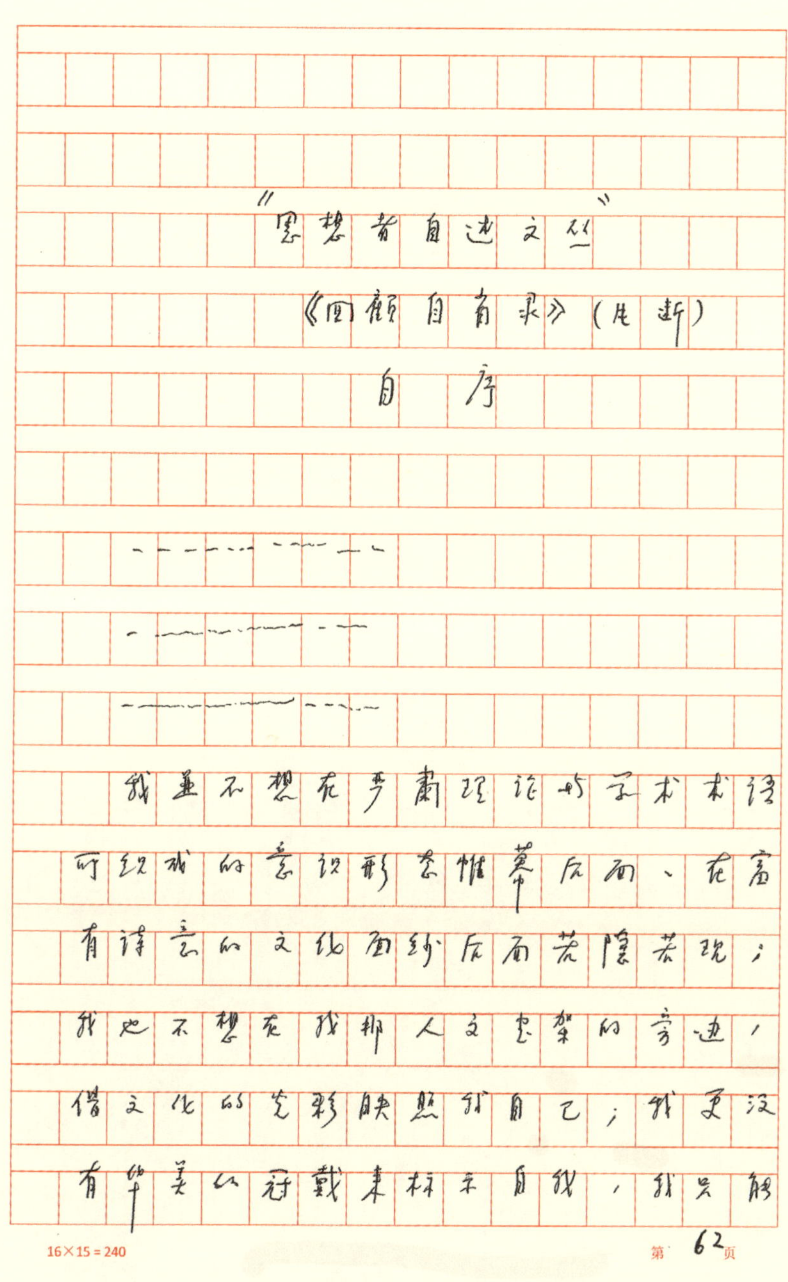
"思想者自述文丛"
《回顾自省录》（片断）
自序

……………
……………
……………

我并不想在严肃理论与学术术语所织成的意识形态帷幕后面、在富有诗意的文化面纱后面若隐若现；我也不想在我那些人文书架的旁边，借文化的光彩映照我自己；我更没有华美的冠戴来标示自我，我只能

16×15=240　　第62页

"思想者自述文丛"：

《回顾自省录》自序（片断）附：我的座右铭

…………

…………

…………

我并不想在严肃理论与学术术语所织成的意识形态帷幕后面、在富有诗意的文化面纱后面若隐若现；我也不想在我那些人文书架的旁边，借文化的光彩映照我自己；我更没有华美的冠戴来标示自我，我只能

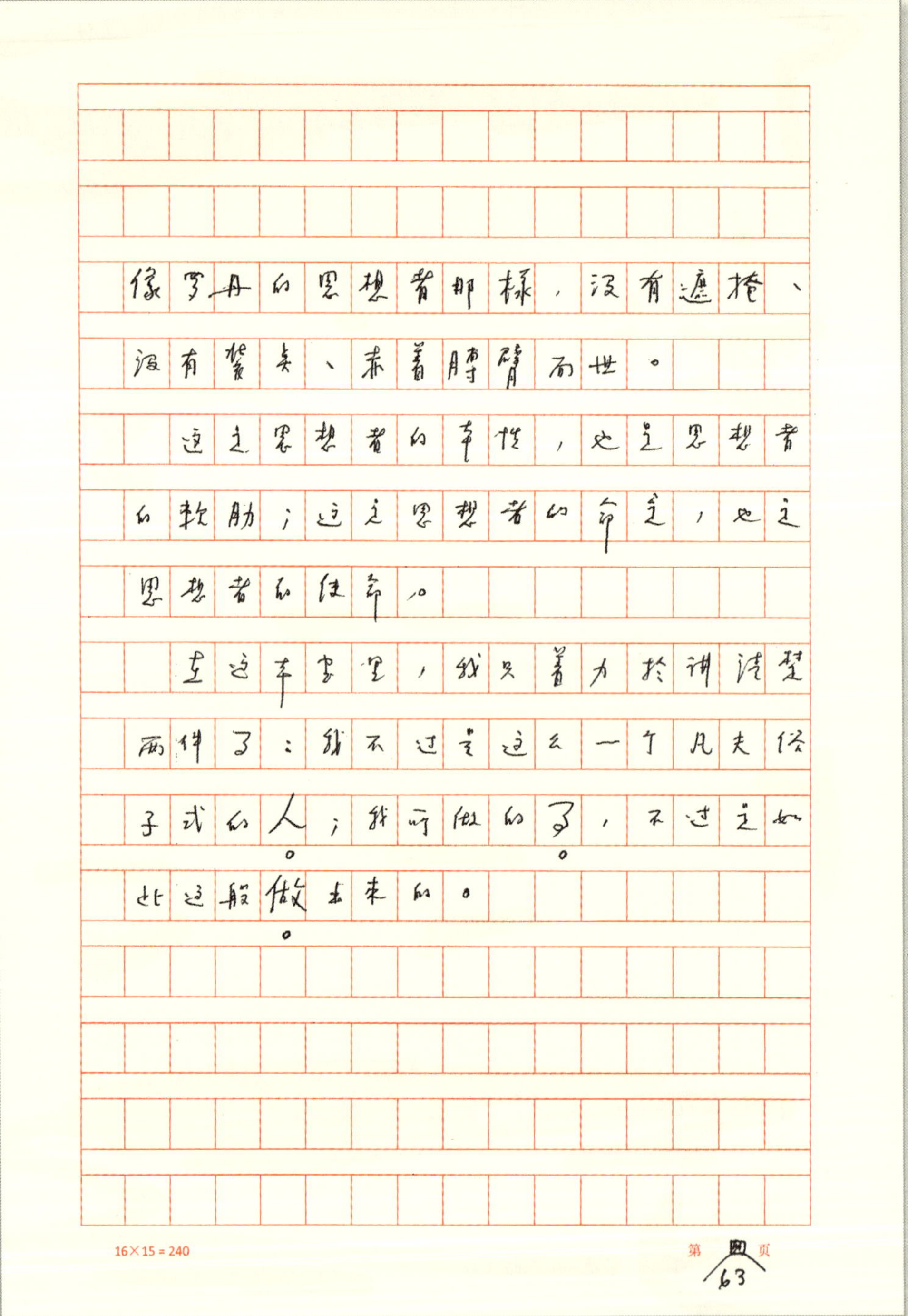
像罗丹的思想者那样，没有遮掩、没有装点、赤着膊臂面世。

这是思想者的本性，也是思想者的软肋；这是思想者的命定，也是思想者的使命。

在这本书里，我只着力于讲清楚两件事：我不过是这么一个凡夫俗子式的人；我所做的事，不过是如此这般做出来的。

16×15 = 240　　第 四 页
63

像罗丹的思想者那样，没有遮掩、没有装点、赤着膊臂面世。

这是思想者的本性，也是思想者的软肋；这是思想者的命定，也是思想者的使命。

在这本书里，我只着力于讲清楚两件事：我不过是这么一个凡夫俗子式的人；我所做的事，不过是如此这般做出来的。

2016年4月30日

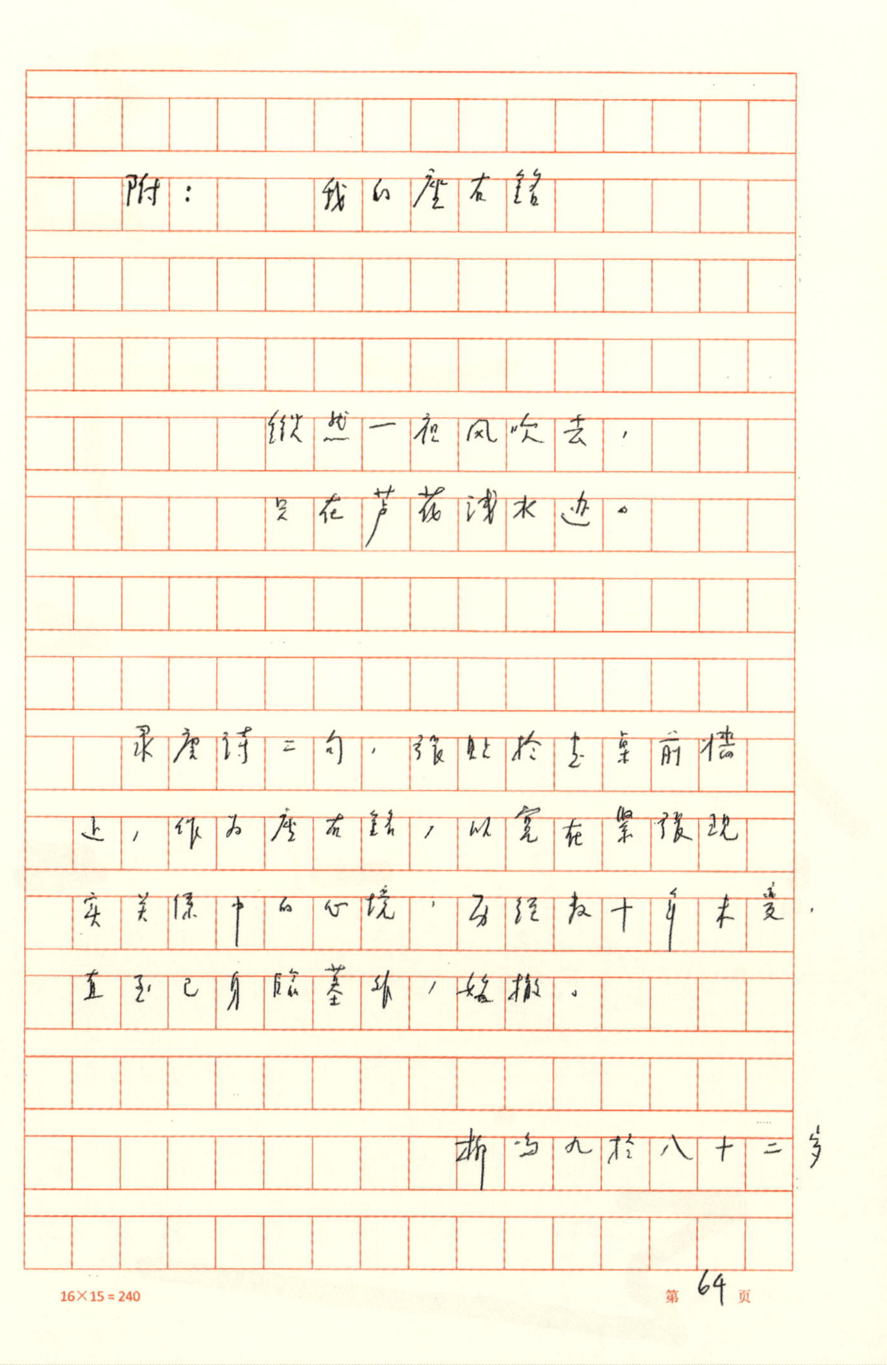

附：　我的座右铭

纵然一夜风吹去，
只在芦花浅水边。

录唐诗二句，张贴于书桌前墙上，作为座右铭，以宽在紧张现实关系中的心境，历经数十年未变，直至已身临墓外，始撤。

柳鸣九于八十二岁

16×15＝240　　第 64 页

附：我的座右铭

纵然一夜风吹去，
只在芦花浅水边。

录唐诗二句，张贴于书桌前墙上，作为座右铭，以宽在紧张现实关系中的心境，历经数十年未变，直至已身临墓外，始撤。

柳鸣九于八十二岁

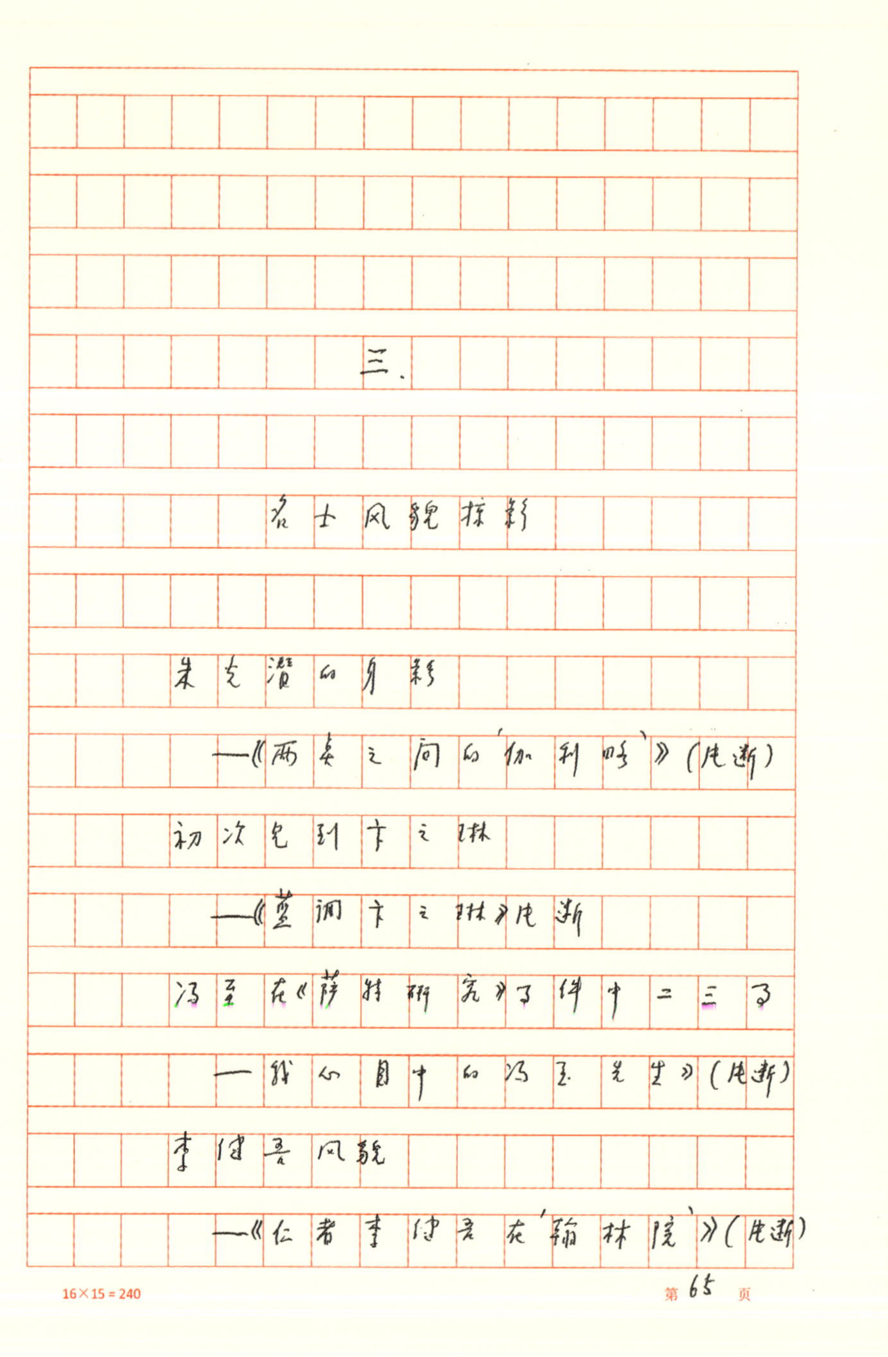
三.

名士风貌掠影

朱光潜的身影
——《两点之间的'伽利略'》(片断)

初次见到卞之琳
——《蓝调卞之琳》片断

冯至在《萨特研究》事件中二三事
——我心目中的冯至先生》(片断)

李健吾风貌
——《仁者李健吾在'翰林院'》(片断)

16×15=240　　第 65 页

三、名士风貌掠影

- 朱光潜的身影——《两点之间的“伽利略”》(片断)
- 初次见到卞之琳——《蓝调卞之琳》(片断)
- 冯至在《萨特研究》事件中二、三事——《我心目中的冯至先生》(片断)
- 李健吾风貌——《仁者李健吾在“翰林院”》(片断)

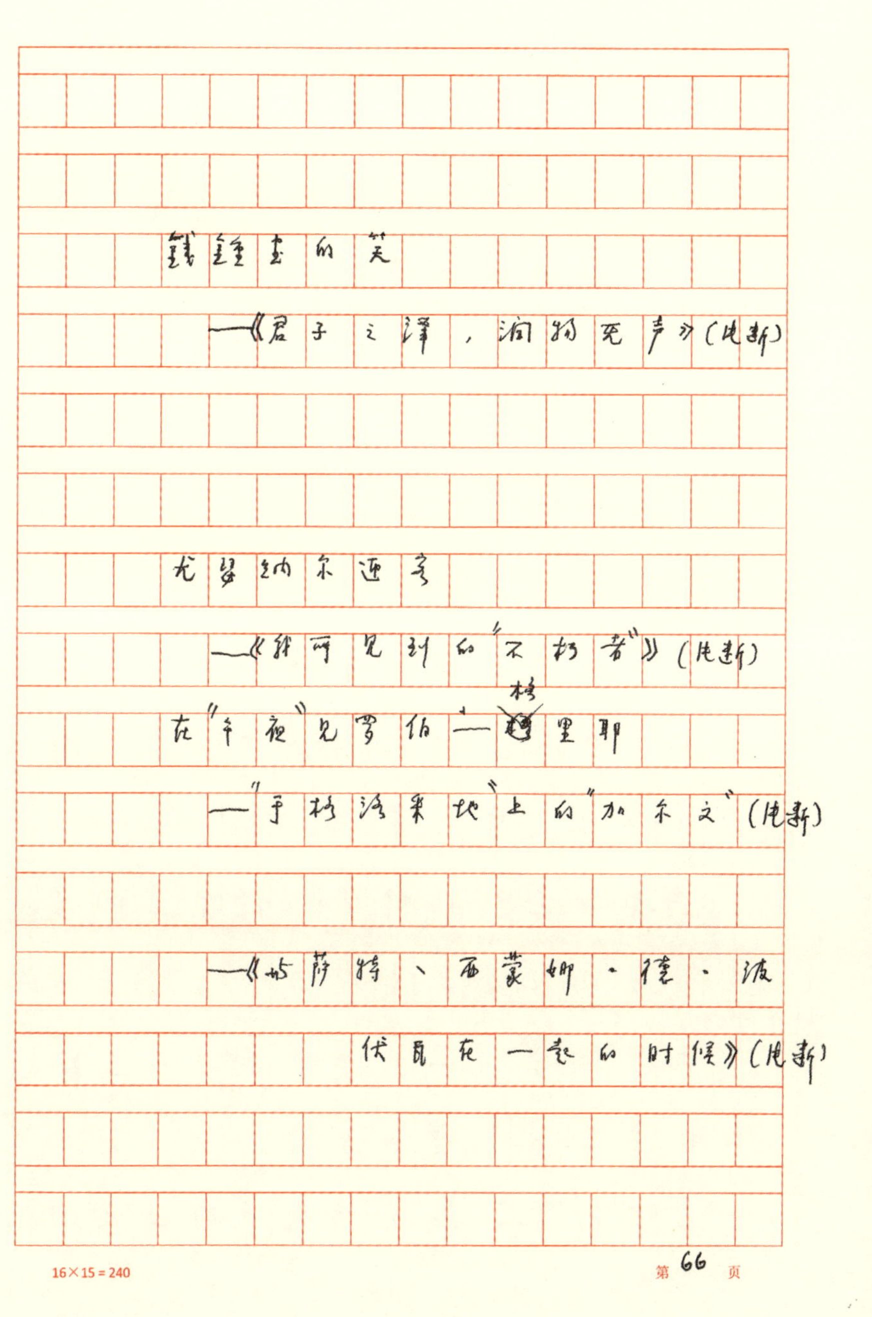
錢鍾書的笑
——《君子之澤，潤物無声》(片断)
尤瑟纳尔迎客
——《我所见到的"不朽者"》(片断)
在"午夜"见罗伯-格里耶
——"于格洛采地"上的"加尔文"(片断)
——《与萨特、西蒙娜·德·波
伏瓦在一起的时候》(片断)
16×15=240　第66页

●钱锺书的笑——《君子之泽，润物无声》(片断)

●尤瑟纳尔迎客——《我所见到的"不朽者"》(片断)

●在"午夜"见罗伯-格里耶——《"于格洛采地"上的"加尔文"》(片断)

●——《与萨特、西蒙娜·德·波伏瓦在一起的时候》(片断)

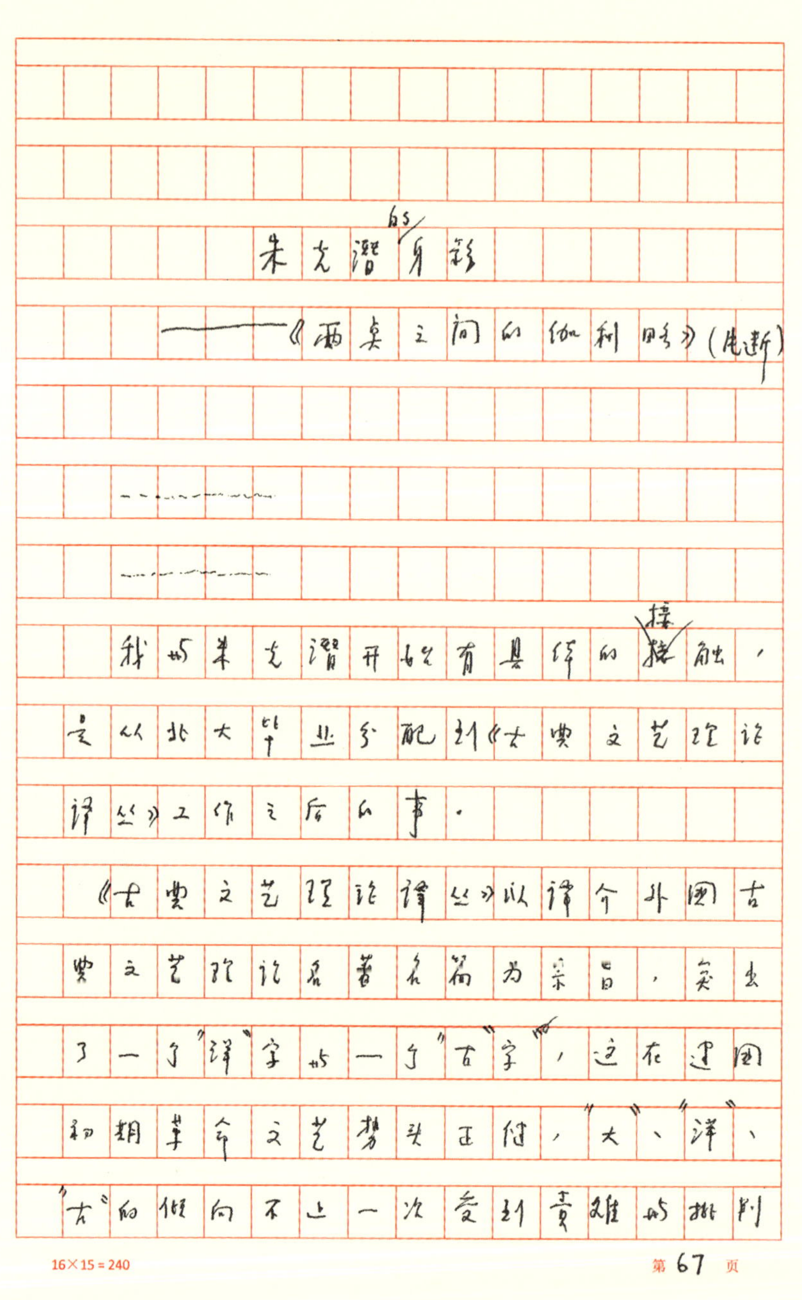

朱光潜的身影

——《两点之间的“伽利略”》（片断）

…………

…………

我与朱光潜开始有具体的接触，是从北大毕业分配到《古典文艺理论译丛》工作之后的事。

《古典文艺理论译丛》以译介外国古典文艺理论名著名篇为宗旨，突出了一个“洋”字与一个“古”字，这在建国初期革命文艺势头正健，“大”“洋”“古”的倾向不止一次受到责难与批判

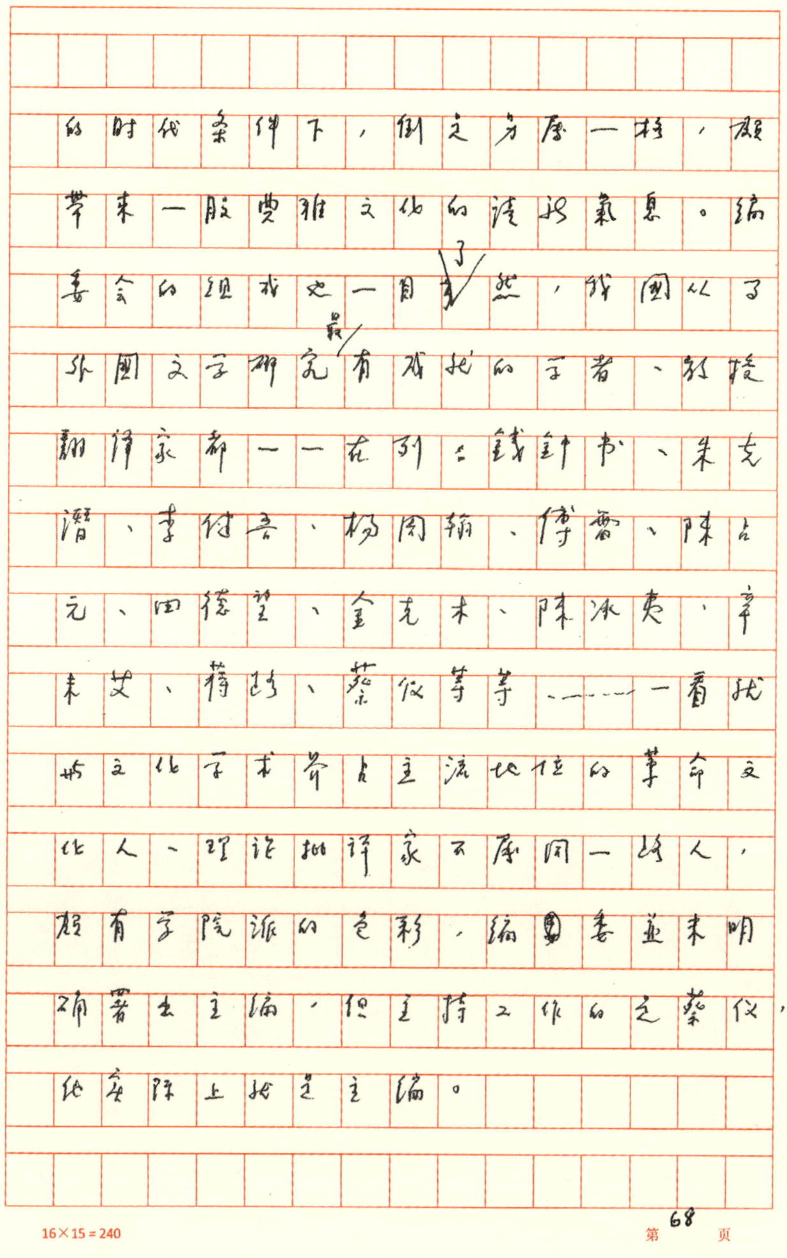
的时代条件下，倒是另属一格，颇带来一股典雅文化的清新气息。编委会的组成也一目了然，我国从事外国文学研究最有成就的学者、教授、翻译家都一一在列：钱钟书、朱光潜、李健吾、杨周翰、傅雷、陈占元、田德望、金克木、陈冰夷、辛未艾、蒋路、蔡仪等等……一看就与文化学术界占主流地位的革命文化人、理论批评家不属同一路人，颇有学院派的色彩，编委并未明确署出主编，但主持工作的是蔡仪，他实际上就是主编。

16×15＝240　　第 68 页

的时代条件下，倒是另属一格，颇带来一股典雅文化的清新气息。编委会的组成也一目了然，我国从事外国文学研究最有成就的学者、教授、翻译家都一一在列：钱锺书、朱光潜、李健吾、杨周翰、傅雷、陈占元、田德望、金克木、陈冰夷、辛未艾、蒋路、蔡仪……一看就与文化学术界占主流地位的革命文化人、理论批评家不属同一路人，颇有学院派的色彩，编委并未明确署出主编，但主持工作的是蔡仪，他实际上就是主编。

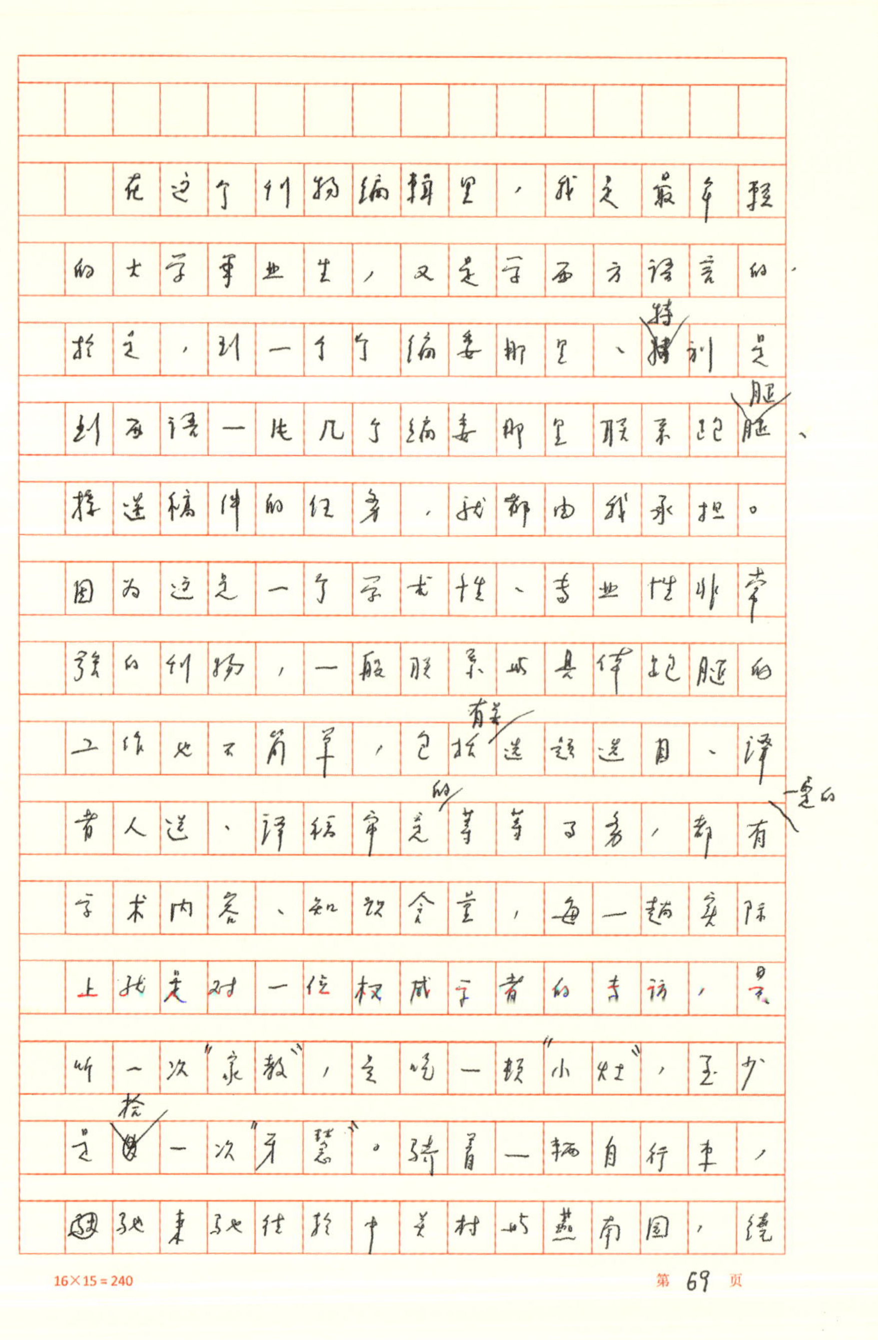

在这个刊物编辑里，我是最年轻的大学毕业生，又是学西方语言的，于是，到一个个编委那里、特别是到西语一片几个编委那里联系跑腿、接送稿件的任务，都由我承担。因为这是一个学术性、专业性非常强的刊物，一般联系与具体跑腿的工作也不简单，包括有关选题选目、译者人选、译稿审定的等等事务，都有一定的学术内容、知识含量，每一趟实际上是对一位权威学者的专访，是听一次“家教”，是吃一顿“小灶”，至少是拾一次“牙慧”。骑着一辆自行车，驰来驰往于中关村与燕南园，绕

16×15＝240　　第 69 页

在这个刊物编辑里，我是最年轻的大学毕业生，又是学西方语言的，于是，到一个个编委那里、特别是到西语一片几个编委那里联系跑腿、接送稿件的任务，就都由我承担。因为这是一个学术性、专业性非常强的刊物，一般联系与具体跑腿的工作也并不简单，包括有关选题选目、译者人选、译稿审定的等等事务，都有一定的学术内容、知识含量，每一趟实际上是对一位权威学者的专访，是听一次“家教”，是吃一顿“小灶”，至少是拾一次“牙慧”。骑着一辆自行车，驰来驰往于中关村与燕南园，绕

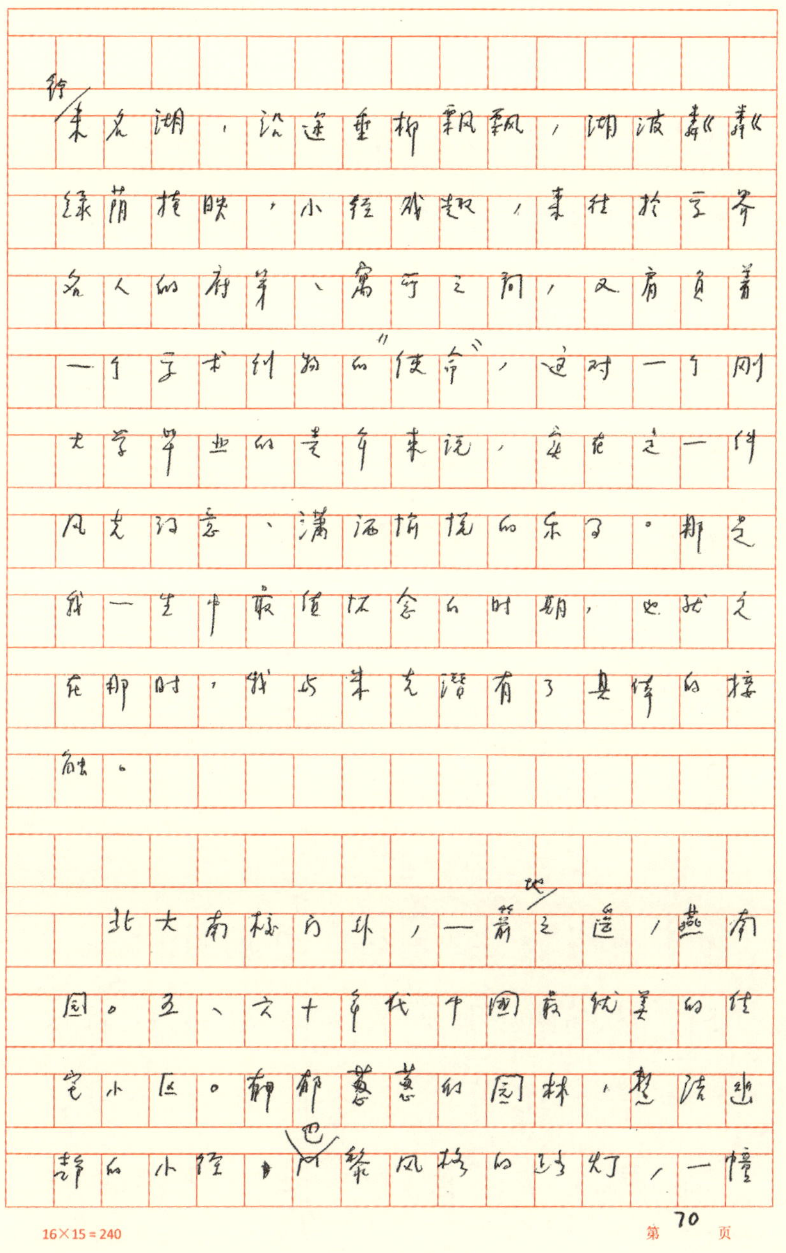

行未名湖，沿途垂柳飘飘，湖波粼粼，绿荫掩映，小径成趣，来往于学界名人的府第、寓所之间，又肩负着一个学术刊物的“使命”，这对于一个刚大学毕业的青年来说，实在是一件风光得意、潇洒愉悦的乐事。那是我一生之中最值得怀念的时期，也就是在那时，我与朱光潜有了具体的接触。

北大南校门外，一箭地之遥，燕南园。五、六十年代中国最优美的住宅小区。郁郁葱葱的园林，整洁幽静的小径，巴黎风格的路灯，一幢

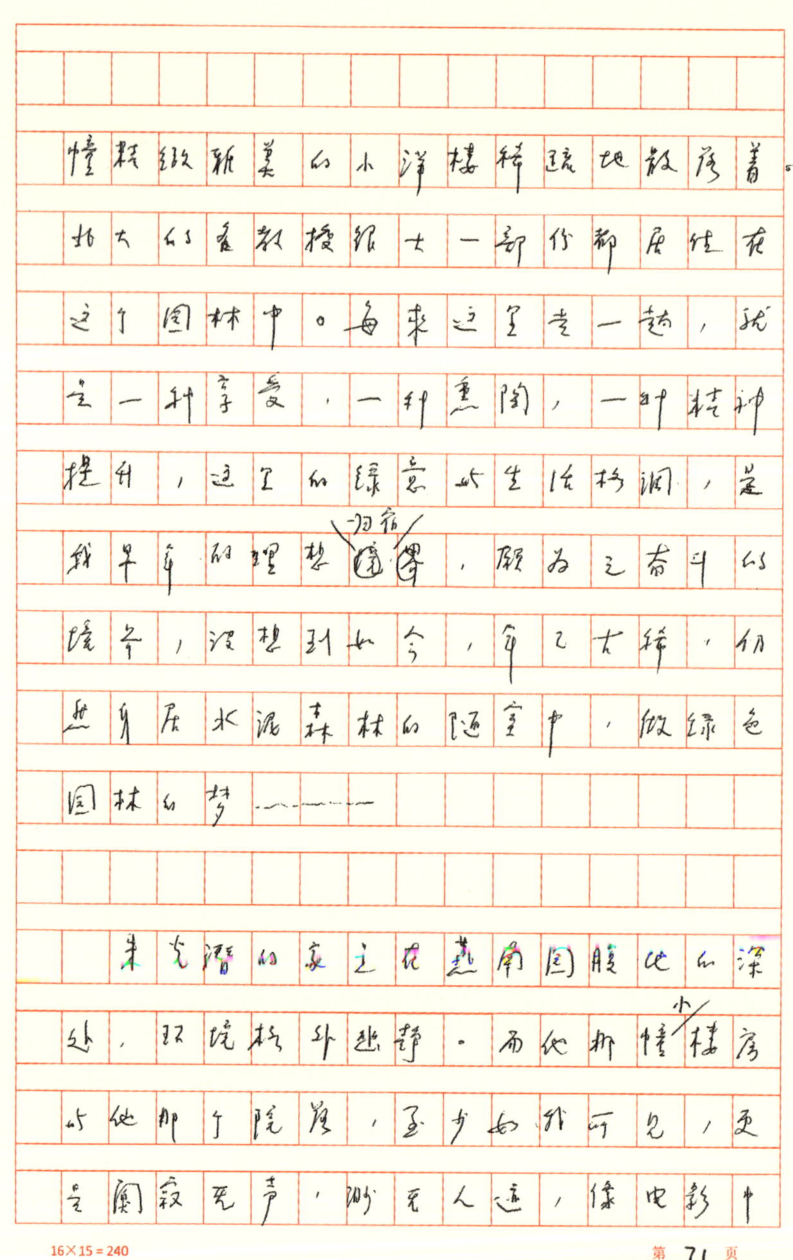

幢精致雅美的小洋楼稀疏地散落着。北大的名教授很大一部分都居住在这个园林之中。每来这里走一趟，就是一种享受，一种熏陶，一种精神提升，这里的绿意与生活格调，是我早年的理想归宿，愿为之奋斗的境界，没想到如今，古稀之年，仍然身居水泥森林的陋室中，做绿色园林的梦……

朱光潜的家是在燕南园腹地的深处，环境格外幽静。而他那幢楼房与他那个院落，至少如我所见，更是阒寂无声，渺无人迹，像电影中

一个无人的修道院或古刹。我头一次去时候，按了好几次门铃之后，才有一个女孩走出来，她年岁看来并不太小，但身材矮小而瘦削，却有一个大得出奇的朱光潜式前额，显然是极其聪明的，样子不像一个真实的少年人，而像是一个传奇中高智商的精灵。我只见过她这一次，但印象却十分深刻。

我见到朱光潜的时候，他已经六十多岁，虽然瘦小单薄，白发苍苍，但精干灵便，精神矍铄，他宽而高的前额下一对深陷的眼睛炯炯有神，

16×15=240　第 72 页

一个无人的修道院或古刹。我头一次去时，按了好几次门铃之后，才有一个女孩走出来，她年岁看来并不太小，但身材矮小而瘦削，却有一个大得出奇的朱光潜式前额，显然是极其聪明的，样子不像一个真实的少年人，而像是一个传奇中高智商的精灵。我只见过她一次，但印象却十分深刻。

我见到朱光潜的时候，他已经六十多岁，虽然瘦小单薄，白发苍苍，但精干灵便，精神矍铄，他宽而高的前额下一对深陷的眼睛炯炯有神，

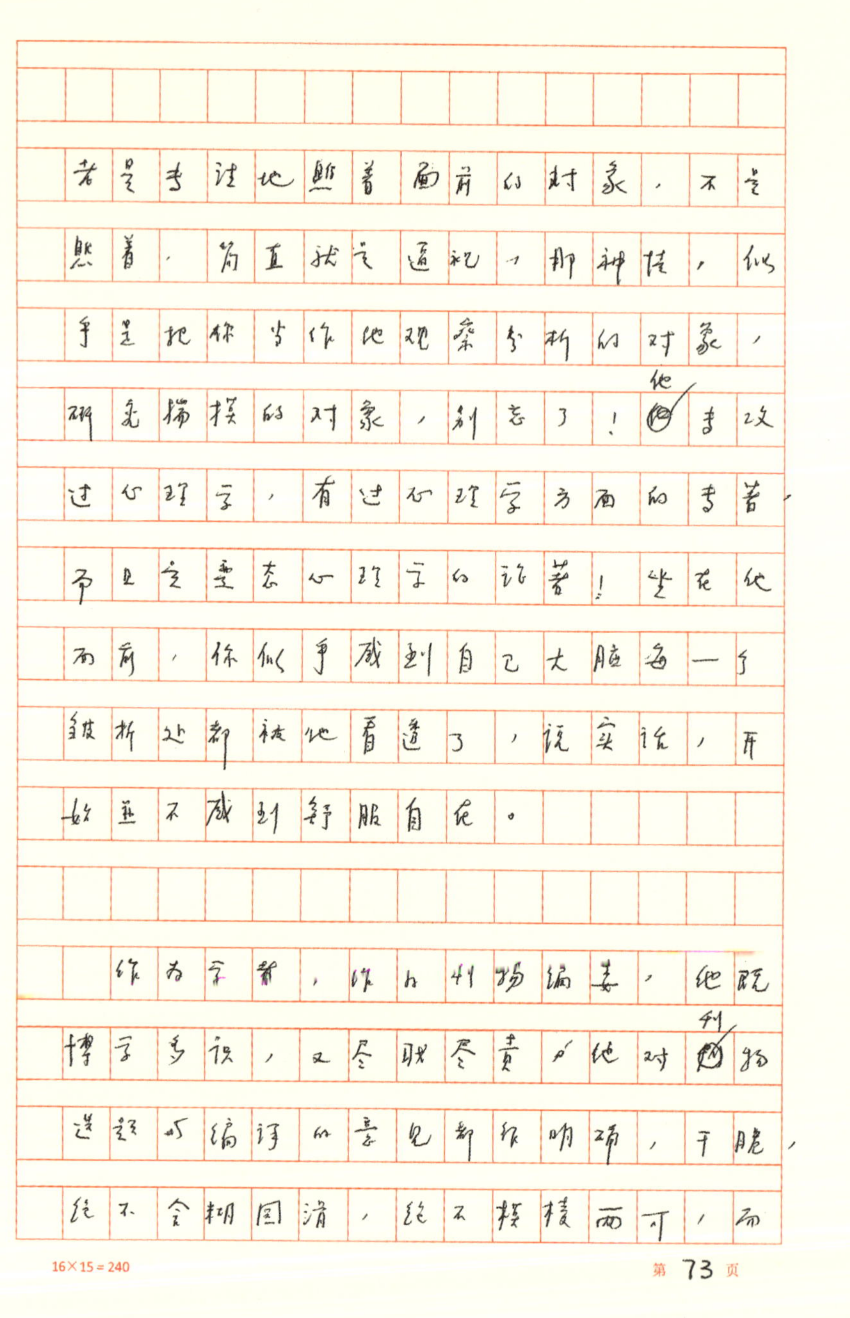

老是专注地瞧着面前的对象，不是瞧着，简直就是逼视，那神情，似乎是把你当作他观察分析的对象，研究揣摸的对象，别忘了！他专攻过心理学，有过心理学方面的专著，而且是变态心理学的论著！坐在他面前，你似乎感到自己大脑每一个皱褶处都被他看透了，说实话，开始并不感到舒服自在。

作为学者，作为刊物编委，他既博学多识，又尽职尽责，他对刊物选题与编译的意见都很明确，干脆，绝不含糊圆滑，绝不模棱两可，而

16×15＝240　　第 73 页

老是专注地瞧着面前的对象，不是瞧着，简直就是逼视，那神情，似乎是把你当作他观察分析的对象，研究揣摸的对象，别忘了！他专攻过心理学，有过心理学方面的专著，而且是变态心理学的论著！坐在他面前，你似乎感到自己大脑每一个皱褶处都被他看透了，说实话，开始并不感到舒服自在。

作为学者，作为刊物编委，他既博学多识，又尽职尽责。他对刊物选题与编译的意见都很明确，干脆，绝不含糊圆滑，绝不模棱两可，而

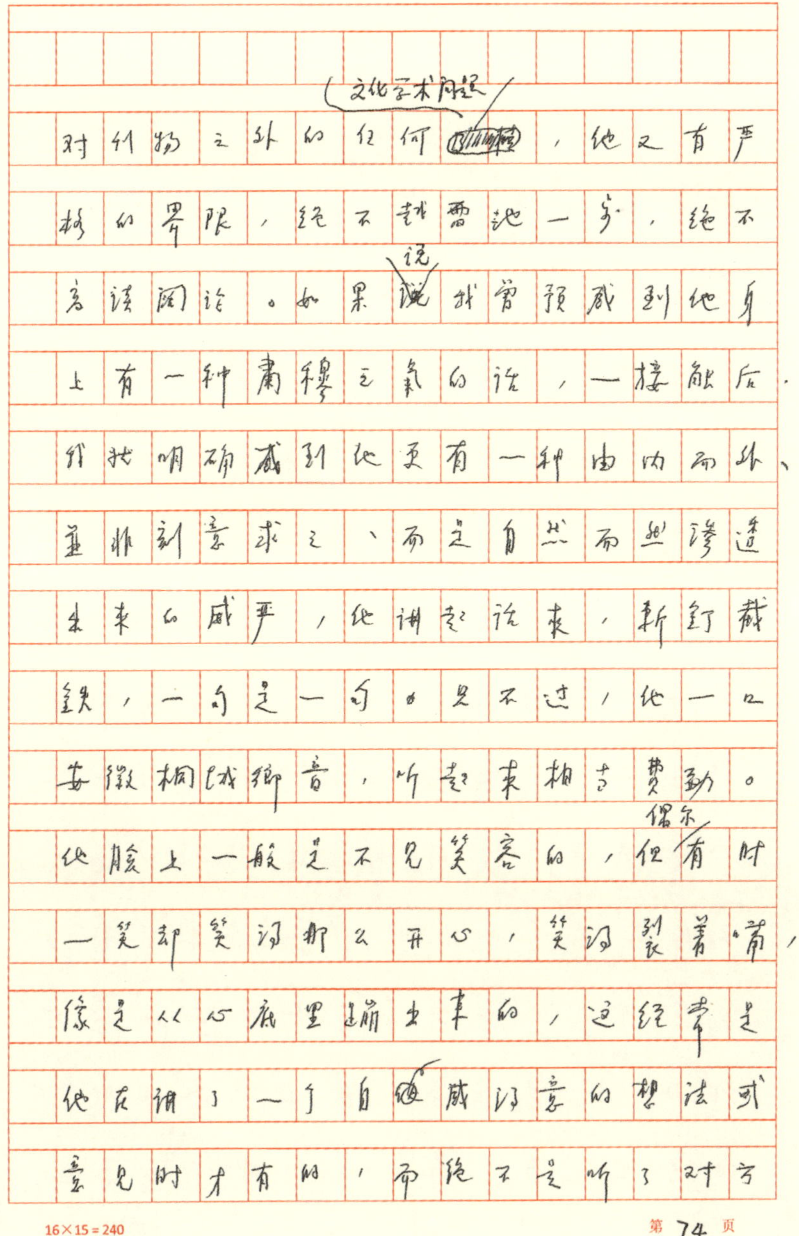

对刊物之外的任何文化学术问题，他又有严格的界限，绝不越雷池一步，绝不高谈阔论。如果说我曾经预感到他身上有一种肃穆之气的话，一接触之后，我就明确感到他更有一种由内而外、并非刻意求之、而是自然而然渗透出来的威严，他讲起话来，斩钉截铁，一句是一句。只不过，他一口安徽桐城乡音，听起来相当费劲。他脸上一般是不见笑容的，但偶尔有时一笑却笑得那么开心，笑得裂着嘴，像是从心底里蹦出来的，这经常是他在讲了一个自感得意的想法或意见时才有的，而绝不是听了对方

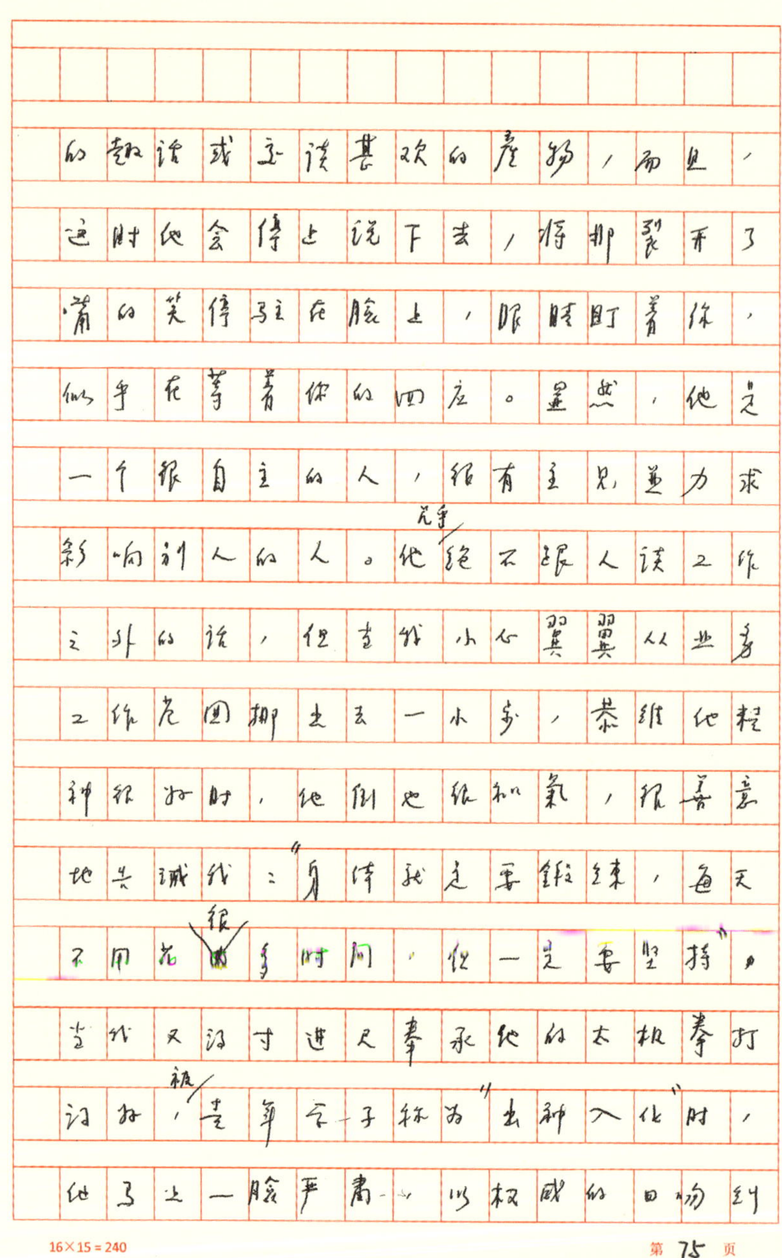

的趣语或交谈甚欢的产物，而且，这时他会停止说下去，将那裂开了嘴的笑停驻在脸上，眼睛盯着你，似乎在等着你的回应。显然，他是一个很自主的人，很有主见并力求影响别人的人。他几乎绝不跟人谈工作之外的话，但当我小心翼翼从业务工作范围里挪出去一小步，恭维他精神很好时，他倒也很和气，很善意地告诫我："身体就是要锻炼，每天不用花很多时间，但一定要坚持。"当我又得寸进尺奉承他的太极拳打得好，被青年学子称为"出神入化"时，他马上一脸严肃，以权威的口吻纠

正我："跑步，最好的运动是慢跑！每天慢跑半小时，它给我身体带来的好处最大"。（他在北大校园里跑步的样子，我见过，步子小，节奏慢，身体前倾，姿式有点可笑。）从此之后，我一直记住了他这一经验之谈，并断断续续效法他这一健身之道。多年来，每当我身上的惰性占上风时，我就想起朱光潜长寿笔健的经验，以强迫自己继承他这一"衣钵"，如此反反复复，终于养成了习惯，时至将近古稀之年，我仍坚持不懈，而且，有时在慢跑时，脑海里偶而还浮现朱光潜在燕南园迈着小步慢跑

16×15＝240　　第 76 页

正我：“跑步，最好的运动是慢跑，每天慢跑半小时，它给我的身体带来的好处最大。”（他在北大校园里跑步的样子，我见过，步子小，节奏慢，身体前倾，姿式有点可笑。）从此之后，我一直记住了他这一经验之谈，并断断续续效法他这一健身之道。多年来，每当我身上的惰性占上风时，我就想起朱光潜长寿笔健的经验，以强迫自己继承他这一“衣钵”，如此反反复复，终于养成了习惯，时至将近古稀之年，我仍坚持不懈，而且，有时在慢跑时，脑海里偶尔还浮现朱光潜在燕南园迈着小步慢跑

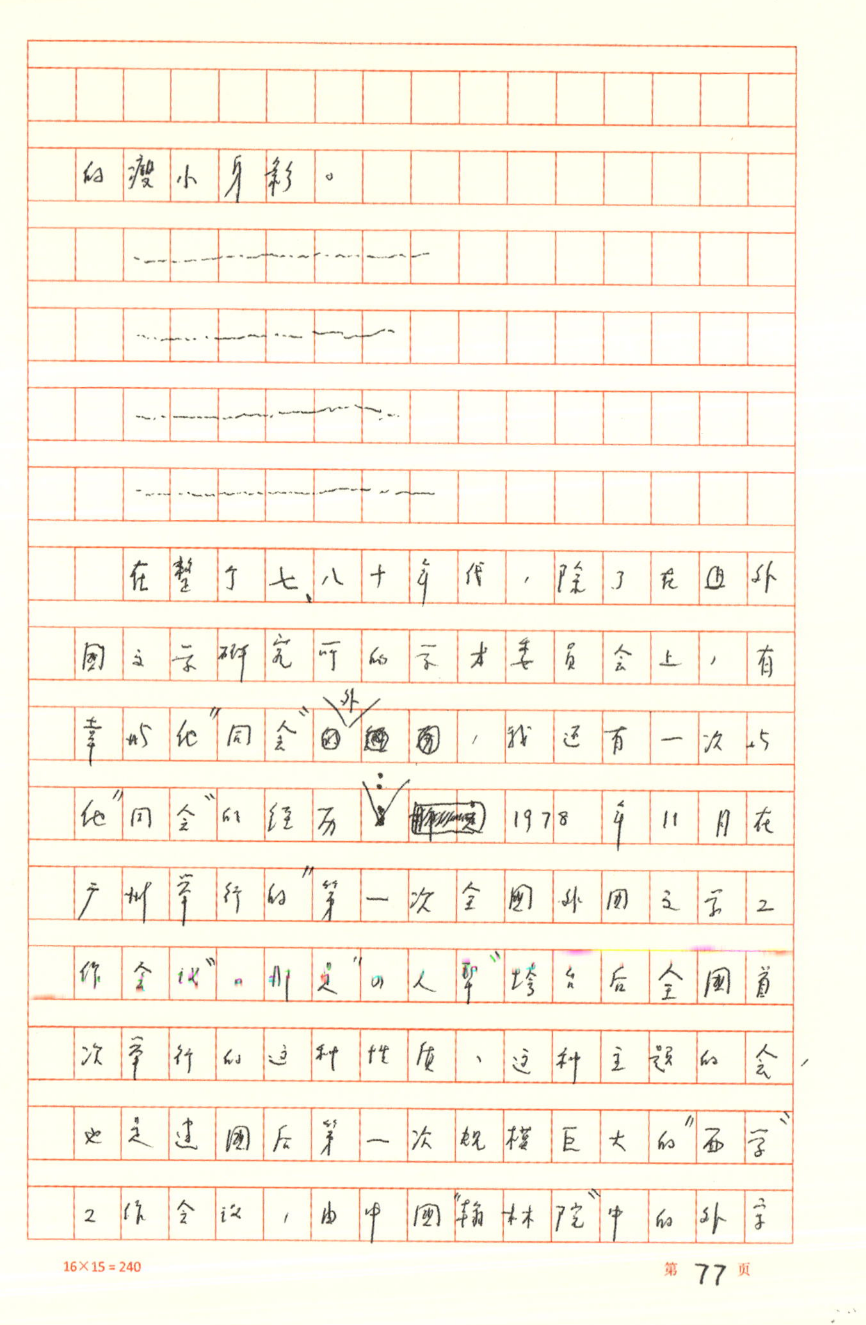
的瘦小身影。

……

……

……

……

在整个七、八十年代，除了在外国文学研究所的学术委员会上，有幸与他“同会”外，我还有一次与他“同会”的经历：1978年11月在广州举行的“第一次全国外国文学工作会议”。那是“四人帮”垮台后全国首次举行的这种性质、这种主题的会，也是建国后第一次规模巨大的“西学”工作会议，由中国“翰林院”中的外字

16×15＝240　　第 77 页

的瘦小身影。

…………

…………

…………

…………

在整个七八十年代，除了在外国文学研究所的学术委员会上，有幸与他“同会”外。我还有一次与他“同会”的经历：1978年11月在广州举行的“第一次全国外国文学工作会议”，那是“四人帮”垮台后全国首次举行的这种性质、这种主题的会，也是建国后第一次规模巨大的“西学”工作会议，由中国“翰林院”中的外字

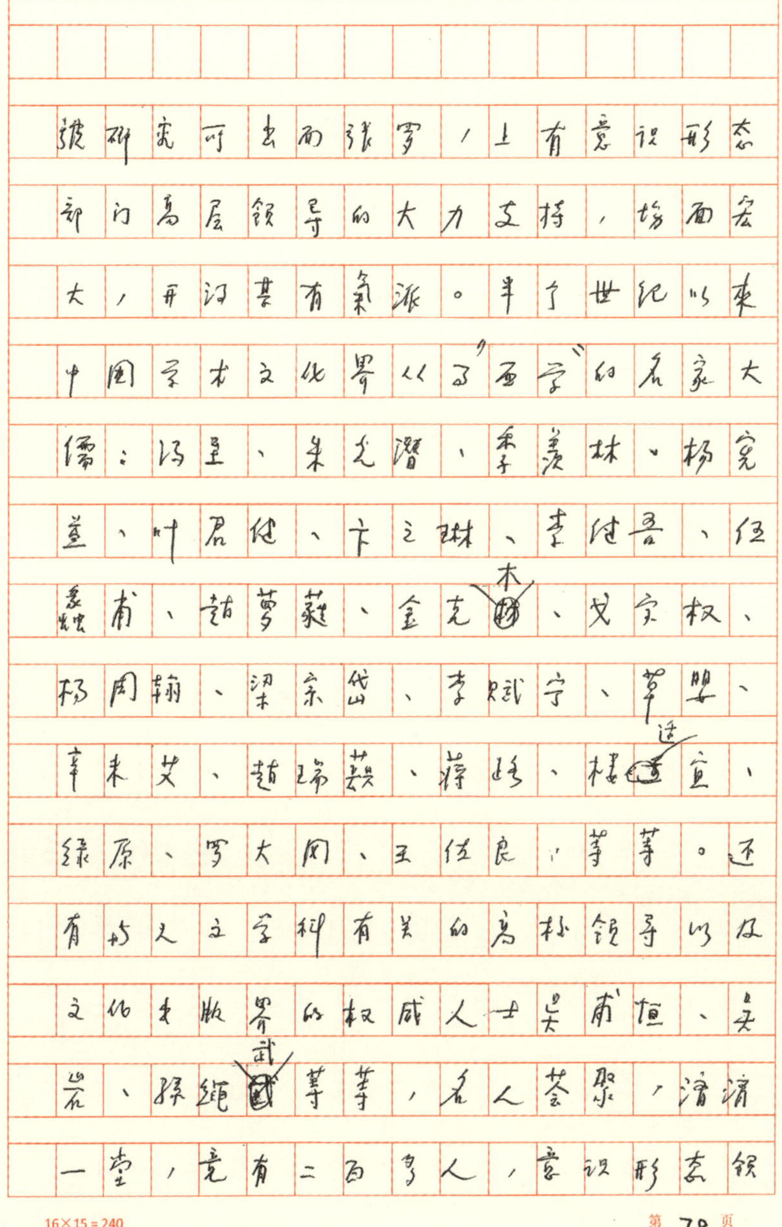

号研究所出面张罗，上有意识形态部门高层领导的大力支持，场面宏大，开得甚有气派。半个世纪以来中国学术文化界从事“西学”的名家大儒：冯至、朱光潜、季羡林、杨宪益、叶君健、卞之琳、李健吾、伍蠡甫、赵萝蕤、金克木、戈宝权、杨周翰、梁宗岱、李赋宁、草婴、辛未艾、赵瑞蕻、蒋路、楼适夷、绿原、罗大冈、王佐良，等等。还有与人文学科有关的高校领导以及文化出版界的权威人士吴甫恒、吴岩、孙绳武等等，名人荟聚，济济一堂，竟有二百多人，意识形态领

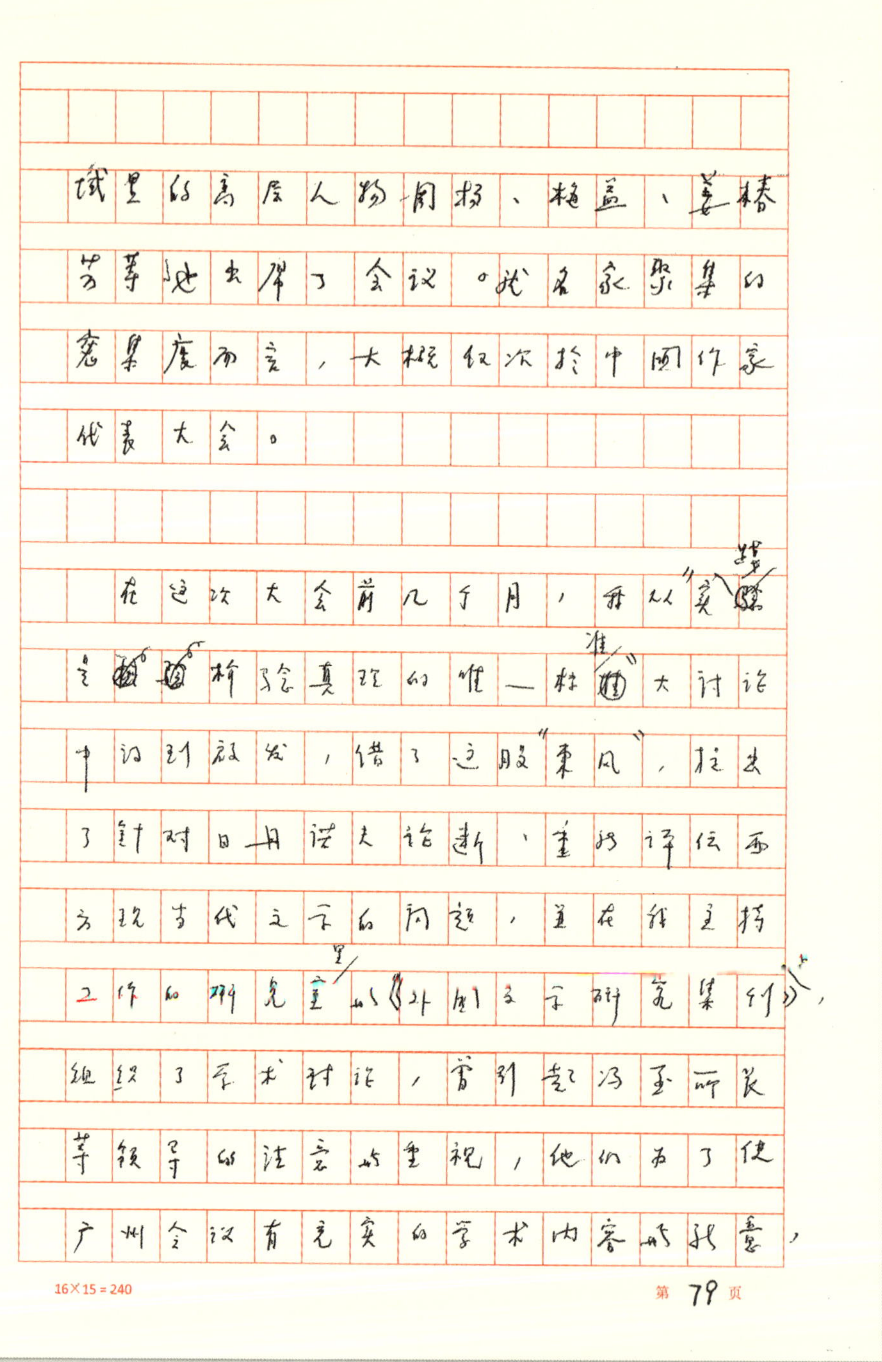

域里的高层人物周扬、梅益、姜椿芳等也出席了会议。就名家聚集的密集度而言，大概仅次于中国作家代表大会。

在这次大会前几个月，我从“实践是检验真理的唯一标准”大讨论中得到启发，借了这股“东风”，提出了针对日丹诺夫论断、重新评价西方现当代文学的问题，并在我主持工作的研究室里与《外国文学研究集刊》上，组织了学术讨论，曾引起冯至所长等领导的注意与重视，他们为了使广州会议有充实的学术内容与新意，

要我到大会上作一个关于西方现当代文学的主旨发言，并给了我一个特别优厚条件："充分讲"，"不限时间"。

那个发言讲下来，实际上占了一整个上午的时间再加上大半个上午，构成了一个长篇学术报告。这是建国后学术会议中极为罕见的。会后整理成文，发表在一家刊物上就有五、六万字之多。

整个长篇发言是对日丹诺夫论断的全面批驳。日丹诺夫是斯大林的意识形态总管，以对苏国作家进行粗暴打击的迫害著称，因特别有广泛消极

16×15＝240　　第 80 页

要我到大会上作一个关于西方现当代文学的主旨发言，并给了我一个特别优厚条件："充分讲"，"不限时间"。

那个发言讲下来，实际上占了一整个上午的时间再加上大半个上午，构成了一个长篇学术报告。这是建国后学术会议中极为罕见的。会后整理成文，发表在一家刊物上就有五六万字之多。

整个长篇发言是对日丹诺夫论断的全面批驳。日丹诺夫是斯大林的意识形态总

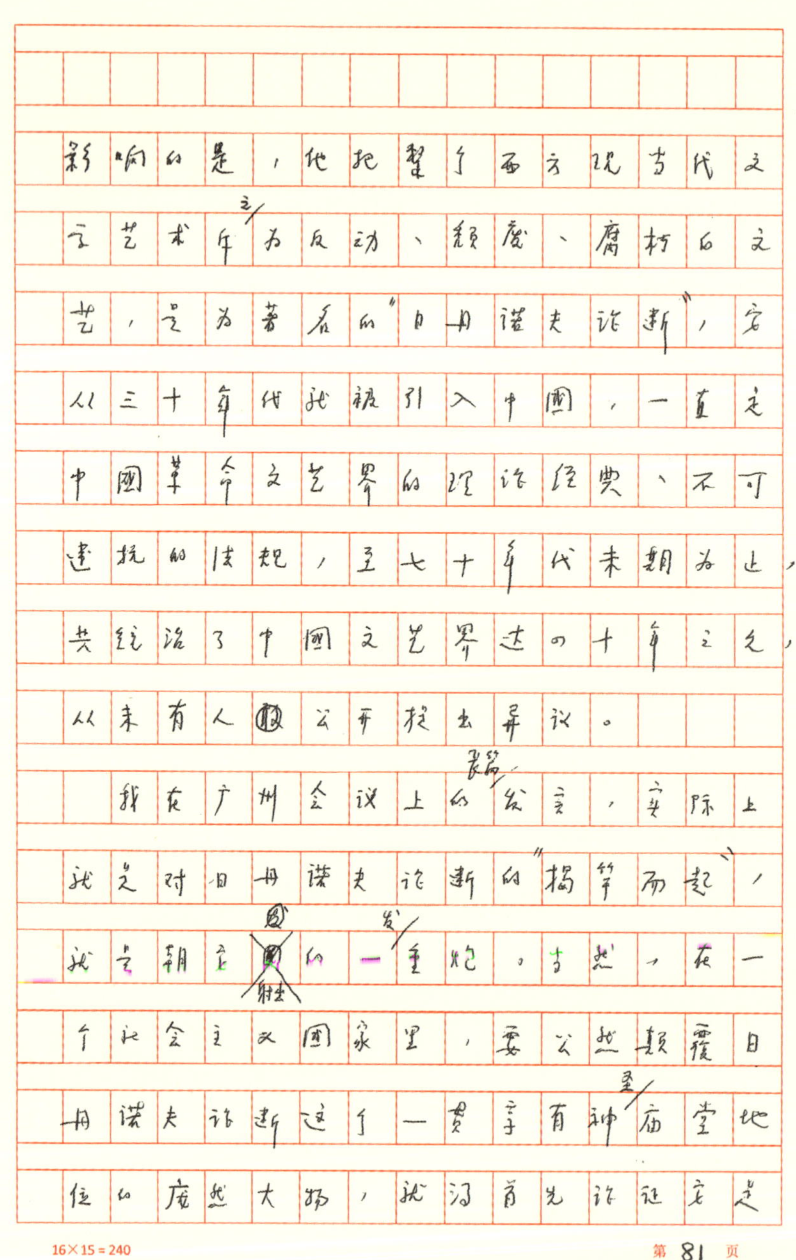
影响的是，他把整个西方现当代文学艺术斥之为反动、颓废、腐朽的文艺，是为著名的"日丹诺夫论断"，它从三十年代就被引入中国，一直是中国革命文艺界的理论经典、不可违抗的法规，至七十年代末期为止，共统治了中国文艺界达四十年之久，从未有人公开提出异议。

我在广州会议上的长篇发言，实际上就是对日丹诺夫论断的"揭竿而起"，就是朝它射出的一发重炮。当然，在一个社会主义国家里，要公然颠覆日丹诺夫论断这个一贯享有神圣庙堂地位的庞然大物，就得首先论证它是

16×15＝240　第 81 页

管，以对本国作家进行粗暴打击与迫害著称，特别有广泛消极影响的是，他把整个西方现当代文学艺术斥之为反动、颓废、腐朽的文艺，是为著名的“日丹诺夫论断”，它从三十年代被引入中国，一直是中国革命文艺界的理论经典、不可违抗的法规，至七十年代末期为止，共统治了中国文艺界达四十年之久。从未有人公开提出异议。

我在广州会议上的长篇发言，实际上就是对日丹诺夫论断的“揭竿而起”，就是朝它射出的一发重炮。当然，在一个社会主义国家里，要公然颠覆日丹诺夫论断这个一贯享有神圣庙堂地位的庞然大物，就得首先论证它是

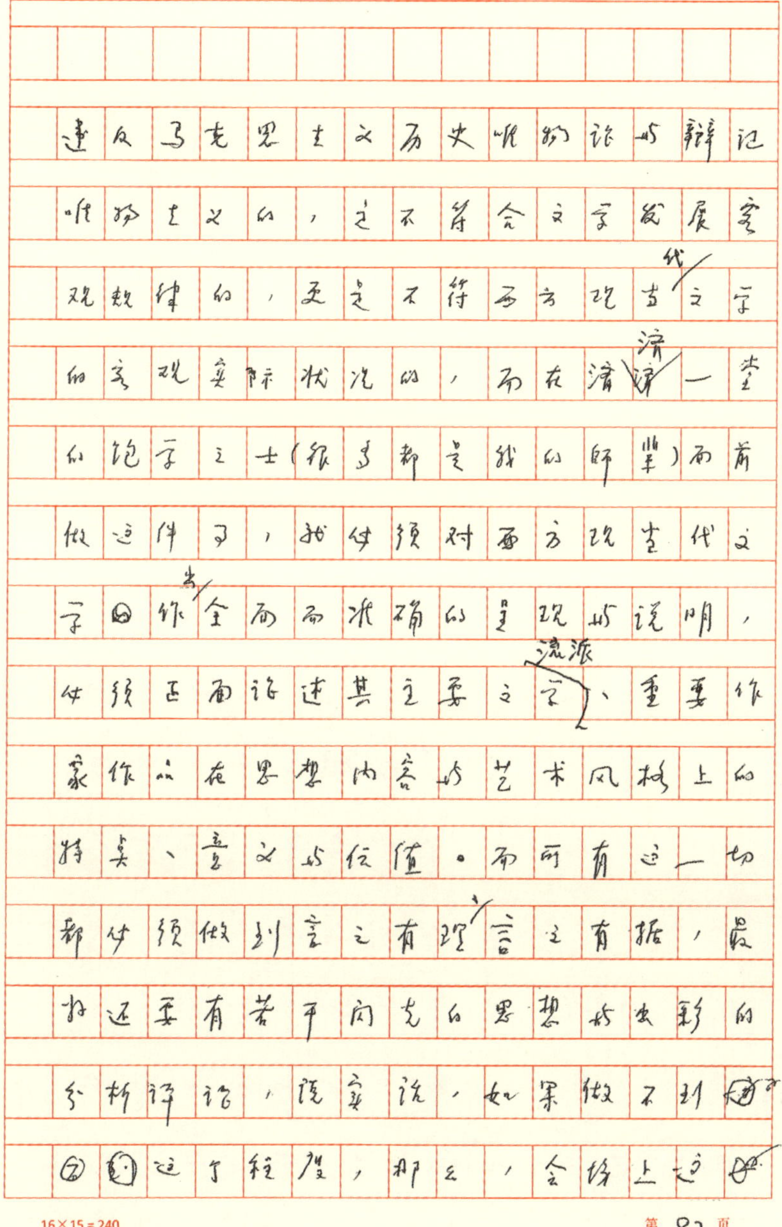

违反马克思主义历史唯物论与辩证唯物主义的，是不符合文学发展客观规律的，更是不符合西方现当代文学的客观实际状况的，而在济济一堂的饱学之士（很多都是我的师辈）面前做这件事，就必须对西方现当代文学做出全面而准确的呈现与说明，必须正面论述其主要文学流派、重要作家、作品在思想内容与艺术风格上的特点、意义与价值。而所有这一切，都必须做到言之有理、言之有据，最好还要有若干闪光的思想与出彩的分析评论。说实话，如果做不到这个程度，那么，会场上这

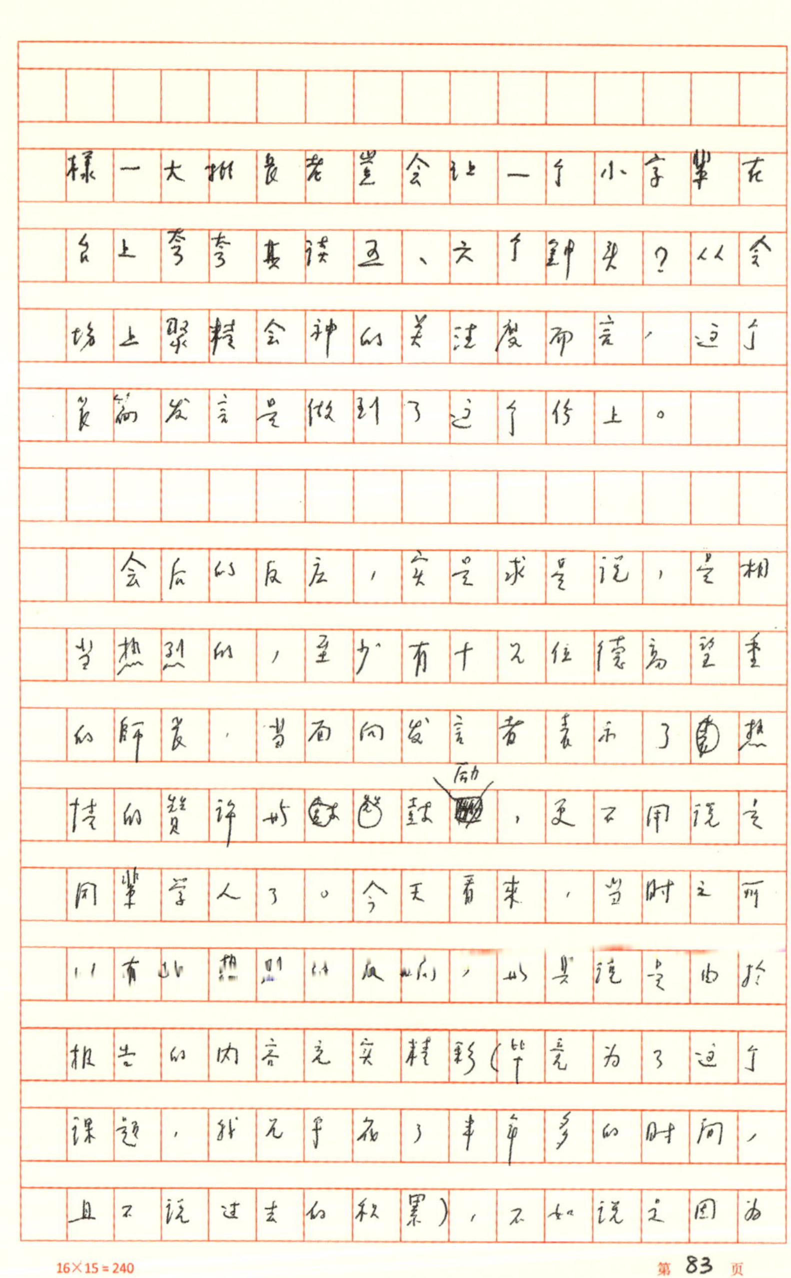

样一大批长老岂会让一个小字辈在台上夸夸其谈四五个钟头？从会场上聚精会神的关注度而言，这个长篇发言是做到了这个份上。

会后的反应，实事求是说，是相当热烈的，至少有十几位德高望重的师长，来当面向发言者表示热情的赞许与鼓励，更不用说是同辈学人了。今天看来，当时之所以有此热烈的反响，与其说是由于报告的内容充实精彩（毕竟为了这个课题，我几乎花了半年多的时间，且不说过去的积累），不如说是因为

压在学术文化界头上一块意识形态巨石建国后总算第一次受到了公开的正面的冲击，是因为总算有了一只出头鸟，讲出了很多人想讲却一直没有讲出来、或不敢讲、或还未来得及讲的话。

至於朱光潜，他的反应更是格外热情，我从来没有见过他那么喜形於色，他走过来跟我握手，那也是他第一次伸手给我握，连连称道：“讲得好！讲得好！”我也第一次感到了他的手竟那么瘦骨棱棱。第二天，他更采取了一个我永远难以忘记的

16×15=240　　第 84 页

压在学术文化界头上一块意识形态巨石建国后总算第一次受到了公开的正面的冲击，是因为总算有了一只出头鸟，讲出了很多人想讲却一直没有讲出来、或不敢讲、或还未来得及讲的话。

至于朱光潜，他的反应更是格外热情，我从来没有见过他那么喜形于色，他走过来跟我握手，那也是他第一次伸手给我握，连连称道：“讲得好！讲得好！”我也是第一次感到他的手竟那么瘦骨棱棱。第二天，他更采取了一个我永远难以忘记

的行动。

那天，周扬特别前来会见大会的全体代表，他来到大会议厅时，大家都候在那里，实际上就是等“首长接见”。虽然在“文化大革命”中他被关了好几年，复出后威势已大不如过去，但他出狱后，曾到各种场合、各种会上作自我批评，就自己当权年代受命整过人、伤过人的“政绩”，向文艺界诸多人士表示过歉意，给文化界很好的印象，这时，大家见到他，反倒多了一点亲切感，对他的来临表示热烈欢迎。这时的周扬，有了若干“礼贤下士”的味道，但

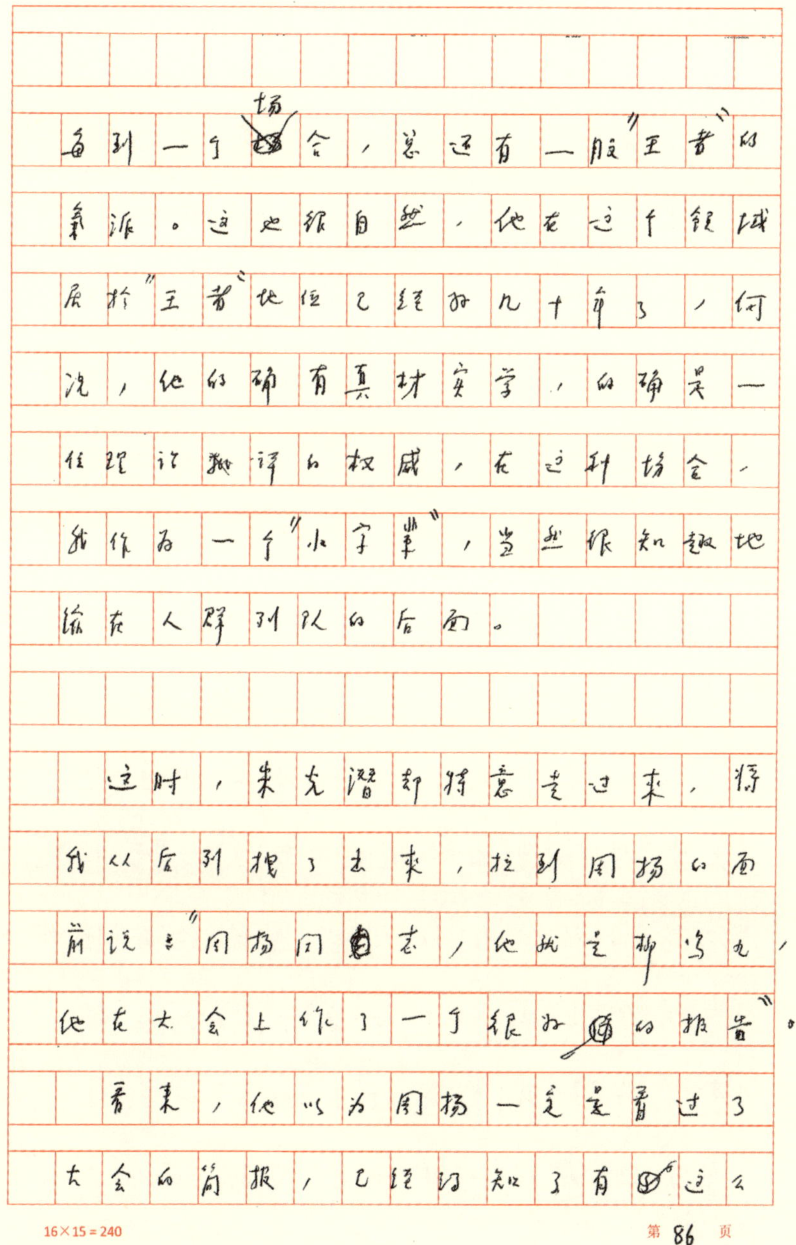
每到一个场合，总还有一股"王者"的气派。这也很自然，他在这个领域居于"王者"地位已经好几十年了，何况，他的确有真材实学，的确是一位理论批评的权威，在这种场合，我作为一个"小字辈"，当然很知趣地缩在人群队列的后面。

这时，朱光潜却特意走过来，将我从后列拽了出来，拉到周扬的面前说："周扬同志，他就是柳鸣九，他在大会上作了一个很好的报告"。

看来，他以为周扬一定是看过了大会的简报，已经得知了有这么

16×15＝240　　第 86 页

每到一个场合时，总还有一股“王者”的气派。这也很自然，他在这个领域居于“王者”地位已经好几十年了，何况，他的确有真才实学，的确是一位理论批评的权威，在这种场合，我作为一个“小字辈”，当然很知趣地缩在人群队列的后面。

这时，朱光潜却特意走过来，将我从后列拽了出来，拉到周扬的面前说：“周扬同志，他就是柳鸣九，他在大会上作了一个很好的报告。”

看来，他以为周扬一定是看过了大会的简报，已经得知了有这么

一个长篇发言，或者他认定了周扬也一定很乐于看到日丹诺夫论断遭到冲击。可是，当时周扬并无任何反应，甚至连正眼也没有瞧我，也许他“王者”的气派依旧，“礼贤下士”之德存量不多，还普及不到学术低层的“小字辈”头上，也许就是周扬对冲击日丹诺夫论断一事压根就不感兴趣，甚至不以为然……但不论怎样，朱光潜引见的意图，我自己是感受得很明确，很强烈的，他既有将我当作他自己的子弟辈而亲切善待，甚至或多或少有给点助力的意味，更有促使对日丹诺夫论断的冲击更

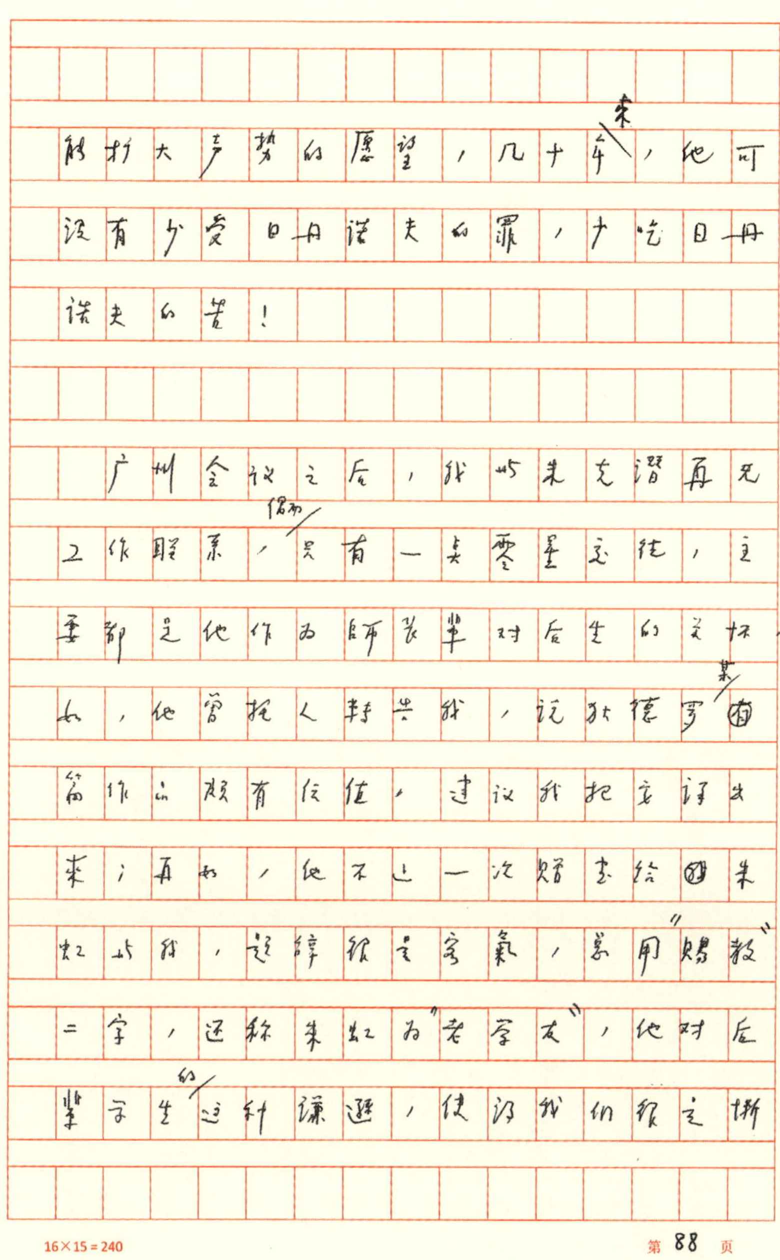

加扩大声势的愿望，几十年来，他可没有少受日丹诺夫的罪，少吃日丹诺夫的苦！

广州会议之后，我与朱光潜再无工作联系，偶尔只有一点零星交往，主要都是他作为师长辈对后生的关怀，如，他曾托人转告我，说狄德罗某篇作品颇有价值，建议我把它译出来；再如，他不止一次赠书给朱虹与我，题辞很是客气，总用"赐教"二字，还称朱虹为"老学友"，他对后辈学生的这种谦逊，使得我们很是惭

16×15＝240　第 88 页

加扩大声势的愿望，几十年来，他可没有少受日丹诺夫的罪，少吃日丹诺夫的苦！

广州会议之后，我与朱光潜再无工作联系，偶尔只有一点零星交往，主要都是他作为师长辈对后生的关怀，如，他托人转告我，说狄德罗某篇作品颇有价值，建议我把它译出来；再如，他不止一次赠书给朱虹与我，题辞很是客气，总用"赐教"二字，还称朱虹为"老学友"，他对后辈学生的这种谦逊，使得我们很是惭

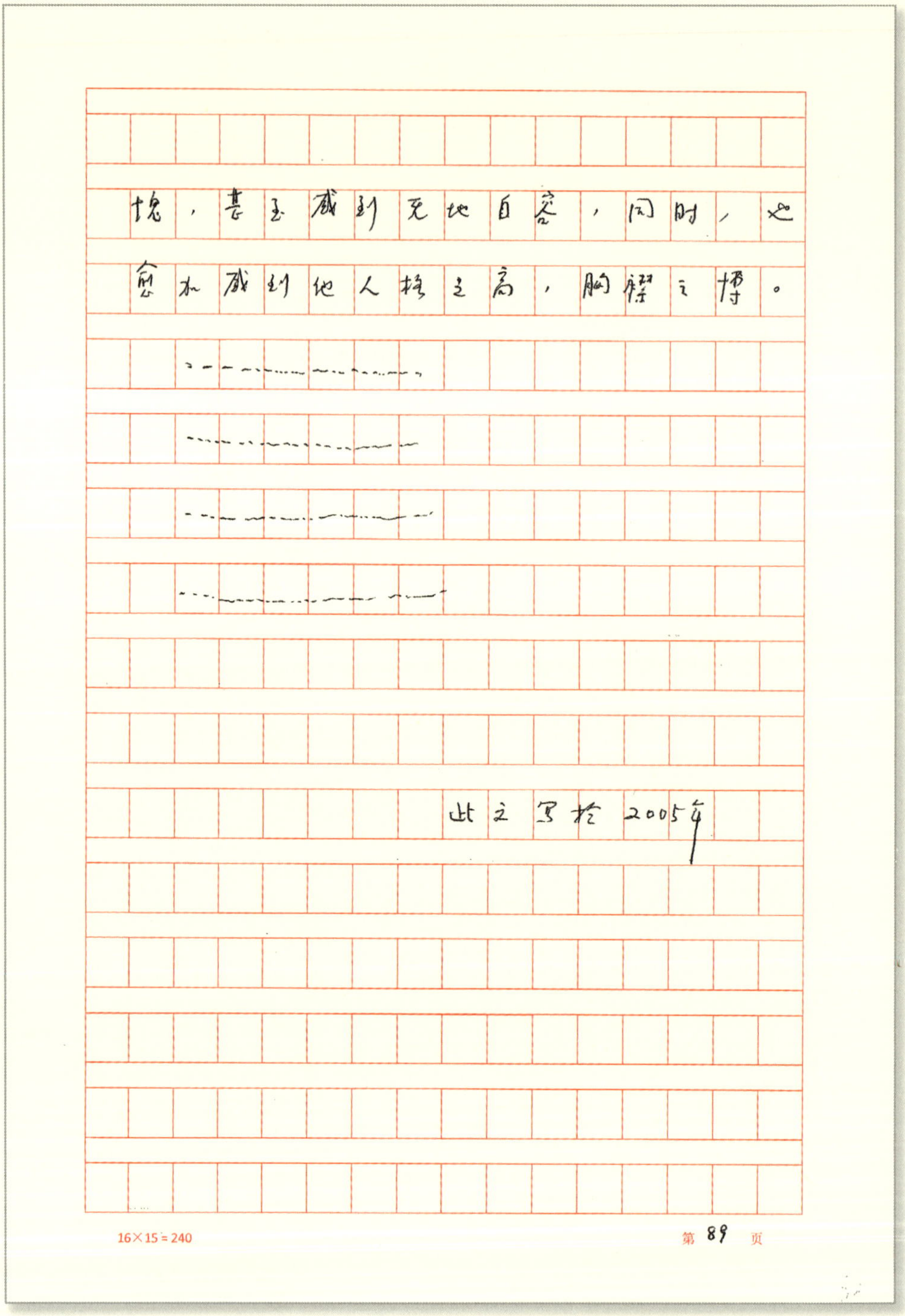

愧，甚至感到无地自容，同时，也愈加感到他人格之高，胸襟之博。

…………

…………

…………

…………

此文写于2005年

16×15=240　　第89页

愧，甚至感到无地自容，同时，也愈加感到他人格之高，胸襟之博。

…………

…………

…………

…………

此文写于2005年

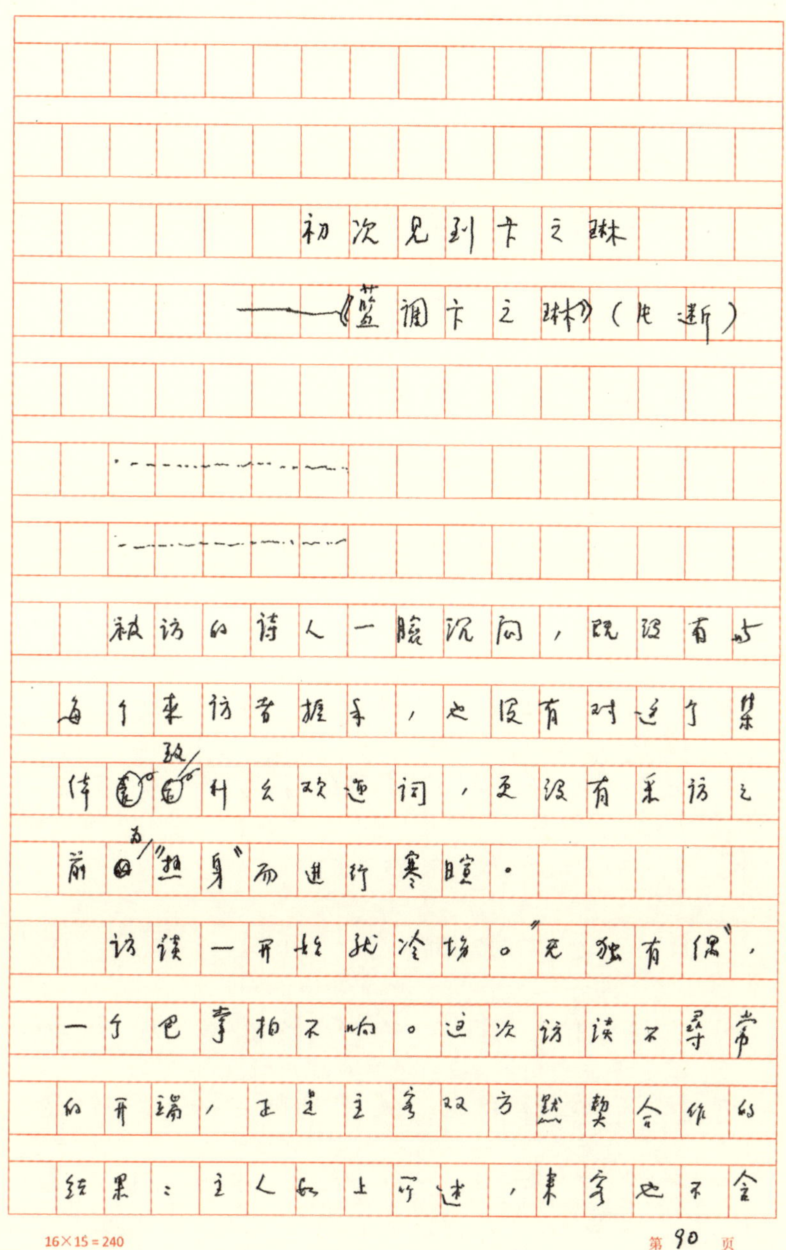

初次见到卞之琳

——《蓝调卞之琳》（片断）

…………

…………

被访的诗人一脸沉闷，既没有与每个来访者握手，也没有对这个集体致什么欢迎词，更没有采访之前为“热身”而进行寒暄。

访谈一开始就冷场。“无独有偶”，一个巴掌拍不响。这次访谈不寻常的开端，正是主客双方默契合作的结果：主人如上所述，来客也不舍

糊，来访的那一帮学生，从后来的发展来看，没有一个是在诗坛上有所作为的，看来，在当时也没有一个在诗歌上是初露才华的，学生中已有诗名者那天都没有在诗社组织的这次拜见活动中露面。来的人都像我一样，脑子里空空如也，只是前来看看这位名诗人是什么样子而已，一上来，个个怯场，不敢提问题。于是，就冷场了。

诗人更不含糊，他固守着他的沉闷。面对着冷场，他似乎乐于加以呵护，他静静地抽着烟，心安理得地一言不发，这种架势与氛围，再

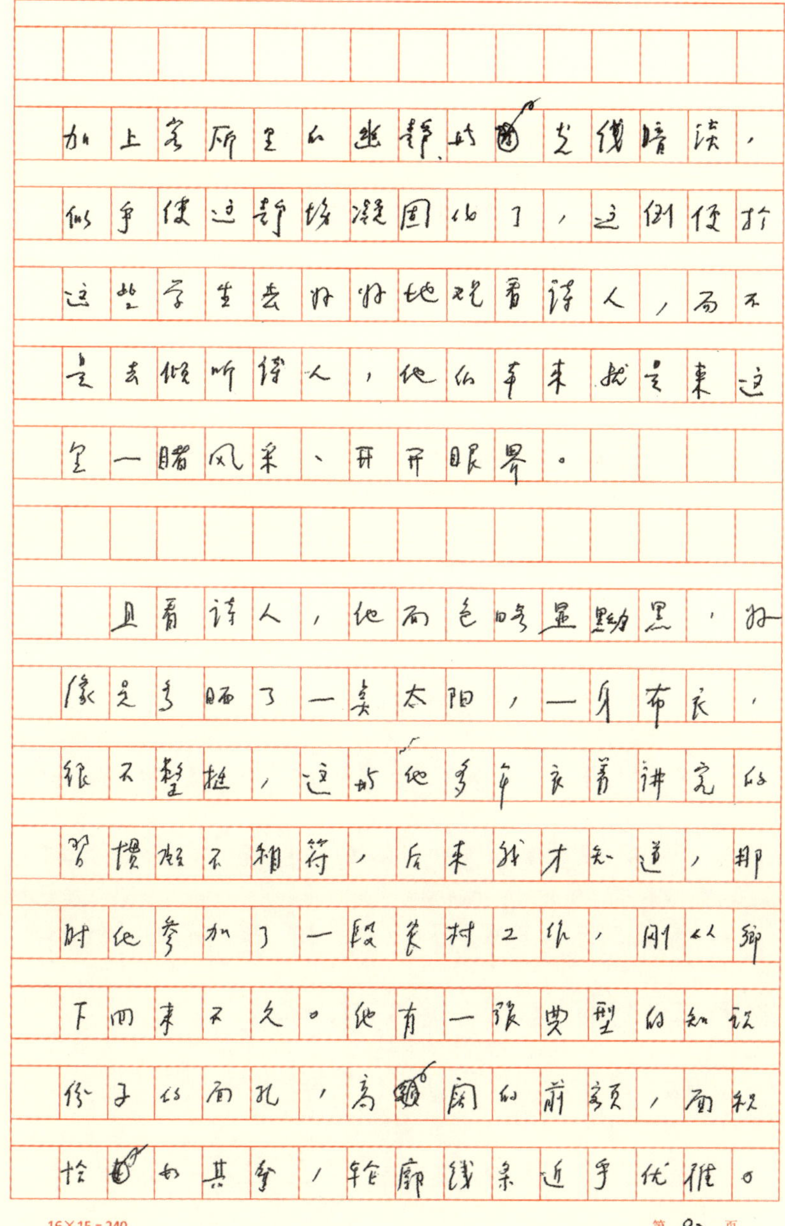
加上客厅里的幽静与光线暗淡，似乎使这静场凝固化了，这倒便于这些学生去好好地观看诗人，而不是去倾听诗人，他们本来就是来这里一睹风采、开开眼界。

且看诗人，他面色略显黝黑，好像是多晒了一点太阳，一身布衣，很不整挺，这与他多年衣着讲究的习惯颇不相符，后来我才知道，那时他参加了一段农村工作，刚从乡下回来不久。他有一张典型的知识分子的面孔，高阔的前额，面积恰如其分，轮廓线条近乎优雅。

16×15=240　第 92 页

加上客厅里的幽静与光线暗淡，似乎使这静场凝固化了，这倒便于这些学生去好好地观看诗人，而不是去倾听诗人，他们本来就是来这里一睹风采，开开眼界。

且看诗人，他面色略显黝黑，好像是多晒了一点太阳，一身布衣，很不整挺，这与他多年衣着讲究的习惯颇不相符，后来我才知道，那时他参加了一段农村工作，刚从乡下回来不久。他有一张典型的知识分子的面孔，高阔的前额，面积恰如其分，轮廓线条近乎优雅。

戴着一副眼镜，后面是一双大眼，他很少眼睛转来转去，甚至很少注视别人，似乎总是陷于自己沉思状态，而不关注周围的动静。当他正眼看人时，眼光是专注而冷澈的，很有洞察力，甚至颇有穿透力，只是没有什么亲和力，因为他很少笑意迎人。他嘴角微微有点歪斜，但不难看，似乎是由于在使劲思考而略有变形，就像朗朗在弹钢琴时而嘴角有点异样，这倒给他的面部平添了些许灵智的生气……

他在静静地吸烟，丝毫也不在意

16×15 = 240　　第 93 页

戴着一副眼镜，后面是一双大眼，他很少眼睛转来转去，甚至很少注视别人，似乎总是陷于自己沉思状态，而不关注周围的动静。当他正眼看人时，眼光是专注而冷澈的，很有洞察力，甚至颇有穿透力，只是没有什么亲和力，因为他很少笑意迎人。他嘴角微微有点歪斜，但不难看，似乎是由于在使劲思考而略有变形，就像朗朗在弹钢琴时而嘴角有点异样，这倒给他的面部平添了些许灵智的生气……

他在静静地吸烟，丝毫也不在意

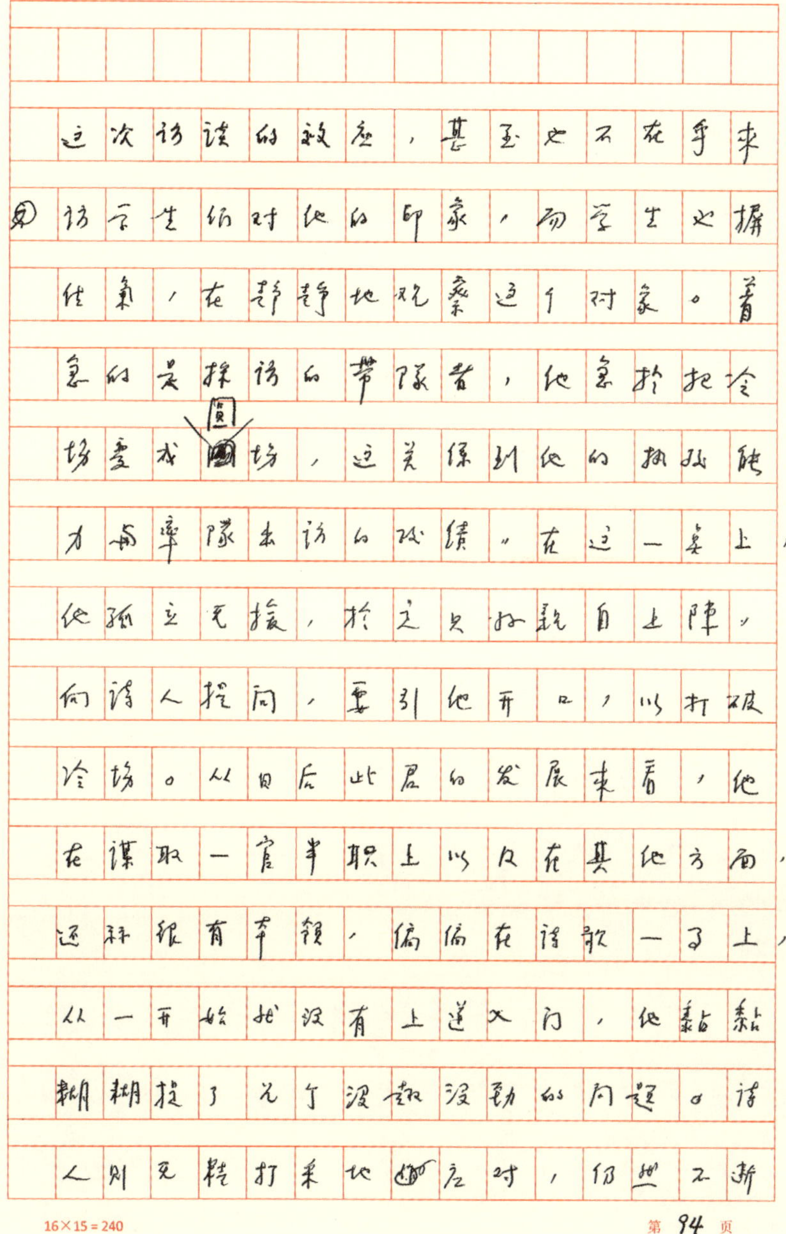
这次访谈的效应，甚至也不在乎来访学生们对他的印象，而学生也摒住气，在静静地观察这个对象。着急的是采访的带队者，他急于把冷场变成圆场，这关系到他的执政能力与率队来访的政绩。在这一点上，他孤立无援，于是只好亲自上阵，向诗人提问，要引他开口，以打破冷场。从日后此君的发展来看，他在谋取一官半职上以及在其他方面，还算很有本领，偏偏在诗歌一事上，从一开始就没有上道入门，他黏黏糊糊提了几个没趣没劲的问题。诗人则无精打采地应对，仍然不断

16×15＝240　　第 94 页

这次访谈的效应，甚至也不在乎来访学生们对他的印象，而学生也摒住气，在静静地观察这个对象。着急的是采访的带队者，他急于把冷场变成圆场，这关系到他的执政能力与率队出访的政绩，在这一点上，他孤立无援，于是只好亲自上阵，向诗人提问，要引他开口，以打破冷场。从日后此君的发展来看，他在谋取一官半职上以及在其他方面，还算很有本领，偏偏在诗歌一事上，从一开始就没有上道入门，他黏黏糊糊提了几个没趣没劲的问题。诗人则无精打采地应对，仍然不断

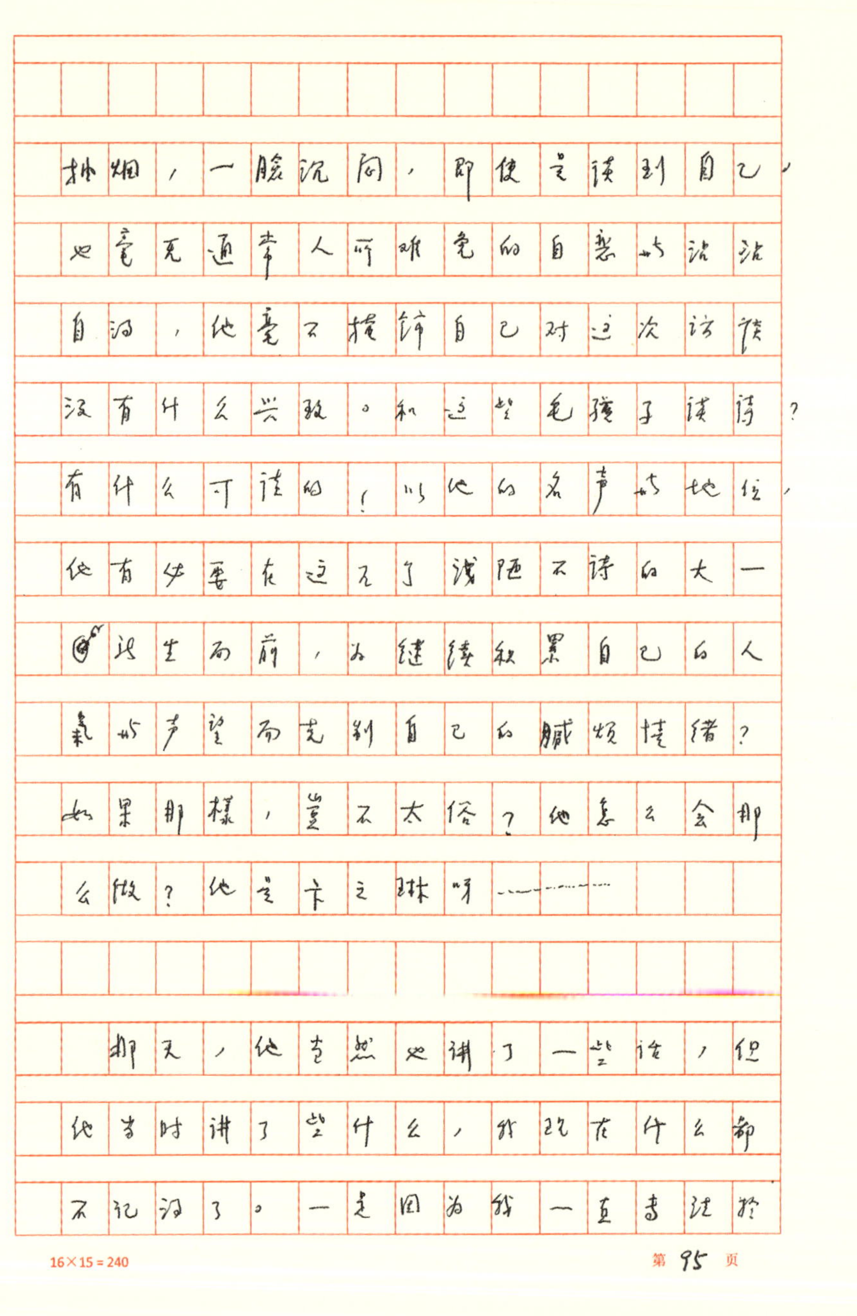

地抽烟，一脸沉闷，即使是谈到自己，也毫无通常人所难免的自恋与沾沾自得，他毫不掩饰自己对这次访谈没有什么兴致。和这些毛孩子谈诗？有什么可谈的！以他的名声与地位，他有必要在这几个浅陋不诗的大一新生面前，为继续积累自己的人气与声望而克制自己的腻烦情绪？如果那样，岂不太俗？他怎么会那么做？他是卞之琳呀……

那天，他当然也讲了一些话，但他当时讲了些什么，我现在什么都不记得了。一是因为我一直专注于

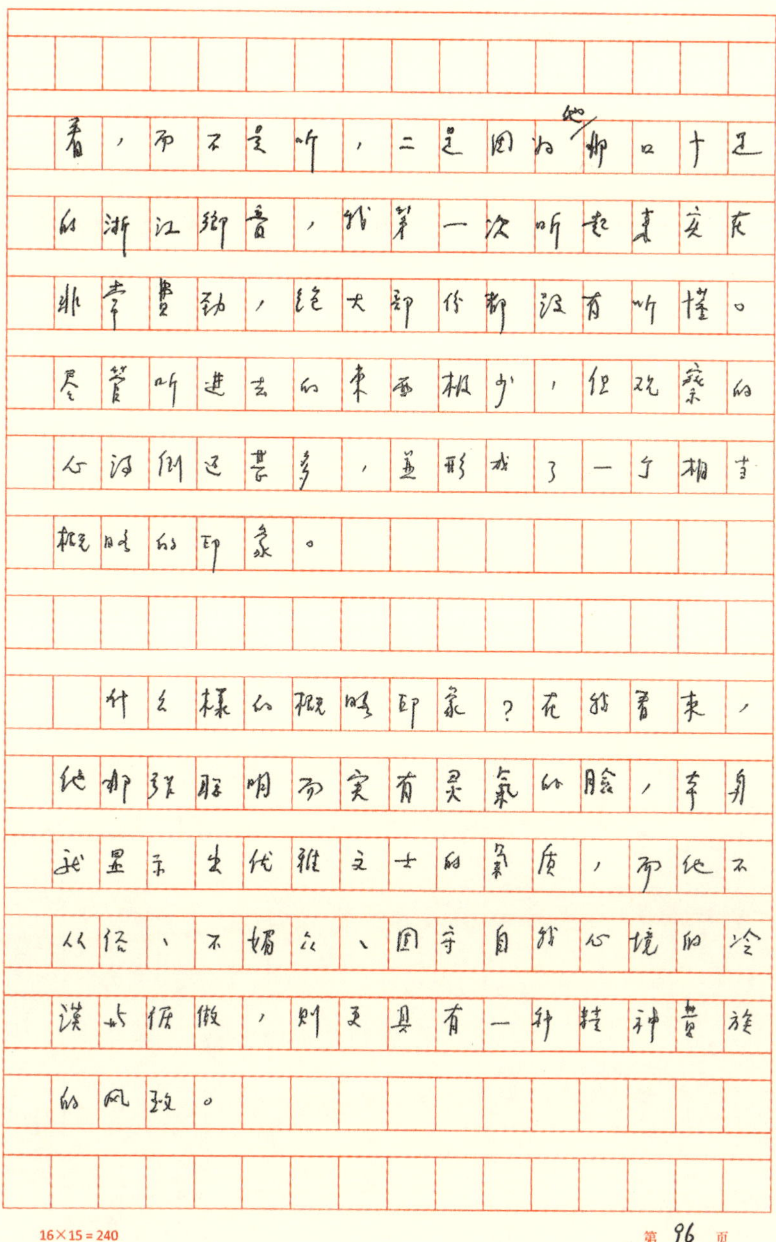
看，而不是听，二是因为他那一口十足的浙江乡音，我第一次听起来实在非常费劲，绝大部分都没有听懂。尽管听进去的东西极少，但观察的心得倒还甚多，并形成了一个相当概略的印象。

什么样的概略印象？在我看来，他那张聪明而富有灵气的脸，本身就显示出优雅文士的气质，而他不从俗、不媚众、固守自我心境的冷漠与倨傲，则更具有一种精神贵族的风致。

16×15 = 240　　第 96 页

看，而不是听；二是因为他那一口十足的浙江乡音，我第一次听起来实在非常费劲，绝大部分都没有听懂。尽管听进去的东西极少，但观察的心得倒还甚多，并形成了一个相当概略的印象。

什么样的概略印象？在我看来，他那张聪明而富有灵气的脸，本身就显示出优雅文士的气质，而他不从俗、不媚众、固守自我心境的冷漠与倨傲，则更具有一种精神贵族的风致。

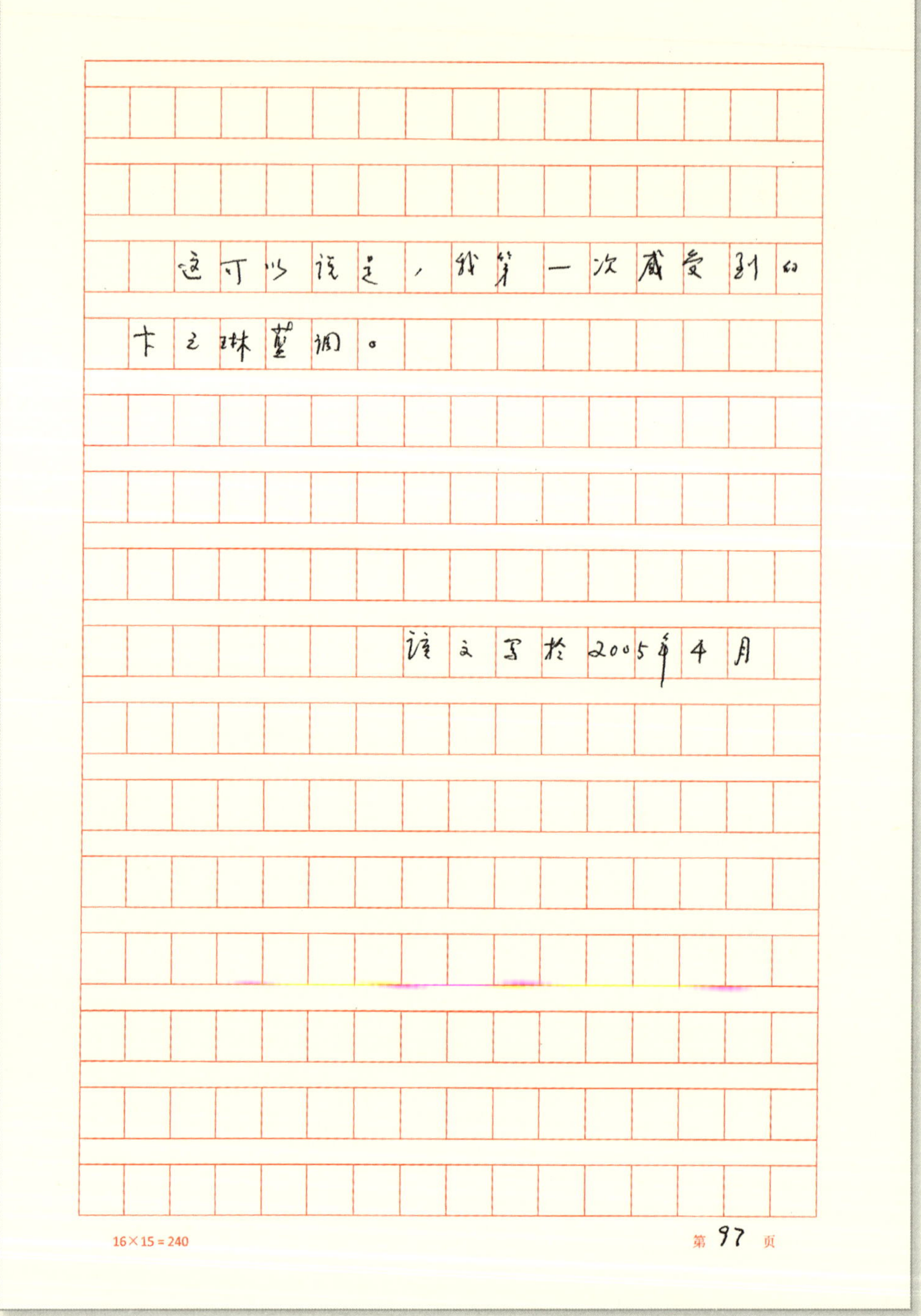

这可以说是，我第一次感受到的卞之琳蓝调。

该文写于2005年4月

16×15=240　　第 97 页

这可以说是，我第一次感受到的卞之琳蓝调。

该文写于2005年4月

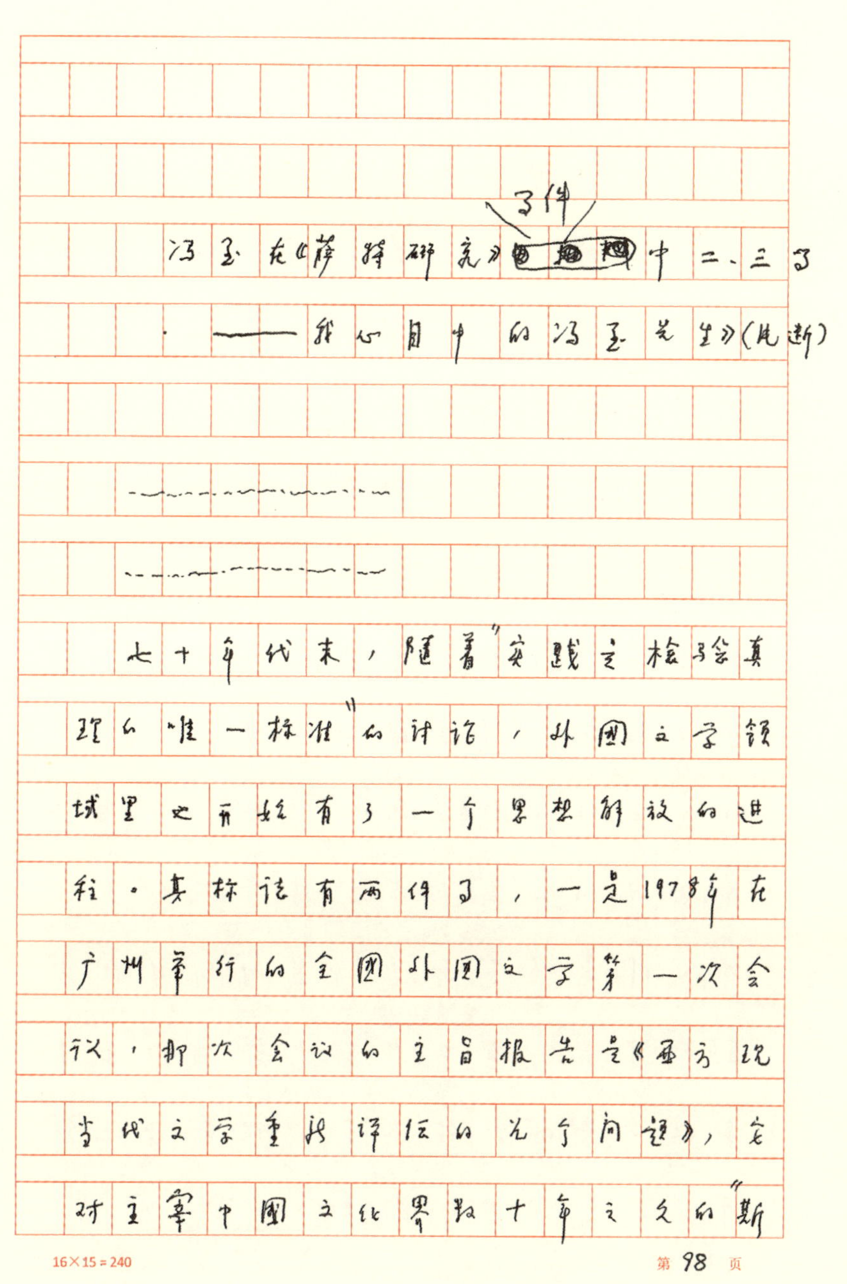
冯至在《萨特研究》事件中二、三事
——《我心目中的冯至先生》(片断)
…………
…………
七十年代末，随着"实践是检验真理的唯一标准"的讨论，外国文学领域里也开始有了一个思想解放的进程。其标志有两件事，一是1978年在广州举行的全国外国文学第一次会议，那次会议的主旨报告是《西方现当代文学重新评价的几个问题》，它对主宰中国文化界数十年之久的"斯
16×15=240　第98页

冯至在《萨特研究》事件中二、三事

——《我心目中的冯至先生》（片断）

…………

…………

七十年代末，随着“实践是检验真理的唯一标准”的讨论，外国文学领域里也开始有了一个思想解放的进程。其标志有两件事，一是1978年在广州举行的全国外国文学第一次会议，那次会议的主旨报告是《西方现当代文学重新评价的几个问题》，它对主宰中国文化界数十年之久的“斯

大林——日丹诺夫论断”提出了全面的质疑与批驳；二是外国文学研究所当时的机关刊物《外国文学研究集刊》连续三期开辟了一个专栏“外国现当代文学评价问题的讨论”。这两件事在文化学术界都是率先之举，起了破冰通航的作用，有着广泛深远的影响。主持当时《集刊》工作的，是我，而正式批准并大力支持、热切关怀的，在广州会议上作主旨报告的，则是冯至先生，当时的外国文学所所长，昔日的北京大学西语系系主任，于我而言，既是现任领导，又是过去的师长。

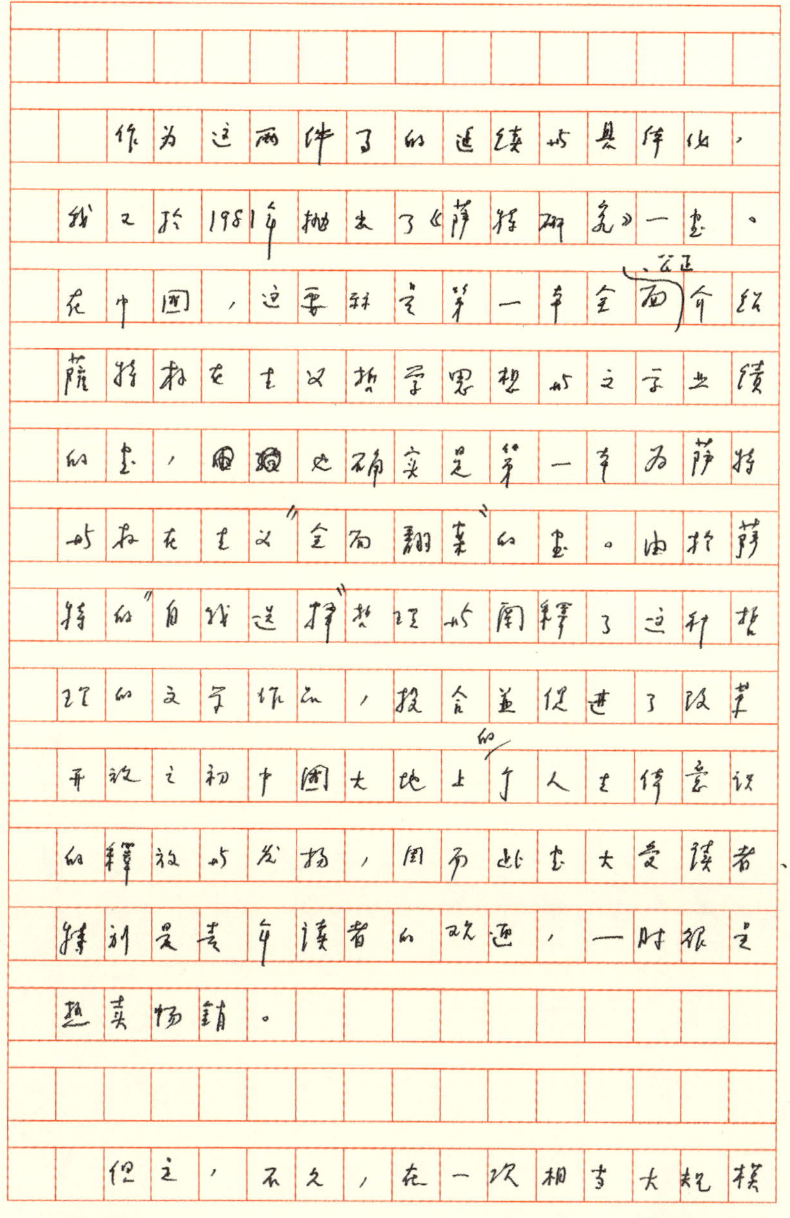

作为这两件事的延续与具体化，我又于1981年抛出了《萨特研究》一书。在中国，这要算是第一本全面、公正介绍萨特存在主义哲学思想与文学业绩的书，也确实是第一本为萨特与存在主义“全面翻案”的书。由于萨特的“自我选择”哲理与阐释了这种哲理的文学作品，投合并促进了改革开放之初中国大地上的个人主体意识的释放与发扬，因而此书大受读者、特别是青年读者的欢迎，一时很是热卖畅销。

但是，不久，在一次相当大规模

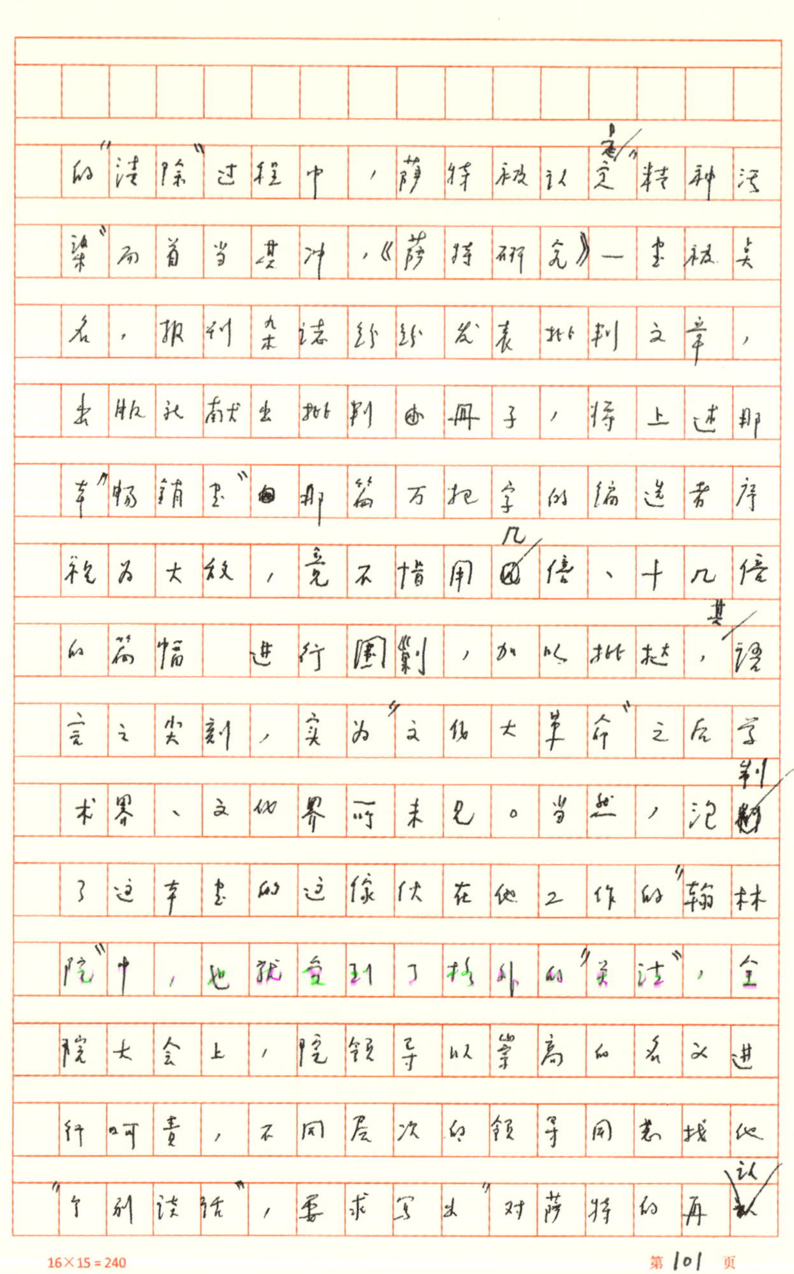

的“清除”过程中，萨特被认定是“精神污染”而首当其冲，《萨特研究》一书被点名，报纸杂志纷纷发表批判文章，出版社献出批判册子，将上述那本“畅销书”那篇万把字的编选者序视为大敌，竟不惜用几倍、十几倍的篇幅，进行围剿，加以批挞，其语言之尖刻，实为“文化大革命”之后学术界、文化界所未见。当然，炮制了这本书的这家伙在他工作的“翰林院”中，也就受到了格外的“关注”，全院大会上，院领导以崇高的名义进行呵责，不同层次的领导同志找他“个别谈话”，要求写出“对萨特的再认

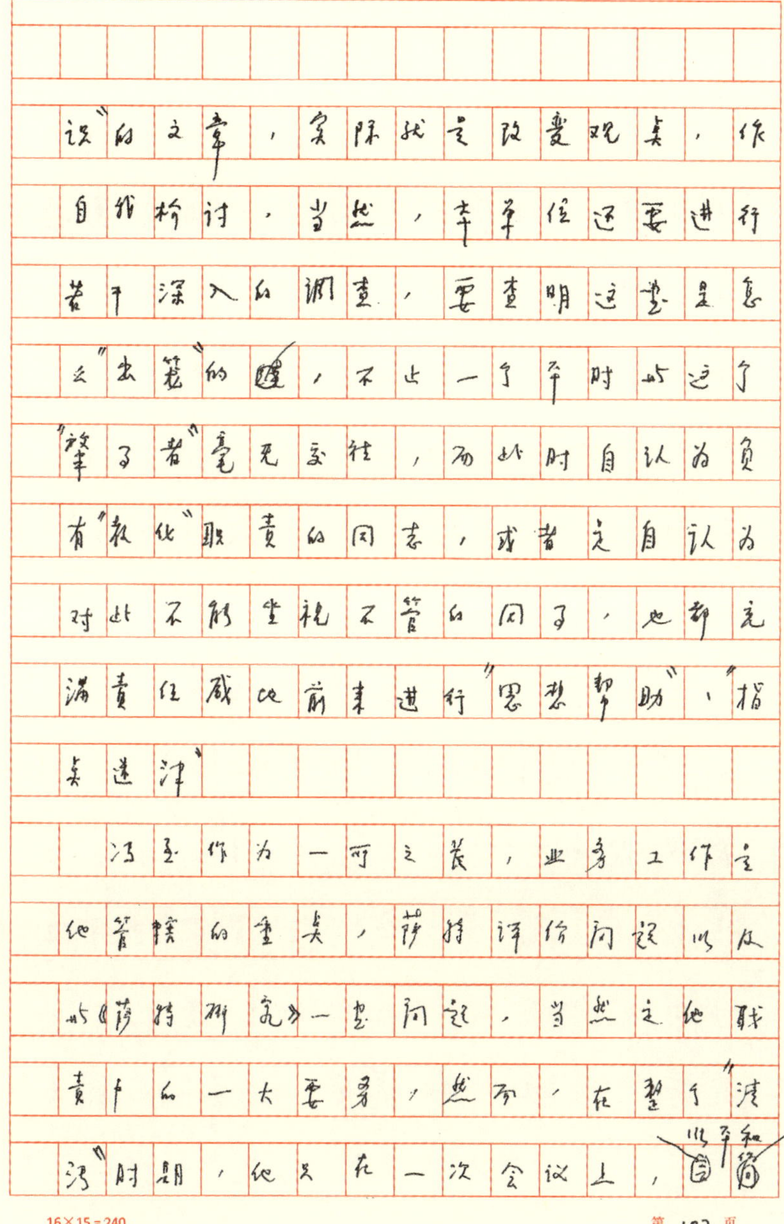
识"的文章，实际就是改变观点，作自我检讨，当然，本单位还要进行若干深入的调查，要查明这书是怎么"出笼"的，不止一个平时与这个"肇事者"毫无交往，而此时自认为负有"教化"职责的同志，或者是自认为对此不能坐视不管的同事，也都充满责任感地前来进行"思想帮助"、"指点迷津"

冯至作为一所之长，业务工作是他管辖的重点，萨特评价问题以及《萨特研究》一书问题，当然是他职责中的一大要务，然而，在整个"清污"时期，他只在一次会议上，以平和

16×15＝240　　第 102 页

识”的文章，实际就是改变观点，作自我检讨，当然，本单位还要进行若干深入的调查，要查明这书是怎么“出笼”的，不止一个平时与这个“肇事者”毫无交往，而此时自认为负有“教化”职责的同志，或者是自认为对此不能坐视不管的同事，也都充满责任感地前来进行“思想帮助”“指点迷津”。

冯至作为一所之长，业务工作是他管辖的重点，萨特评价问题以及与《萨特研究》一书问题，当然是他职责中的一大要务，然而，在整个“清污”时期，他只在一次会议上，以平和

稳当的态度言简意赅地讲过几句话，大意是，对萨特这样一个内容复杂的思想家、文学家，我们了解得还不够，应该加深研究，以批判继承的态度对待。这温和的讲话（不，仅仅是简单的表态）与高调激越的大批判显然大不一样。除此之外，他既没有进行过义正严词的批判，也没有过问过《萨特研究》一书，更没有找我这个“肇事者”个别谈话进行“思想帮助”，总之，他完全置身于那次“时尚大合唱”之外，但他书房里有一个情景，似乎颇另有一种意味。

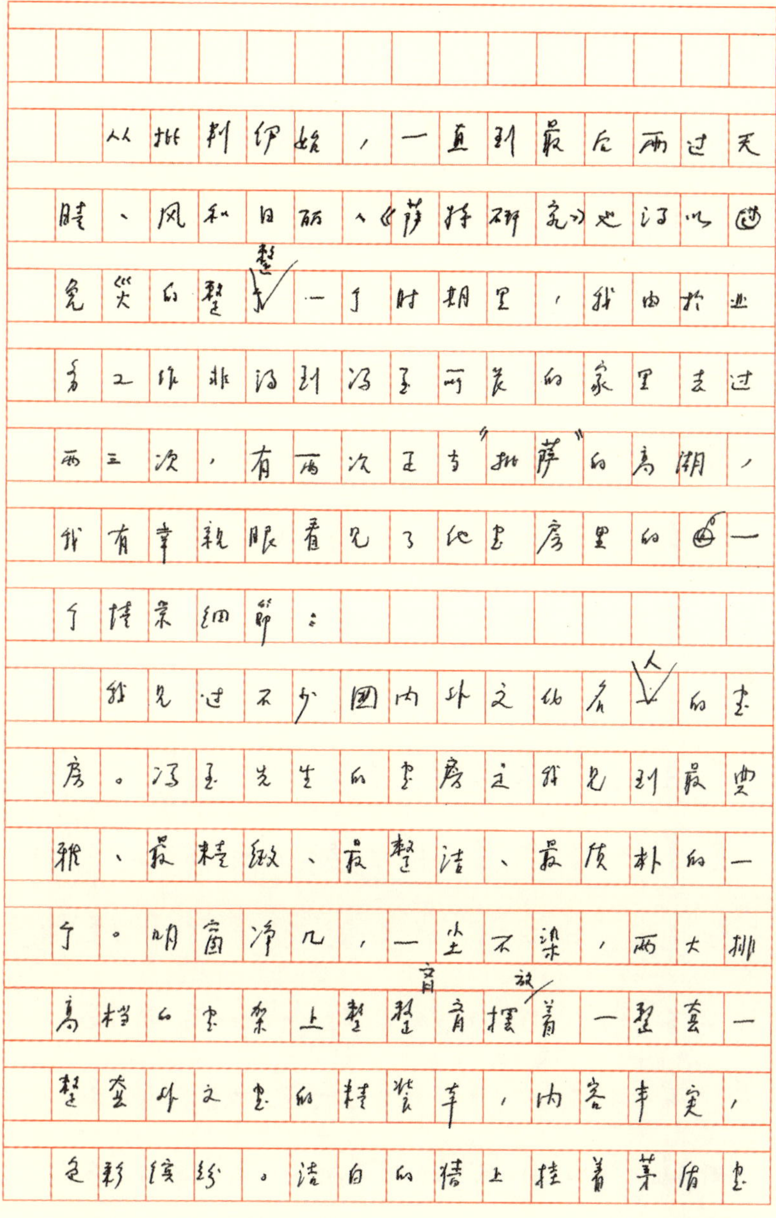
从批判伊始，一直到最后雨过天晴、风和日丽，《萨特研究》也得以免灾的整整一个时期里，我由于业务工作非得到冯至所长的家里去过两三次，有两次正当“批萨”的高潮，我有幸亲眼看见了他书房里的一个情景细节：

我见过不少国内外文化名人的书房。冯至先生的书房是我见到最典雅、最精致、最整洁、最质朴的一个。明窗净几，一尘不染，两大排高档的书架上整整齐齐摆放着一整套一整套外文书的精装本，内容丰富，色彩缤纷。洁白的墙上挂着茅盾书

16×15＝240　　第 104 页

从批判伊始，一直到最后雨过天晴、风和日丽，《萨特研究》也得以免灾的整整一个时期里，我由于业务工作非得到冯至所长的家里去过两三次，有两次正当“批萨”的高潮，我有幸亲眼看见了他书房里的一个情景细节：

我见过不少国内外文化名人的书房。冯至先生的书房是我见到最典雅、最精致、最整洁、最质朴的一个。明窗净几，一尘不染，两大排高档的书架上整整齐齐摆放着一整套一整套外文书的精装本，内容丰富，色彩缤纷。洁白的墙上挂着茅盾书

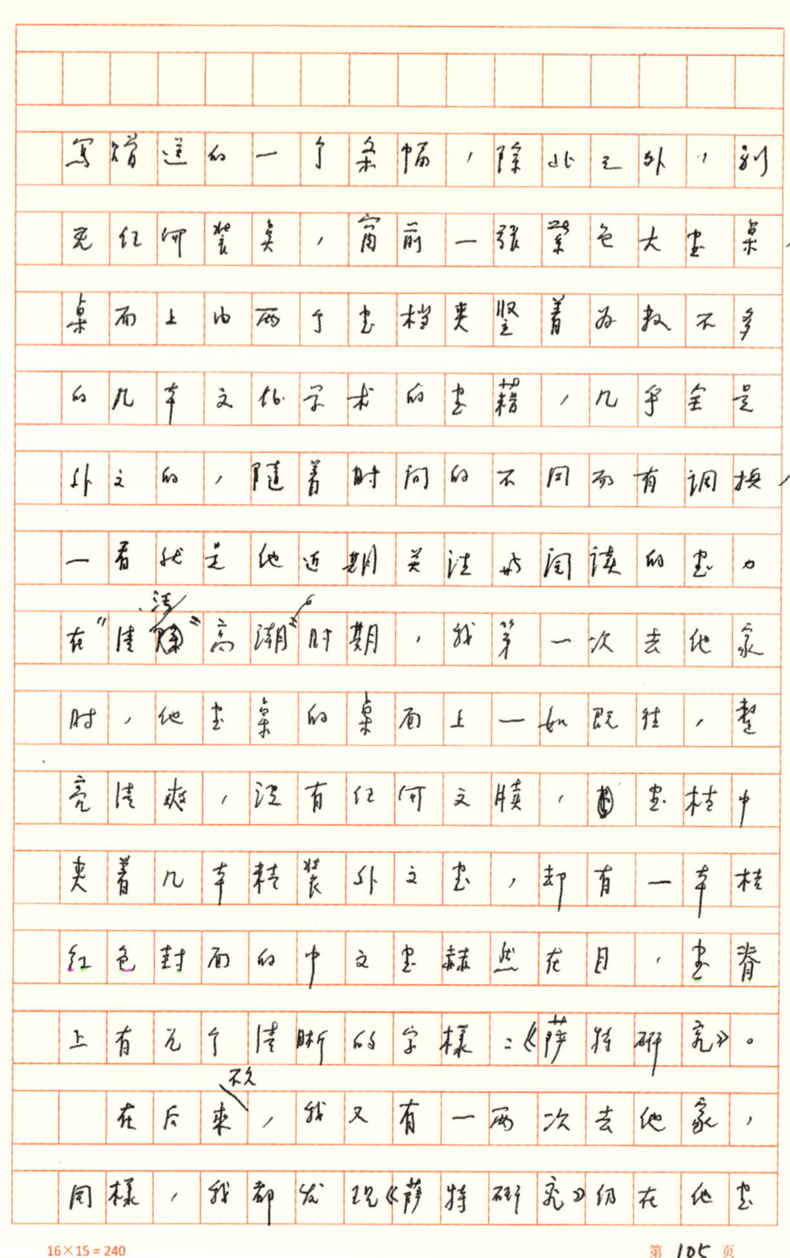

写赠送的一个条幅，除此之外，别无任何装点，窗前一张紫色大书桌，桌面上由两个书档夹竖着为数不多的几本文化学术的书籍，几乎全是外文的，随着时间的不同而有调换，一看就是他近期关注与阅读的书。在"清污"高潮时期，我第一次去他家时，他书桌的桌面上一如既往，整亮清爽，没有任何文牍，书档中夹着几本精装外文书，却有一本桔红色封面的中文书赫然在目，书脊上有几个清晰的字样：《萨特研究》。

在后来不久，我又有一两次去他家，同样，我都发现《萨特研究》仍在他书

16×15=240　　第105页

写赠送的一个条幅，除此之外，别无任何装点，窗前一张紫色大书桌，桌面上由两个书档夹竖着为数不多的几本文化学术的书籍，几乎全是外文的，随着时间的不同而调换，一看就是他近期关注与阅读的书。在"清污"高潮时期，我第一次去他家时，他书桌的桌面上一如既往，整亮清爽，没有任何文牍，书档中夹着几本精装外文书，却有一本橘红色封面的中文书赫然在目，书脊上有几个清晰的字样：《萨特研究》。

在后来不久，我又有一两次去他家，同样，我都发现《萨特研究》仍在他书

桌上占有一席之地。小小一个细节，
个中意味，令人深思。对此，我不
能不有所感念，愈到后来，我愈感
到这是《萨特研究》的荣幸！是他的
这个学生、这个部下我柳某的荣幸！
但我每次在他家见到这本书时，都
装作视而不见，并且远远避开有关
《萨特研究》的一切话由，而冯至先生
也没有跟我讲过一句有关萨特与《萨
特研究》此书的话。当时没有讲过，
后来一辈子也没有讲过。在这个轰
动一时的问题上，我与他之间始终
都是一种不言的、无言的状态，也
可以说是一种最淡净的状态。

16×15＝240　　第 106 页

桌上占有一席之地。小小一个细节，个中意味，令人深思。对此，我不能不有所感念，愈到后来，我愈感到这是《萨特研究》的荣幸！是他的这个学生、这个部下我柳某的荣幸！但我每次在他家见到这本书时，都装作视而不见，并且远远避开有关《萨特研究》的一切话由，而冯至先生也没有跟我讲过一句有关萨特与《萨特研究》此书的话。当时没有讲过，后来一辈子也没有讲过。在这个轰动一时的问题上，我与他之间始终都是一种不言的、无言的状态，也可以说是一种最淡净的状态。

冯至担任研究所所长的二十多年期间里，虽然我一直是他领导下的一个重要研究室的"头头"，但每当开所务会议的时候，我经常是远离中心会议桌而坐在门口，我总觉得自己既无庙堂之志，就尽可能不要有"登堂入室"之态，只求实实在在做出几件事就可以了，因此，我与冯至先生具体业务关系的接触很多，但与他的关系并不近乎，而总有着相当一段距离，这可能就是庙堂内与庙堂外的距离。当庆祝冯至先生88寿辰与悼念他逝世时，我这个"老学生"、"老部下"，本应写文章纪念，却

16×15＝240　　第107页

冯至担任研究所所长的二十多年期间里，虽然我一直是他领导下的一个重要研究室的“头头”，但每当开所务会议的时候，我经常是远离中心会议桌而坐在门口，我总觉得自己既无庙堂之志，就尽可能不要有“登堂入室”之态，只求实实在在做出几件事就可以了，因此，我与冯至先生具体业务关系的接触很多，但与他的关系并不近乎，而总有着相当一段距离。这可能就是庙堂内与庙堂外的距离。当庆祝冯至先生88寿辰与悼念他逝世时，我这个“老学生”“老部下”，本应写文章纪念，却

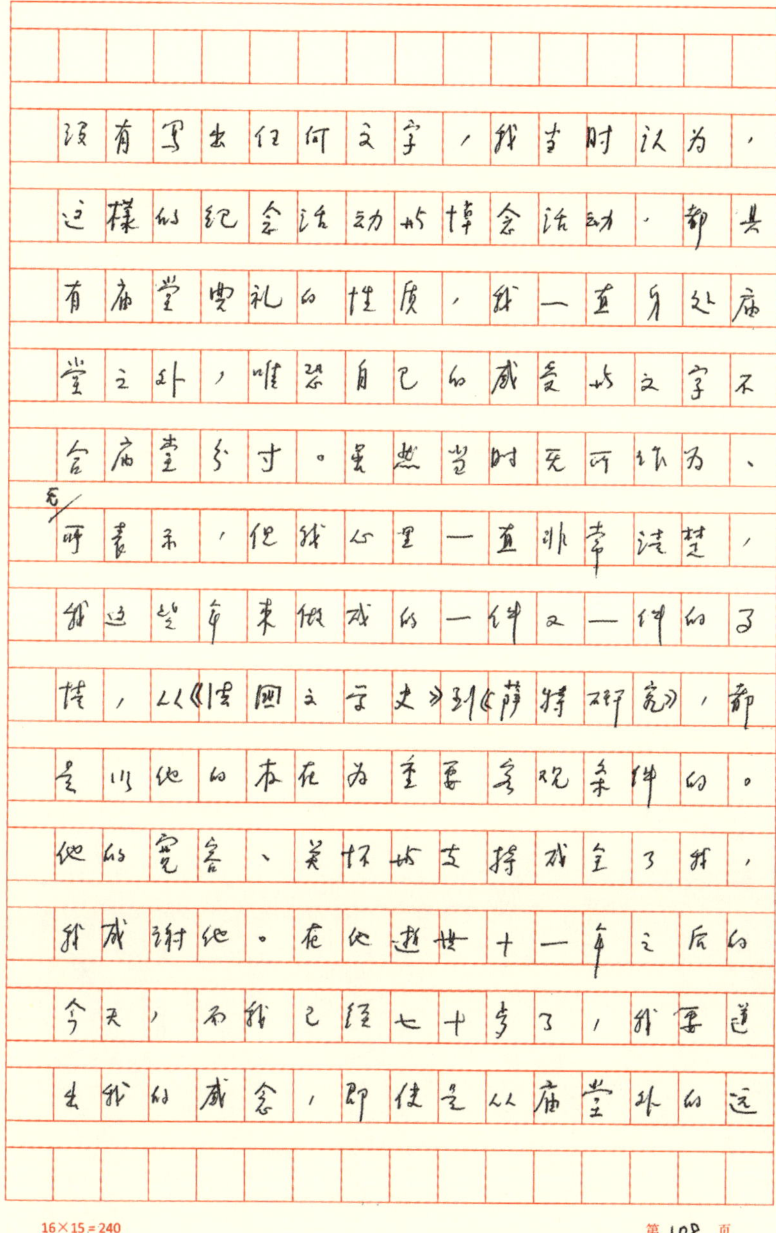
没有写出任何文字，我当时认为，这样的纪念活动与悼念活动，都具有庙堂典礼的性质，我一直身处庙堂之外，唯恐自己的感受与文字不合庙堂分寸。虽然当时无所作为、无所表示，但我心里一直非常清楚，我这些年来做成的一件又一件的事情，从《法国文学史》到《萨特研究》，都是以他的存在为重要客观条件的。他的宽容、关怀与支持成全了我，我感谢他。在他逝世十一年之后的今天，而我已经七十岁了，我要道出我的感念，即使是从庙堂外的远

16×15＝240　第108页

没有写出任何文字，我当时认为，这样的纪念活动与悼念活动，都具有庙堂典礼的性质，我一直身处庙堂之外，唯恐自己的感受与文字不合庙堂分寸。虽然当时无所作为、无所表示，但我心里一直非常清楚，我这些年来做成的一件又一件事情，从《法国文学史》到《萨特研究》，都是以他的存在为重要客观条件的。他的宽容、关怀与支持成全了我，我感谢他。在他逝世十一年之后的今天，而我已经七十岁了，我要道出我的感念，即使是从庙堂外的远

处。

2004年5月4日写

2016年10月22日抄

16×15=240　　第109页

处。

2004年5月4日写

2016年10月22日抄

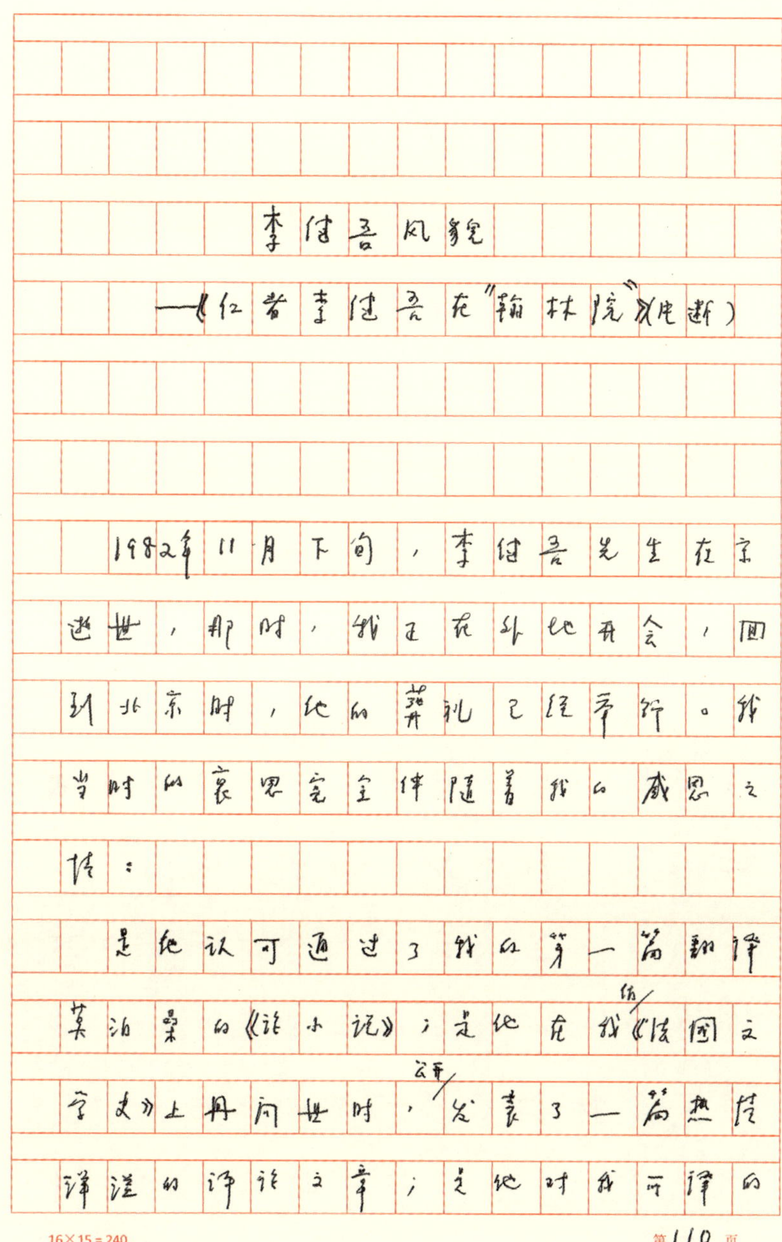

李健吾风貌

——《仁者李健吾在"翰林院"》(片断)

1982年11月下旬，李健吾先生在京逝世，那时，我正在外地开会，回到北京时，他的葬礼已经举行。我当时的哀思完全伴随着我的感恩之情：

是他认可通过了我的第一篇翻译莫泊桑的《论小说》；是他在我们《法国文学史》上册问世时，公开发表了一篇热情洋溢的评论文章；是他对我所译的

16×15＝240　　第110页

李健吾风貌

——《仁者李健吾在“翰林院”》（片断）

1982年11月下旬，李健吾先生在京去世，那时，我正在外地开会，回到北京时，他的葬礼已经举行。我当时的哀思完全伴随着我的感恩之情：

是他认可通过了我的第一篇翻译莫泊桑的《论小说》；是他在我们《法国文学史》上册问世时，公开发表了一篇热情洋溢的评论文章；是他对我所译的

雨果皇皇大文《〈克伦威尔〉序》，表示了赞赏；是他在“文化大革命”后期我被当作“516份子”挨整时，表示了亲切的同情与关照；是他，仅仅因为我在过去的运动中没有批判过他，后来就把我称为“孩子”……

他没有在大学里教过我的课，但对我有师恩，他长我二十八岁，与我非亲非故，但对我一直有长辈般的关怀。我能不怀有感恩之情？

我这一辈子最不善于讲应景的话，做应景的事，健吾先生去世时，我没有写悼念文章。但从那时开始，我一直怀念他，经常谈论他，一直

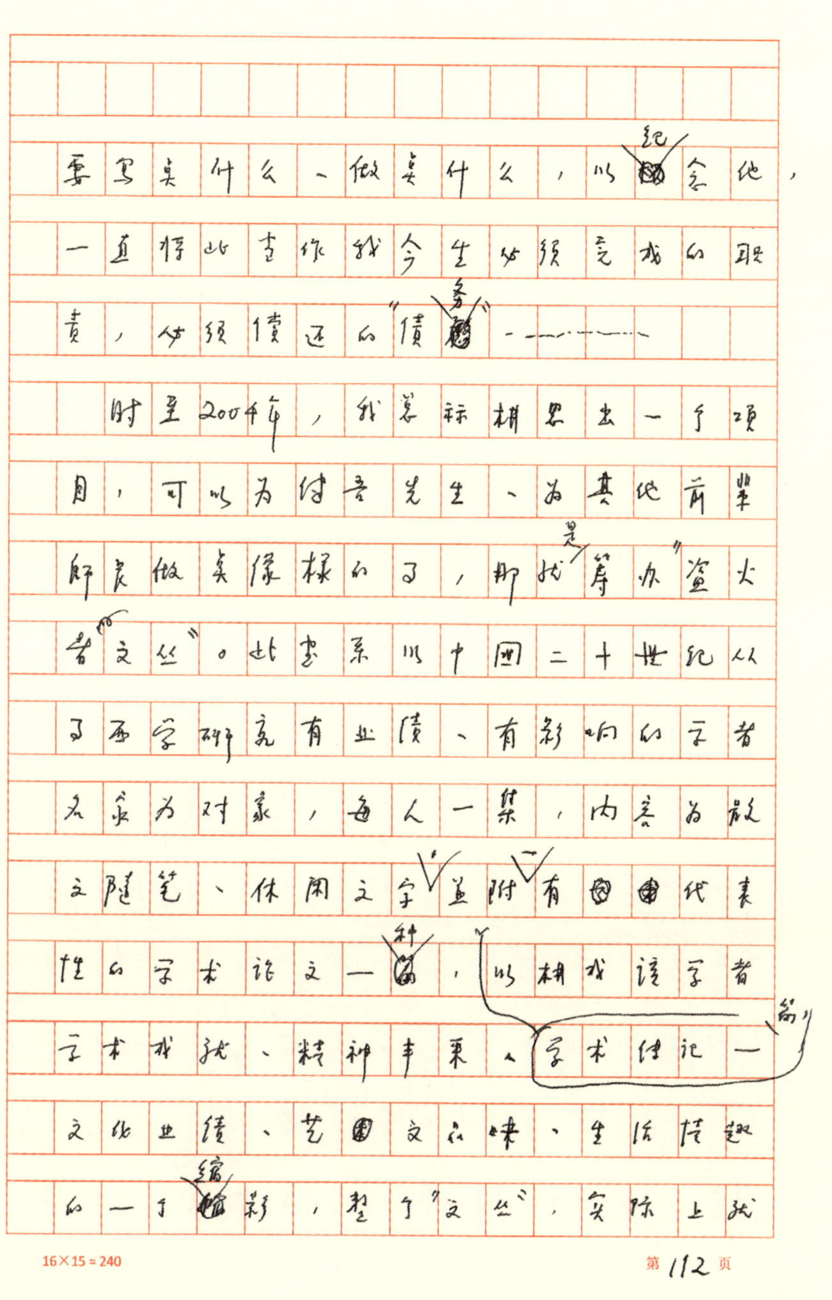
要写点什么、做点什么，以纪念他，一直将此当作我今生必须完成的职责，必须偿还的"债务"……

时至2004年，我总算构思出一个项目，可以为健吾先生、为其他前辈师长做点像样的事了，那就是筹办"盗火者文丛"。此书系以中国二十世纪从事西学研究有业绩、有影响的学者名家为对象，每人一集，内容为散文随笔、休闲文字并附有代表性的学术论文一种，以构成该学者学术成就、精神丰采、学术传记一篇、文化业绩、艺术品味、生活情趣的一个缩影，整个"文丛"，实际上就

16×15＝240　　第 112 页

要写点什么、做点什么，以纪念他，一直将此当作我今生必须完成的职责，必须偿还的“债务”……

时至2004年伊始，我总算构思出一个项目，可以为健吾先生、为其他前辈师长做点像样的事，那就是开始筹办“盗火者文丛”。此书系以中国二十世纪从事西学研究有业绩、有影响的学者名家为对象，每人一集，内容为散文随笔、休闲文字，并附一有代表性的学术论文一种、学术传记一篇，以构成该学者学术成就、精神丰采、文化业绩、艺术品味、生活情趣的一个缩影，整个“文丛”，实际上就

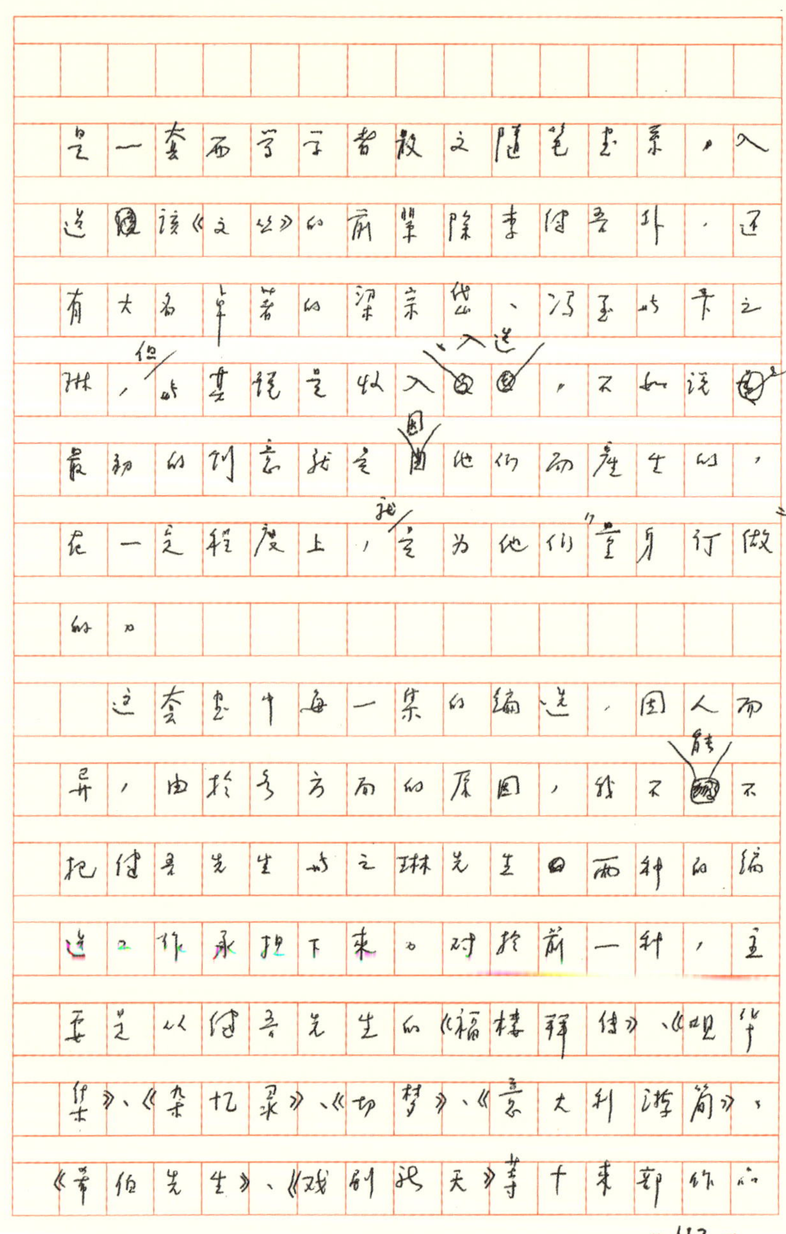

是一套西学学者散文随笔书系。入选该“文丛”的前辈除李健吾外，还有大名卓著的梁宗岱、冯至与卞之琳，但与其说是收入、入选，不如说最初的创意就是因他们而产生的，在一定程度上，就是为他们“量身定做”的。

这套书系中每一集的编选，因人而异，由于各方面的原因，我不能不把李健吾先生与卞之琳先生两种的编选工作承担下来。对于前一种，主要是从健吾先生的《福楼拜传》《咀华集》《杂忆录》《切梦》《意大利游简》《希伯先生》《戏剧新天》等十来部作品

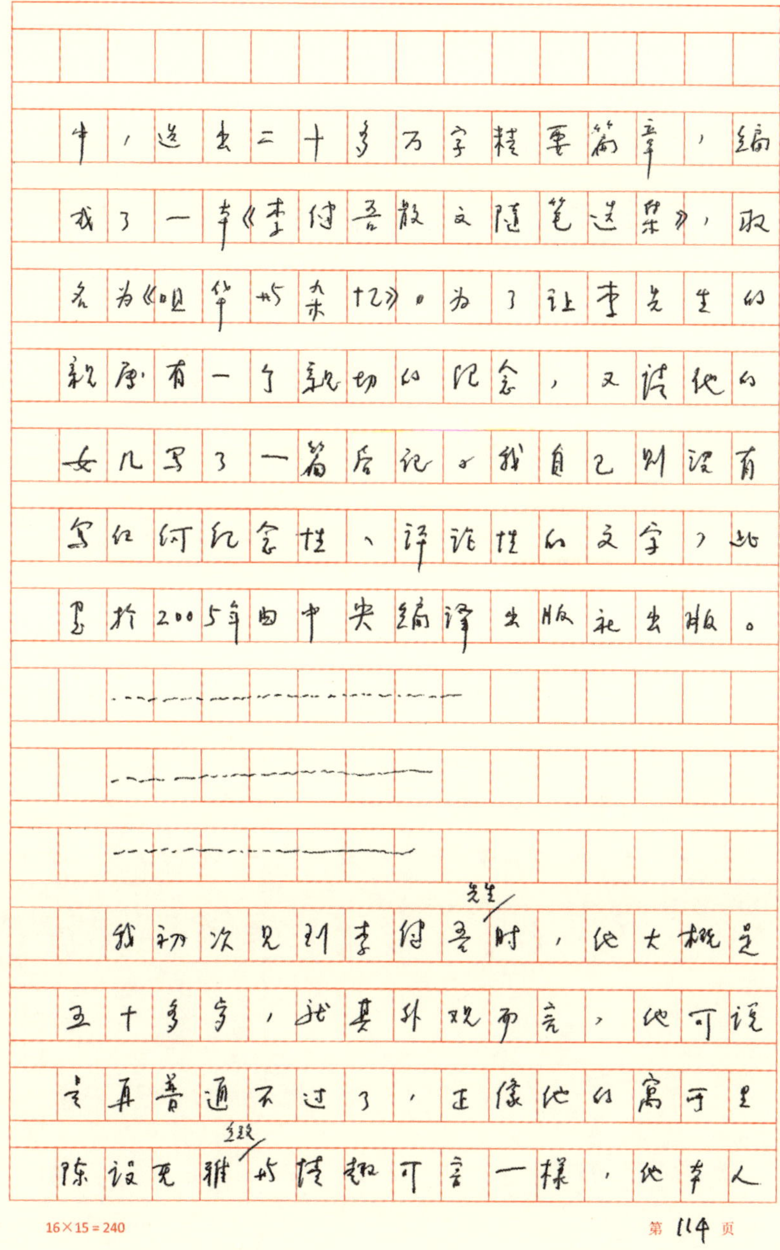
中，选出二十多万字精要篇章，编成了一本《李健吾散文随笔选集》，取名为《咀华与杂忆》。为了让李先生的亲属有一个亲切的纪念，又请他的女儿写了一篇后记。我自己则没有写任何纪念性、评论性的文字，此书于2005年由中央编译出版社出版。

…………

…………

…………

我初次见到李健吾先生时，他大概是五十多岁，就其外观而言，他可说是再普通不过了，正像他的寓所里陈设无雅致与情趣可言一样，他本人

16×15＝240　　第 114 页

中，选出了二十多万字精要篇章，编成了一本《李健吾散文随笔选集》，取名为《咀华与杂忆》。为了让李先生的亲属有一个亲切的纪念，又请他的女儿写了一篇后记。我自己则没有写任何纪念性、评论性的文字，此书于 2005 年由中央编译出版社出版。

…………

…………

…………

我初次见到李健吾先生时，他大概是五十多岁，就其外观而言，他可说是再普通不过了，正像他的寓所里陈设无雅致与情趣可言一样，他本人

也没有任何派头与风度。他长得倒仪表堂堂，大头大脸盘，看起来像是一个富态的商人，但一身穿着，从不讲究，经常是蓝布中山装，夏天则是白色的确良的夏威夷衫，几乎没有见他穿呢料丝绸的衣服，穿着水平比当时文学研究所里的一些老专家、老学者似乎还要低一个档次，当然更看不到他有作为一个西学大学者的洋派架式了。在我的记忆里，他几乎从没有着过西装，只有一次例外。

那是一次游行，在那个时代，游行都是领导上发动组织的，不是庆

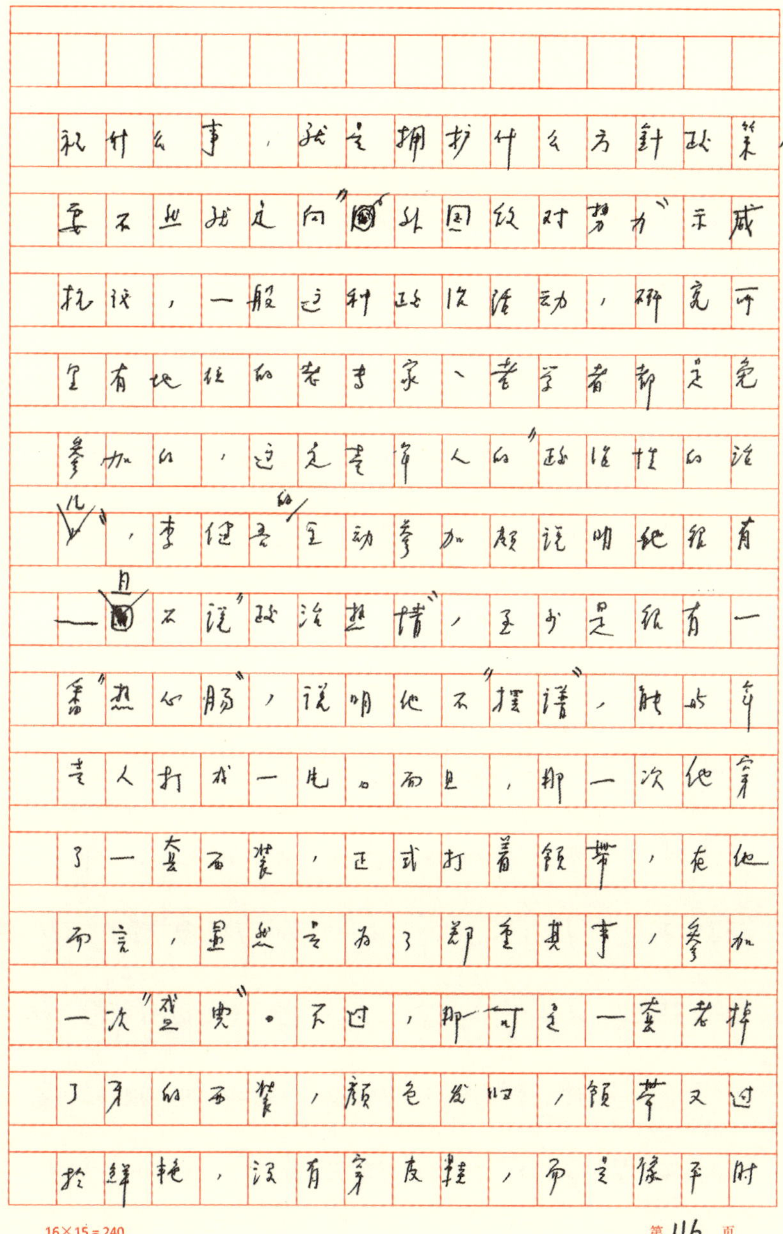
祝什么事，就是拥护什么方针政策，要不然就是向"国外敌对势力"示威抗议，一般这种政治活动，研究所里有地位的老专家、老学者都是免参加的，这是青年人的"政治性的活儿"，李健吾的主动参加颇说明他很有——且不说"政治热情"，至少是很有一番"热心肠"，说明他不"摆谱"，能与年轻人打成一片。而且，那一次他穿了一套西装，正式打着领带，在他而言，显然是为了郑重其事，参加一次"盛典"。不过，那可是一套老掉了牙的西装，颜色发旧，领带又过于鲜艳，没有穿皮鞋，而是像平时

16×15＝240　　第 116 页

祝什么事，就是拥护什么方针政策，要不然就是向“国外敌对势力”示威抗议，一般这种政治活动，研究所里有地位的老专家、老学者都是免参加的，这是青年人的“政治性的活儿”，李健吾的主动参加颇说明他很有——且不说“政治热情”，至少是很有一番“热心肠”，说明他不“摆谱”，能与年轻人打成一片。而且，那一次他穿了一套西装，正式打着领带，在他而言，显然是为了郑重其事，参加一次“盛典”。不过，那可是一套老掉了牙的西装，颜色发旧，领带又过于鲜艳，没有穿皮鞋，而是像平时

一样，踏着一双布鞋，显得有些土气，有些不伦不类……但我可以明显感到他是带着一份心意参加那次政治活动的。

这次着装方式值得多说几句，它在李健吾身上似乎可说是一个以小见大的“典型现象”，当时，他也许是出于这样一个心态：他在意并看重那次政治活动，他不仅要和青年人一道来参加，而且要表示自己的郑重其事，表示自己的诚心诚意，“纷吾既有此内美兮，又重之以修能”。既有这份美好心意，那就换换装，把西装穿上，把领带打上吧！至于

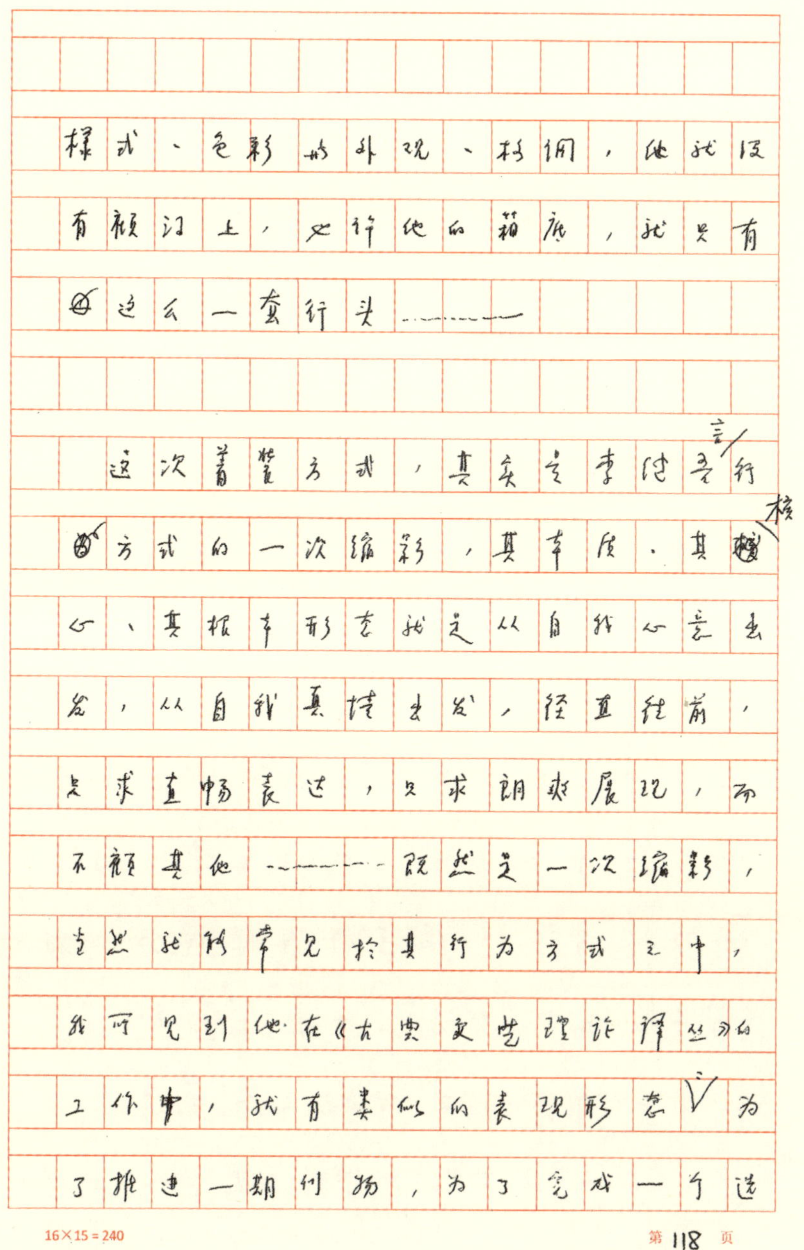
样式、色彩与外观、格调，他就没有顾得上，也许他的箱底，就只有这么一套行头……

这次着装方式，其实是李健吾言行方式的一次缩影，其本质、其核心、其根本形态就是从自我心意出发，从自我真情出发，径直往前，只求直畅表达，只求朗爽展现，而不顾其他……既然是一次缩影，当然就常见于其行为方式之中，我所见到他在《古典文艺理论译丛》的工作中，就有类似的表现形态：为了推进一期刊物，为了完成一个选

16×15＝240　　第118页

样式、色彩与外观、格调，他就没有顾得上，也许他的箱底，就只有这么一套行头……

这次着装方式，其实是李健吾言行方式的一次缩影，其本质、其核心、其根本的形态就是从自我心意出发，从自我真情出发，径直往前，只求直畅表达，只求朗爽展现，而不顾其他……既然是一次缩影，当然就能常见于其行为方式之中，我所见到他在《古典文艺理论译丛》的工作中，就有类似的表现形态：为了推进一期刊物，为了完成一个选

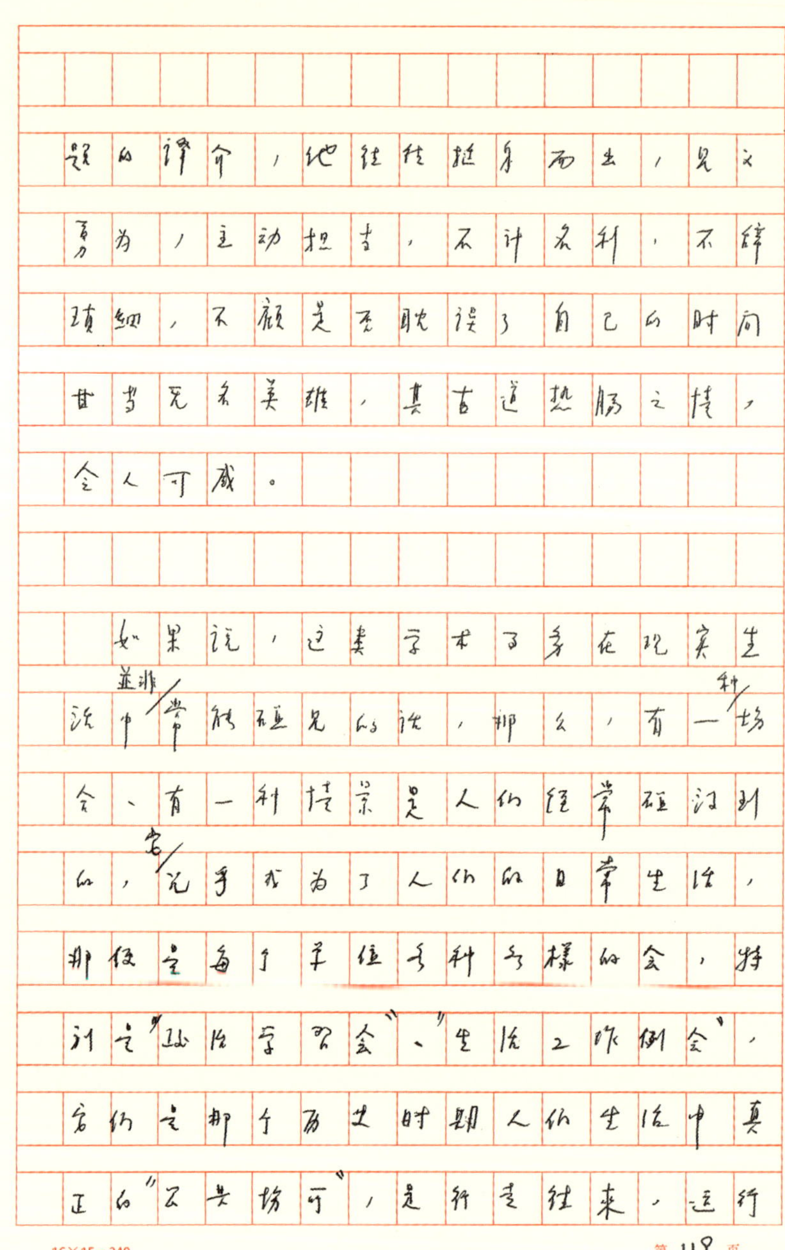

题的译介，他往往挺身而出，见义勇为，主动担当，不计名利，不辞琐细，不顾是否耽误了自己的时间，甘当无名英雄，其古道热肠之情，令人可感。

如果说，这类学术事务在现实生活中并非常能碰见的话，那么，有一种场合、有一种情景是人们经常碰得到的，它几乎成了人们的日常生活，那便是每个单位各种各样的会，特别是“政治学习会”“生活工作例会”，它们是那个历史时期人们生活中真正的“公共场所”，是行走往来，运行

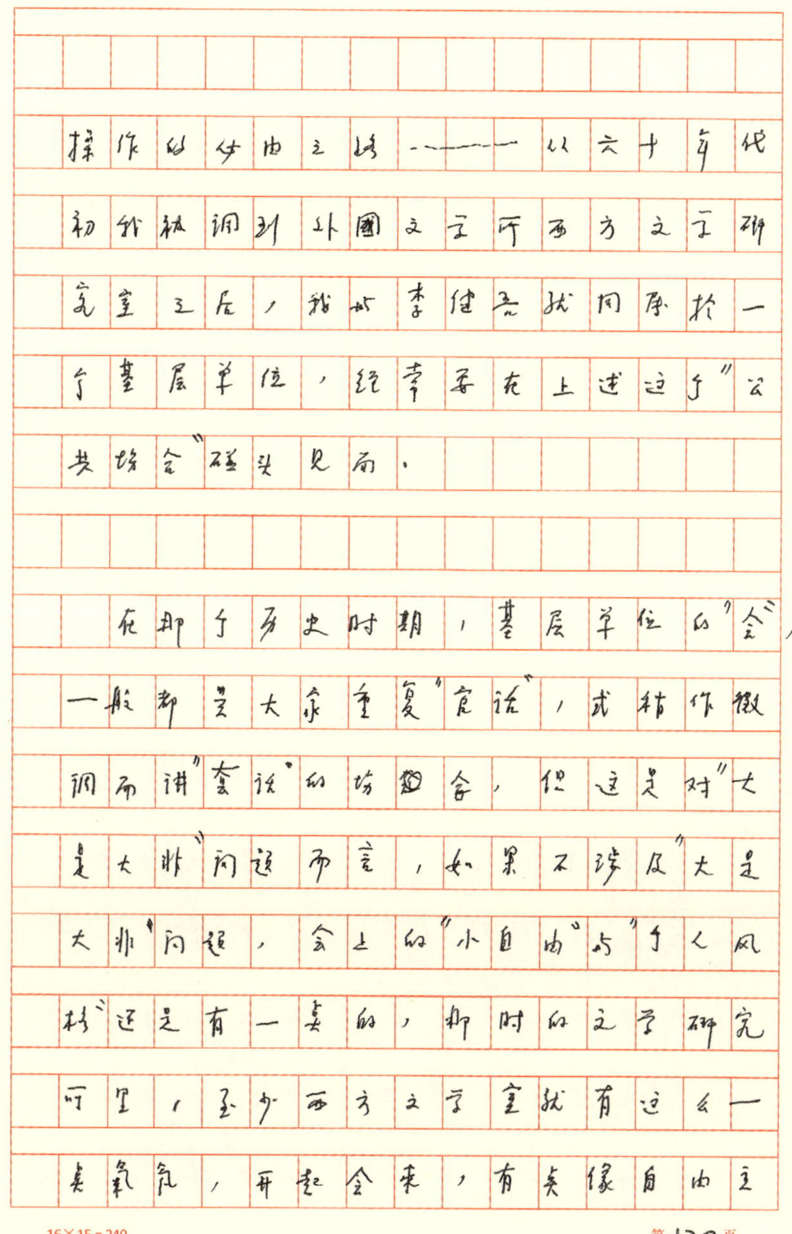
操作的必由之路……从六十年代初我被调到外國文学所西方文学研究室之后，我与李健吾就同属於一个基层单位，经常要在上述这种“公共场合”碰头见面。

在那个历史时期，基层单位的“会”，一般都是大家重复“官话”，或稍作微调而讲“套话”的场合，但这是对“大是大非”问题而言，如果不涉及“大是大非”问题，会上的“小自由”与“个人风格”还是有一点的，那时的文学研究所里，至少西方文学室就有这么一点氣氛，开起会来，有点像自由主

16×15＝240　第120页

操作的必由之路……从六十年代初我被调到外国文学研究所西方文学研究室之后，我与李健吾就同属于一个基层单位，经常要在上述这种“公共场合”碰头见面。

在那个历史时期，基层单位的“会”，一般都是大家重复“官话”或稍作微调而讲“套话”的场合，但这是对“大是大非”问题而言，如果不涉及“大是大非”问题，会上的“小自由”与“个人风格”还是有一点的，那时的文学研究所里，至少西方文学室就有这么一点气氛，开起会来，有点像自由主

义空气弥漫的“神仙会”。请想想看，在座的潘家洵、李健吾、杨绛，哪一个不是“大仙”，主持会议的研究室头头卞之琳自己就是一“仙”，此外，还有袁可嘉、郑敏、茅于美等等“小仙”，开起会来，岂不“生动活泼”？说实话，这些“神仙”的说话发言，绝对是一道道“景观”，有的通篇只讲自己前一天夜里失眠之苦，如果时间允许，还要上溯到前几天夜里的失眠；有的以天真的语调细说现实生活中一些琐事；有的从来都是以冷面幽默讲一些风凉话，甚至是“怪话”；有的以绍兴师爷式的精明劲较真矫情……

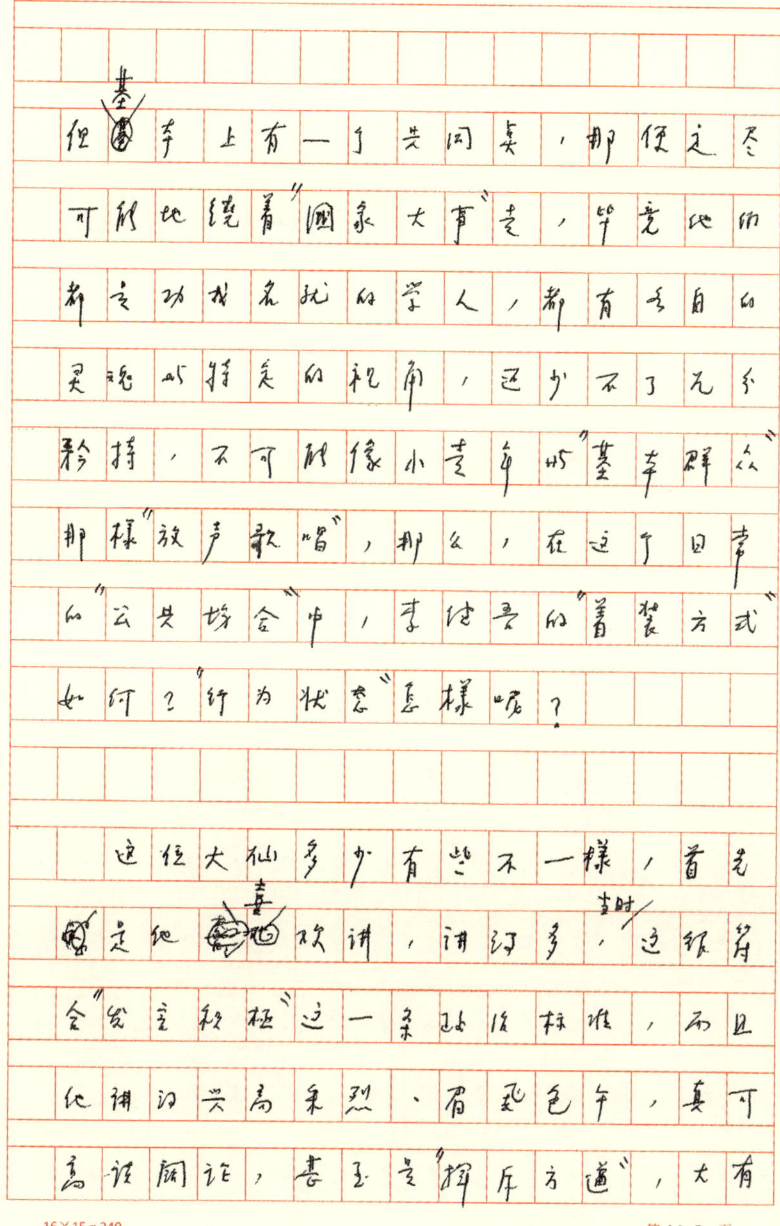

但基本上有一个共同点，那便是尽可能地绕着"国家大事"走，毕竟他们都是功成名就的学人，都有各自的灵魂与特定的视角，还少不了几分矜持，不可能像小青年的"基本群众"那样"放声歌唱"，那么，在这个日常的"公共场合"中，李健吾的"着装方式"如何？"行为状态"怎样呢？

这位大仙多少有些不一样，首先是他喜欢讲，讲得多，当时这很符合"发言积极"这一条政治标准，而且他讲得兴高采烈、眉飞色舞，真可谓高谈阔论，甚至是"挥斥方遒"，大有

16×15＝240　　第122页

但基本上有一个共同点，那便是尽可能地绕着“国家大事”走，毕竟他们都是功成名就的学人，都有各自的灵魂与特定的视角，还少不了几分矜持，不可能像小青年与“基本群众”那样“放声歌唱”，那么，在这个日常的“公共场合”中，李健吾的“着装方式”如何？“行为状态”怎样呢？

这位大仙多少有些不一样，首先是他喜欢讲，讲得多，当时这很符合“发言积极”这一条政治标准，而且他讲得兴高采烈、眉飞色舞，真可谓高谈阔论，甚至是“挥斥方遒”，大有

当年刘西渭作书评时的才情四溢，豪情十足。虽然这是他外显型性格的自然之态，但似乎也还够得上“政治热情高”这一条，不过，在这种场合中，他总有那么一点“那个”的地方，说得轻一点是“不合谐”，说得重一些，则是“刺耳”。

事情是这样的：他在积极发言中，经常免不了要直面政治与革命理论，甚至涉及马列主义基本原理，既然这是政治学习。但这哪是他的所长？何况，他偏偏又喜欢精神跑马、思绪跳跃、语言飞扬，严谨的马列主义体系、严肃的政治术语，怎

经得起他这一番"奔放"？因此，听起来经常走味跑调，不伦不类。他的发言绝对是"浪漫主义式"的，经常引伸蔓延，别开生面，抒发个人情怀，弹奏自己的心曲，并时有段落赞颂党中央的英明、党委的正确领导，但每到这种时刻，大概是过去旧时代的语言积习难改，他往往蹦出一个特别刺耳的词汇："党国"、"党部"，这不是解放前对国民党的称呼吗？怎么用在"我们伟大的党"身上呢？不了解李健吾的人，一定会以为他在混淆敌我，对伟大的党有所中伤，但所幸是在本单位，在座的全是"自

16×15＝240　第124页

经得起他这一番“奔放”？因此，听起来经常走味跑调，不伦不类。他的发言绝对是“浪漫主义式”的，经常引伸蔓延，别开生面，抒发个人情怀，弹奏自己的心曲，并时有段落赞颂党中央的英明、党委的正确领导，但每到这种时候，大概是过去旧时代的语言积习难改，他往往蹦出一个特别刺耳的词汇：“党国”“党部”，这不是解放前对国民党的称呼吗？怎么用在“我们伟大的党”身上呢？不了解李健吾的人，一定会以为他在混淆敌我，对伟大的党有所中伤，但所幸是在本单位，在座的全是“自

家人”，而且，一看这老头的确是满怀热情在真诚地唱赞歌、唱颂歌，何况，众所周知，“白纸黑字”有文为证：1950 年，为迎接解放，他发表了一篇热情洋溢的文章《我有祖国》，高呼：“我有了祖国，我爱我的祖国”。接着，他又撰文歌颂志愿军。不久，他在参观游历了山东之后，竟足足写出了一本高奏“社会主义时代主旋律”的《山东好》，再次激情地高呼：“我爱这个时代”……

…………

但是，不知是怎么搞的，李健吾的性格与特点，却未被“组织上”所理

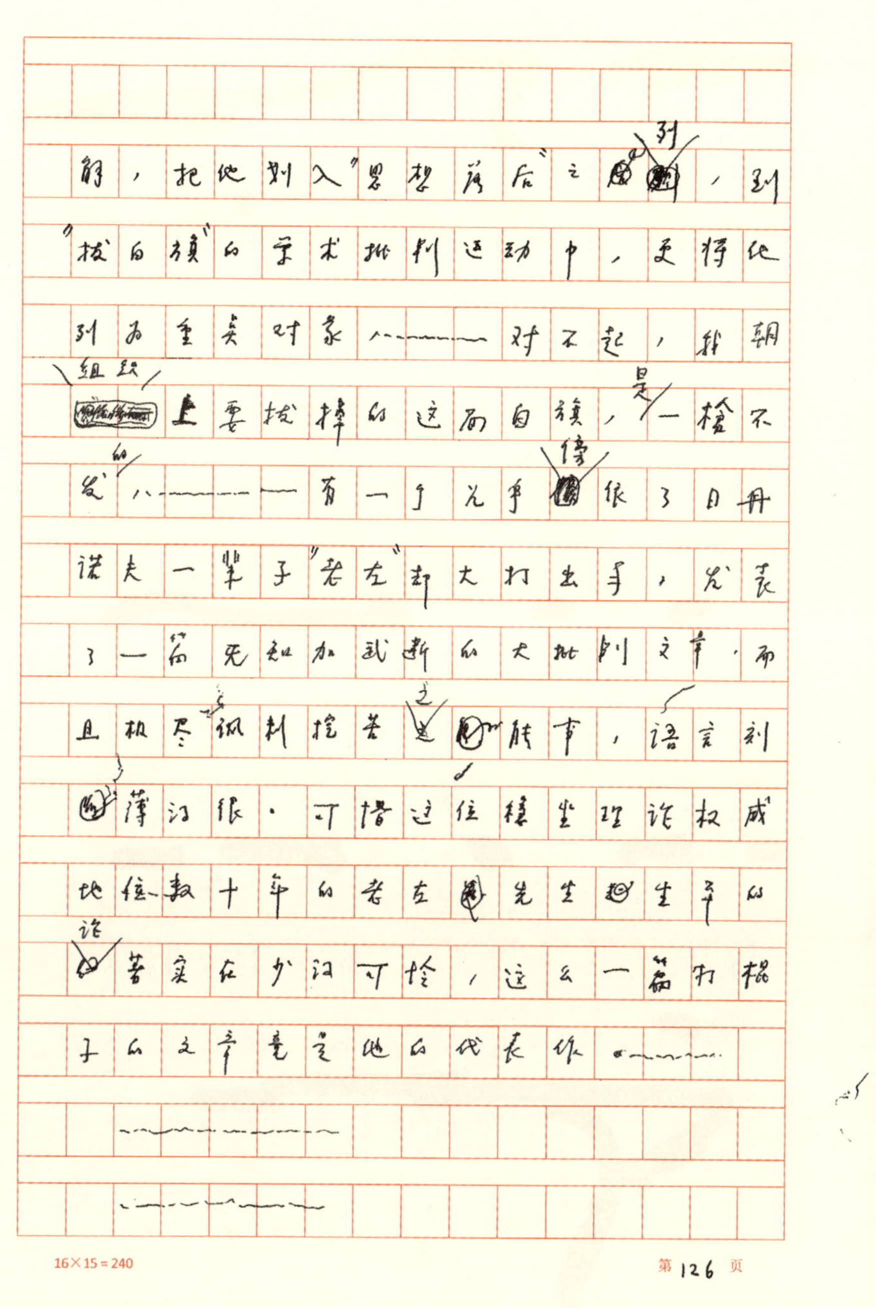
解，把他划入"思想落后"之列，到"拔白旗"的学术批判运动中，更将他列为重点对象……对不起，我朝组织上要拔掉的这面白旗，是一枪不发的……有一个几乎傍依了日丹诺夫一辈子的"老左"却大打出手，发表了一篇无知加武断的大批判文章，而且极尽讽刺挖苦之能事，语言刻薄得很。可惜这位稳坐理论权威地位数十年的老左先生生平的论著实在少得可怜，这么一篇打棍子的文章竟是他的代表作……

……

……

16×15＝240　　第 126 页

解，把他划入“思想落后”之列，到“拔白旗”的学术批判运动中，更将他列为重点对象……对不起，我朝组织上要拔掉的这面白旗，是一枪不发的……有一个几乎傍依了日丹诺夫一辈子的“老左”却大打出手，发表了一篇无知加武断的大批判文章，而且极尽讽刺挖苦之能事，语言刻薄得很。可惜这位稳坐理论权威地位数十年的“老左”先生生平的论著实在少得可怜，这么一篇打棍子的文章竟是他的代表作……

…………

…………

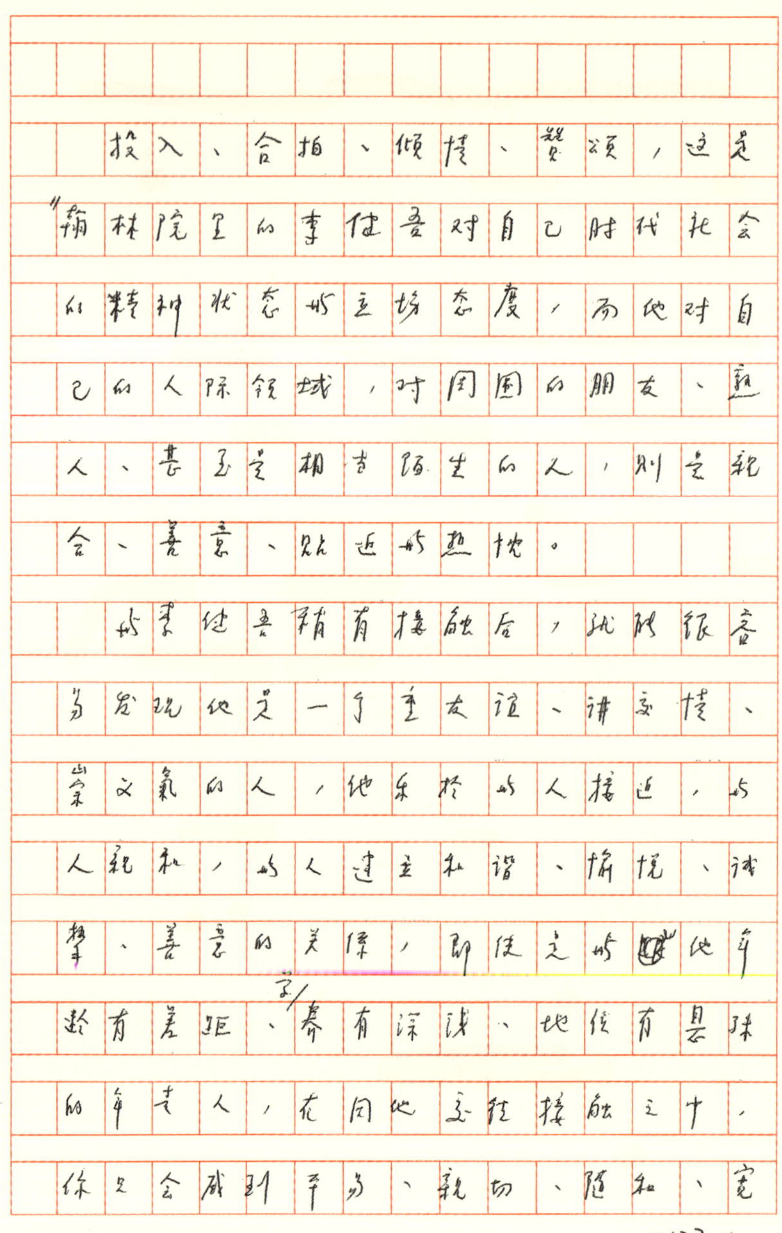

投入、合拍、倾情、赞颂，这是“翰林院里的李健吾对自己时代社会的精神状态与立场态度，而他对自己的人际领域，对周围的朋友、熟人、甚至是相当陌生的人，则是亲合、善意、贴近与热忱。

与李健吾稍有接触后，就能很容易发现他是一个重友谊、讲交情、崇义气的人，他乐于与人接近，与人亲和，与人建立和谐、愉悦、诚挚、善意的关系，即使是与他年龄有差距、学养有深浅、地位有悬殊的年青人，在同他交往接触之中，你只会感到平易、亲切、随和、宽

16×15＝240　第127页

投入、合拍、倾情、赞颂，这是“翰林院”里的李健吾对自己时代社会的精神状态与立场态度，而他对自己的人际领域，对周围的友人、熟人、甚至是相当陌生的人，则是亲合、善意、贴近与热忱。

与李健吾稍有接触后，就能很容易地发现他是个重友谊、讲交情、崇义气的人，他乐于与人接近，与人亲合，与人建立和谐、愉悦、诚挚、善意的关系，即使是与他有年龄差距、学养深浅、地位悬殊的年青人，在同他交往接触之中，你只会感到平易、亲切、随和、宽

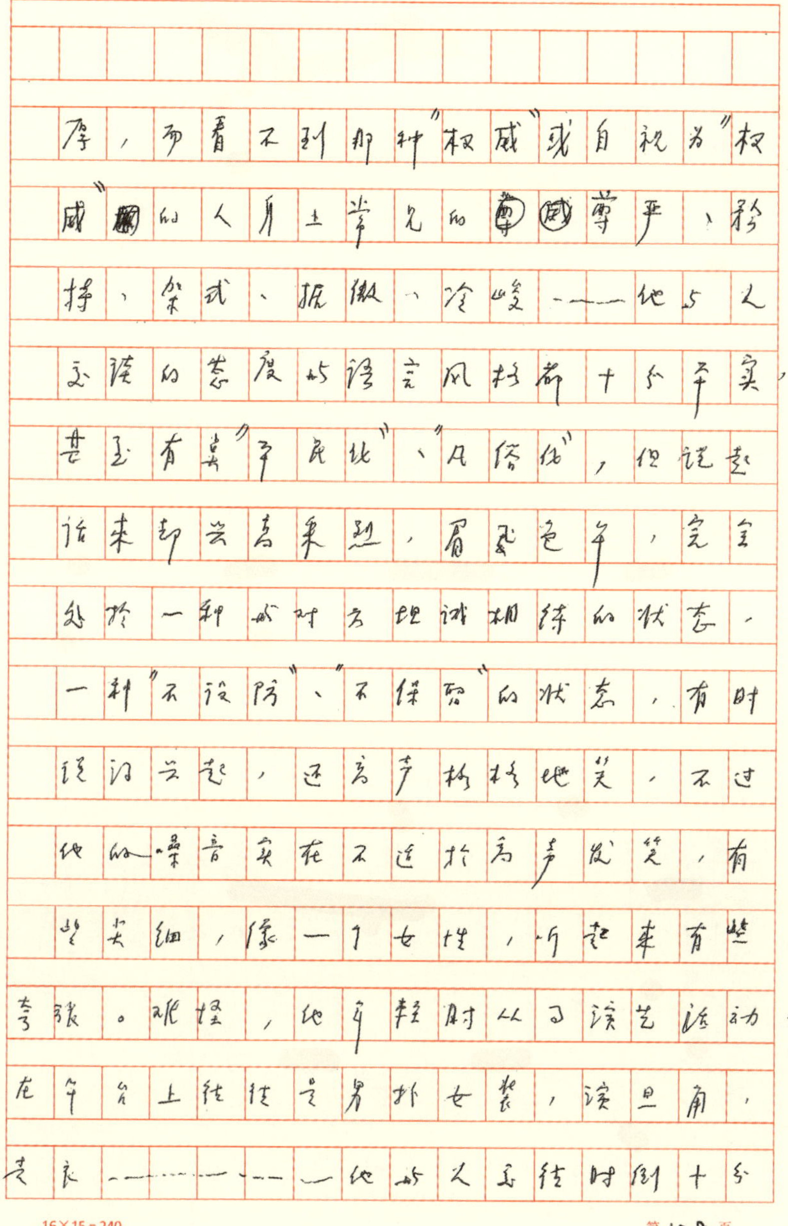
厚，而看不到那种"权威"或自视为"权威"的人身上常见的尊严、矜持、架式、据傲、冷峻……他与人交谈的态度与语言风格都十分平实，甚至有点"平民化"、"凡俗化"，但说起话来却兴高采烈，眉飞色舞，完全处于一种与对方坦诚相待的状态，一种"不设防"、"不保留"的状态，有时说得兴起，还高声格格地笑，不过他的嗓音实在不适于高声发笑，有些尖细，像一个女性，听起来有些夸张。难怪，他年轻时从事演艺活动，在舞台上往往是男扮女装，演旦角，青衣……他与人交往时倒十分

16×15＝240　第128页

厚，而看不到那种“权威”或自视为“权威”的人身上常见的尊严、矜持、架式、据傲、冷峻……他与人交谈的态度与语言风格都十分平实，甚至有点“平民化”“凡俗化”，但说起话来却兴高采烈，眉飞色舞，完全处于一种与对方坦诚相待的状态，一种“不设防”“不保留”的状态，有时说得兴起，还高声咯咯地笑，不过他的嗓音实在不适于高声发笑，有些尖细，像一个女性，听起来有些夸张。难怪，他年轻时从事演艺活动，在舞台上往往是男扮女装，演旦角，青衣……他与人交往时倒十分

有涵养，从不闲话家长里短，从不涉及人际是非，从不尖酸刻薄，总之，是一个打起交道来只使人感到自然亲切，单纯厚道，朴实正常，是一位君子。我想，这大概是很多人乐于跟他交往的首要原因。

他的朋友很多，多得令人感到惊奇，而且几乎都是学术文化名人，既是名人嘛，自我格式难免有几分固化，有几分封闭性，与他人之间难免会有几分“落落寡合”，而且更糟糕的是，“文人相轻”既已成为世间的一条定律，身为文人，岂有不受此

16×15=240　　第129页

有涵养，从来不闲话家长里短，从不涉及人际是非，从不尖酸刻薄，总之，是一个打起交道来只使人感到自然亲切、单纯厚道、朴实正常，是一位君子。我想这大概是很多人乐于跟他交往的首要原因。

他的朋友很多，多得令人感到惊奇，而且都是学术文化名人，既是名人嘛，自我格式难免有几分固化，有几分封闭性，与他人之间难免会有几分“落落寡合”，而且更糟糕的是，“文人相轻”既已成为世间的一条定律，身为文人，岂有不受此

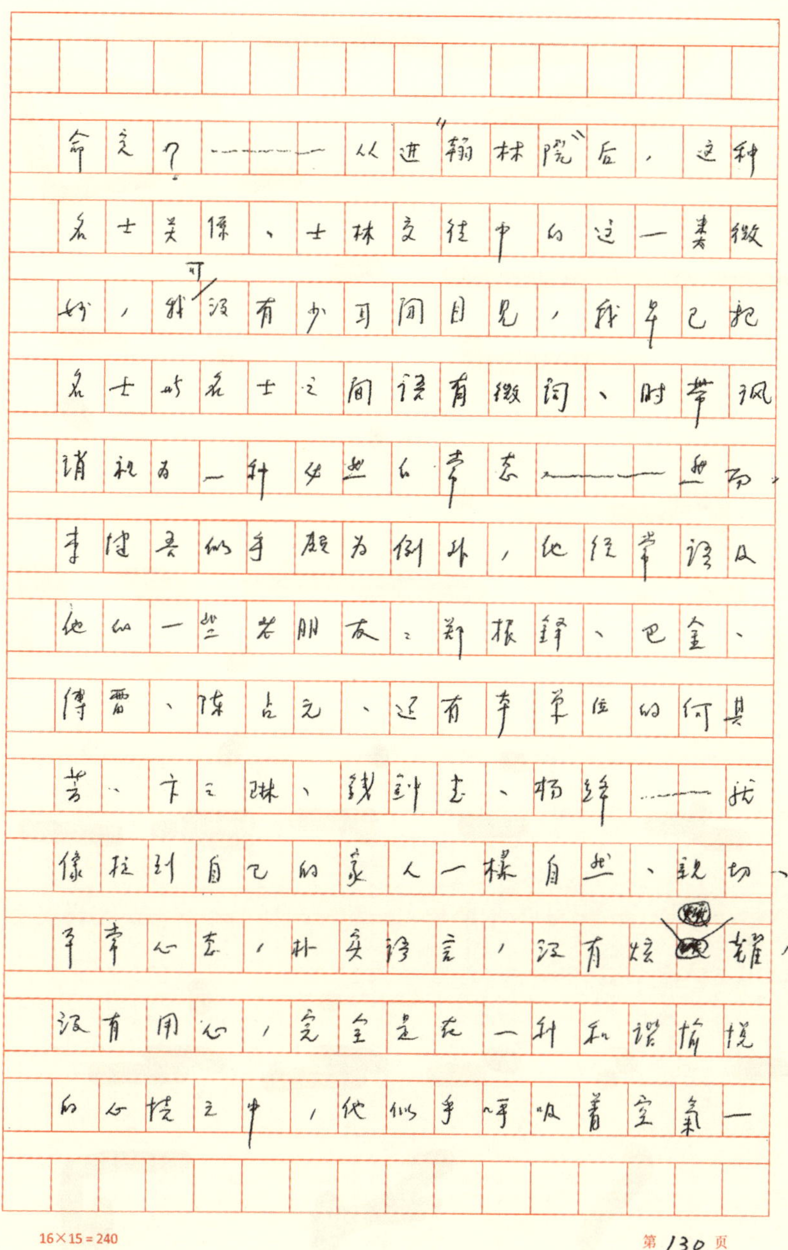

命定？……从进“翰林院”后，这种名士关系、士林交往中的这一类微妙，我可没有少耳闻目见，我早已把名士与名士之间语有微词、时带讽诮视为一种必然的常态……然而，李健吾似乎颇为例外，他经常语及他的一些老朋友：郑振铎、巴金、傅雷、陈占元，还有本单位的何其芳、卞之琳、钱锺书、杨绛……就像提到自己的家人一样自然、亲切、平常心态，朴实语言，没有炫耀，没有用心，完全是在一种和谐愉悦的心情之中，他似乎呼吸着空气一

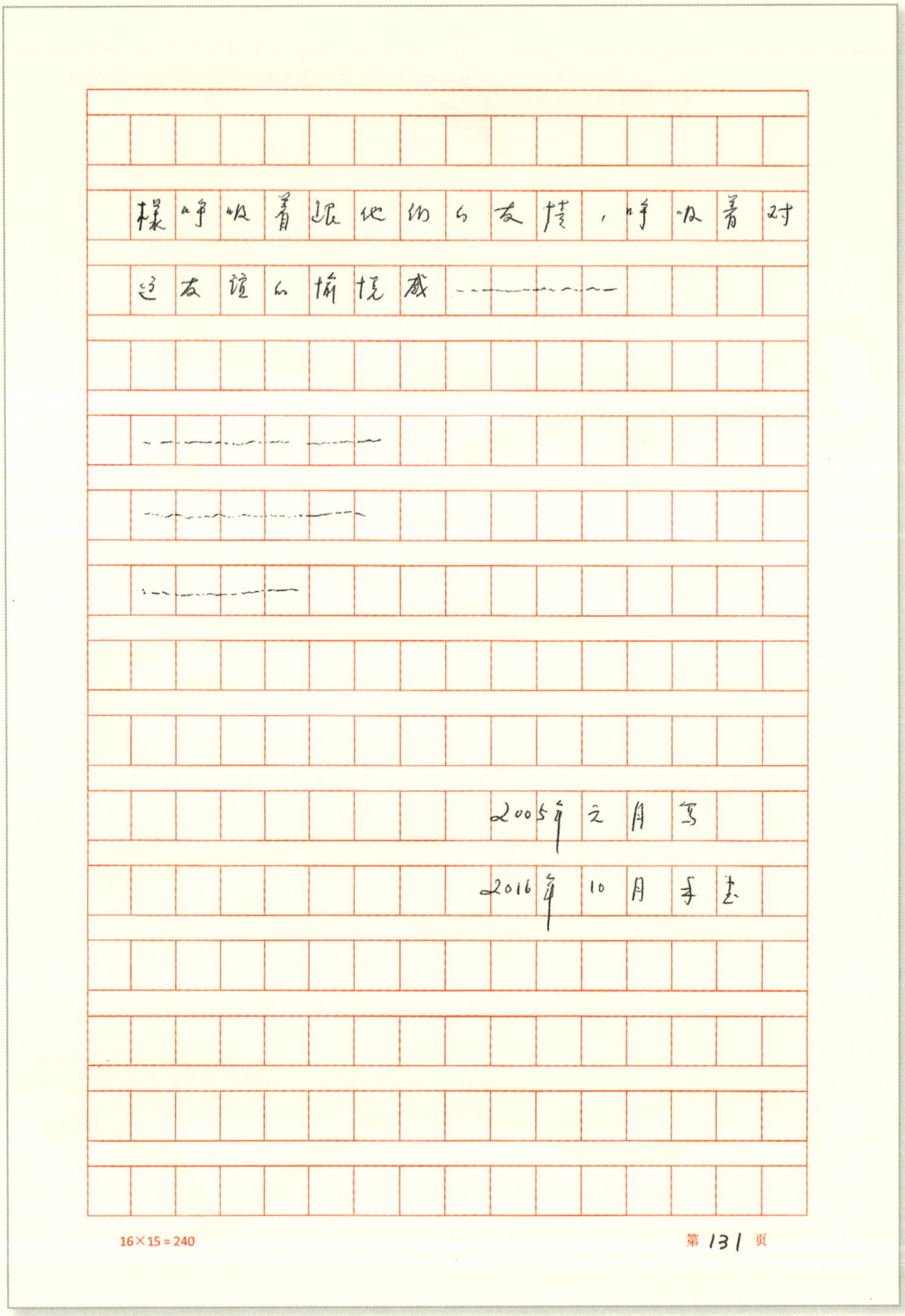

16×15＝240　　第131页

样呼吸着跟他们的友情，呼吸着对这友情的愉悦感……

…………

…………

…………

2005年元月写

2016年10月手书

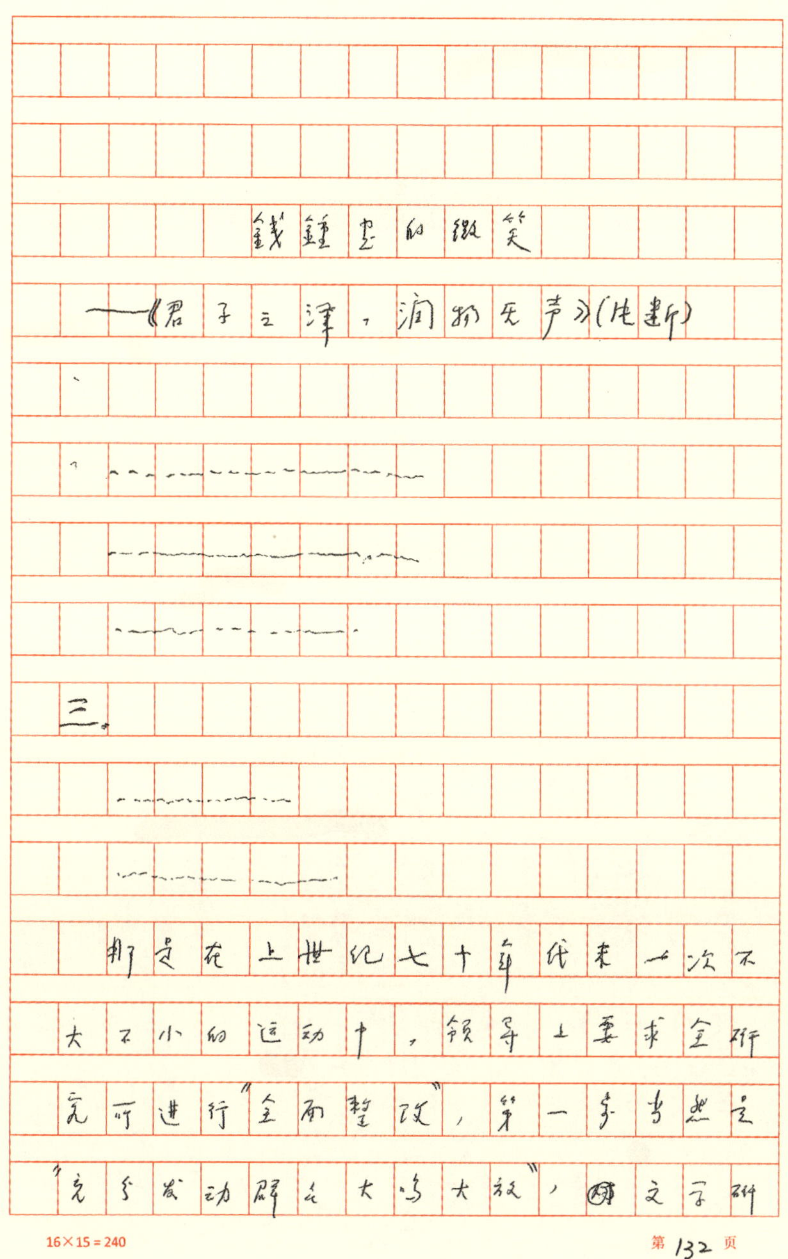

钱锺书的微笑

——《君子之泽，润物无声》(片断)

…………

…………

…………

三、

…………

…………

那是在上世纪七十年代末一次不大不小的运动中，领导上要求全研究所进行"全面整改"，第一步当然是"充分发动群众大鸣大放"，文学研

16×15＝240　　第 132 页

钱锺书的微笑

——《君子之泽，润物无声》（片断）

…………

…………

…………

三、

…………

…………

那是在上世纪七十年代末一次不大不小的运动中，领导上要求全研究所进行“全面整改”，第一步当然是“充分发动群众大鸣大放”，文学研

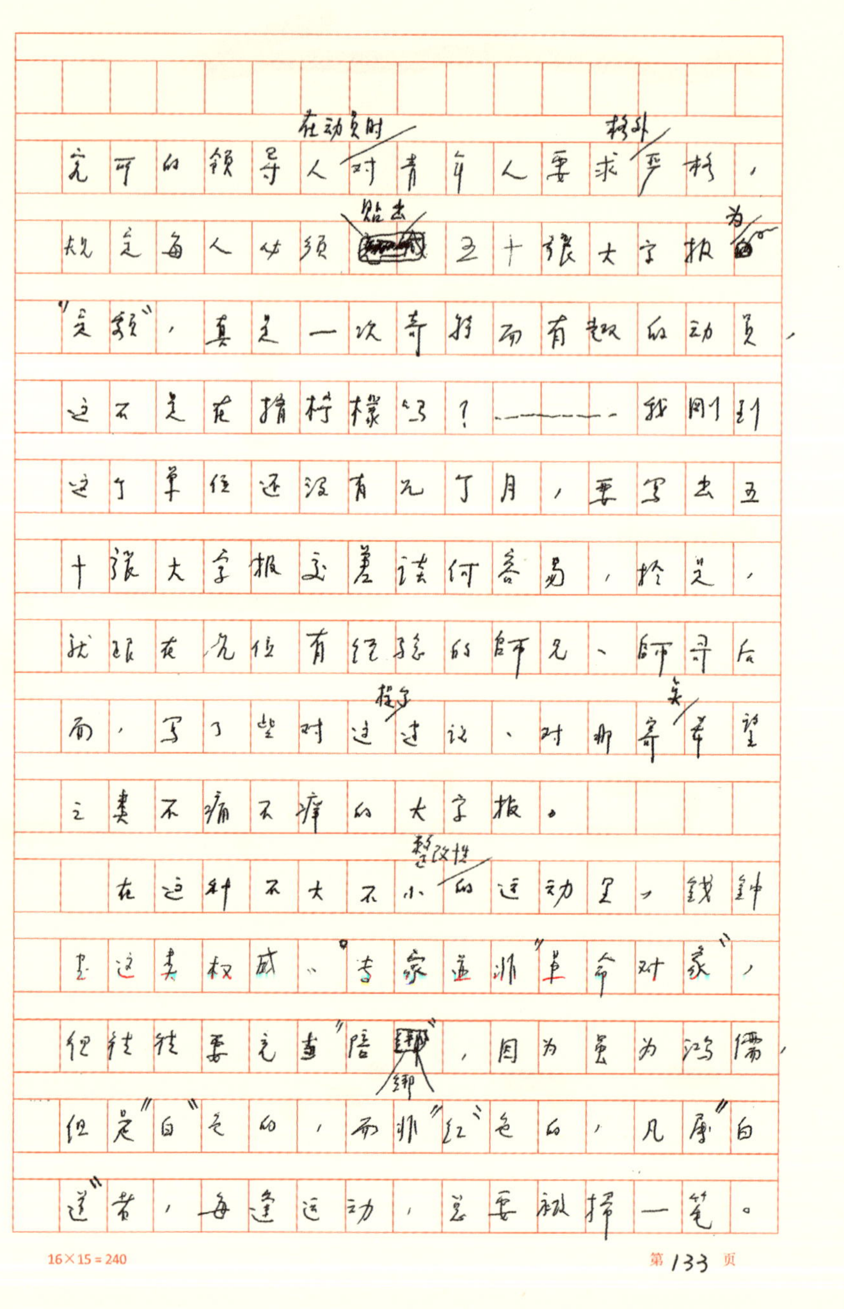

究所的领导人在动员时对青年人要求格外严格，规定每人必须贴出五十张大字报为“定额”，真是一次奇特而有趣的动员，这不是在挤柠檬吗？……我刚到这个单位还没有几个月，要写出五十张大字报交差谈何容易，于是，就跟在几位有经验的师兄、师哥后面，写了些对这提个建议、对那寄点希望之类不痛不痒的大字报。

在这种不大不小整改性的运动里，钱锺书这类权威、专家并非“革命对象”，但往往要充当“陪绑”。因为虽为鸿儒，但是“白”色的，而非“红”色的，凡属“白道”者，每逢运动，总要被扫一笔。

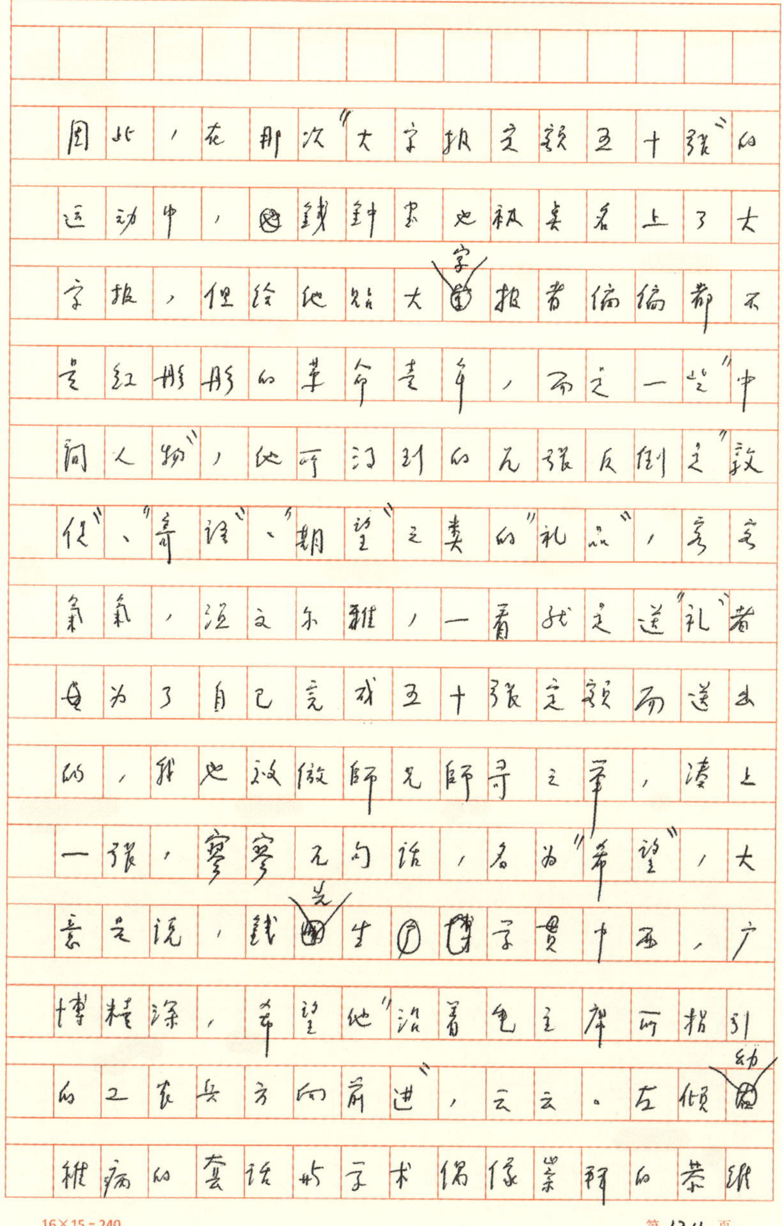
因此，在那次"大字报定额五十张"的运动中，钱锺书也被点名上了大字报，但给他贴大字报者偏偏都不是红彤彤的革命青年，而是一些"中间人物"，他所得到的几张反倒是"敦促"、"寄语"、"期望"之类的"礼品"，客客气气，温文尔雅，一看就是送"礼"者为了自己完成五十张定额而送出去的，我也效仿师兄师哥之举，凑上一张，寥寥几句话，名为"希望"，大意是说，钱先生学贯中西，广博精深，希望他"沿着毛主席所指引的工农兵方向前进"，云云。左倾幼稚病的套话与学术偶像崇拜的恭维

16×15＝240　　第134页

因此，在那次“大字报定额五十张”的运动中，钱锺书也被点名上了大字报，但给他贴大字报者偏偏都不是红彤彤的革命青年，而是一些“中间人物”，他所得到的几张反倒是“敦促”“寄语”“期望”之类的“礼品”，客客气气，温文尔雅，一看就是送“礼”者为了自己完成五十张定额而送出去的，我也效仿师兄师哥之举，凑上一张，寥寥几句话，名为“希望”，大意是说，钱先生学贯中西，广博精深，希望他“沿着毛主席所指引的工农兵方向前进”，云云。左倾幼稚病的套话与学术偶像崇拜的恭维

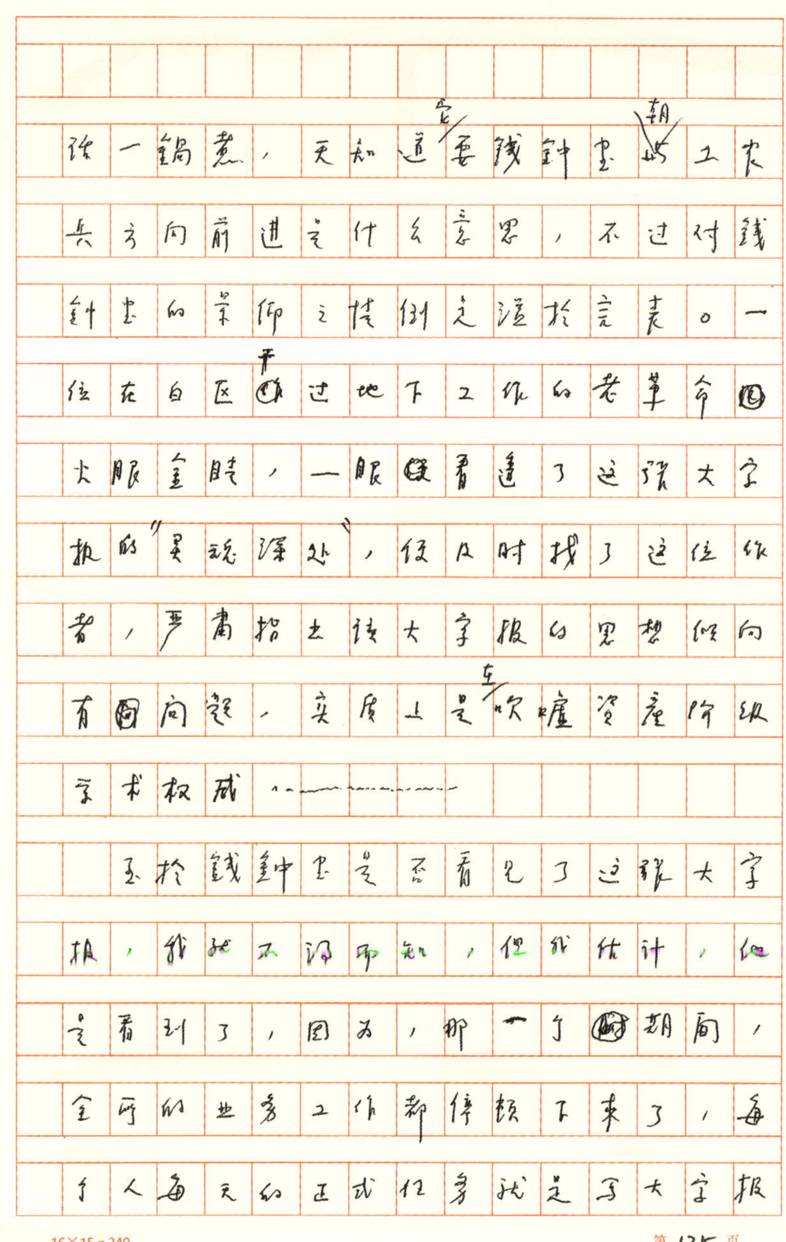

话一锅煮，天知道它要钱锺书朝工农兵方向前进是什么意思，不过对钱锺书的景仰之情倒是溢于言表。一位在白区干过地下工作的老革命火眼金睛，一眼看透了这张大字报的“灵魂深处”，便及时找了这位作者，严肃指出该大字报的思想倾向有问题，实质上是在吹嘘资产阶级学术权威……

至于钱锺书是否看见了这张大字报，我就不得而知，但我估计，他是看到了，因为，那一个期间，全所的业务工作都停顿下来了，每个人每天的正式任务就是写大字报

与看大字报，大字报都集中贴在一个大厅里，似乎是为了表示与1957年的大字报鸣放有别，也是为了便于统一管理，全所每个人员在上班时间都可以自由出入这个大厅，充分浏览。于是观看与阅读大字报，就成了大家每天的必修课，錢鍾书亦不例外，我就不止一次看见他在厅里仔细观看。我的那一张，毫无疑问是被他注意到了，因为它的标题很醒目，标出了錢鍾书先生的大名。

正是在这样的场合，我与錢鍾书

16×15=240　　第136页

与看大字报，大字报都集中贴在一个大厅里，似乎是为了表示与1957年的大字报鸣放有别，也是为了便于统一管理，全所每个人员在上班时间都可以自由出入这个大厅，充分浏览。于是观看与阅读大字报，就成了大家每天的必修课，钱锺书亦不例外，我就不止一次看见他在厅里仔细观看。我的那一张，毫无疑问是被他注意到了，因为它的标题很醒目，标出了钱锺书先生的大名。

正是在这样的场合，我与钱锺书

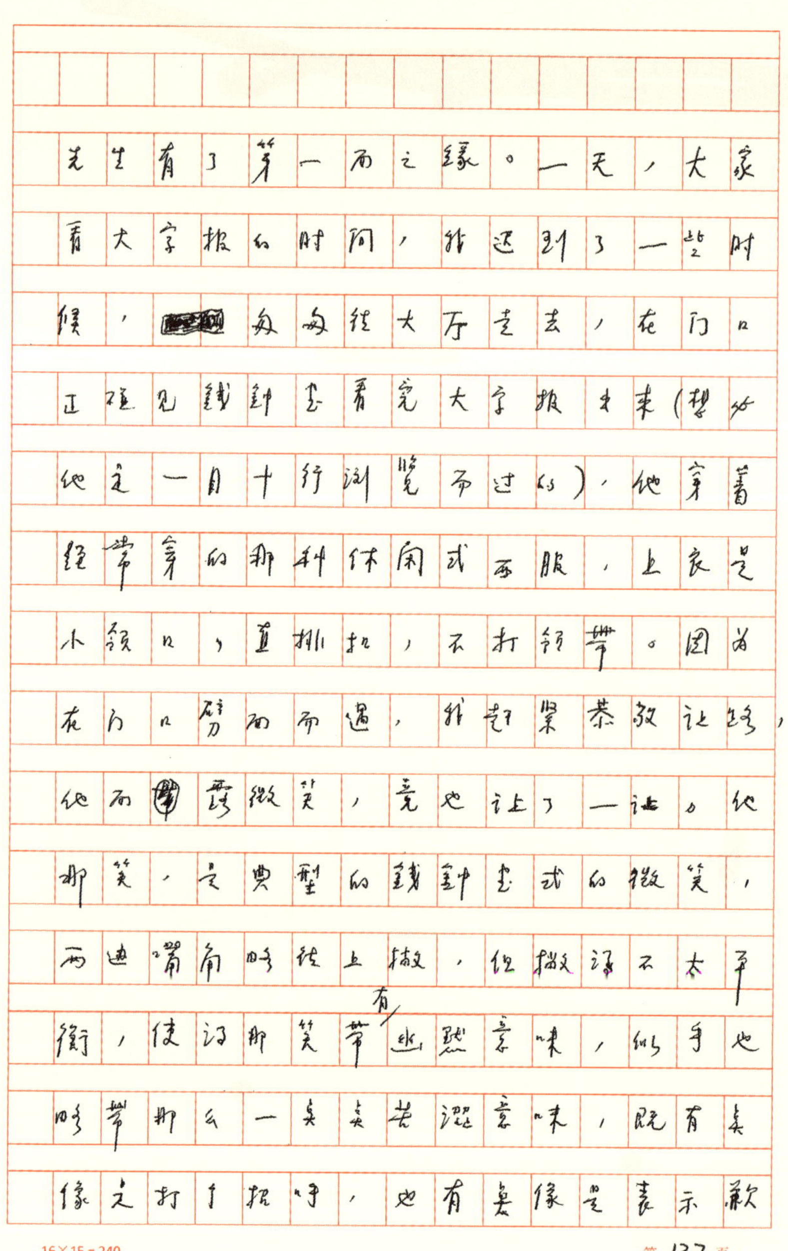

先生有了第一面之缘。一天，大家在看大字报的时间，我迟到了一些时候，匆匆往大厅走去，在门口正碰见钱锺书看完大字报出来（想必他是一目十行浏览而过的），他穿着经常穿的那种休闲式西服，上衣是小领口，直排扣，不打领带。因为在门口劈面而遇，我赶紧恭敬让路，他面露微笑，竟也让了一让。那笑，是典型的钱锺书式的微笑，两边嘴角略往上撇，但撇得不太平衡，使得那笑带有幽默意味，似乎也略带那么一点点苦涩意味，既有点像是打个招呼，也有点像是表示歉

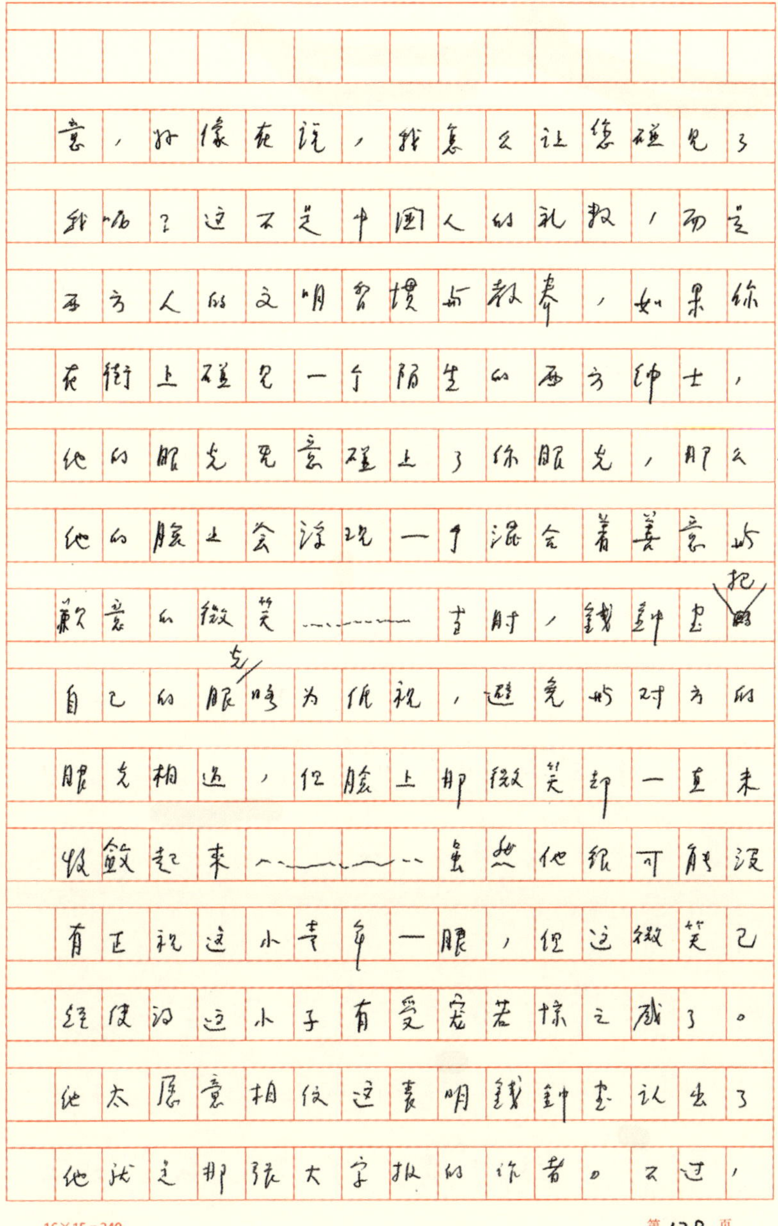
意，好像在说，我怎么让您碰见了我呢？这不是中国人的礼数，而是西方人的文明习惯与教养，如果你在街上碰见一个陌生的西方绅士，他的眼光无意碰上了你眼光，那么，他的脸上会浮现一个混合着善意与歉意的微笑……当时，钱钟书把自己的眼光略为低视，避免与对方的眼光相遇，但脸上那微笑却一直未收敛起来……虽然他很可能没有正视这小青年一眼，但这微笑已经使得这小子有受宠若惊之感了。他太愿意相信这表明钱钟书认出了他就是那张大字报的作者。不过，

16×15=240　　第138页

意，好像在说，我怎么让您碰见了我呢？这不是中国人的礼数，而是西方人的文明习惯与教养，如果你在街上碰见一个陌生的西方绅士，他的眼光无意碰上了你的眼光，那么，他的脸上会浮现一个混合着善意与歉意的微笑……当时，钱锺书把自己的眼光略为低视，避免与对方的眼光相遇，但脸上那微笑却一直未收敛起来……虽然他很可能没有正视这小青年一眼，但这微笑已经使得这小子有受宠若惊之感了。他太愿意相信这表明钱锺书认出了他就是那张大字报的作者。不过，

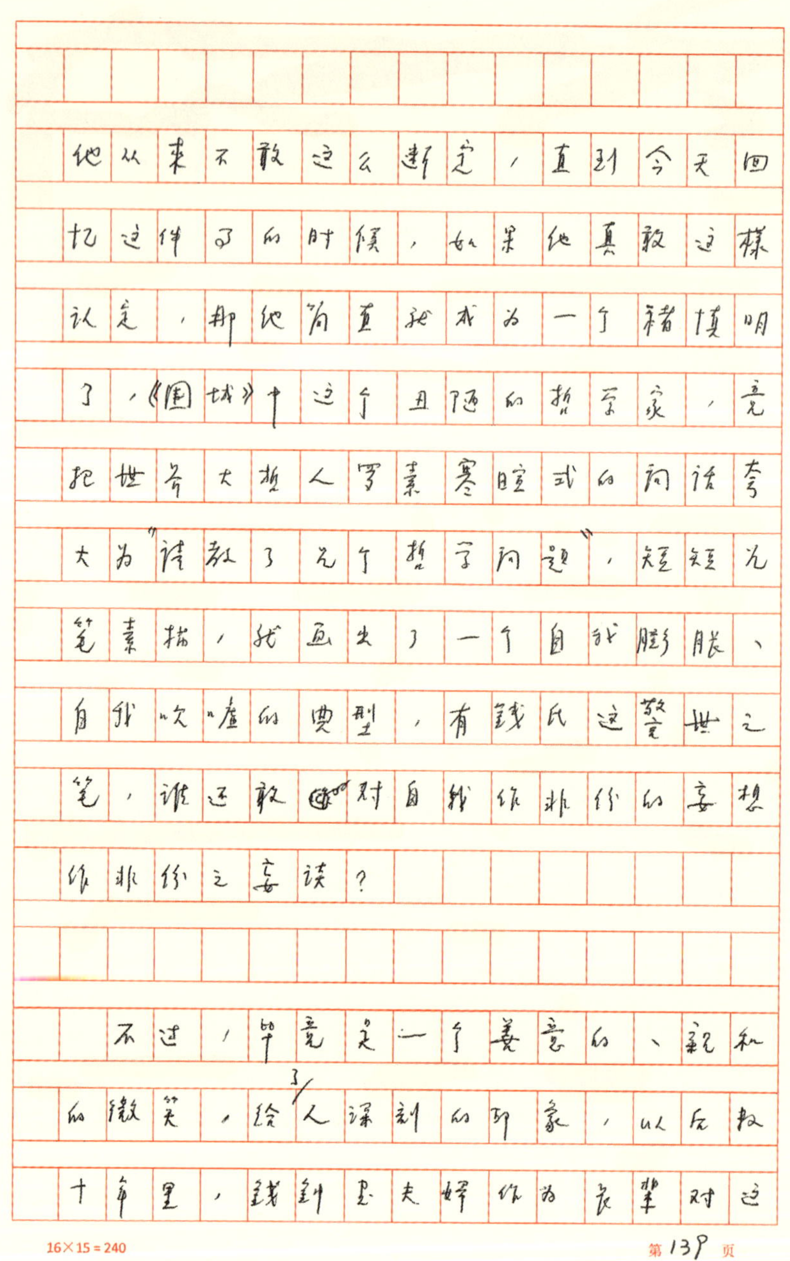

他从来不敢这么断定，直到今天回忆这件事的时候，如果他真敢这样认定，那他简直就成为一个褚慎明了，《围城》中这个丑陋的哲学家，竟把世界大哲人罗素寒暄式的问话夸大为“请教了几个哲学问题”，短短几笔素描，就画出了一个自我膨胀、自我吹嘘的典型，有钱氏这警世之笔，谁还敢对自我作非分的妄想，作非分之妄谈？

不过，毕竟是一个善意的、亲和的微笑，给了人深刻的印象，以后数十年里，钱锺书夫妇作为长辈对这

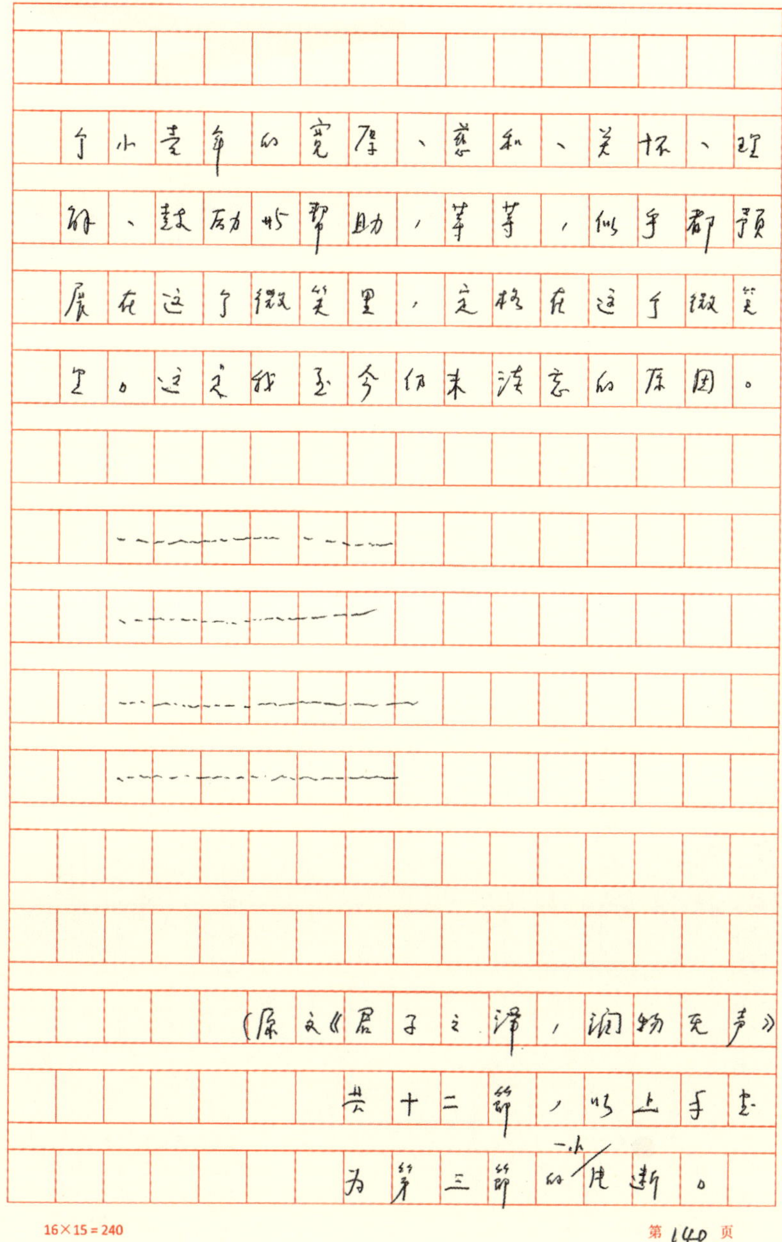
个小青年的宽厚、慈和、关怀、理解、鼓励与帮助，等等，似乎都预展在这个微笑里，定格在这个微笑里。这是我至今仍未淡忘的原因。
……………
……………
……………
……………
（原文《君子之泽，润物无声》共十二节，以上手书为第三节的一小片断。
16×15=240　第140页

个小青年的宽厚、慈和、关怀、理解、鼓励与帮助，等等，似乎都预展在这个微笑里，定格在这个微笑里。这是我至今仍未淡忘的原因。

…………

…………

…………

…………

（原文《君子之泽，润物无声》
共二十节，以上手书为第三节的一小片断。

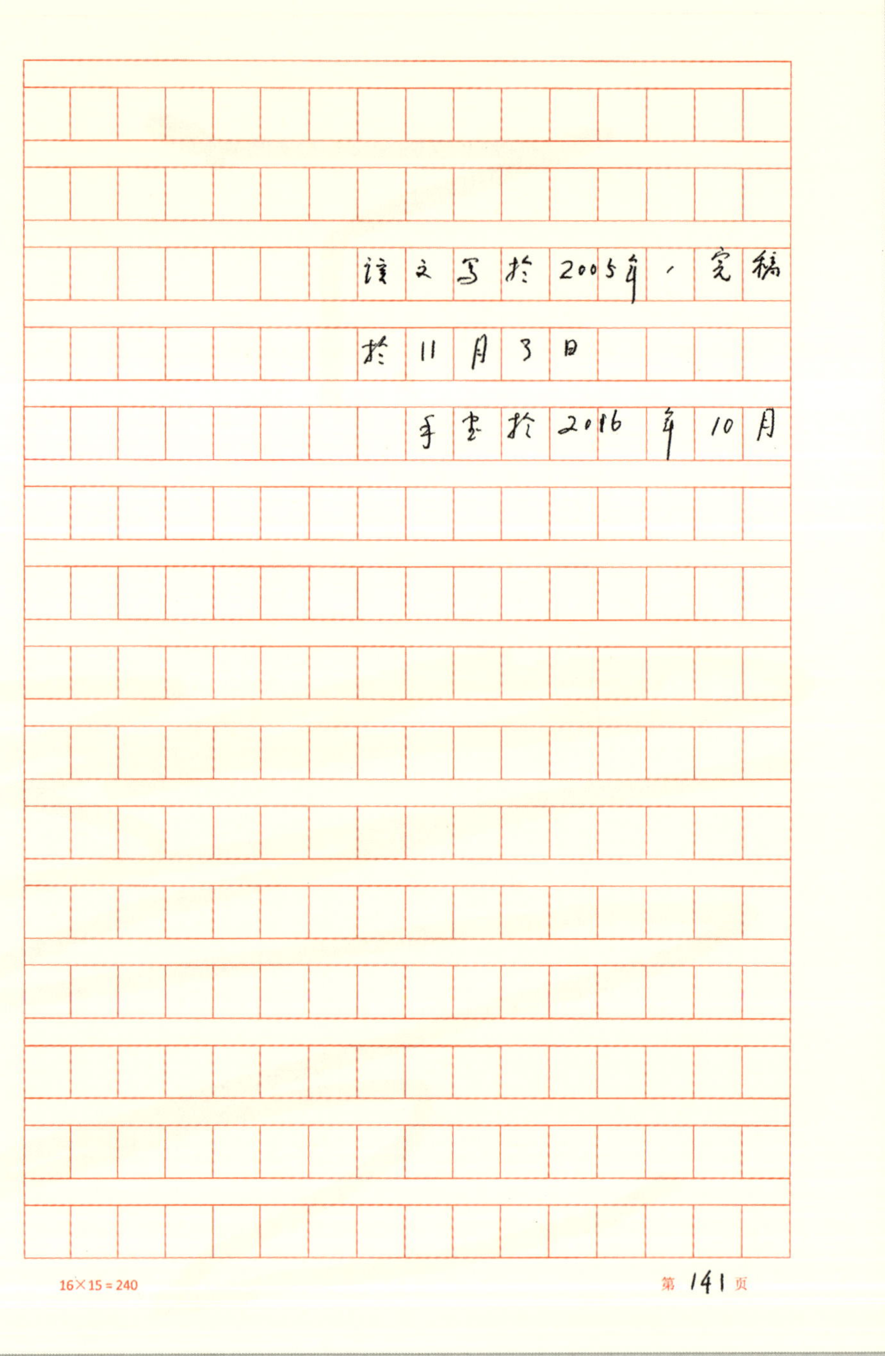
該文寫於2005年，完稿於11月3日
手書於2016年10月
16×15=240
第141页

该文写于2005年，
完稿于11月3日，
手书于2016年10月

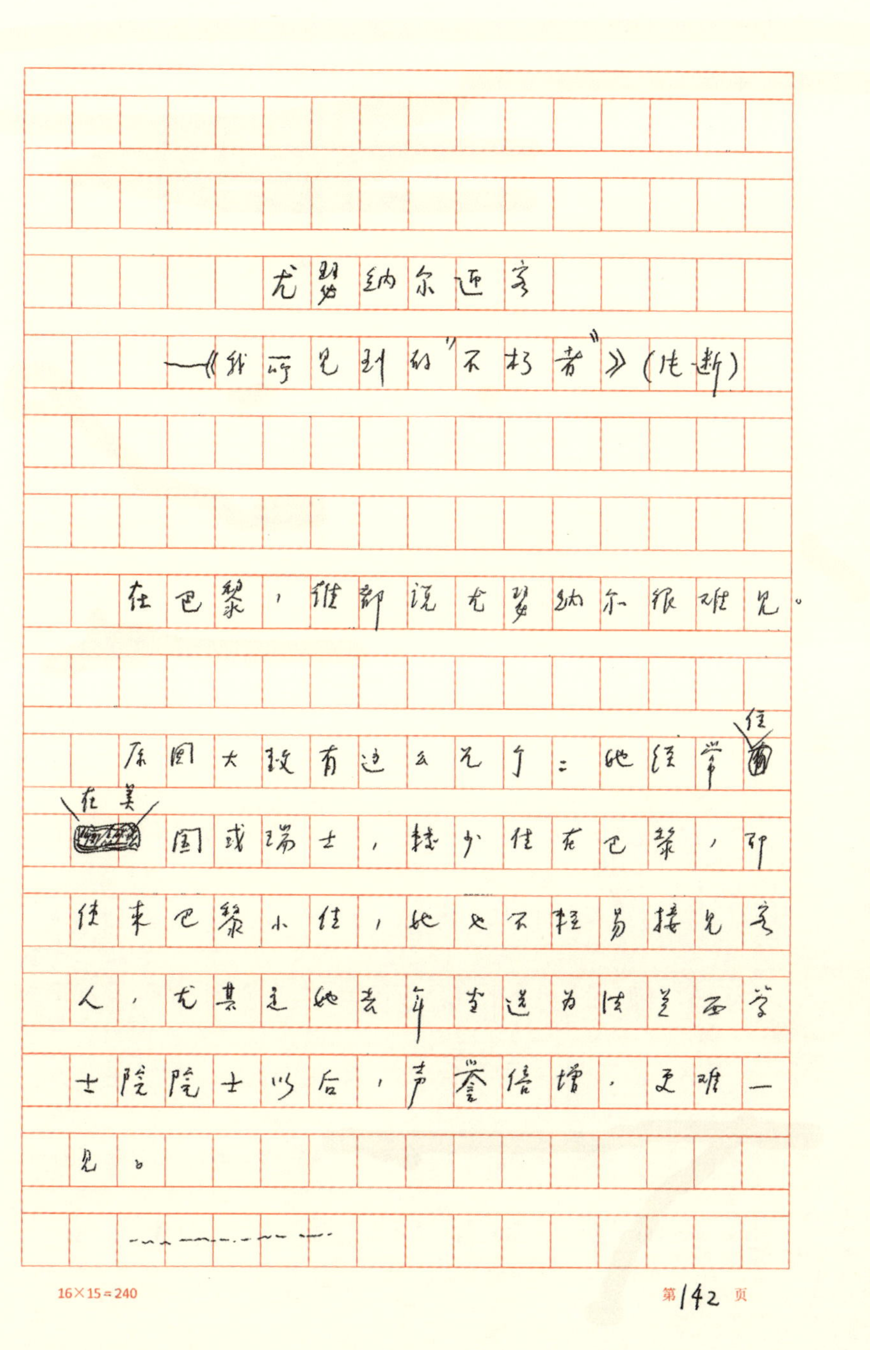
尤瑟纳尔迎客
——《我所见到的"不朽者"》(片断)
在巴黎，谁都说尤瑟纳尔很难见。
原因大致有这么几个：她经常住在美国或瑞士，较少住在巴黎，即使来巴黎小住，她也不轻易接见客人，尤其是她去年当选为法兰西学士院院士以后，声誉倍增，更难一见。
……
16×15=240 第142页

尤瑟纳尔迎客

——《我所见到的"不朽者"》（片断）

在巴黎，谁都说尤瑟纳尔很难见。

原因大致有这么几个：她经常住在美国或瑞士，较少住在巴黎，即使来巴黎小住，她也不轻易接见客人，尤其是她去年当选为法兰西学士院院士以后，声誉倍增，更难一见。

…………

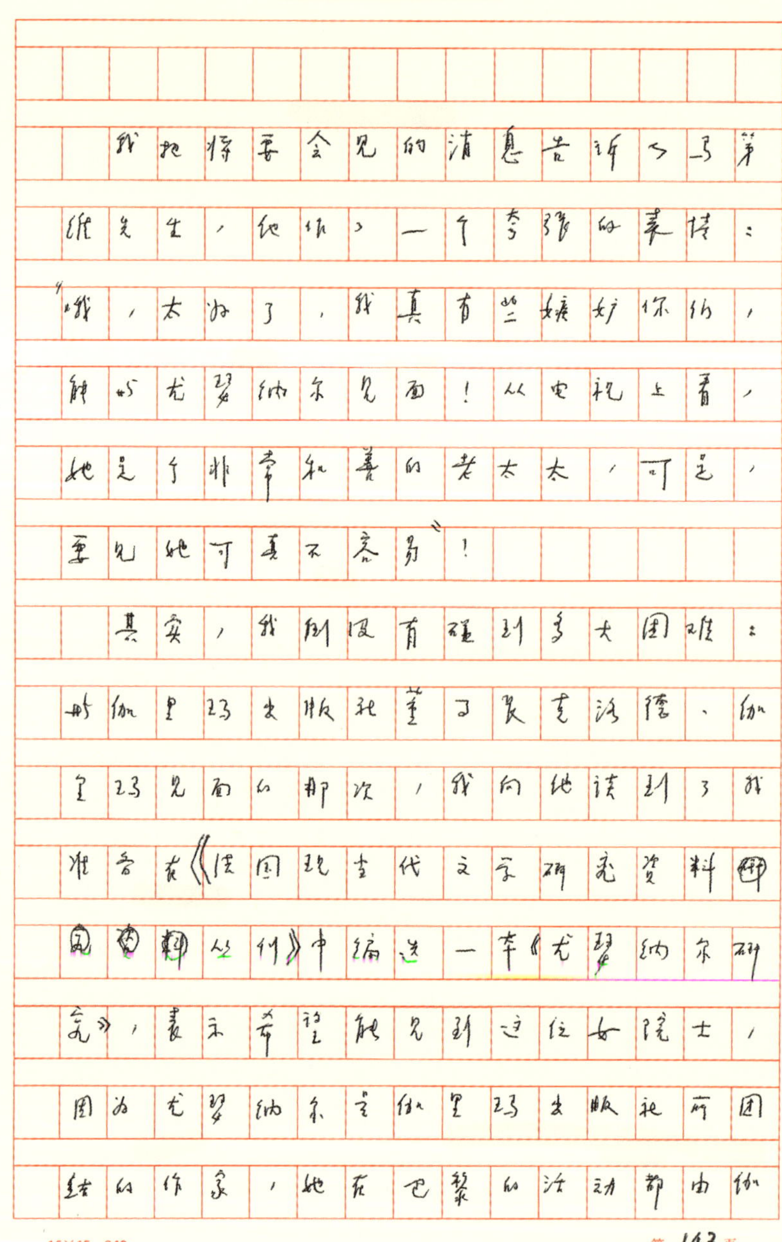

我把将要会见的消息告诉了马第维先生，他做了一个夸张的表情：“哦，太好了，我真有些嫉妒你们，能与尤瑟纳尔见面！从电视上看，她是个非常和善的老太太，可是，要见她可真不容易！”

其实，我倒没有碰到多大困难：与伽里玛出版社董事长克洛德·伽里玛见面的那次，我向他谈到了我准备在《法国现当代文学研究资料丛刊》中，编选一本《尤瑟纳尔研究》，表示希望能见到这位女院士，因为尤瑟纳尔是伽里玛出版社所团结的作家，她在巴黎的活动都由伽

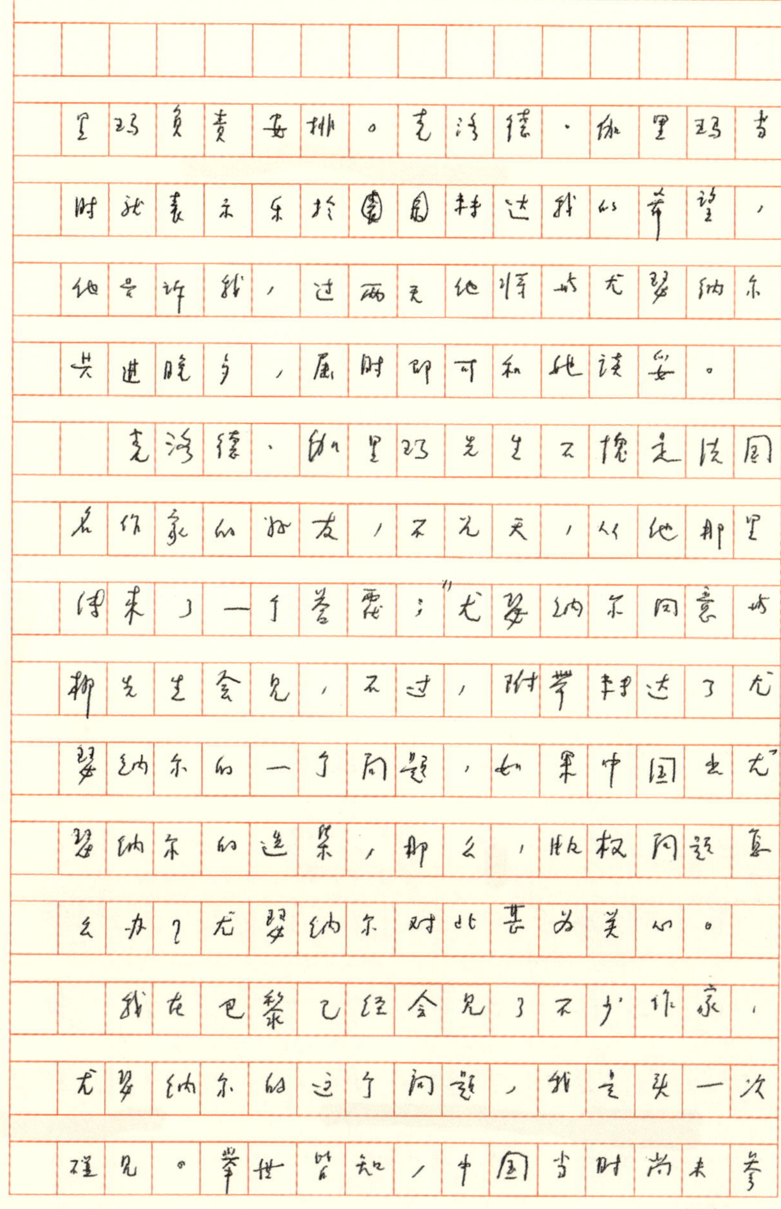

里玛负责安排。克洛德·伽里玛当时就表示乐于转达我的希望，他告诉我，过两天他将与尤瑟纳尔共进晚餐，届时即可和她谈妥。

克洛德·伽里玛先生不愧是法国名作家的好友，不几天，从他那里传来了一个答复："尤瑟纳尔同意与柳先生会见，不过，附带转达了尤瑟纳尔的一个问题，如果中国出尤瑟纳尔的书，那么，版权问题怎么办？"尤瑟纳尔对此甚为关心。

我在巴黎已经会见了不少作家，尤瑟纳尔的这个问题，我是头一次碰见。举世皆知，中国当时尚未参

加国际版权公约。

她住在巴黎第五区大学街的大学旅馆。这说明她在巴黎的确没有安家，只是暂住。走进这家旅馆，暗黄的灯光，壁上的美术作品，走道里的鲜花，都使人感到一种雅致的情调，"商"味不浓，有点"学"味。一位坐在柜台里的小姐拨了一个电话，通报我们的来到，马上就得到了答复，她告诉了我们房间的号码：到了三楼，还要走上一道木梯，那才是尤瑟纳尔的房间。因为电梯狭小得出奇，只能挤两个人，我们四

16×15＝240　第145页

加国际版权公约。

　　她住在巴黎第五区大学街的大学旅馆。这说明她在巴黎的确没有安家，只是暂住。走进这家旅馆，暗黄的灯光，壁上的美术作品，走道里的鲜花，都使人感到一种雅致的情调，“商”味不浓，有点“学”味。一位坐在柜台里的小姐拨了一个电话，通报我们的来到，马上就得到了答复，她告诉了我们房间的号码：到了三楼，还要走上一道木梯，那才是尤瑟纳尔的房间。因为电梯狭小得出奇，只能挤两个人，我们四

个人只好分两批而上，我上了三楼，正一面找那木梯，一面等后上来的两位，木梯甚小巧，在木梯口，我还没有来得及抬头，有人就在上面招呼了，往上一看，一位老太太正俯身靠着楼上栏杆向下瞧，她那宽大的脸盘显然就是尤瑟纳尔院士的标志，她早已走出房门，站在楼梯口，她那神情与姿态，与其说是像一位院士在迎接客人，不如说更像一个闲适安详的老太太无所事事，正好奇地看着楼下的动静。

我赶紧走上狭小的木梯，其实不到

16×15 = 240　　第 146 页

个人只好分两批而上，我上了三楼，正一面找那木梯，一面等后上来的两位，木梯甚小巧，在木梯口，我还没有来得及抬头，有人就在上面招呼了，往上一看，一位老太太正俯身靠着楼上栏杆向下瞧，她那宽大的脸盘显然就是尤瑟纳尔院士的标志，她早已走出房门，站在楼梯口，她那神情与姿态，与其说是像一位院士在迎接客人，不如说更像一个闲适安详的老太太无所事事，正好奇地看着楼下的动静。

我赶紧走上狭小的木梯，其实不到

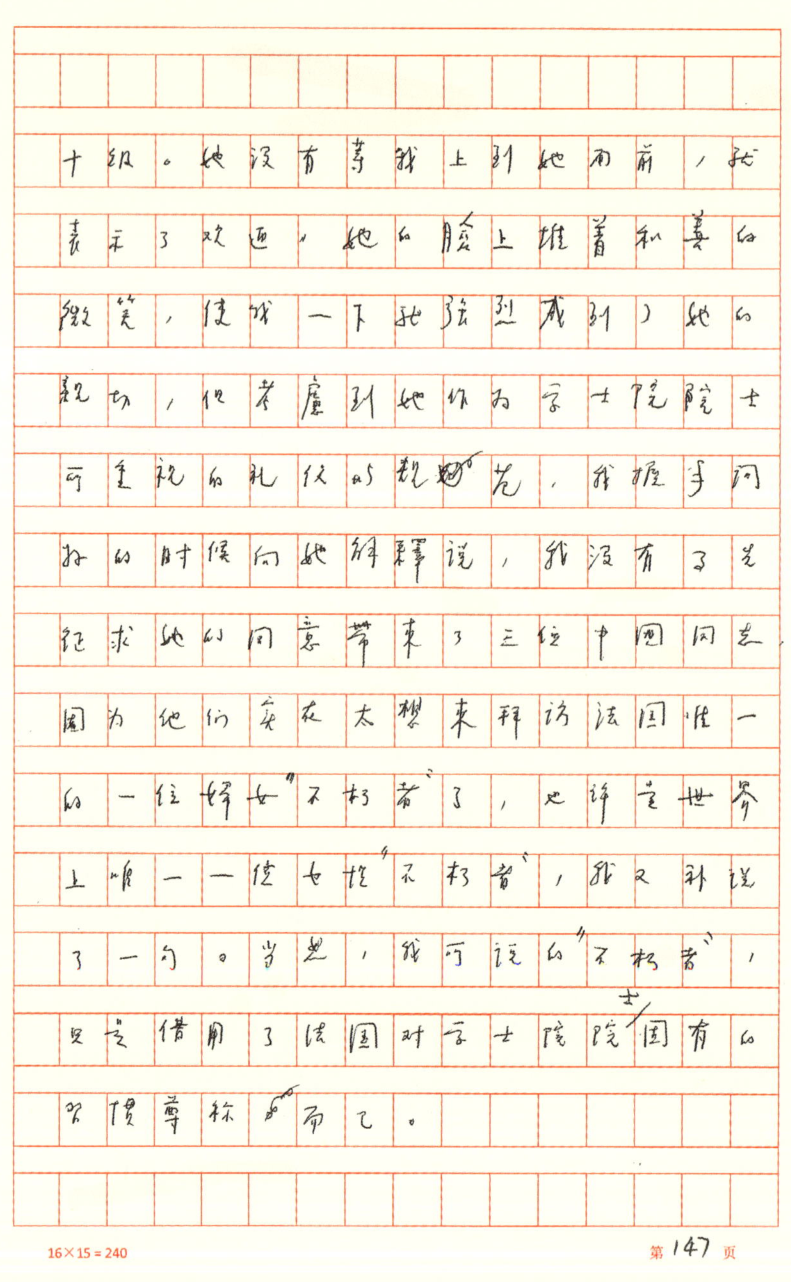

十级。她没有等我上到她面前，就表示了欢迎，她的脸上堆着和善的微笑，使我一下就强烈地感到了她的亲切，但考虑到她作为学士院院士所重视的礼仪与规范，我握手问好的时候向她解释说，我没有事先征求她的同意带来了三位中国同志，因为他们实在太想来拜访法国唯一的一位妇女“不朽者”了，也许是世界上唯一一位女性“不朽者”，我又补充说了一句。当然，我所说的“不朽者”，只是借用了法国对学士院院士固有的习惯尊称而已。

我们被引进的那房间，显然是她一整套房间的外间，用来见客和工作的。玻璃板的茶几上，供着新鲜的石竹花，室内陈设讲究，但又表现出主人的旅行生活的特点：有两个行李箱搁在一旁，没有书架，只有少数几本书散放在桌子上、沙发上与壁炉上。她让我坐在一张高背藤椅上，自己选了另一张高背藤椅，而让我的三位朋友坐在另外的椅子上，很明显地使我感到在她的和善态度中又颇有一种讲究与分寸。她满脸都是皱纹，头发已经很稀疏了，白色之中偶尔露出几绺半截的

16×15＝240　　第148页

我们被引进的那房间，显然是她一整套房间的外间，用来见客和工作的。玻璃板的茶几上，供着新鲜的石竹花，室内陈设讲究，但又表现出主人的旅行生活的特点：有两个行李箱搁在一旁，没有书架，只有少数几本书散放在桌子上、沙发上与壁炉上。她让我坐在一张高背藤椅上，自己选了另一张高背藤椅，而让我的三位朋友坐在另外的椅子上，很明显地使我感到在她的和善态度中又颇有一种讲究与分寸。她满脸都是皱纹，头发已经很稀疏了，白色之中偶尔露出几绺半截的

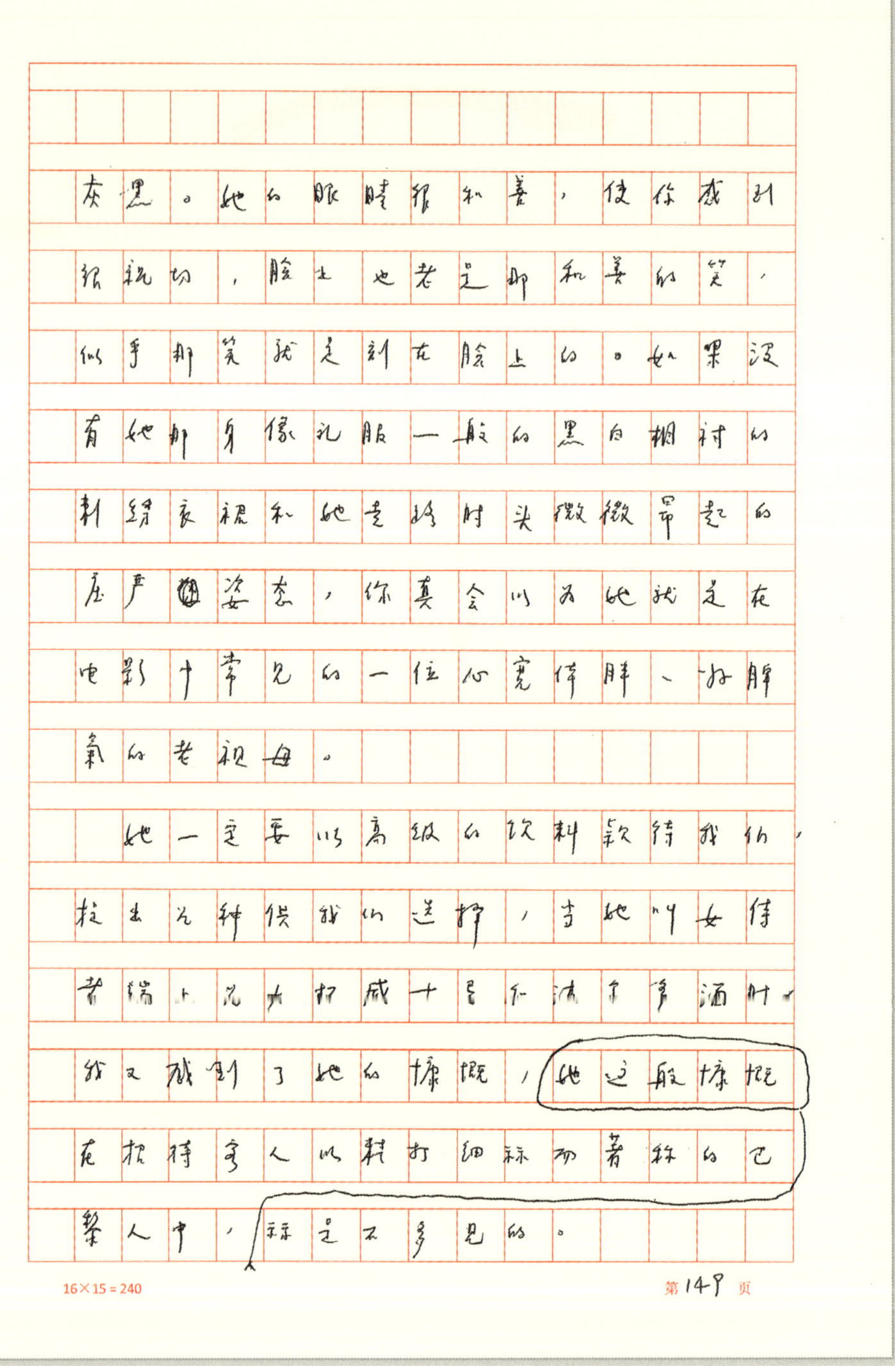

灰黑。她的眼睛很和善，使我感到很亲切，脸上也老是那和善的笑，似乎那笑就是刻在脸上的。如果没有她那身像礼服一般的黑白相衬的刺绣衣裙和她走路时头微微昂起的庄严姿态，你真会以为她就是在电影中常见的一位心宽体胖、好脾气的老祖母。

她一定要以高级的饮料款待我们，提出几种供我们选择，当她叫女侍者端上几大杯威士忌和波尔多酒时，我又感到了她的慷慨，在招待客人以精打细算而著称的巴黎人中，她这般慷慨算是不多见的。

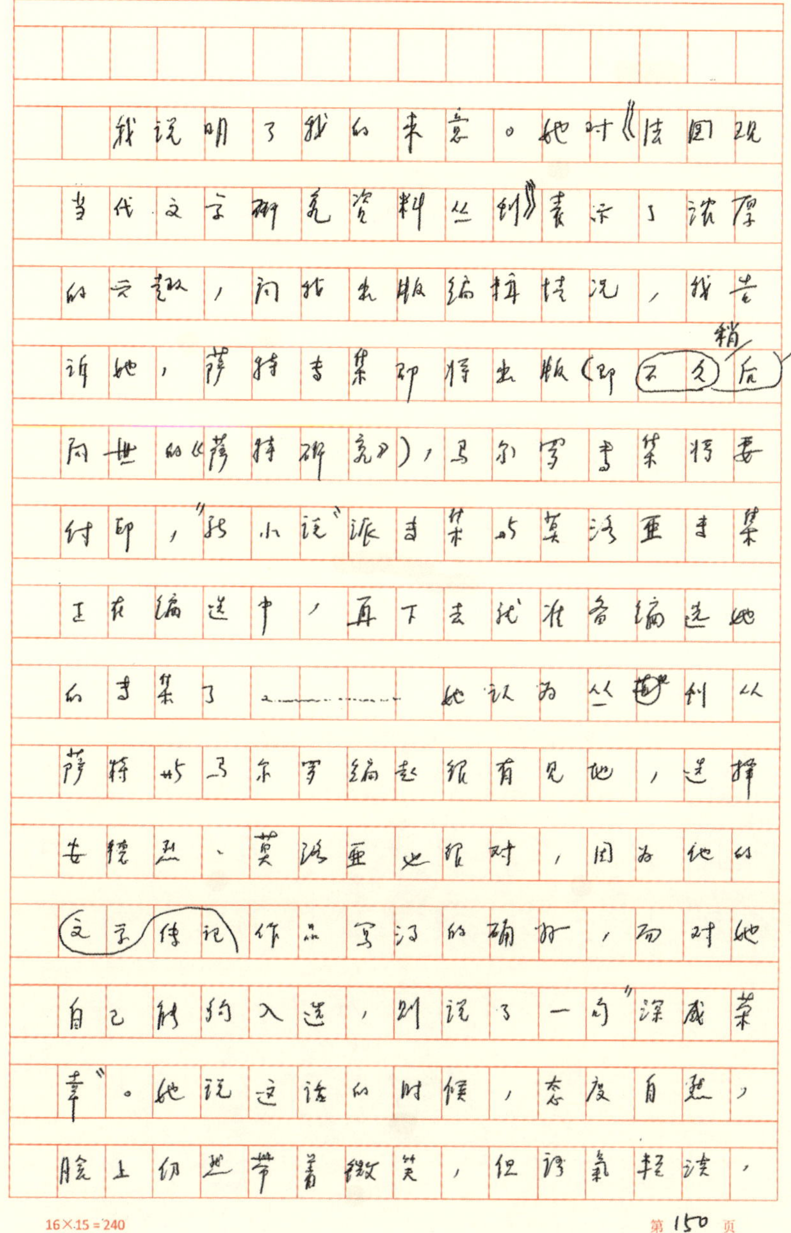
我说明了我的来意。她对《法国现当代文学研究资料丛刊》表示了浓厚的兴趣，问我出版编辑情况，我告诉她，萨特专集即将出版（即稍后问世的《萨特研究》），马尔罗专集将要付印，"新小说"派专集与莫洛亚专集正在编选中，再下去就准备编选她的专集了……她认为丛刊从萨特与马尔罗编起很有见地，选择安德烈·莫洛亚也很对，因为他的传记文学作品写得的确好，而对她自己能够入选，则说了一句"深感荣幸"。她说这话的时候，态度自然，脸上仍然带着微笑，但语气轻淡，

16×15=240　　第150页

我说明了我的来意。她对《法国现当代文学研究资料丛刊》表示了浓厚的兴趣，问我出版编辑情况，我告诉她，萨特专集即将出版（即稍后不久问世的《萨特研究》），马尔罗专集将要付印，"新小说"派专集与莫洛亚专集正在编选中，再下去就准备编选她的专集了……她认为丛刊从萨特与马尔罗编起很有见地，选择安德烈·莫洛亚也很对，因为他的传记文学作品写得的确好，而对她自己能够入选，则说了一句"深感荣幸"。她说这话的时候，态度自然，脸上仍然带着微笑，但语气轻淡，

感情平静，一听就是一个对外界的重视早已习以为常的人所经常使用的词语。

我看着这位将近八十岁的老太太，深感她本身就是一个世界，包含着丰富复杂的内容。她具有不一般的经历；她不仅是文学家，还是一位女学者；她对历史有广博的学识，对东西方文明都有深厚的修养，她博古通今，学贯东西；作为一位作家，她又具有多方面才能，小说、剧作、诗歌、翻译无所不能；她的创作倾向甚为复杂，不容易掌握；

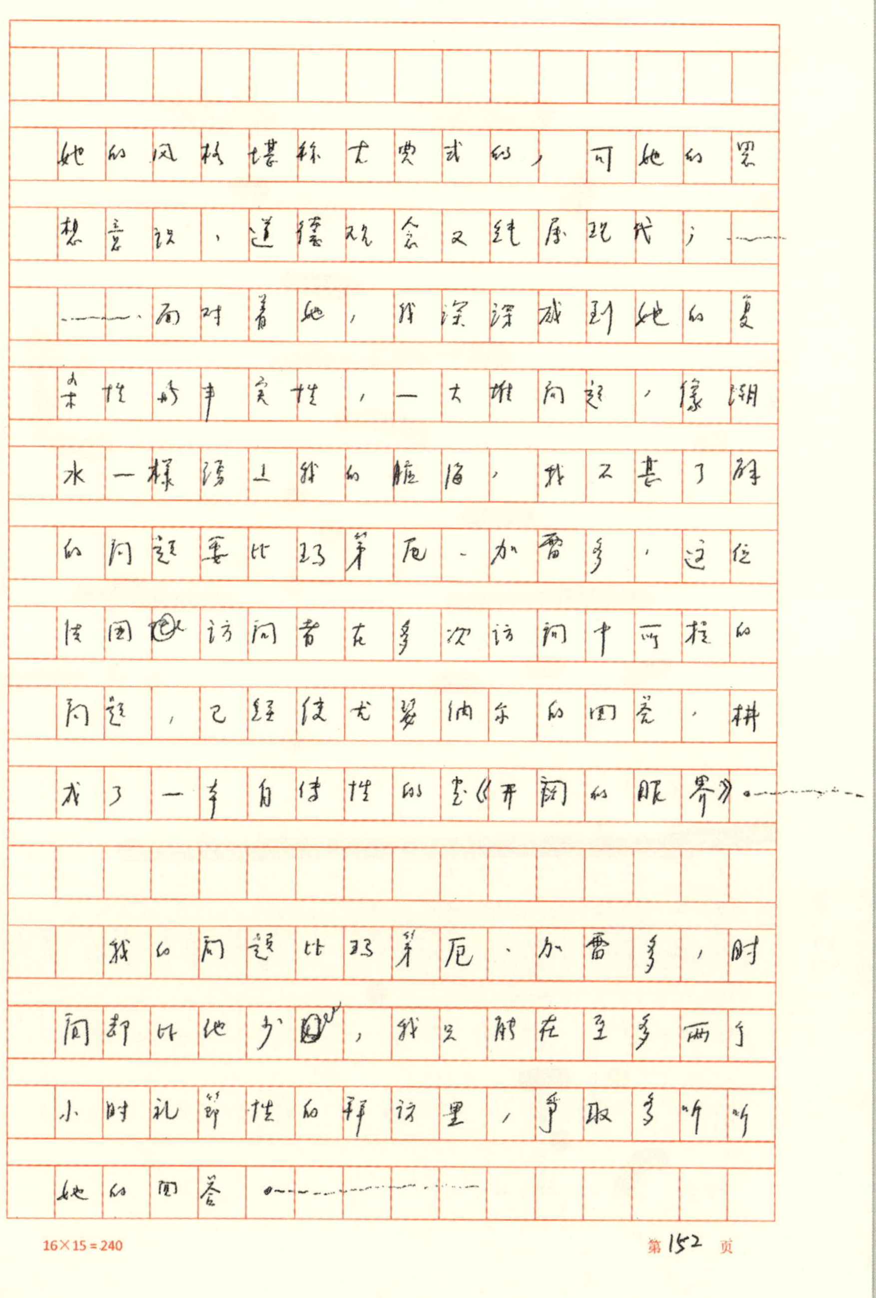

她的风格堪称古典式的，可她的思想意识，道德观念又纯属现代；……面对着她，我深深感到她的复杂性与丰富性，一大堆问题，像潮水一样涌上我的脑海，我不甚了解的问题要比马第厄·加雷多，这位法国访问者在多次访问中所提的问题，已经使尤瑟纳尔的回答，构成了一本自传性的书《开阔的眼界》……

我的问题比马第厄·加雷多，时间却比他少，我只能在至多两个小时礼节性的拜访里，争取多听听她的回答……

16×15＝240　　第152页

她的风格堪称古典式的，可她的思想意识，道德观念又纯属现代；……面对着她，我深深感到她的复杂性与丰富性，一大堆问题，像潮水一样涌上我的脑海，我不甚了解的问题要比马第厄·加雷多，这位法国访问者在多次访问中所提的问题，已经使尤瑟纳尔的回答，构成了一本自传性的书《开阔的眼界》……

我的问题比马第厄·加雷多，时间却比他少，我只能在至多两个小时礼节性的拜访里，争取多听听她的回答……

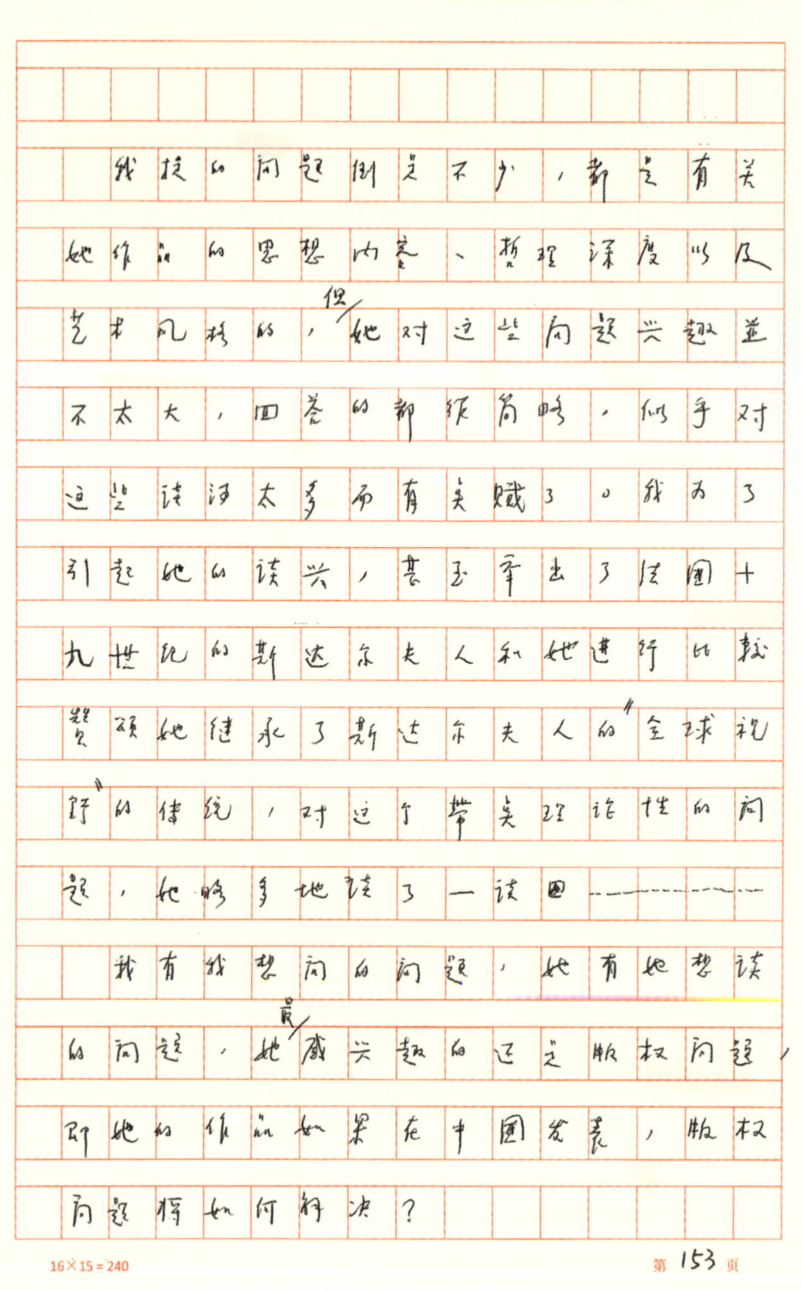

我提的问题倒是不少，都是有关她作品的思想内容、哲理深度以及艺术风格的，但她对这些问题兴趣并不太大，回答的都很简略，似乎对这些谈得太多而有点腻了。我为了引起她的谈兴，甚至举出了法国十九世纪的斯达尔夫人和她进行比较赞颂她继承了斯达尔夫人的"全球视野"的传统，对这个带点理论性的问题，她略多地谈了一谈……

我有我想问的问题，她有她想谈的问题，她最感兴趣的还是版权问题，即她的作品如果在中国发表，版权问题将如何解决？

16×15＝240　　第 153 页

我提的问题倒是不少，都是有关她作品的思想内容、哲理深度以及艺术风格的，但她对这些问题兴趣并不太大，回答的都很简略，似乎对这些谈得太多而有点腻了。我为了引起她的谈兴，甚至举出了法国十九世纪的斯达尔夫人和她进行比较，赞颂她继承了斯达尔夫人的“全球视野”的传统，对这个带点理论性的问题，她略多地谈了一谈……

我有我想问的问题，她有她想谈的问题，她最感兴趣的还是版权问题，即她的作品如果在中国发表，版权问题将如何解决？

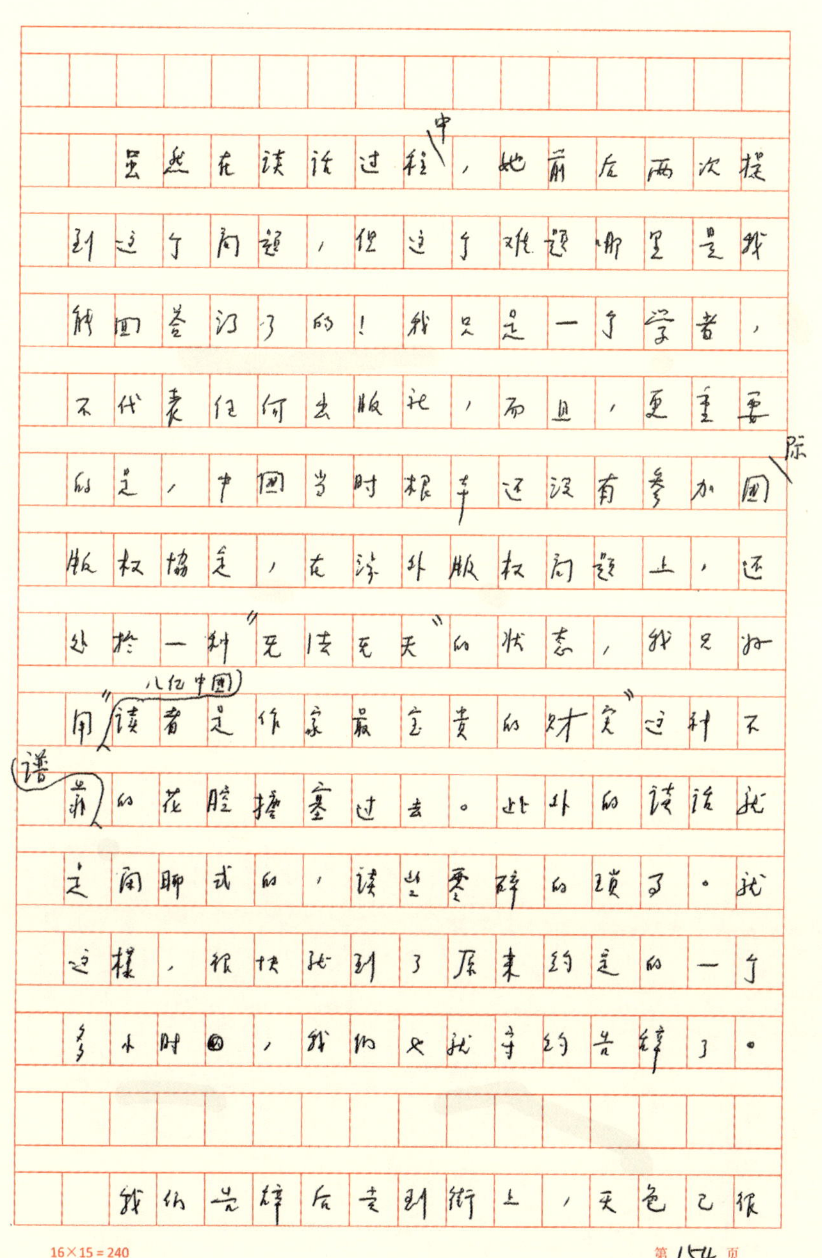

虽然在谈话过程中，她前后两次提到这个问题，但这个难题哪里是我能回答得了的！我只是一个学者，不代表任何出版社，而且，更重要的是，中国当时根本还没有参加国际版权协定，在涉外版权问题上，还处于一种"无法无天"的状态，我只好用"八亿中国读者是作家最宝贵的财富"这种不靠谱的花腔搪塞过去。此外的谈话就是闲聊式的，谈些零碎的琐事。就这样，很快就到了原来约定的一个多小时，我们也就守约告辞了。

我们告辞后走到街上，天色已很

16×15＝240　　第154页

虽然在谈话的过程中，她前后两次提到这个问题，但这个难题哪里是我能回答得了的！我只是一个学者，不代表任何出版社，而且，更重要的是，中国当时根本还没有参加国际版权协定，在涉外版权问题上，还处于一种“无法无天”的状态，我只好用“八亿中国读者是作家最宝贵的财富”这种不靠谱的花腔搪塞过去。此外的谈话就是闲聊式的，谈些零碎的琐事。就这样，很快就到了原来约定的一个多小时，我们也就守约告辞了。

我们告辞后走到街上，天色已很

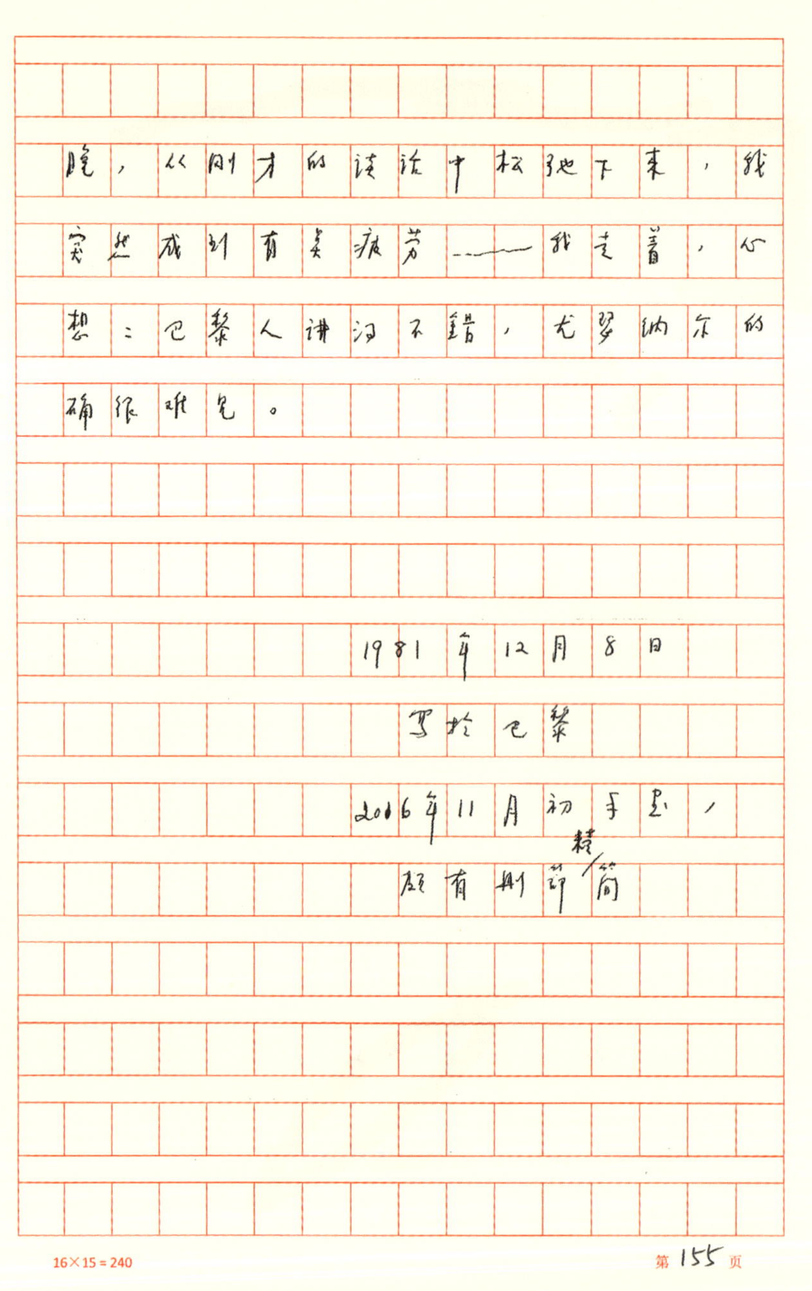
晚，从刚才的谈话中松弛下来，我突然感到有点疲劳——我走着，心想：巴黎人讲得不錯，尤瑟纳尔的确很难见。

1981年12月8日
写於巴黎
2016年11月初手书，
颇有删节精简

16×15=240　　第155页

晚，从刚才的谈话中松弛下来，我突然感到有点疲劳……我走着，心想：巴黎人讲得不错，尤瑟纳尔的确很难见。

1981年12月8日

写于巴黎

2016年11月初手书，

颇有删节精简

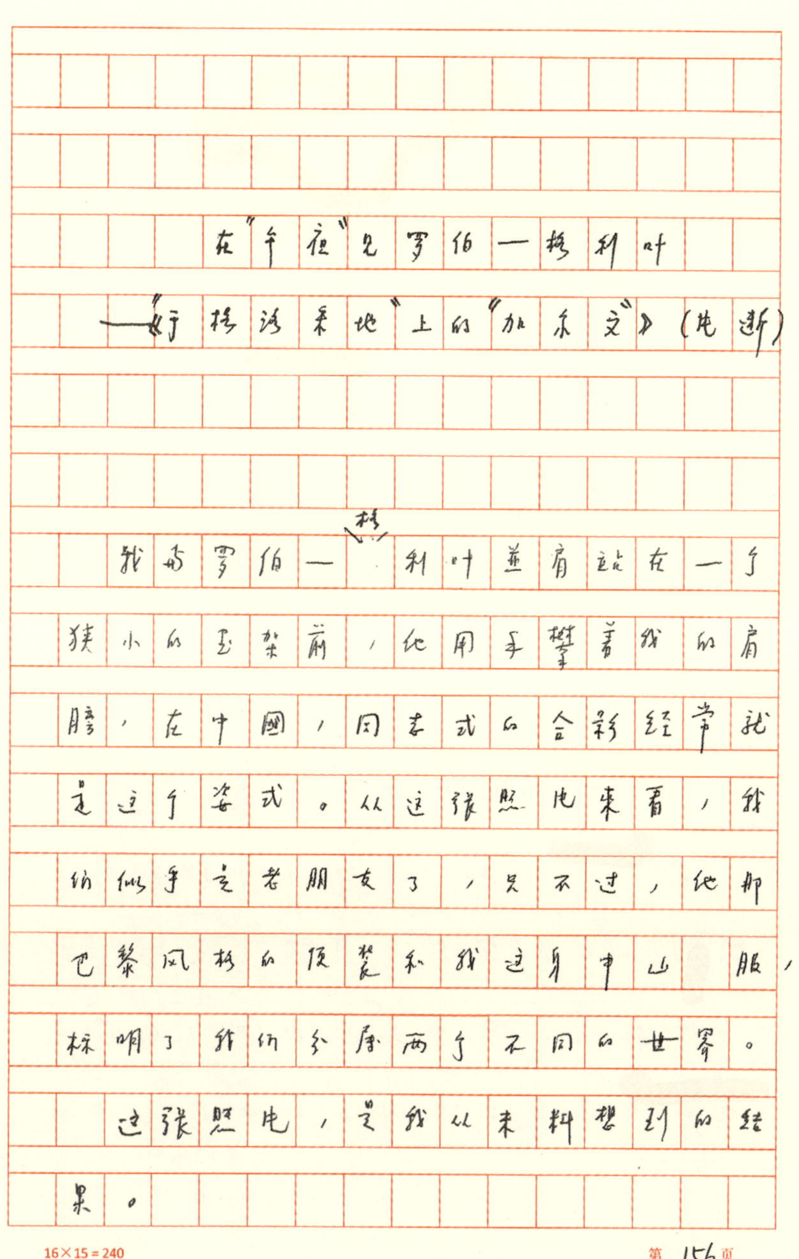
在"午夜"见罗伯—格利叶
——《"于格洛采地"上的"加尔文"》(片断)
我与罗伯—格利叶并肩站在一个狭小的书架前，他用手攀着我的肩膀，在中国，同志式的合影经常就是这个姿势。从这张照片来看，我们似乎是老朋友了，只不过，他那巴黎风格的便装和我这身中山服，标明了我们分属两个不同的世界。
这张照片，是我从未料想到的结果。
16×15=240 第156页

在"午夜"见罗伯–格利叶

——《"于格洛采地"上的"加尔文"》（片断）

我与罗伯–格利叶并肩站在一个狭小的书架前，他用手攀着我的肩膀，在中国，同志式的合影经常就是这个姿势。从这张照片来看，我们似乎是老朋友了，只不过，他那巴黎风格的便装和我这身中山服，标明了我们分属两个不同的世界。

这张照片，是我从未料想到的结果。

首先，我动身去巴黎时，根本没有想到会见罗伯－格利叶，下飞机时还没有拜访任何法国作家的计划，因为，我早就听说巴黎作家们架子甚大的议论，我一直认为这种大架子是斯达尔夫人在她的小说《柯丽娜》中所批判过的法兰西文化“自大狂”在20世纪某些人身上的复发，我何必去“前厅恭候接见”呢。

然而，法国外交部文化技术司的接待一开始就甚为热情，他们主动要我提出希望会见的法国文化界人士的名单。既然外交部进行安排，那么，何妨一试？正因为我要在《法

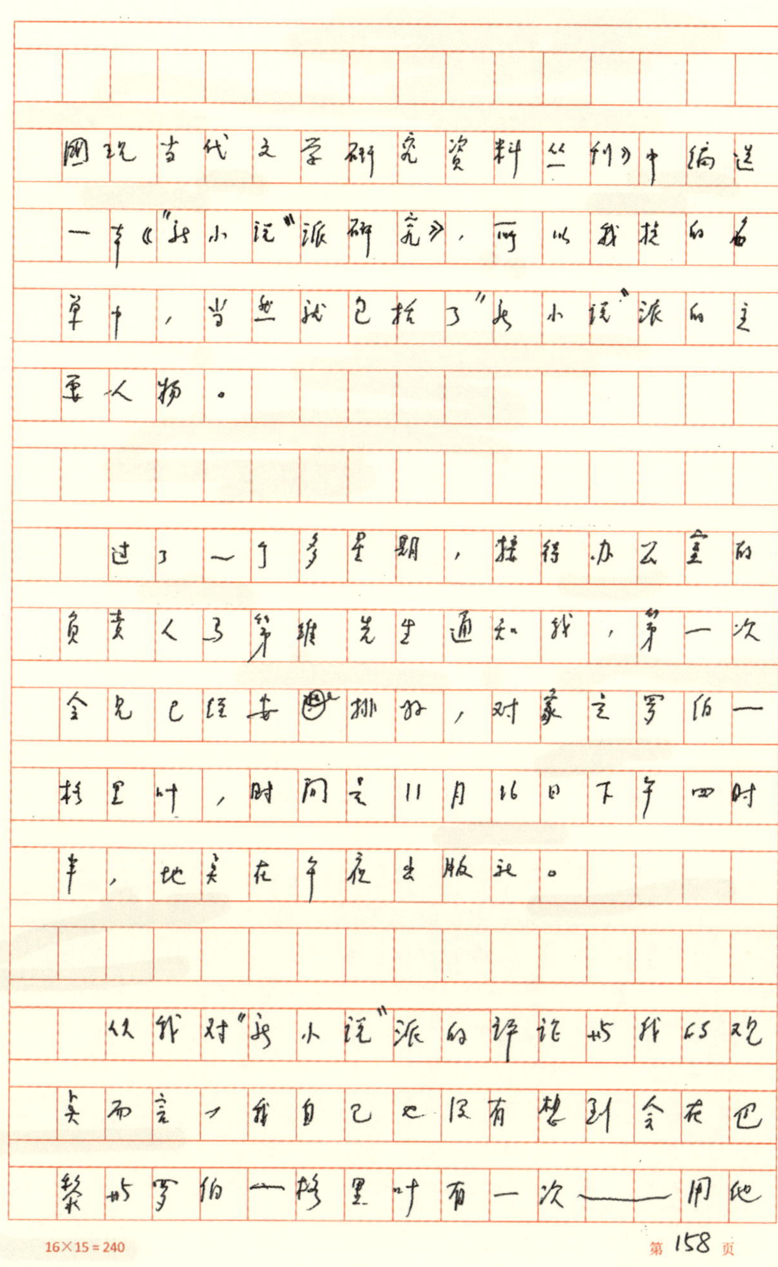
国现当代文学研究资料丛刊》中编选一本《"新小说"派研究》，所以我提的名单中，当然就包括了"新小说"派的主要人物。

过了一个多星期，接待办公室的负责人马第维先生通知我，第一次会见已经安排好，对象是罗伯-格里叶，时间是11月16日下午四时半，地点在午夜出版社。

从我对"新小说"派的评论与我的观点而言，我自己也没有想到会在巴黎与罗伯-格里叶有一次——用他

16×15=240　　第 158 页

国现当代文学研究资料丛刊》中编选一本《“新小说”派研究》，所以我提的名单中，当然就包括了“新小说”派的主要人物。

过了一个多星期，接待办公室的负责人马第维先生通知我，第一次会见已经安排好，对象是罗伯－格里叶，时间是 11 月 16 日下午四时半，地点在午夜出版社。

从我对“新小说”派的评论与我的观点而言，我自己也没有想到会在巴黎与罗伯－格里叶有一次——用他

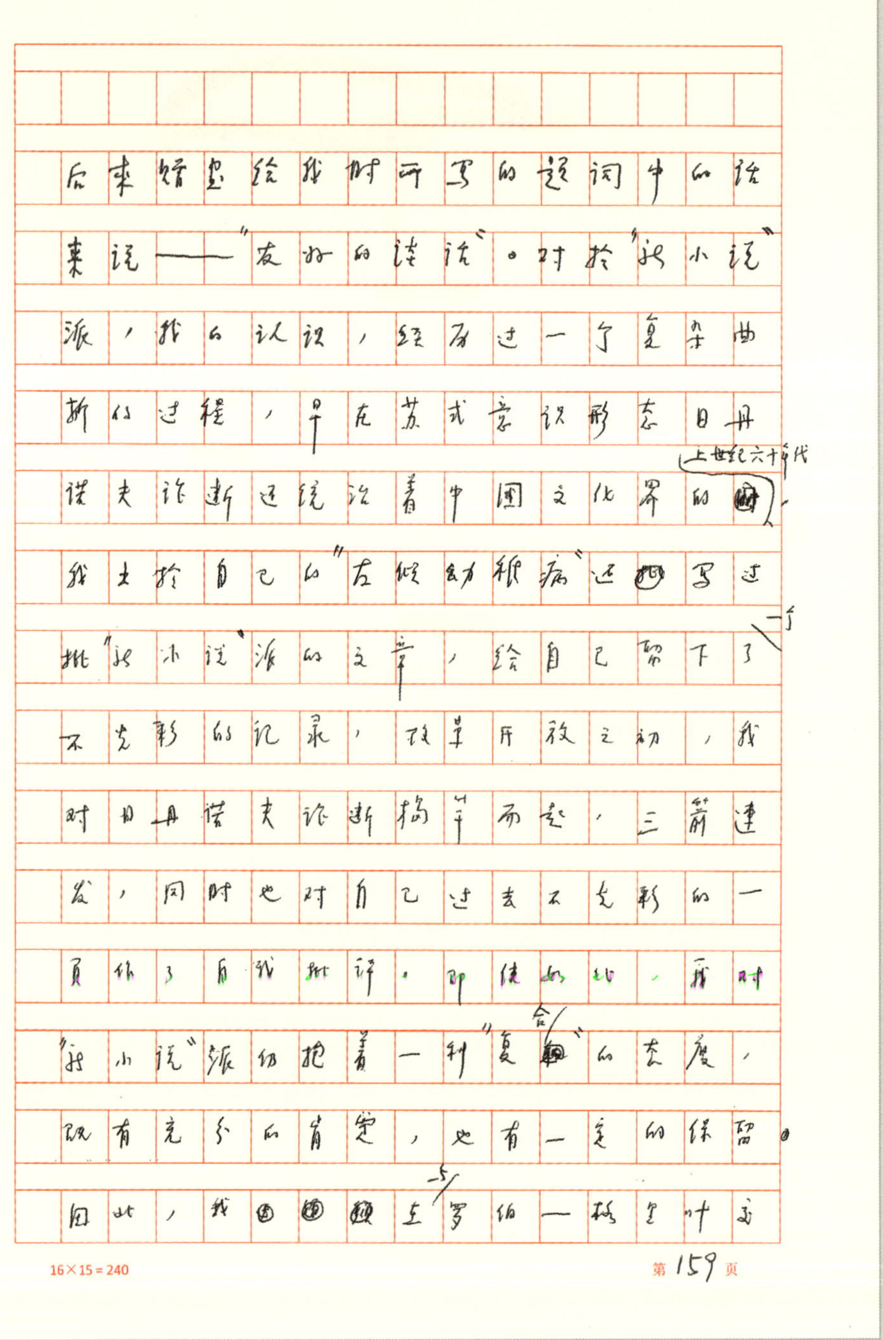
16×15=240　第159页

后来赠书给我时所写的题词中的话来说——“友好的谈话”。对于“新小说”派，我的认识，经历过一个复杂曲折的过程，早在苏式意识形态日丹诺夫论断还统治着中国文化界的上世纪六十年代，我出于自己的“左倾幼稚病”还写过批“新小说”派的文章，给自己留下了一个不光彩的记录，改革开放之初，我对日丹诺夫论断揭竿而起，三箭连发，同时也对自己过去不光彩的一页作了自我批评。即使如此，我对“新小说”派仍抱着一种“复合”的态度，既有充分的肯定，也有一定的保留。因此，我在与罗伯－格利叶交

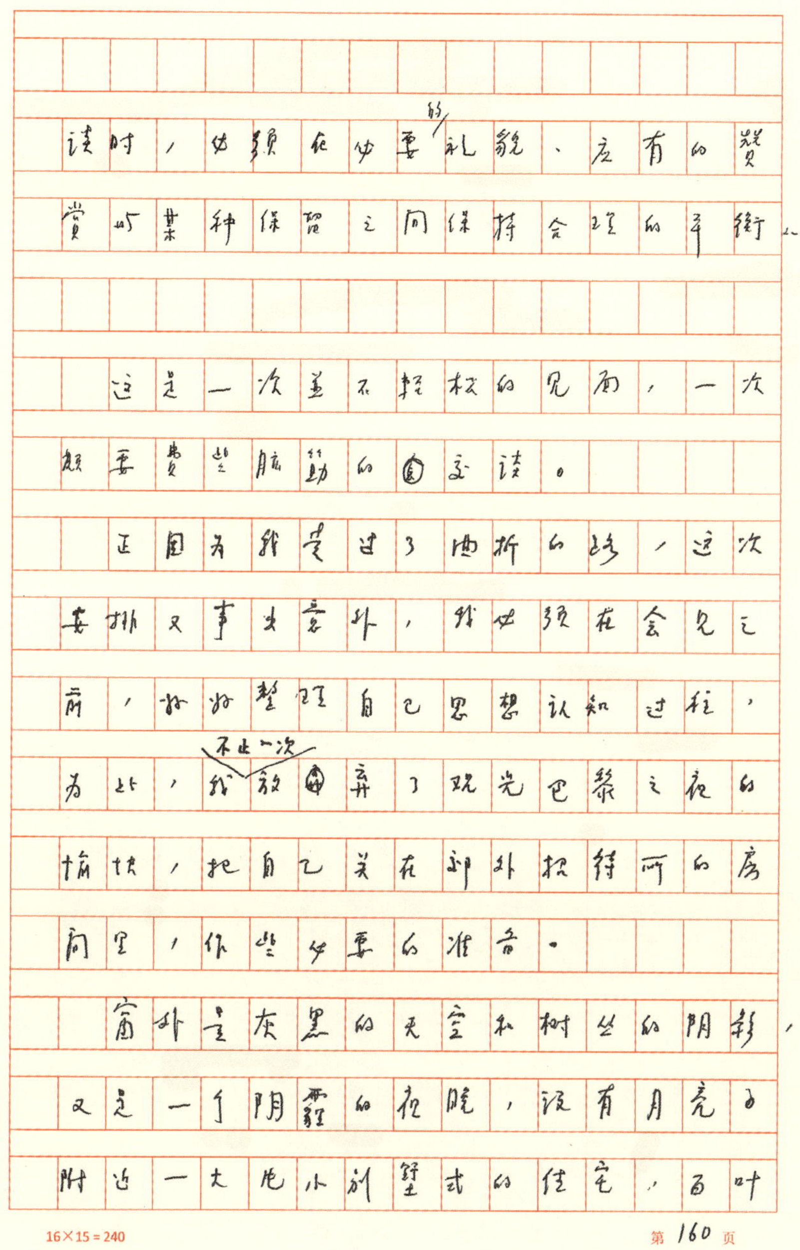

谈时，必须在必要的礼貌、应有的赞赏与某种保留之间保持合理的平衡……

这是一次并不轻松的见面，一次颇要费些脑筋的交谈。

正因为我走过了曲折的路，这次安排又事出意外，我必须在会见之前，好好整理自己思想认知过程，为此，我不止一次放弃了观光巴黎之夜的愉快，把自己关在郊外招待所的房间里，做些必要的准备。

窗外是灰黑的天空和树丛的阴影，又是一个阴霾的夜晚，没有月亮。附近一大片小别墅式的住宅，百叶

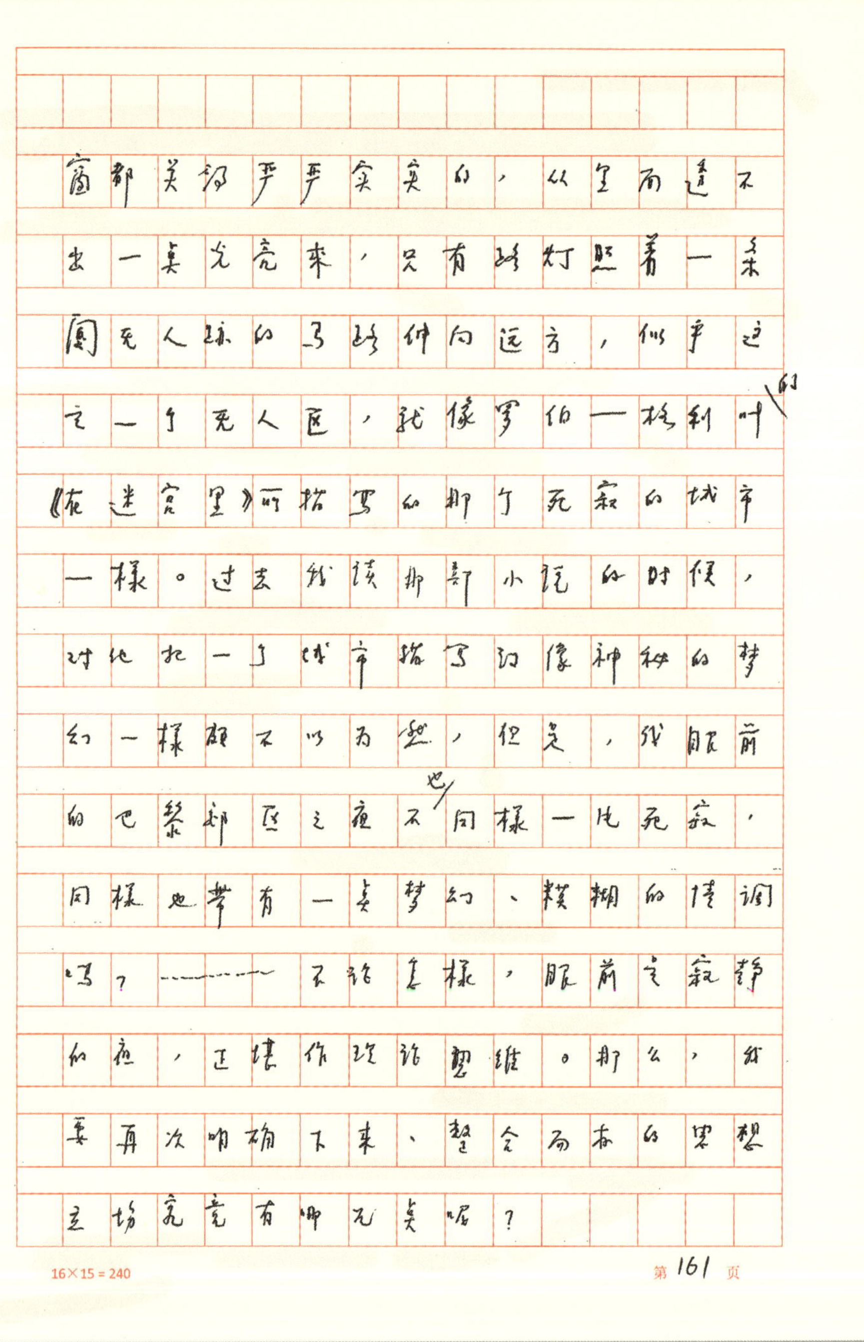
窗都关得严严实实的，从里面透不出一点光亮来，只有路灯照着一条阒无人迹的马路伸向远方，似乎这是一个无人区，就像罗伯—格利叶的《在迷宫里》所描写的那个死寂的城市一样。过去我读那部小说的时候，对他把一个城市描写得像神秘的梦幻一样颇不以为然，但是，我眼前的巴黎郊区之夜不也同样一片死寂，同样也带有一点梦幻、模糊的情调吗？——不论怎样，眼前之寂静的夜，正堪作理论思维。那么，我要再次明确下来、整合而存的思想立场究竟有哪几点呢？

16×15＝240　　第161页

窗都关得严严实实的，从里面透不出一点光亮来，只有路灯照着一条阒无人迹的马路伸向远方，似乎这是一个无人区，就像罗伯－格利叶的《在迷宫里》所描写的那个死寂的城市一样。过去我读那部小说的时候，对他把一个城市描写得像神秘的梦幻一样颇不以为然，但是，我眼前的巴黎郊区之夜不也同样一片死寂，同样也带有一点梦幻、模糊的情调吗？……不论怎样，眼前是寂静的夜，正堪作理论思维。那么，我要再次明确下来、整合而存的思想立场究竟有哪几点呢？

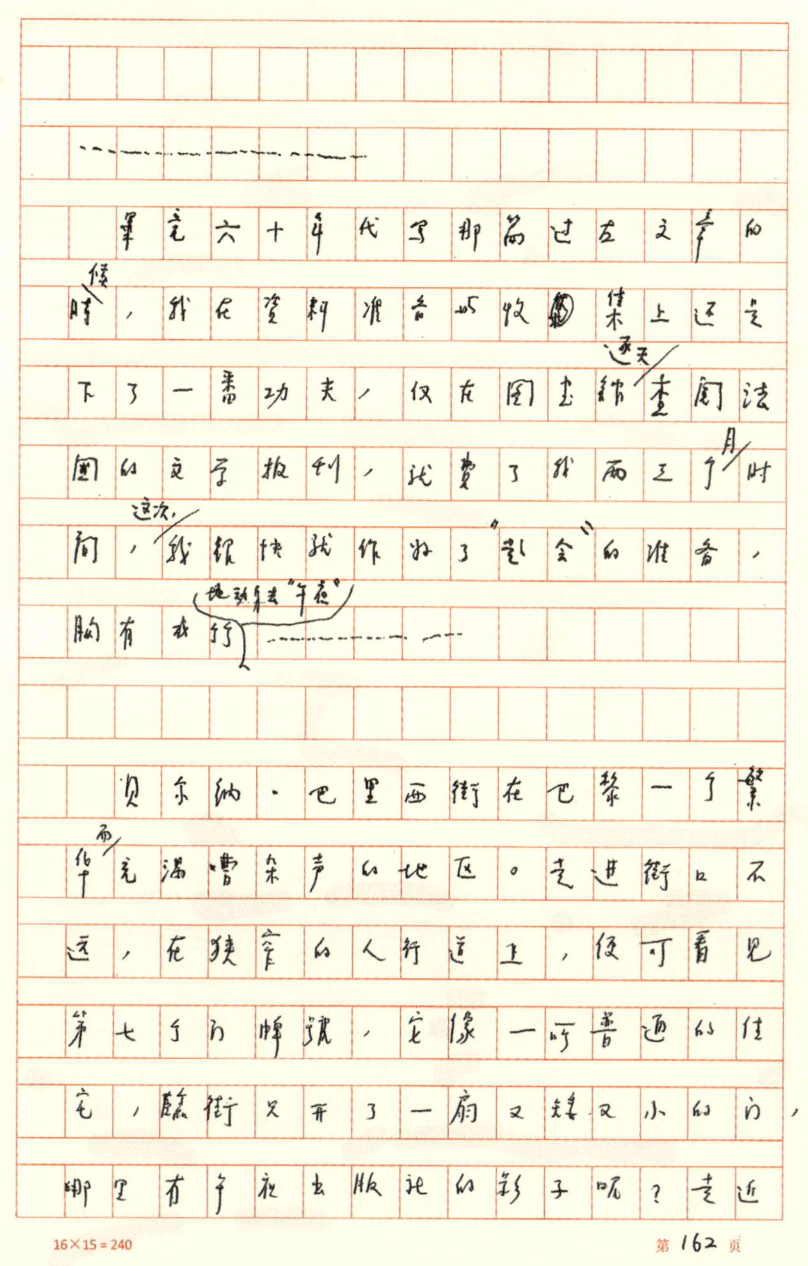
……

毕竟六十年代写那篇过左文章的时候，我在资料准备与收集上还是下了一番功夫，仅在图书馆逐天查阅法国的文学报刊，就费了我两三个月时间，这次，我很快就作好了“赴会”的准备，胸有成竹地动身去“午夜”……

贝尔纳·巴里西街在巴黎一个繁华而充满嘈杂声的地区。走进街口不远，在狭窄的人行道上，便可看见第七个门牌号，它像一所普通的住宅，临街只开了一扇又矮又小的门，哪里有午夜出版社的影子呢？走近

16×15＝240　　第 162 页

……

毕竟六十年代写那篇过左文章的时候，我在资料准备与收集上还是下了一番功夫，仅在图书馆逐天查阅法国的文学报刊，就费了我两三个月时间，这次，我很快就做好了“赴会”的准备，胸有成竹地动身去“午夜”……

贝尔纳·巴里西街在巴黎一个繁华而充满嘈杂声的地区。走进街口不远，在狭窄的人行道上，便可看见第七个门牌号，它像一所普通的住宅，临街只开了一扇又矮又小的门，哪有午夜出版社的影子呢？走近

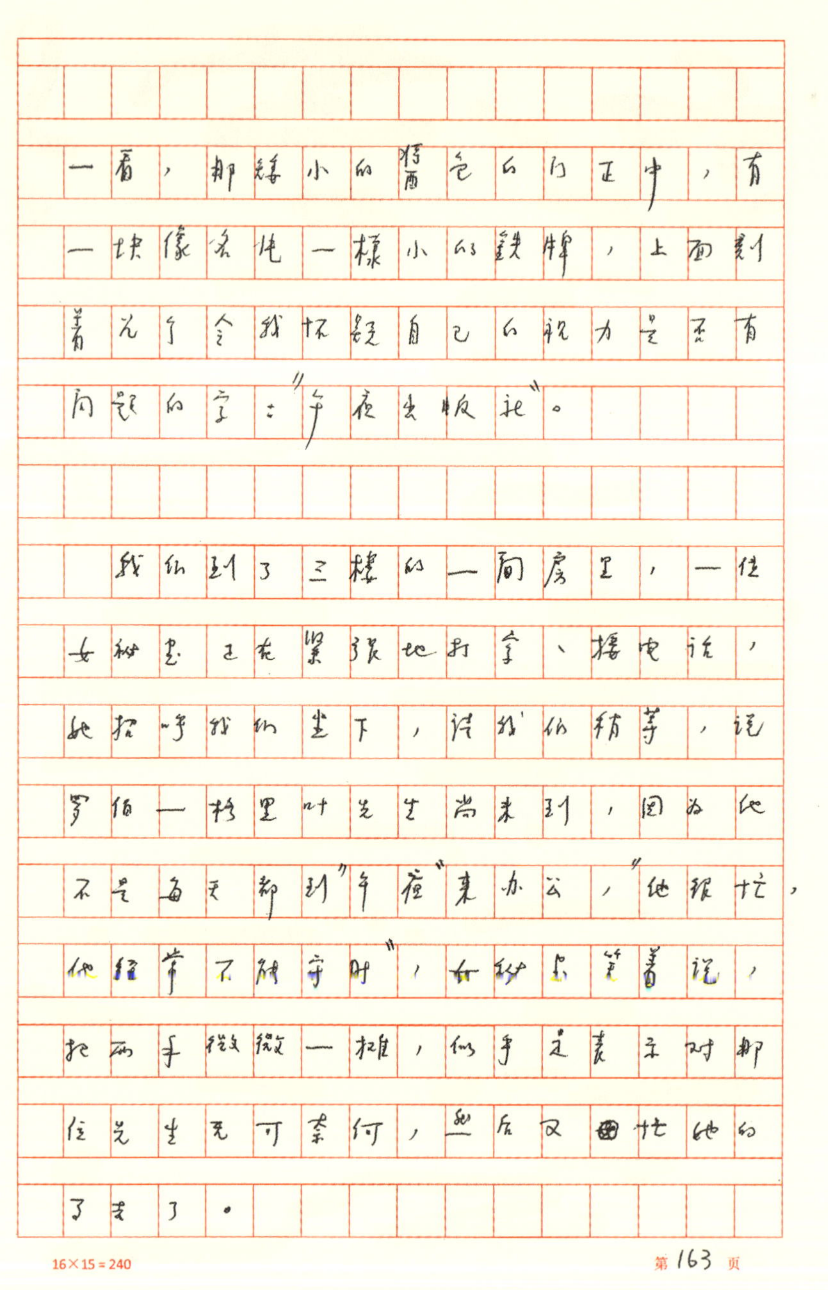

一看，那矮小的酱色的门正中，有一块像名片一样小的铁牌，上面刻着几个令我怀疑自己的视力是否有问题的字：“午夜出版社”。

我们到了三楼的一间房里，一位女秘书正在紧张地打字、接电话，她招呼我们坐下，请我们稍等，说罗伯－格利叶先生尚未到，因为他不是每天都到“午夜”来办公，“他很忙，他经常不能守时”，女秘书笑着说，把两手微微一摊，似乎是表示对那位先生无可奈何，然后又忙她的事去了。

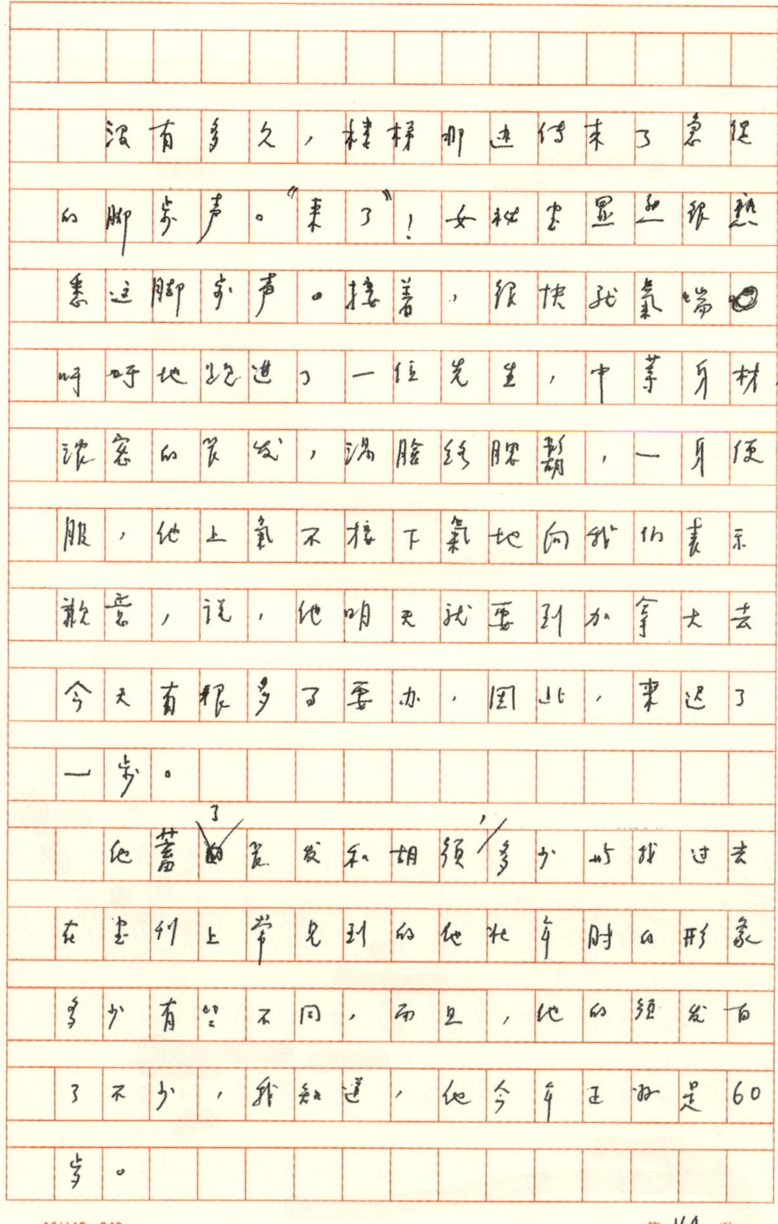
没有多久，楼梯那边传来了急促的脚步声。"来了"！女秘书显然很熟悉这脚步声。接着，很快就氣喘吁吁地跑进了一位先生，中等身材，浓密的长发，满脸络腮胡，一身便服，他上氣不接下氣地向我们表示歉意，说，他明天就要到加拿大去，今天有很多事要办，因此，来迟了一步。

他蓄了长发和胡须，多少与我过去在书刊上常见到的他壮年时的形象多少有些不同，而且，他的须发白了不少，我知道，他今年正好是60岁。

16×15=240　　第 164 页

没有多久，楼梯那边传来了急促的脚步声。“来了！”女秘书显然很熟悉这脚步声。接着，很快就气喘吁吁地跑进了一位先生，中等身材，浓密的长发，满脸络腮胡，一身便服，他上气不接下气地向我们表示歉意，说，他明天就要到加拿大去，今天有很多事要办，因此，来迟了一步。

他蓄了长发和胡须，与我过去在书刊上常见到的他壮年时的形象多少有些不同，而且，他的须发白了不少，我知道，他今年正好是60岁。

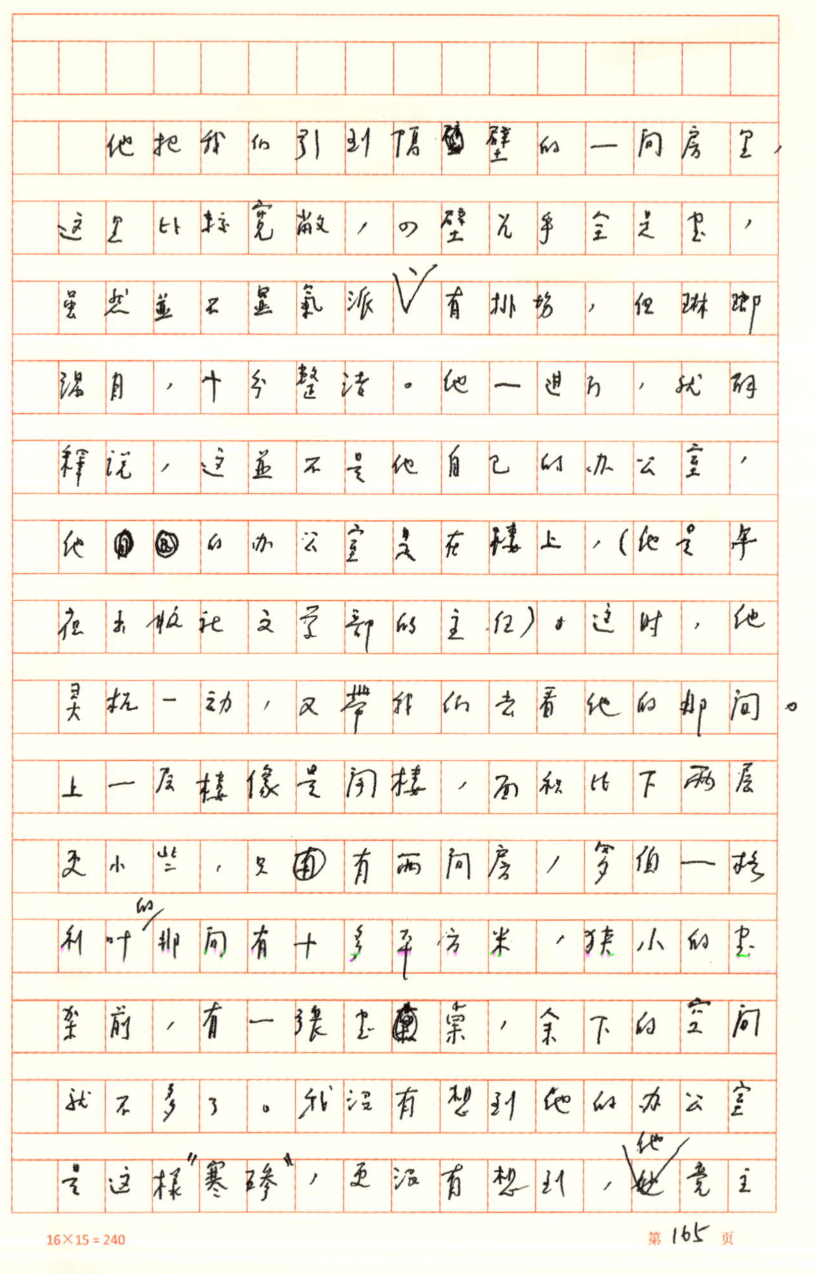
他把我们引到隔壁的一间房里，这里比较宽敞，四壁几乎全是书，虽然并不显气派、有排场，但琳琅满目，十分整洁。他一进门，就解释说，这并不是他自己的办公室，他的办公室是在楼上，（他是午夜出版社文学部的主任）。这时，他灵机一动，又带我们去看他的那间。上一层楼像是阁楼，面积比下两层更小些，只有两间房，罗伯－格利叶的那间有十多平方米，狭小的书架前，有一张书桌，余下的空间就不多了。我没有想到他的办公室是这样"寒碜"，更没有想到，他竟主
16×15＝240　　第165页

他把我们引到隔壁的一间房里，这里比较宽敞，四壁几乎全是书，虽然并不显气派、有排场，但琳琅满目，十分整洁。他一进门，就解释说，这并不是他自己的办公室，他的办公室是在楼上（他是午夜出版社文学部的主任）。这时，他灵机一动，又带我们去看他的那间。上一层楼像是阁楼，面积比下两层更小些，只有两间房，罗伯－格利叶的那间有十多平方米，狭小的书架前，有一张书桌，余下的空间就不多了。我没有想到他的办公室是这样"寒碜"，更没有想到，他竟主

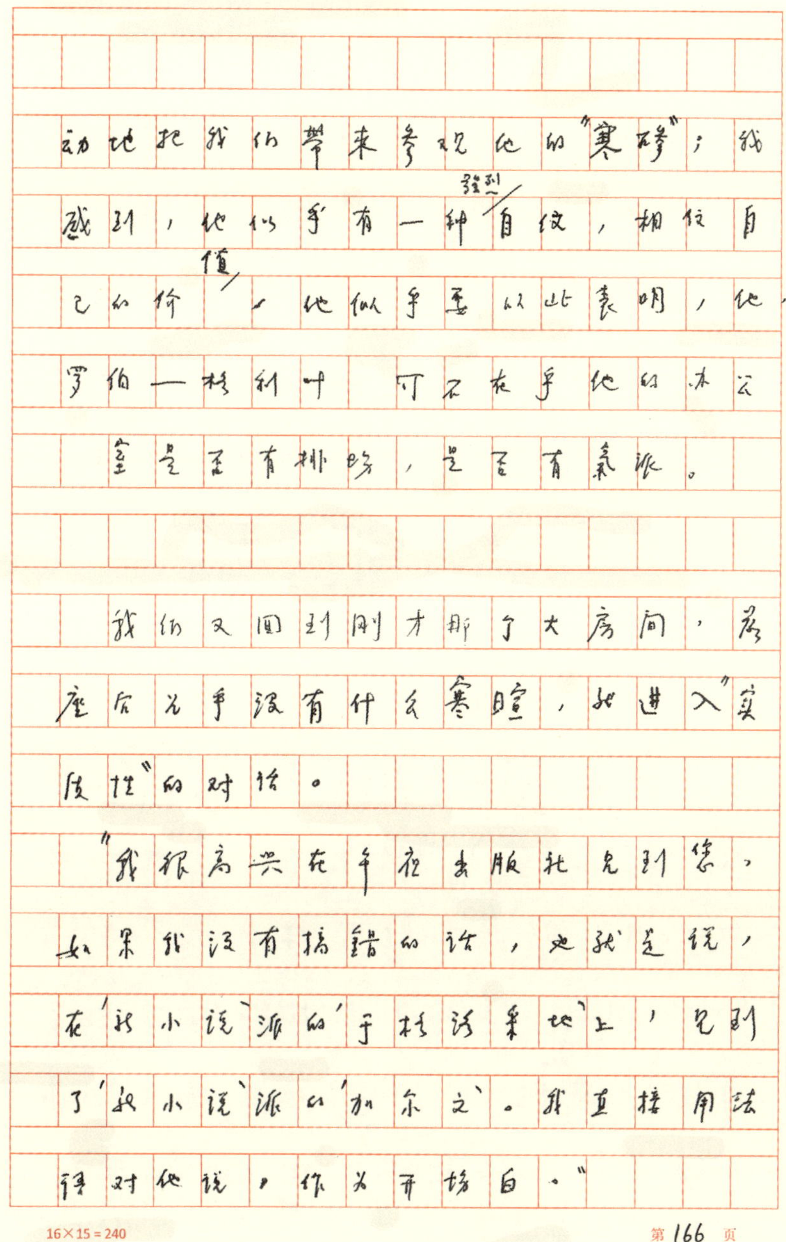
动地把我们带来参观他的"寒碜"；我感到，他似乎有一种强烈自信，相信自己的价值，他似乎要以此表明，他，罗伯—格利叶可不在乎他的办公室是否有排场，是否有气派。

我们又回到刚才那个大房间，落座后几乎没有什么寒暄，就进入"实质性"的对话。

"我很高兴在午夜出版社见到您，如果我没有搞错的话，也就是说，在'新小说'派的'于格洛采地'上，见到了'新小说'派的'加尔文'。我直接用法语对他说，作为开场白。"

16×15＝240　　第 166 页

动地把我们带来参观他的"寒碜"；我感到，他似乎有一种强烈自信，相信自己的价值，他似乎要以此表明，他，罗伯－格利叶可不在乎他的办公室是否有排场，是否有气派。

我们又回到刚才那个大房间，落座后几乎没有什么寒暄，就进入"实质性"的对话。

"我很高兴在午夜出版社见到您，如果我没有搞错的话，也就是说，在'新小说'派的'于格洛采地'上，见到了'新小说'派的'加尔文'。我直接用法语对他说，作为开场白。"

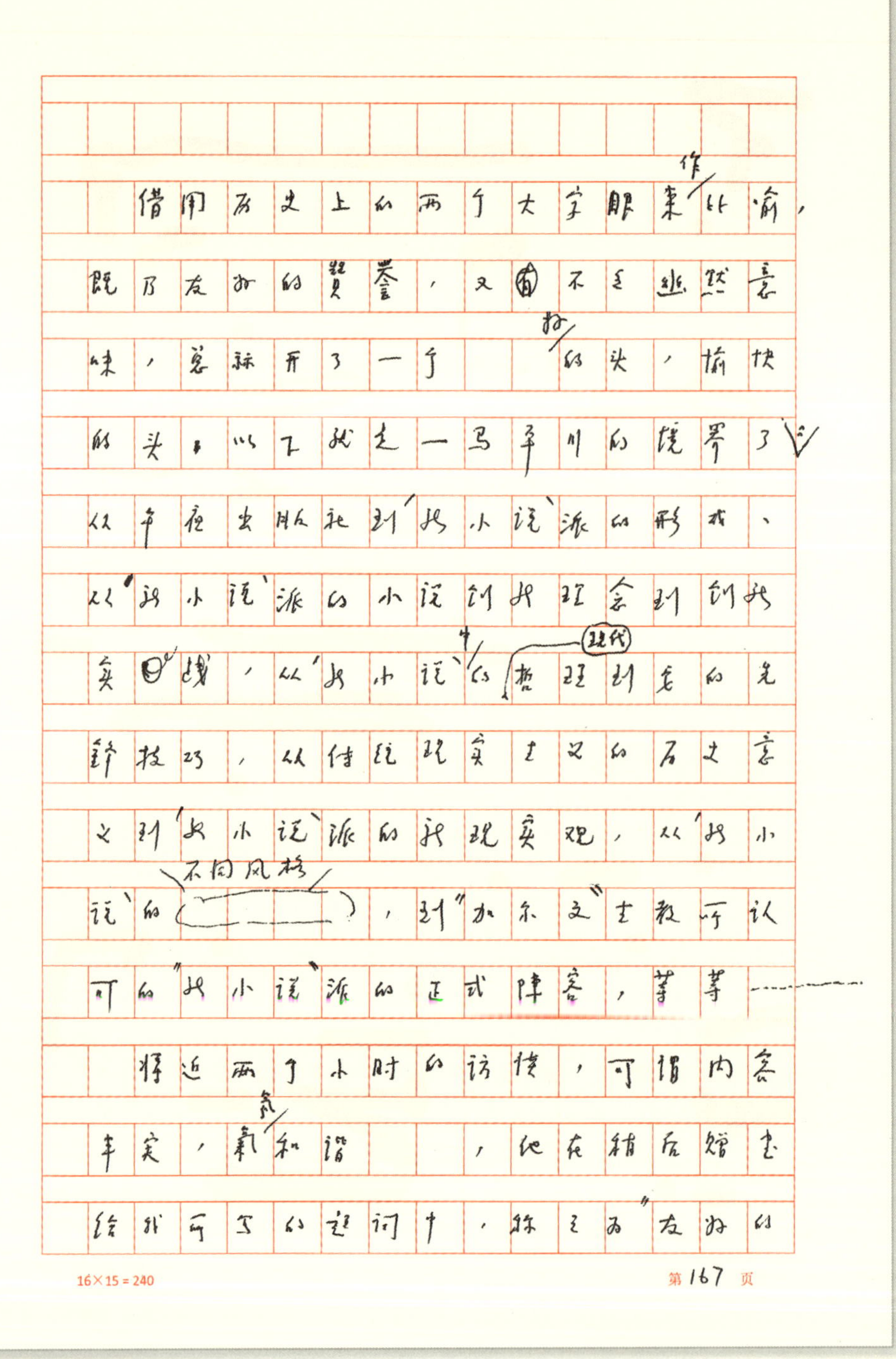

16×15 = 240　　第 167 页

借用历史上的两个大字眼来作比喻，既乃友好的赞誉，又不乏幽默意味，总算开了一个好的头，愉快的头。以下就是一马平川的境界了：从午夜出版社到“新小说”派的形式，从“新小说”派的小说创作理念到创新实践，从“新小说”中的现代哲理到它的先锋技巧，从传统现实主义的历史意义到“新小说”派的新现实观，从“新小说”的不同风格到“加尔文”主教所认可的“新小说”派的正式阵容，等等。

将近两个小时的访谈，可谓内容丰富，气氛和谐，他在稍后赠书给我所写的题词中，称之为“友好的

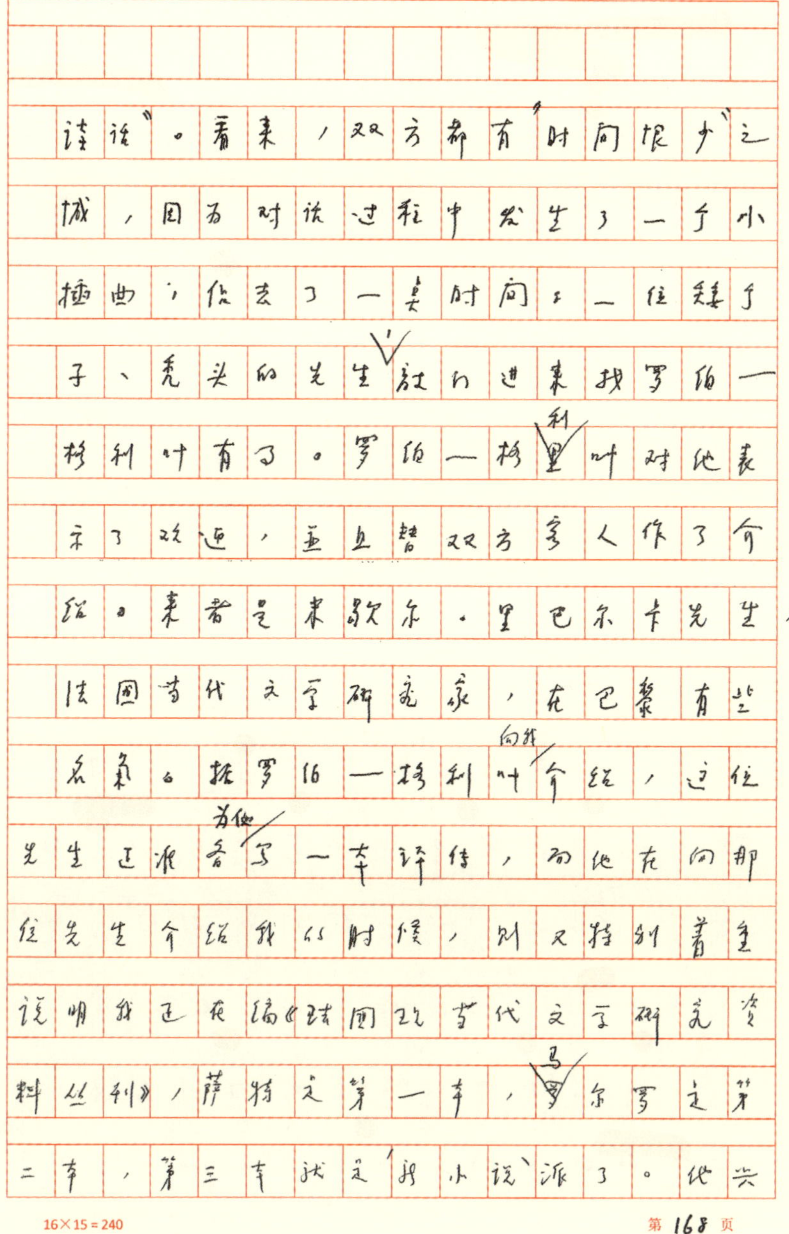

谈话”。看来，双方都有“时间恨少”之憾，因为对话过程中发生了一个小插曲，占去了一点时间：一位矮个子、秃头的先生，敲门进来找罗伯－格利叶有事。罗伯－格利叶对他表示了欢迎，并且替双方客人作了介绍。来者是米歇尔·里巴尔卡先生，法国当代文学研究家，在巴黎有些名气。据罗伯－格利叶向我介绍，这位先生正准备为他写一本评传，而他在向那位先生介绍我的时候，则又特别着重说明我正在编《法国现当代文学研究资料丛刊》，萨特是第一本，马尔罗是第二本，第三本就是“新小说”派了。他兴

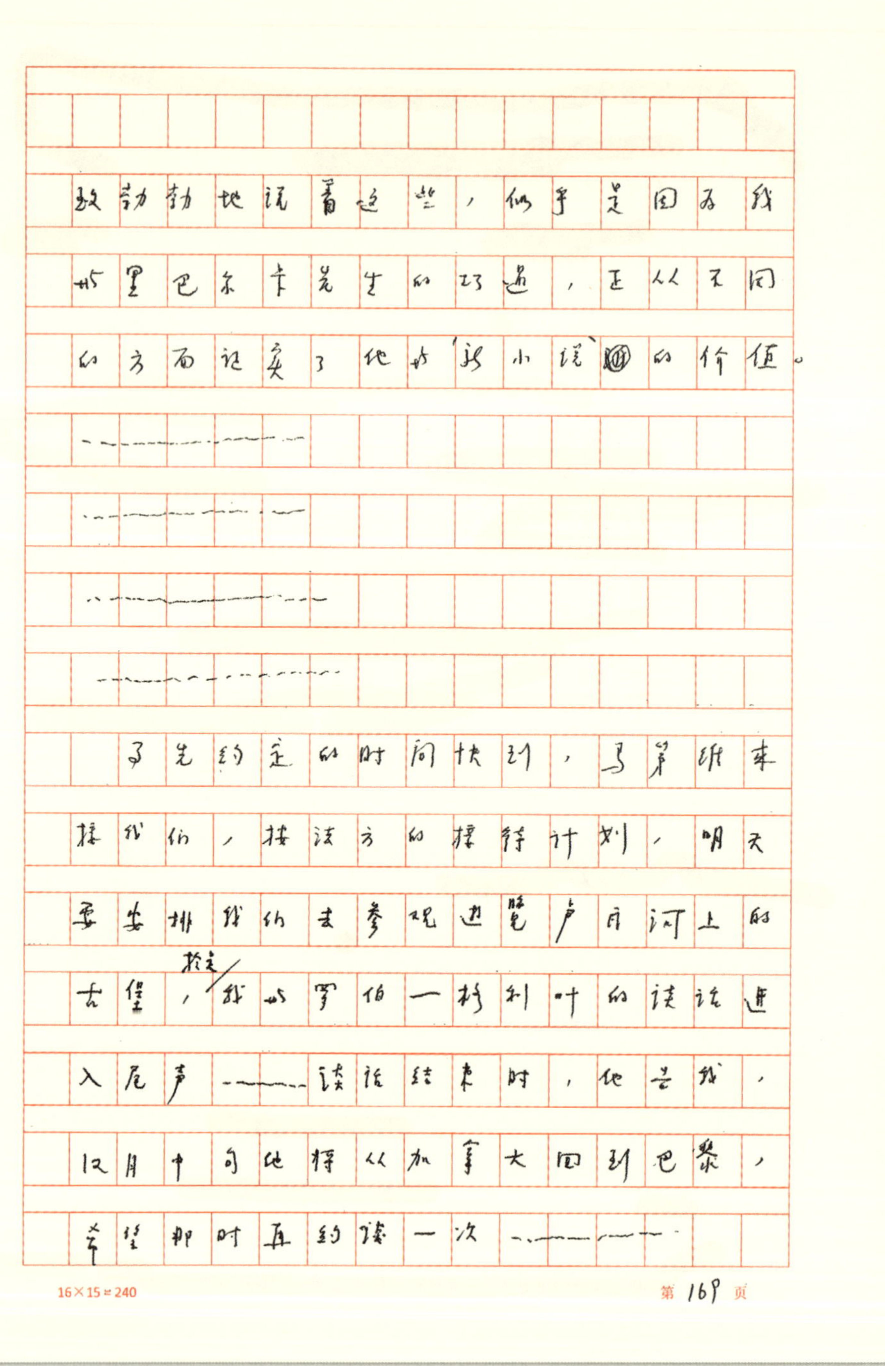

致勃勃地说着这些，似乎是因为我与里巴尔卡先生的巧遇，正从不同的方面证实了他与"新小说"的价值。

——————

——————

——————

——————

事先约定的时间快到，马第维来接我们，按法方的接待计划，明天要安排我们去参观游览卢瓦河上的古堡，于是我与罗伯-格利叶的谈话进入尾声——谈话结束时，他告诉我，12月中旬他将从加拿大回到巴黎，希望那时再约谈一次——

16×15=240　　第 169 页

致勃勃地说着这些，似乎是因为我与里巴尔卡先生的巧遇，正从不同的方面证实了他与“新小说”的价值。

…………

…………

…………

…………

事先约定的时间快到，马第维来接我们，按法方的接待计划，明天要安排我们去参观游览卢瓦河上的古堡，于是我与罗伯－格利叶的谈话进入尾声……谈话结束时，他告诉我，12 月中旬他将从加拿大回到巴黎，希望那时再约谈一次……

最后，就是摄影留念了。他准备就在这个宽敞整洁的房间里进行，我却要求到他自己那又小又挤的办公室去，我开玩笑说："为了您确定而非浮动的真实"。"浮动的真实"是他在对话中用过的一个词语。他欣然同意了。

进到那间小办公室，他立即把窗帘拉上，因为窗外巴黎的屋顶并不美观，他又把凌乱的桌椅顺手整理了一下，其实，他做这些都没有必要，持相机的金志平同志把所有这

16×15＝240　　第 170 页

最后，就是摄影留念了。他准备就在这个宽敞整洁的房间里进行，我却要求到他自己那又小又挤的办公室去，我开玩笑说："为了您确定而非浮动的真实。""浮动的真实"是他在对话中用过的一词语。他欣然同意了。

进到那间小办公室，他立即把窗帘拉上，因为窗外巴黎的屋顶并不美观，他又把凌乱的桌椅顺手整理了一下，其实，他做这些都没有必要，持相机的金志平同志把所有这

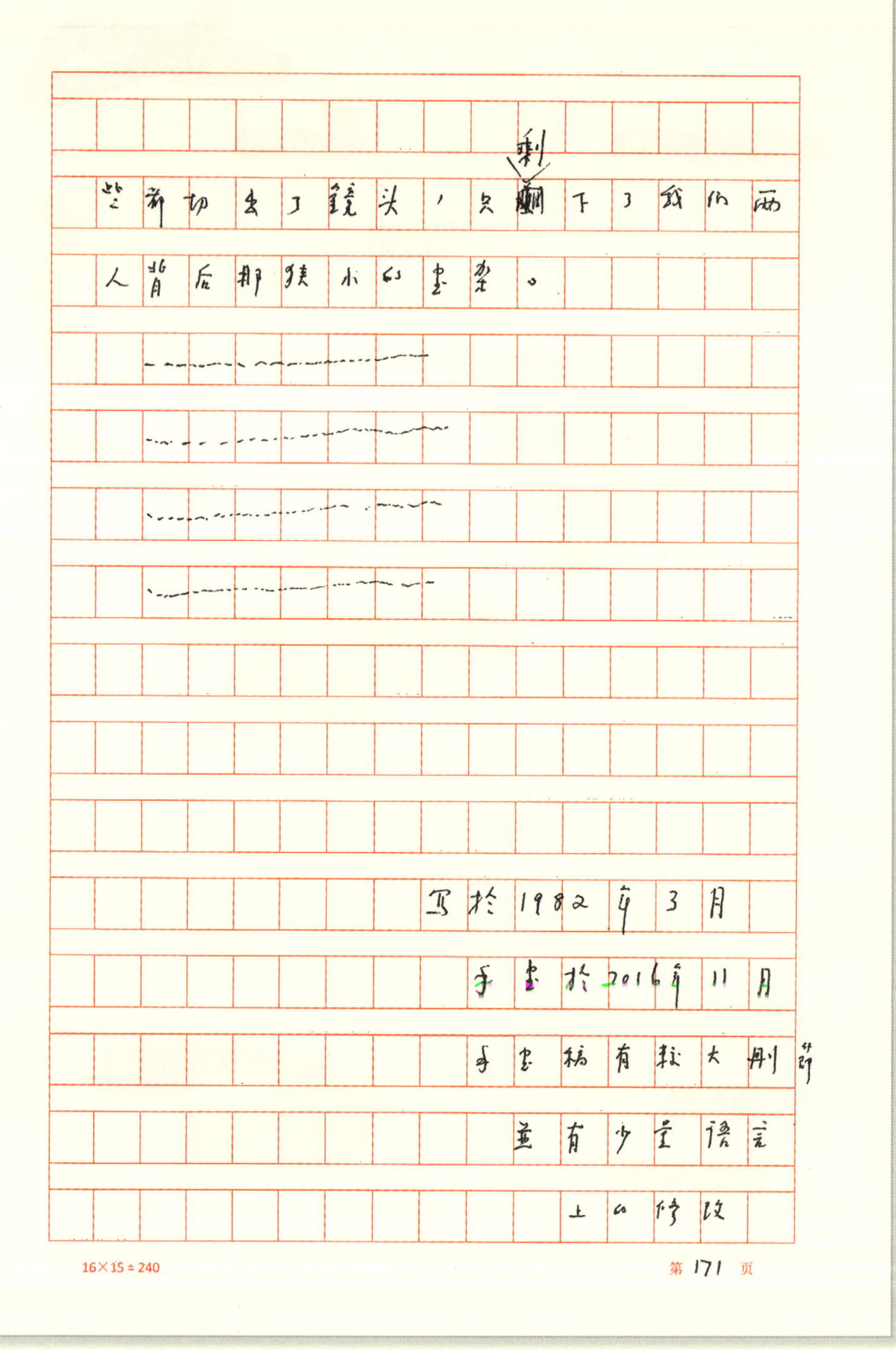

些都切出了镜头，只剩下我们两人背后那狭小的书架。

…………

…………

…………

…………

写于1982年3月

手书于2016年11月

手书稿有较大删节

并有少量语言上的修改

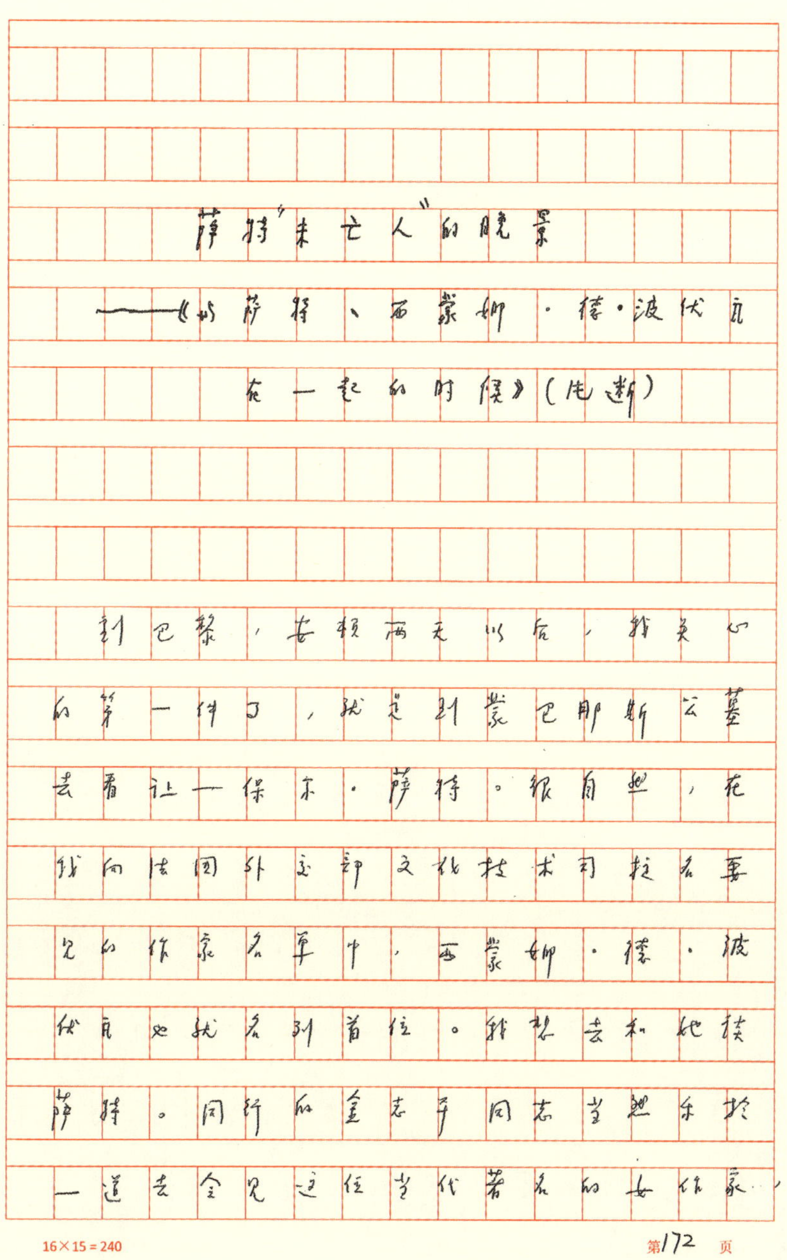
萨特"未亡人"的晚景

——《与萨特、西蒙娜·德·波伏瓦在一起的时候》(片断)

到巴黎，安顿两天以后，我关心的第一件事，就是到蒙巴那斯公墓去看让—保尔·萨特。很自然，在我向法国外交部文化技术司提名要见的作家名单中，西蒙娜·德·波伏瓦也就名列首位。我想去和她谈谈萨特。同行的金志平同志当然乐于一道去会见这位当代著名的女作家，

16×15=240　　第172页

萨特“未亡人”的晚景

——《与萨特、西蒙娜·德·波伏瓦在一起的时候》（片断）

到巴黎，安顿两天以后，我关心的第一件事，就是到蒙巴那斯公墓去看让－保尔·萨特。很自然，在我向法国外交部文化技术司提名要见的作家名单中，西蒙娜·德·波伏瓦也就名列首位。我想去和她谈谈萨特。同行的金志平同志当然乐于一道去会见这位当代著名的女作家，

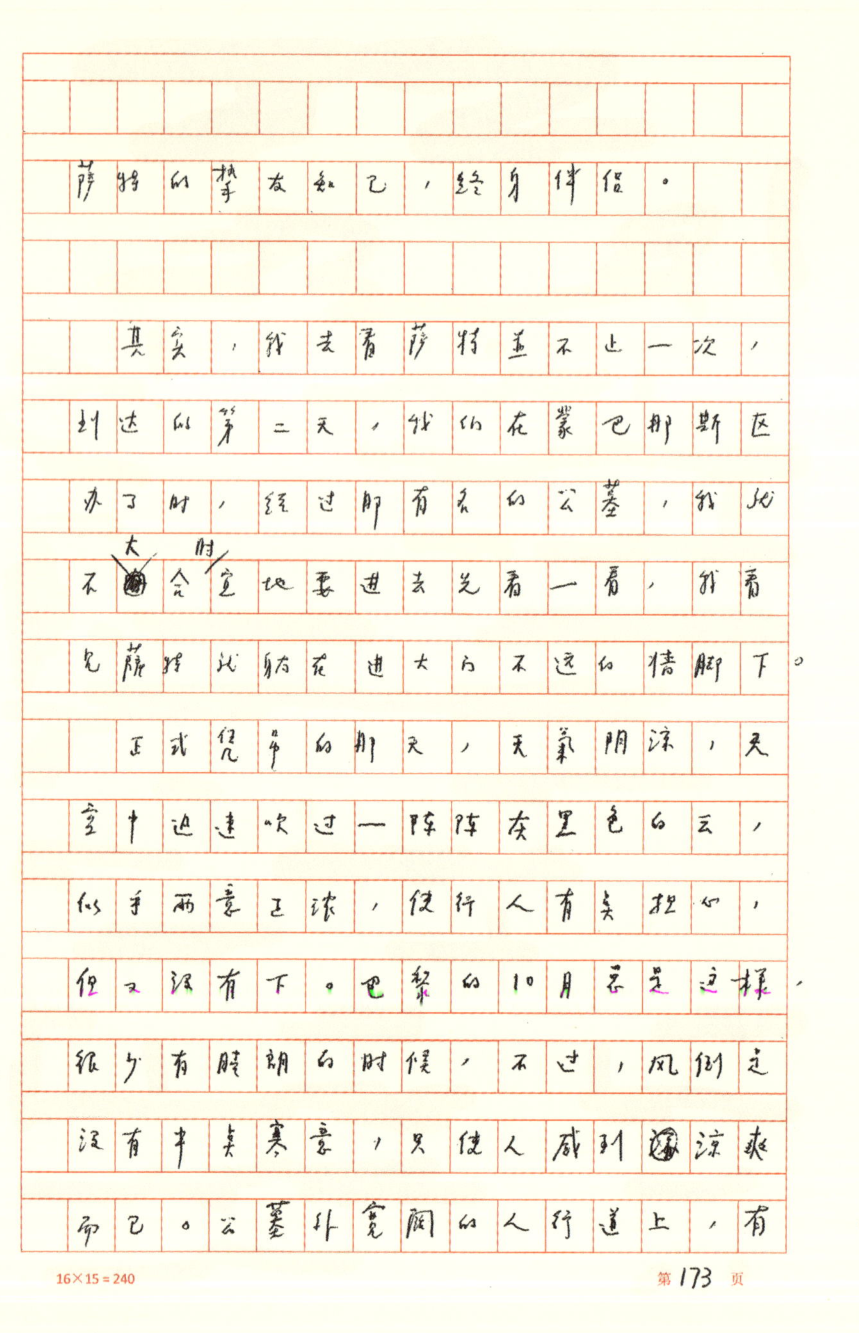
萨特的挚友知己，终身伴侣。

其实，我去看萨特并不止一次，到达的第二天，我们在蒙巴那斯区办事时，经过那有名的公墓，我就不大合时宜地要进去先看一看，我看见萨特就躺在进大门不远的墙角下。

正式凭吊的那天，天气阴凉，天空中迅速吹过一阵阵灰黑色的云，似乎雨意正浓，使行人有点担心，但又没有下。巴黎的10月总是这样，很少有晴朗的时候，不过，风倒是没有半点寒意，只使人感到凉爽而已。公墓外宽阔的人行道上，有

16×15=240　　第173页

萨特的挚友知己，终身伴侣。

其实，我去看萨特并不止一次，到达的第二天，我们在蒙巴那斯区办事时，经过那有名的公墓，我就不大合时宜地要进去先看一看，我看见萨特就躺在进大门不远的墙角下。

正式凭吊的那天，天气阴凉，天空中迅速吹过一阵阵灰黑色的云，似乎雨意正浓，使行人有点担心，但又没有下。巴黎的10月总是这样，很少有晴朗的时候，不过，风倒是没有半点寒意，只使人感到凉爽而已。公墓外宽阔的人行道上，有

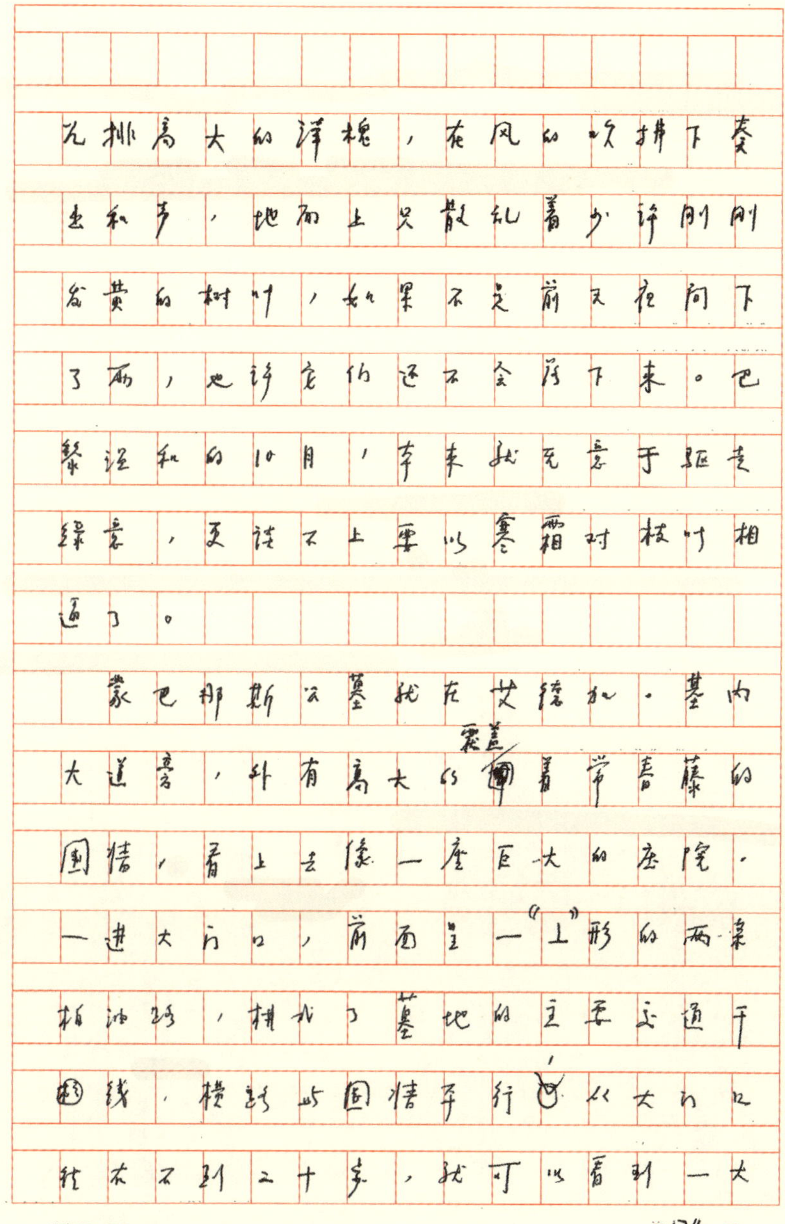
几排高大的洋槐，在风的吹拂下奏出和声，地面上只散乱着少许刚刚发黄的树叶，如果不是前天夜间下了雨，也许它们还不会落下来。巴黎温和的10月，本来就无意于驱走绿意，更谈不上要以寒霜对枝叶相逼了。

蒙巴那斯公墓就在艾德加·基内大道旁，外有高大的覆盖着常春藤的围墙，看上去像一座巨大的庄院。一进大门口，前面呈一"上"形的两条柏油路，构成了墓地的主要交通干线，横路与围墙平行，从大门口往右不到二十步，就可以看到一大

16×15=240　　第174页

几排高大的洋槐，在风的吹拂下奏出和声，地面上只散乱着少许刚刚发黄的树叶，如果不是前天夜间下了雨，也许它们还不会落下来。巴黎温和的10月，本来就无意于驱走绿意，更谈不上要以寒霜对枝叶相逼了。

蒙巴那斯公墓就在艾德加·基内大道旁，外有高大的覆盖着常春藤的围墙，看上去像一座巨大的庄院，一进大门口，前面呈一“上”形的两条柏油路，构成了墓地的主要交通干线，横路与围墙平行，从大门口往右不到二十步，就可以看到一大

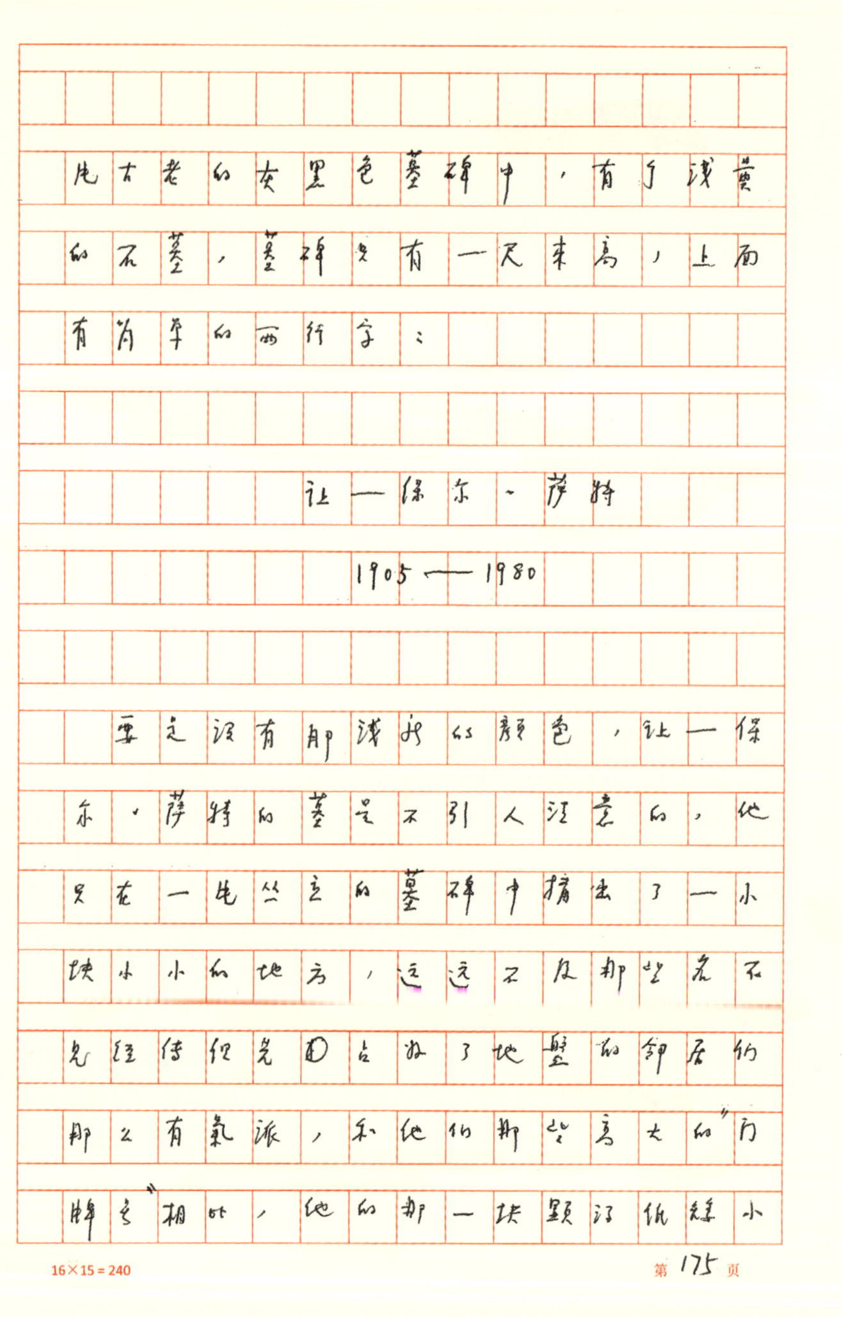

片古老的灰黑色墓碑中，有个浅黄的石墓，墓碑只有一尺来高，上面有简单的两行字：

让—保尔·萨特

1905——1980

要是没有那浅新的颜色，让—保尔·萨特的墓是不引人注意的，他只在一片丛立的墓碑中挤出了一小块小小的地方，远远不及那些名不见经传但先占好了地盘的邻居们那么有气派，和他们那些高大的"门牌号"相比，他的那一块显得低矮小

16×15＝240　　第175页

片古老的灰黑色墓碑中，有个浅黄的石墓，墓碑只有一尺来高，上面有简单的两行字：

让–保尔·萨特

1905—1980

要是没有那浅新的颜色，让—保尔·萨特的墓是不引人注意的，他只在一片丛立的墓碑中挤出了一小块小小的地方，远远不及那些名不见经传但先占好了地盘的邻居们那么有气派，和他们那些高大的"门牌号"相比，他的那一块显得低矮小

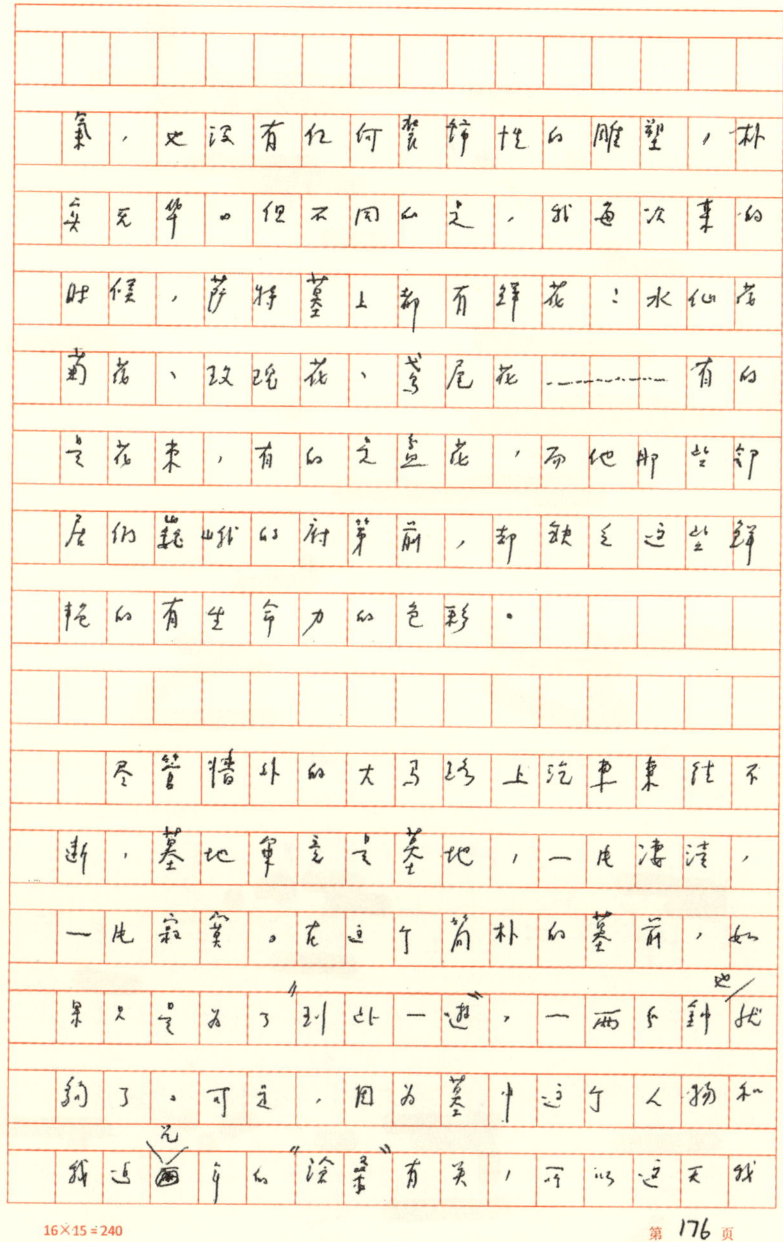
气，也没有任何装饰性的雕塑，朴实无华。但不同的是，我每次来的时候，萨特墓上都有鲜花：水仙花、菊花、玫瑰花、鸢尾花……有的是花束，有的是盆花，而他那些邻居们巍峨的府第前，却缺乏这些鲜艳的有生命力的色彩。

尽管墙外的大马路上汽车来往不断，墓地毕竟是墓地，一片凄清，一片寂寞。在这个简朴的墓前，如果只是为了到此一游，一两分钟也就够了。可是，因为墓中这个人物和我近几年的“沧桑”有关，所以这天我

16×15＝240　　第 176 页

气，也没有任何装饰性的雕塑，朴实无华。但不同的是，我每次来的时候，萨特墓上都有鲜花：水仙花、菊花、玫瑰花、鸢尾花……有的是花束，有的是盆花，而他那些邻居们巍峨的府第前，却缺乏这些鲜艳的有生命力的色彩。

尽管墙外的大马路上汽车来往不断，墓地毕竟是墓地，一片凄清，一片寂寞。在这个简朴的墓前，如果只是为了“到此一游”，一两分钟也就够了。可是，因为墓中这个人物和我近几年的“沧桑”有关，所以这天我

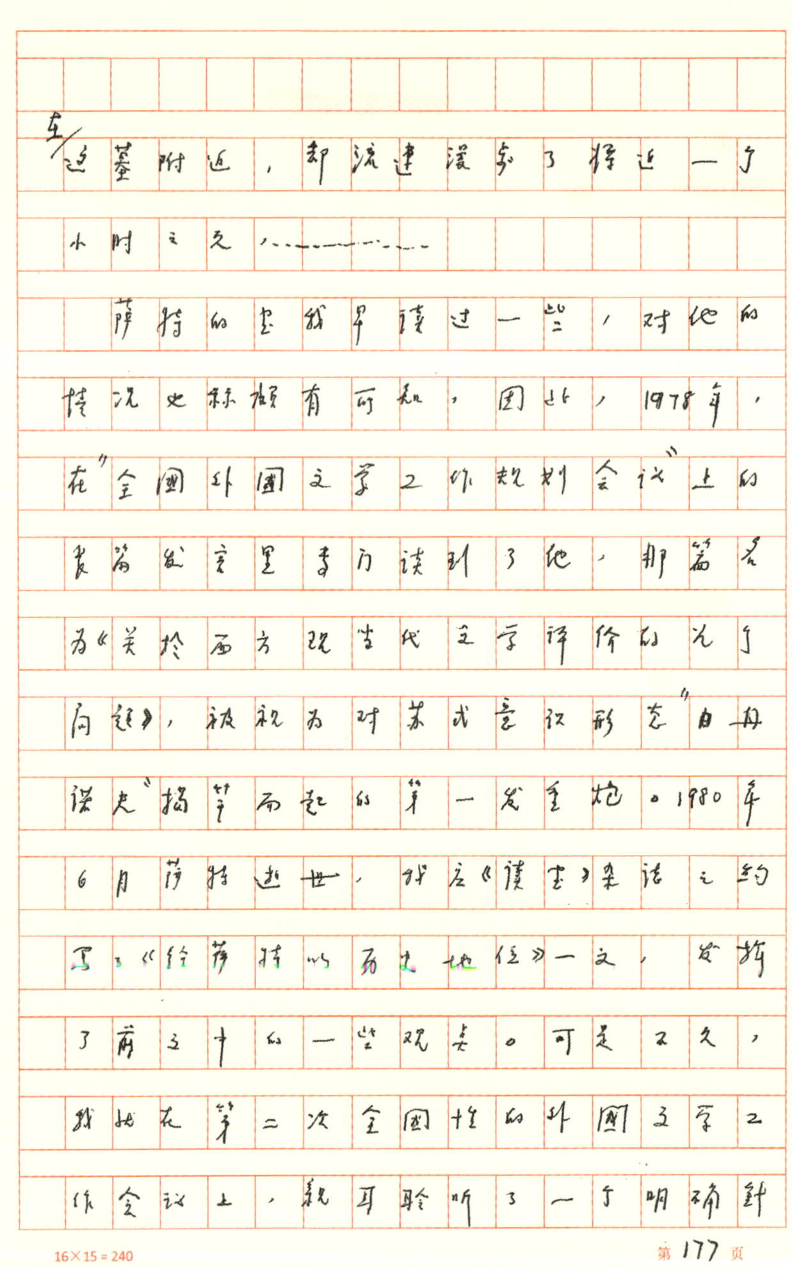

在这墓附近，却流连漫步了将近一个小时之久……

萨特的书我早读过一些，我对他的情况也算颇有所知，因此，1978 年，在“全国外国文学工作规划会议”上的长篇发言里专门谈到了他，那篇名为《关于西方现当代文学评价的几个问题》，被视为对苏式意识形态“日丹诺夫”揭竿而起的第一发重炮。1980 年 6 月萨特逝世，我应《读书》杂志之约写了《给萨特以历史地位》一文，发挥了前文中的一些观点。可是不久，我就在第二次全国性的外国文学工作会议上，亲耳聆听了一个明确针

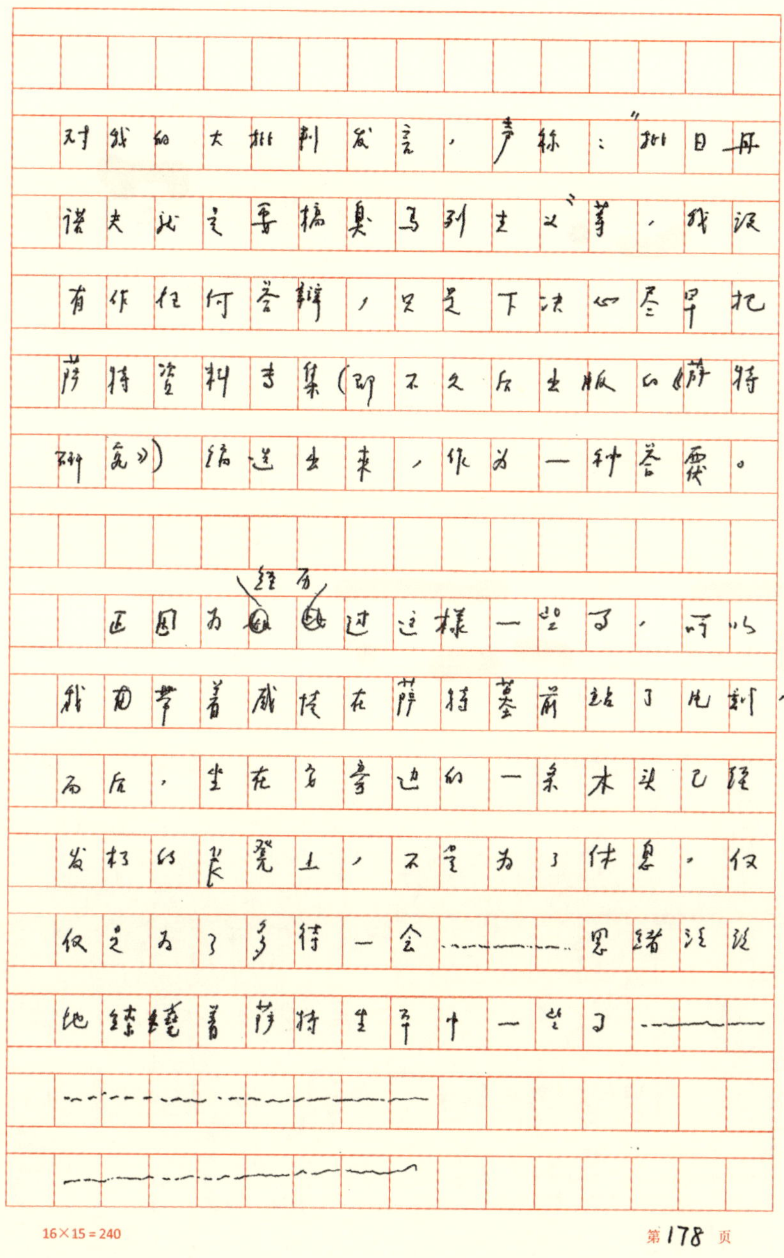
对我的大批判发言，声称："批日丹诺夫就是要搞臭马列主义"等，我没有作任何答辩，只是下决心尽早把萨特资料专集（即不久后出版的《萨特研究》）编选出来，作为一种答复。

正因为经历过这样一些事，所以我带着感情在萨特墓前站了几刻，而后，坐在它旁边的一条木头已经发朽的长凳上，不是为了休息，仅仅是为了多待一会……思绪泛泛地缭绕着萨特生平中一些事……

……

……

16×15＝240　　第178页

对我的大批判发言，声称："批日丹诺夫就是要搞臭马列主义"等，我没有做任何答辩，只是下决心尽早把萨特资料专辑（即不久后出版的《萨特研究》）编选出来，作为一种答复。

正因为经历过这样一些事，所以我带着感情在萨特墓前站了片刻，而后，坐在它旁边的一条木头已经发朽的长凳上，不是为了休息，仅仅是为了多待一会儿……思绪泛泛地缭绕着萨特生平中一些事……

…………

…………

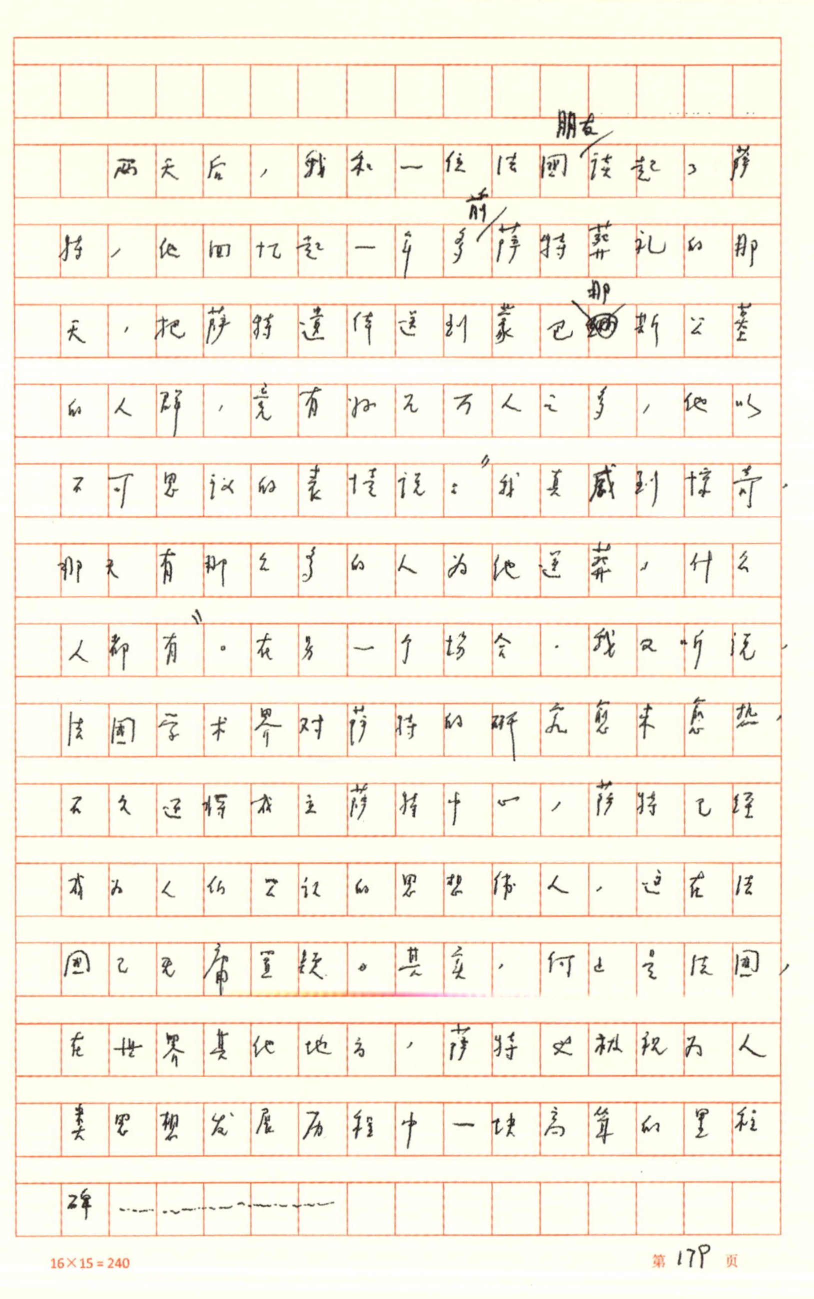
两天后，我和一位法国朋友谈起了萨特，他回忆起一年多前萨特葬礼的那天，把萨特遗体送到蒙巴那斯公墓的人群，竟有好几万人之多，他以不可思议的表情说："我真感到惊奇，那天有那么多的人为他送葬，什么人都有。"在另一个场合，我又听说，法国学术界对萨特的研究越来越热，不久还将成立萨特中心，萨特已经成为人们公认的思想伟人，这在法国已毋庸置疑。其实，何止是法国，在世界其他地方，萨特也被视为人类思想发展历程中一块高耸的里程碑……

16×15＝240　第179页

两天后，我和一位法国朋友谈起了萨特，他回忆起一年多前萨特葬礼的那天，把萨特遗体送到蒙巴那斯公墓的人群，竟有好几万人之多，他以不可思议的表情说："我真感到惊奇，那天有那么多的人为他送葬，什么人都有。"在另一个场合，我又听说，法国学术界对萨特的研究越来越热，不久还将成立萨特中心，萨特已经成为人们公认的思想伟人，这在法国已毋庸置疑。其实，何止是法国，在世界其他地方，萨特也被视为人类思想发展历程中一块高耸的里程碑……

可惜萨特已经去世，我来巴黎太迟了。不过，西蒙娜·德·波伏瓦还在，在我的心目中，她与萨特就是不可分割的一体。他们在求学时期就相识结为伴侣；她见证了萨特建立了人类思想历程中存在主义这一独特的路标；她以与萨特思想倾向相契合的作品，而在当代法国文学史上玉成了影响深远的存在主义文学；她在政治上始终是萨特的同志和战友，从支助反法西斯斗争直到参加战后与社会主义阵营同路而行的种种进步活动……在生活上，他们是没有婚约的“夫妇”，萨特一生得力于她实在不少，20世

16×15=240　　第 180 页

可惜萨特已经去世，我来巴黎太迟了。不过，西蒙娜·德·波伏瓦还在，在我的心目中，她与萨特就是不可分割的一体。他们在求学时期就相识结为伴侣；她见证了萨特建立了人类思想历程中存在主义这一独特的路标；她以与萨特思想倾向相契合的作品，而在当代法国文学史上玉成了影响深远的存在主义文学；她在政治上始终是萨特的同志和战友，从支助反法西斯斗争直到参加战后与社会主义阵营同路而行的种种进步活动……在生活上，他们是没有婚约的“夫妇”，萨特一生得力于她实在不少，20 世

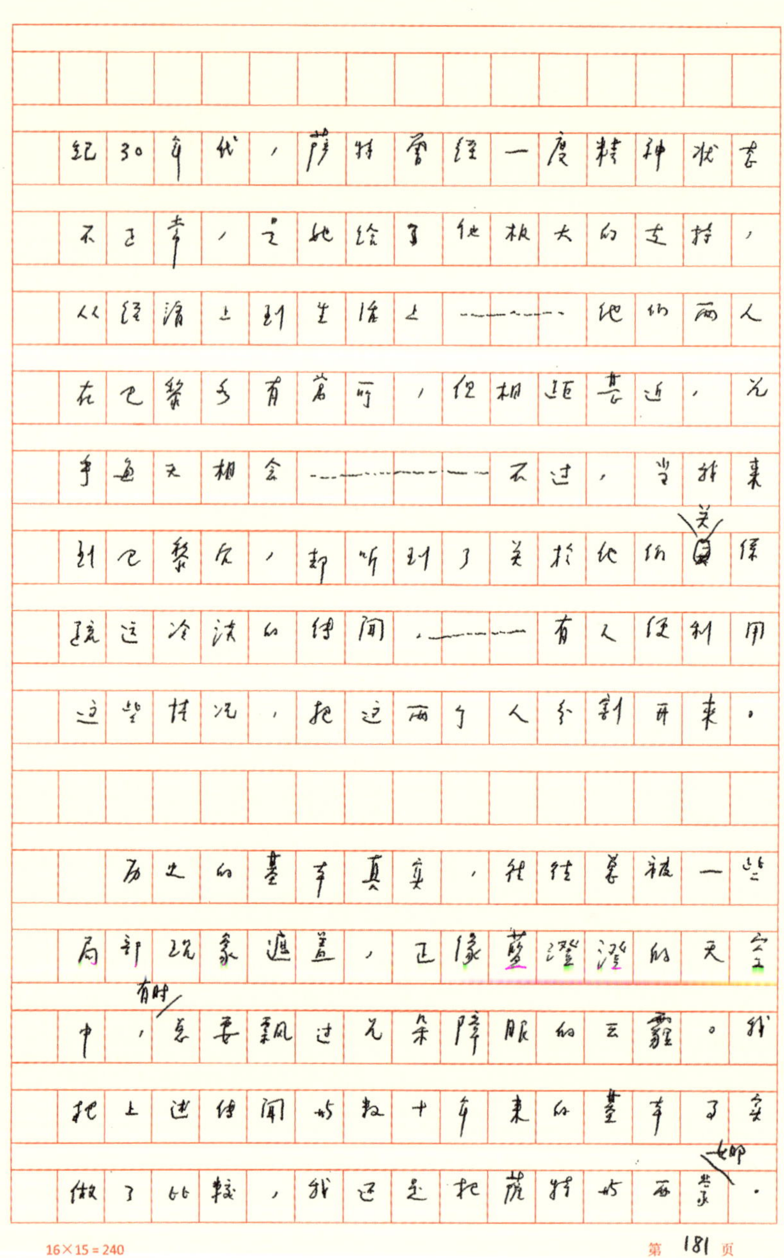

纪30年代，萨特曾经一度精神状态不正常，是她给了他极大的支持，从经济上到生活上……他们两人在巴黎各有寓所，但相距甚近，几乎每天相会……不过，当我来到巴黎后，却听到了关于他们关系疏远冷淡的传闻……有人便利用这些情况，把这两个人分割开来。

历史的基本真实，往往总被一些局部现象遮盖，正像蓝澄澄的天空中，有时总要飘过几朵碍眼的云霾。我把上述传闻与数十年来的基本事实做了比较，我还是把萨特与西蒙娜 ·

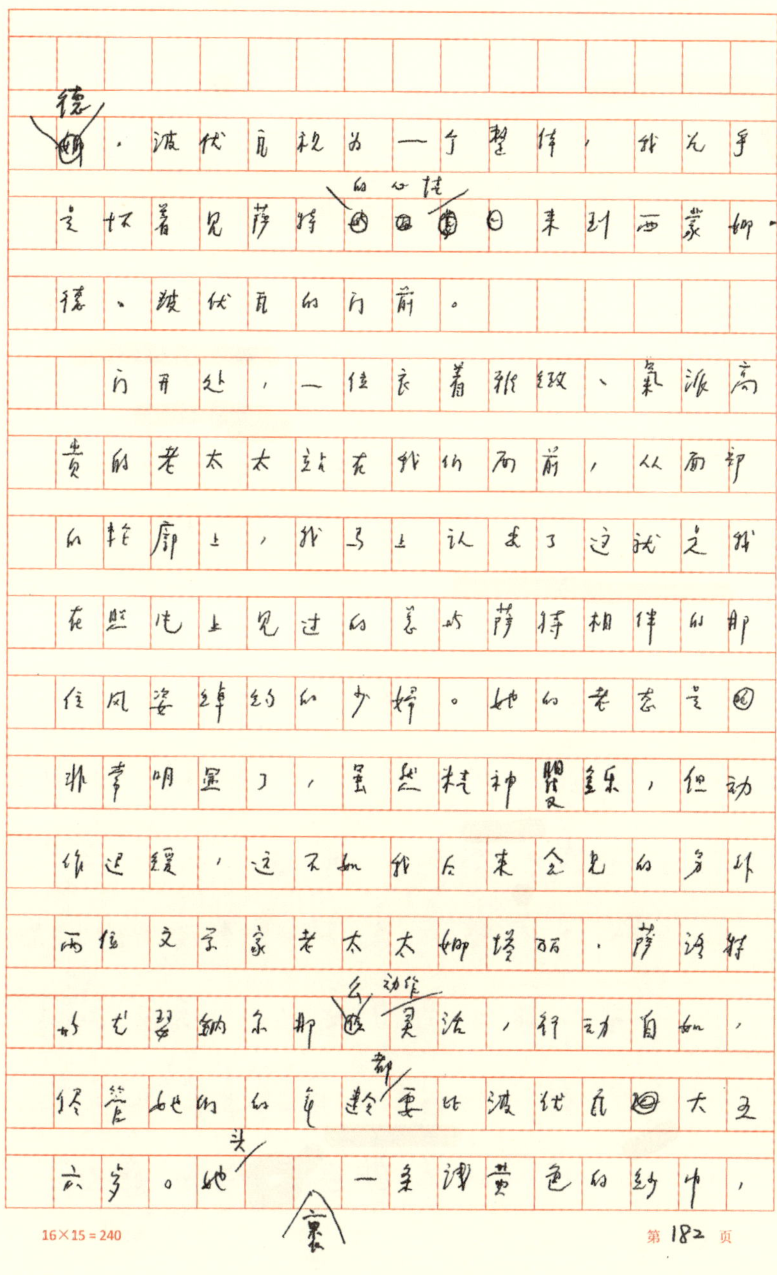
德·波伏瓦视为一个整体，我几乎是怀着见萨特的心情来到西蒙娜·德·波伏瓦的门前。

门开处，一位衣着雅致、气派高贵的老太太站在我们面前，从面部的轮廓上，我马上认出了这就是我在照片上见过的总与萨特相伴的那位风姿绰约的少妇。她的老态是非常明显了，虽然精神矍铄，但动作迟缓，远不如我后来会见的另外两位文学家老太太娜塔丽·萨洛特与尤瑟纳尔那么动作灵活，行动自如，尽管她们的年龄都要比波伏瓦大五六岁。她头裹一条浅黄色的纱巾，

16×15＝240　　第182页

德·波伏瓦视为一个整体，我几乎是怀着见萨特的心情来到西蒙娜·德·波伏瓦的门前。

门开处，一位衣着雅致、气派高贵的老太太站在我们面前，从面部的轮廓上，我马上认出了这就是我在照片上见过的总与萨特相伴的那位风姿绰约的少妇。她的老态是非常明显了，虽然精神矍铄，但动作迟缓，远不如我后来会见的另外两位文学家老太太娜塔丽·萨洛特与尤瑟纳尔那么动作灵活，行动自如，尽管她们的年龄都要比波伏瓦大五六岁。她头裹一条浅黄色的纱巾，

包裹的式样有点像斯达尔夫人那著名的头像。她穿着浅色的衬衫，灰蓝色开襟的羊毛衫里，又露出罩在衬衫上的雪白绒背心，下面则是一条墨绿色的绒裤。如果说她身上的色彩是丰富的话，那么她房间里的色彩就不知丰富多少倍了。浅黄色的墙壁，浅灰色的窗纱，深红色的帷幕，墙壁四周的上方是悬空的书架，书籍浩繁的卷数与式样，又必然带来缤纷的色彩。屋内的陈设琳琅满目，各种工艺美术品，东方和西方的古董，沙发、灯罩、茶几都是各式各种的，颜色皆不相同，鲜花

16×15＝240　　第 183 页

包裹的式样有点像斯达尔夫人那著名的头像。她穿着浅色的衬衫，灰蓝色开襟的羊毛衫里，又露出罩在衬衫上的雪白绒背心，下面则是一条墨绿色的绒裤。如果说她身上的色彩是丰富的话，那么她房间里的色彩就不知丰富多少倍了。浅黄色的墙壁，浅灰色的窗纱，深红色的帷幕，墙壁四周的上方是悬空的书架，书籍浩繁的卷数与式样，又必然带来缤纷的色彩。屋内的陈设琳琅满目，各种工艺美术品，东方和西方的古董，沙发、灯罩、茶几都是各式各种的，颜色皆不相同，鲜花

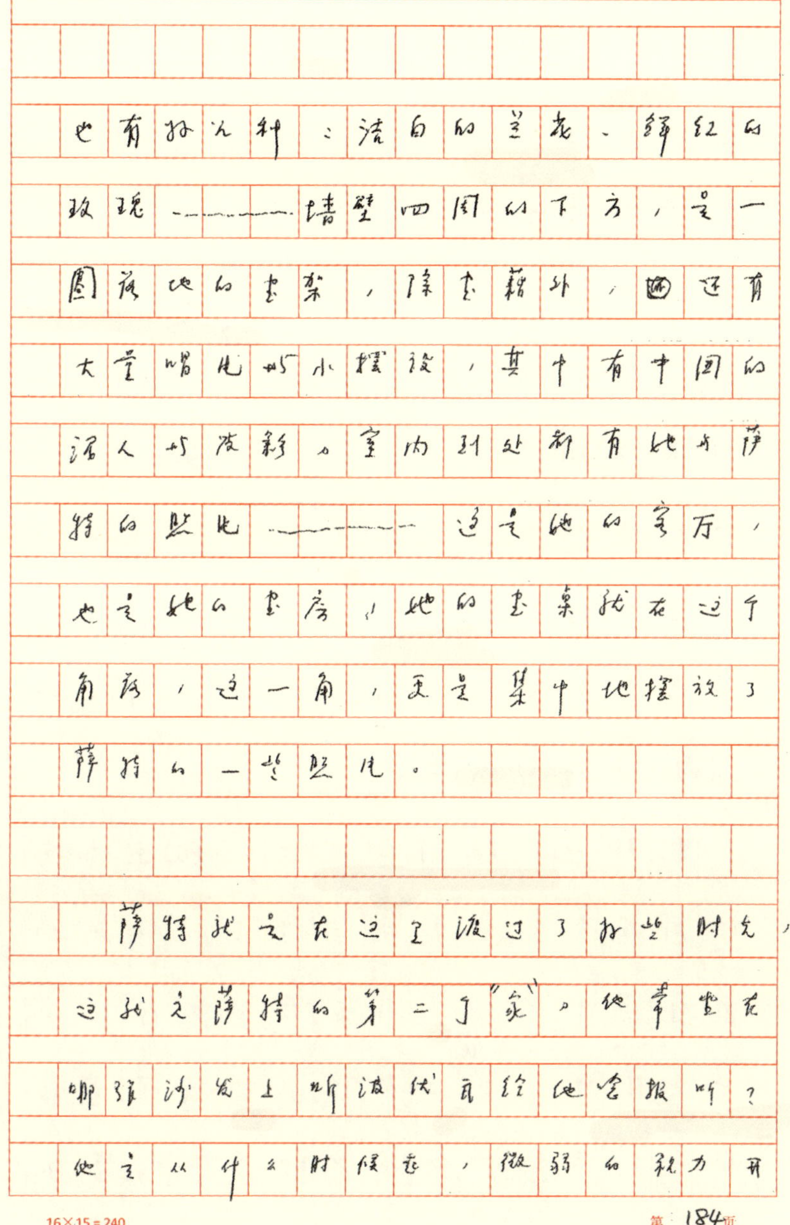
也有好几种：洁白的兰花、鲜红的玫瑰……墙壁四周的下方，是一圈落地的书架，除书籍外，还有大量唱片与小摆设，其中有中国的泥人与皮影。室内到处都有她与萨特的照片……这是她的客厅，也是她的书房，她的书桌就在这个角落，这一角，更是集中地摆放了萨特的一些照片。

萨特就是在这里渡过了好些时光，这就是萨特的第二个“家”。他常坐在哪张沙发上听波伏瓦给他念报听？他是从什么时候起，微弱的视力开

16×15=240　　第184页

也有好几种：洁白的兰花、鲜红的玫瑰……墙壁四周的下方，是一圈落地的书架，除书籍外，还有大量唱片与小摆设，其中有中国的泥人与皮影。室内到处都有她与萨特的照片……这是她的客厅，也是她的书房，她的书桌就在这个角落，这一角，更是集中地摆放了萨特的一些照片。

萨特就是在这里度过了好些时光，这就是萨特的第二个“家”。他常坐在哪张沙发上听波伏瓦给他念报听？他是从什么时候起，微弱的视力开

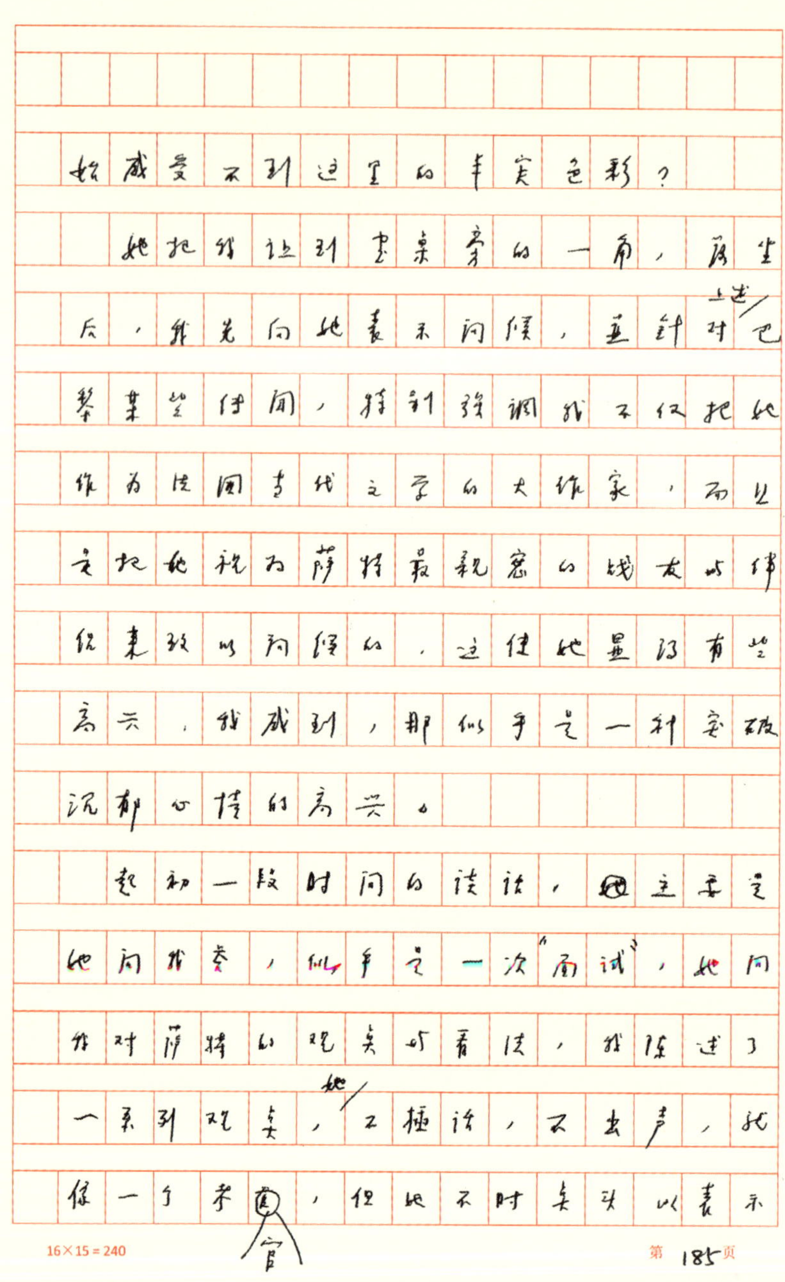

始感受不到这里的丰富色彩?

她把我让到书桌旁的一角，落座后，我先向她表示问候，并针对上述巴黎某些传闻，特别强调我不仅把她作为法国当代文学的大作家，而且是把她视为萨特最亲密的战友与伴侣来致以问候的，这使她显得有些高兴，我感到，那似乎是一种突破沉郁心情的高兴。

起初一段时间的谈话，主要是她问我答，似乎是一次“面试”，她问我对萨特的观点与看法，我陈述了一系列观点，她不插话，不出声，就像一个考官，但她不时点头以表示

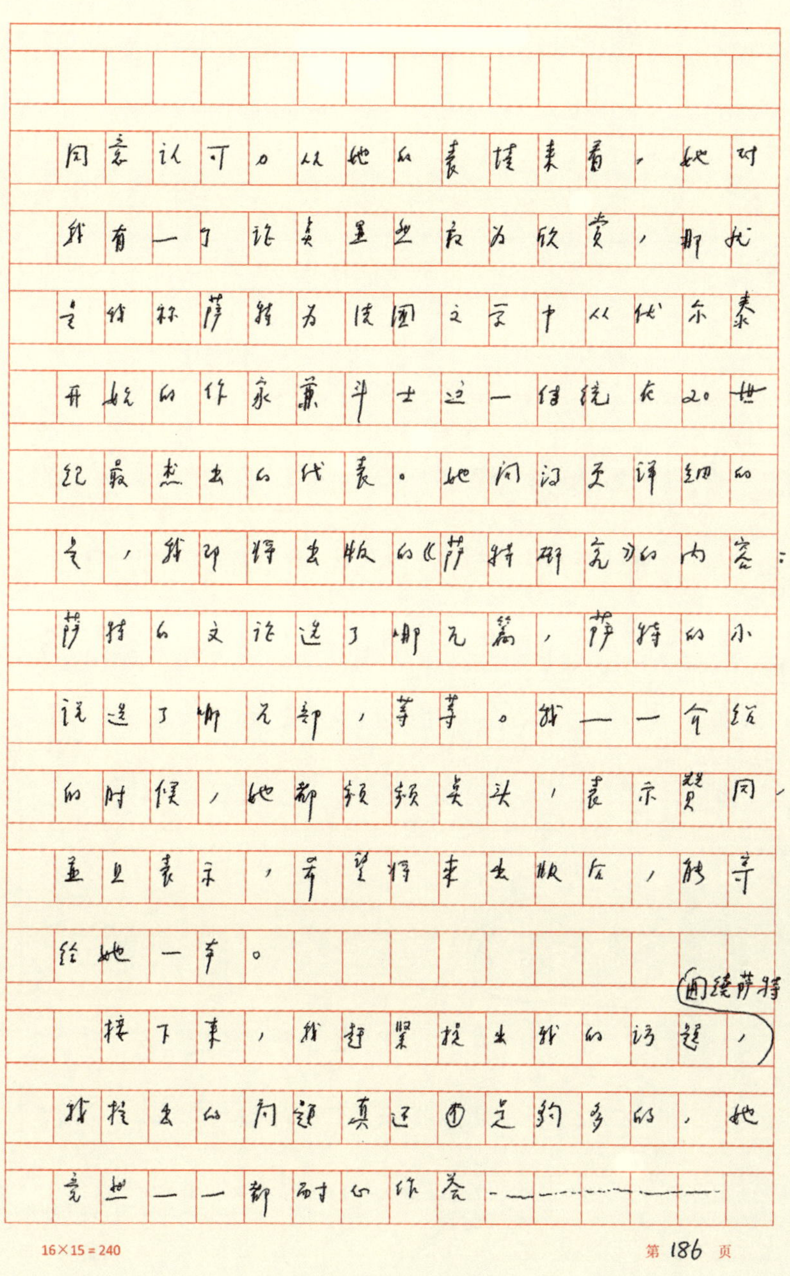

同意认可。从她的表情来看，她对我有一个论点显然最为欣赏，那就是我称萨特为法国文学中从伏尔泰开始的作家兼斗士这一传统在20世纪最杰出的代表。她问得更详细的是，我即将出版的《萨特研究》的内容：萨特的文论选了哪几篇，萨特的小说选了哪几部，等等。我一一介绍的时候，她都频频点头，表示赞同，并且表示，希望将来出版后，能寄给她一本。

接下来，我赶紧提出我的访题，围绕萨特我提出的问题真还是够多的，她竟然一一都耐心作答……

16×15=240　　第186页

同意认可。从她的表情来看，她对我有一个论点显然最为欣赏，那就是我称萨特为法国文学中从伏尔泰开始的作家兼斗士这一传统在20世纪最杰出的代表。她问得更详细的是，我即将出版的《萨特研究》的内容：萨特的文论选了哪几篇？萨特的小说选了哪几部，等等。我一一介绍的时候，她都频频点头，表示赞同，并且表示，希望将来出版后，能寄给她一本。

接下来，我赶紧提出我的访题，围绕萨特我提出的问题真还是够多的，她竟然一一都耐心作答…………

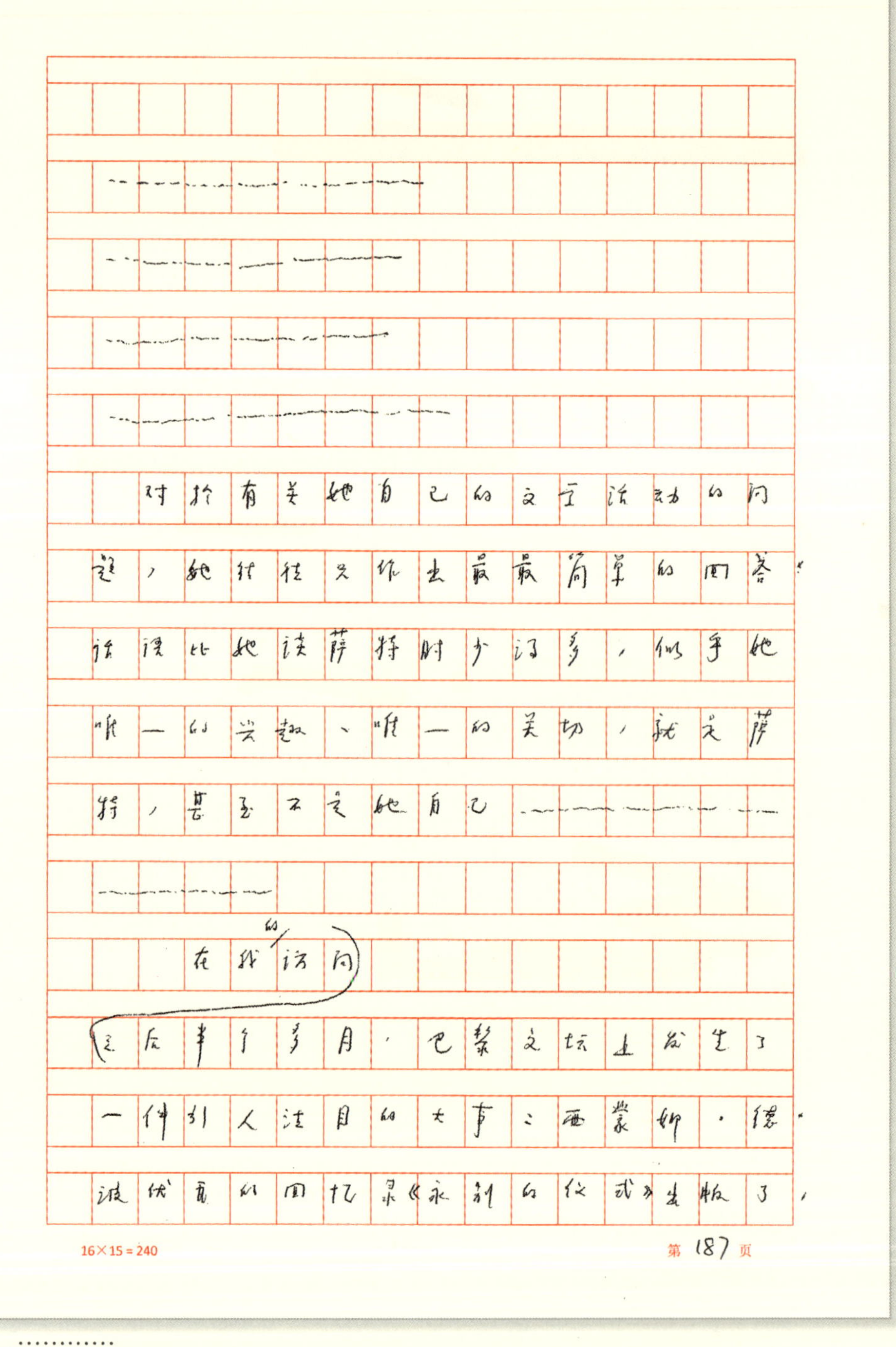
……
……
……
……

对于有关她自己的文学活动的问题，她往往只作出最最简单的回答，话语比她谈萨特时少得多，似乎她唯一的兴趣、唯一的关切，就是萨特，甚至不是她自己——

在我的访问之后半个多月，巴黎文坛上发生了一件引人注目的大事：西蒙娜·德·波伏瓦的回忆录《永别的仪式》出版了，

16×15=240 第 187 页

…………

…………

…………

…………

对于有关她自己的文学活动的问题，她往往只做出最最简单的回答，话语比她谈萨特时少得多，似乎她唯一的兴趣、唯一的关切，就是萨特，甚至不是她自己……

…………

在我的访问之后半个多月，巴黎文坛上发生了一件引人注目的大事：西蒙娜·德·波伏瓦的回忆录《永别的仪式》出版了，

厚厚的一大册，正如她告诉我的那样，前半部是她对萨特晚年生活的回忆，后半部是她与萨特谈话的记录，他们俩人於1975年的长篇对话，几乎是两人有意对他们大半辈子共同生活的回忆，它清楚地表明，这两个人的不可分割。这是一本带有应战性的书，是对在巴黎流传的关於他们两人关系的某些传言的一种回答……

一位七十多岁的老太太，住在巴黎市中心的一幢公寓里，围绕着她的有丰富的色彩，但她孤单地住在

16×15＝240　　第188页

厚厚的一大册，正如她告诉我的那样，前半部是她对萨特晚年生活的回忆，后半部是她与萨特谈话的记录，他们俩人于1975年的长篇对话，几乎是两人有意对他们大半辈子共同生活的回忆，它清楚地表明，这两个人的不可分割。这是一本带有应战性的书，是对在巴黎流传的关于他们两人关系的某些传言的一种回答……

一位七十多岁的老太太，住在巴黎市中心的一幢公寓里，围绕着她的有丰富的色彩，但她孤单地住在

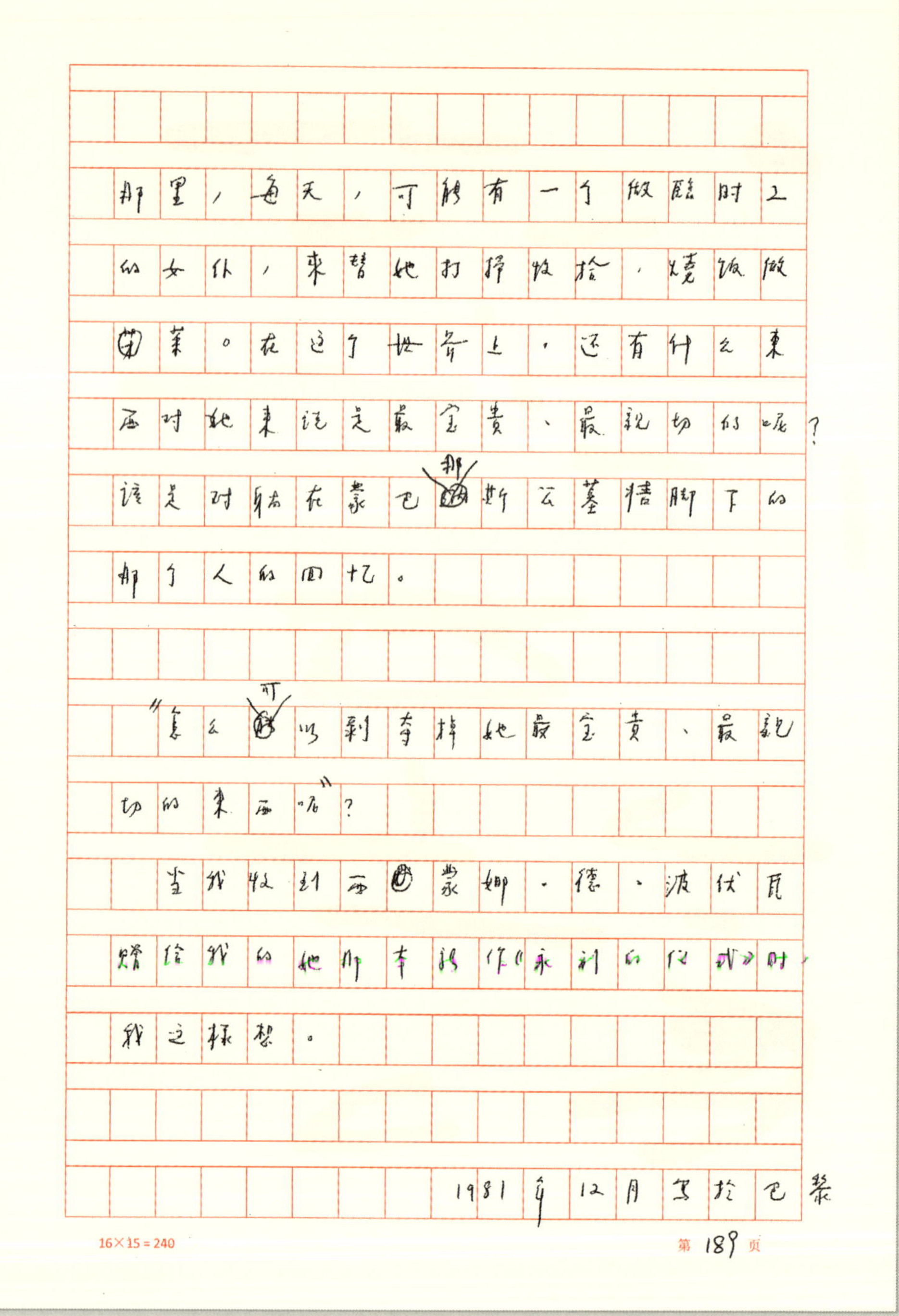

那里，每天，可能有一个做临时工的女仆，来替她打扫收拾，烧饭做菜。在这个世界上，还有什么东西对她来说是最宝贵、最亲切的呢？该是对躺在蒙巴那斯公墓墙脚下的那个人的回忆。

“怎么可以剥夺掉她最宝贵、最亲切的东西呢”？

当我收到西蒙娜·德·波伏瓦赠给我的她那本新作《永别的仪式》时，我这样想。

1981年12月写于巴黎

16×15＝240　　第189页

那里，每天，可能有一个做临时工的女仆，来替她打扫收拾，烧饭做菜。在这个世界上，还有什么东西对她来说是最宝贵、最亲切的呢？该是对躺在蒙巴那斯公墓墙脚下的那个人的回忆。

“怎么可以剥夺掉她最宝贵、最亲切的东西呢？”

当我收到西蒙娜·德·波伏瓦赠给我的她那本新作《永别的仪式》时，我这样想。

1981年12月写于巴黎

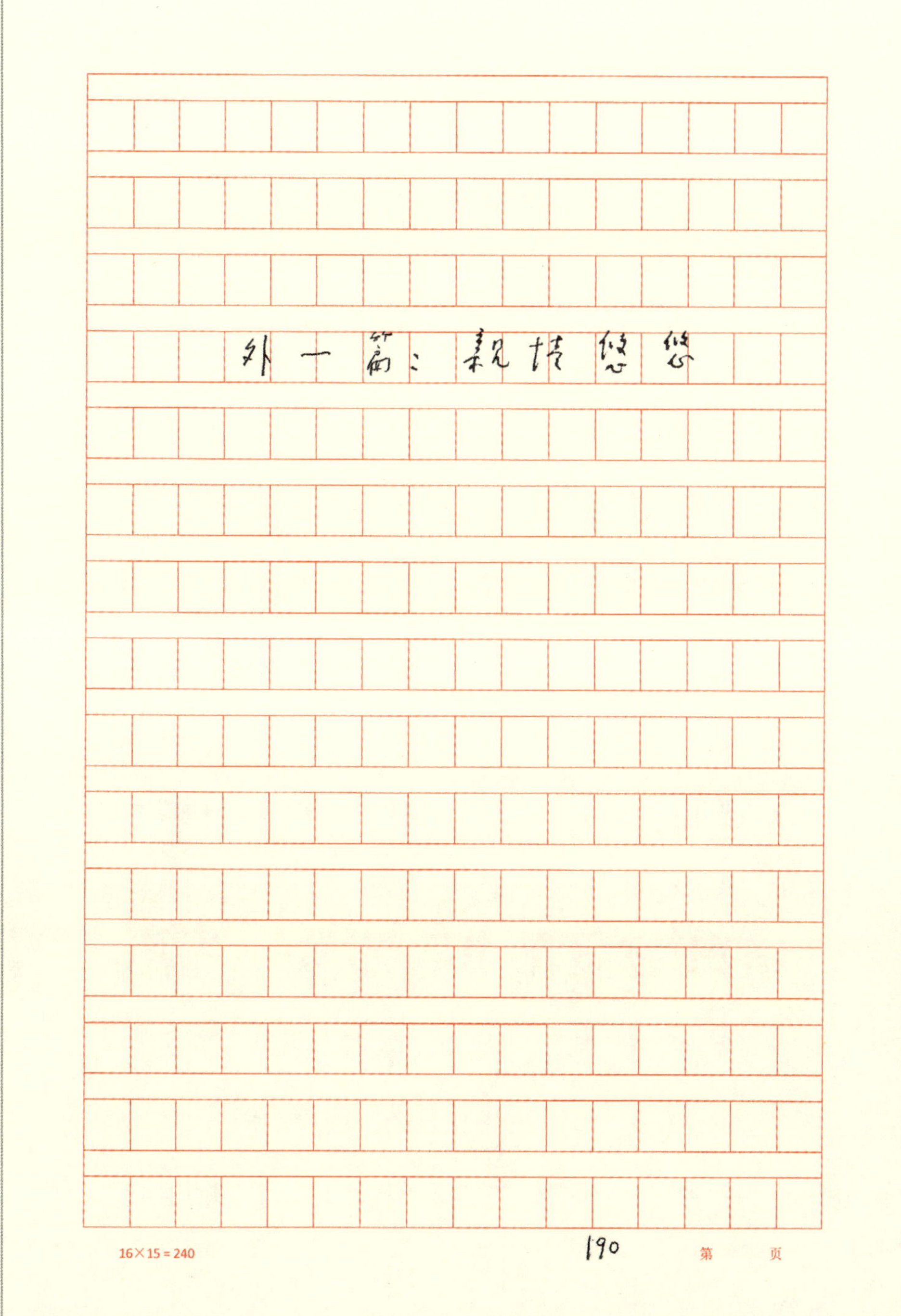

外一篇：亲情悠悠

父亲的故事

只要桌上洒有一滩茶水，他总是用筷子蘸着在桌面上写写画画，有时是练正楷，有时是练草书，几乎每坐在桌前，他都这么在桌上操演，甚至是亲戚朋友坐在一起谈事商议时，他往往也要这么开小差。从我童年时候起，父亲在我心里就是这么一个形象。

据长辈们讲，从一进城当学徒时起，他就养成了这个习惯，数十年如一日。到我记事的年龄，也就是他进入中年时，他已经练就了一手好字。

16×15＝240　　第 191 页

父亲的故事

只要桌上洒有一滩茶水，他总是用筷子蘸着在桌面上写写画画，有时是练正楷，有时是练草书，几乎每坐在桌前，他都这么在桌上操演，甚至是亲戚朋友坐在一起谈事商议时，他往往也要这么开小差。从我童年时候起，父亲在我心里就是这么一个形象。

据长辈们讲，从一进城当学徒时起，他就养成了这个习惯，数十年如一日。到我记事的年龄，也就是他进入中年时，他已经练就了一手好字。

他的字，在体态上，有颜真卿的稳当匀称，在笔法上，则有柳公权的俊秀遒劲。对於这一手字，他是很得意的，常听他说：“文化高的人看了我开的筵席菜单，都说字写得漂亮，没有想到一个厨师能写得这么好”。

他出生于贫困的农家，兄弟姐妹六人，他排行第四。只念过两个月的书，从六岁起即替人家放牛，湖南的春秋天气并不寒冷，但他因为没法穿得不单薄，放牛时常要靠着土坡避风躲冷。十一岁时，进城到一家有名的酒楼里当徒工，他妈把他送出村外，伫立远望，久久没有离去。从此，他由於

16×15＝240　　第 192 页

他的字，在体态上，有颜真卿的稳当匀称；在笔法上，则有柳公权的俊秀遒劲。对于这一手字，他是很得意的，常听他说：“文化高的人看了我开的筵席菜单，都说字写得漂亮，没有想到一个厨师能写得这么好。”

他出生于贫困的农家，兄弟姐妹六人，他排行第四。只念过两个月的书，从六岁起即替人家放牛，湖南的春秋天气并不寒冷，但他因为没法穿得不单薄，放牛时常要靠着土坡避风躲冷。十一岁时，进城到一家有名的酒楼里当徒工，他妈把他送出村外，伫立远望，久久没有离去。从此，他由于

谋生要紧，再没有回过乡下，再也没有见过自己的母亲，只是在几年徒工生涯中，用竹筒里好不容易攒下的全部零钱，买得几丈“洋布”，请人捎回乡送给家里的老妈，但老太太没有收到就离开了人世。

以罕见的刻苦与勤奋，他熬到了“出师”，结束了徒工生活，先作为廉价劳动力在餐饮业闯荡了多年，风餐露宿，飘泊颠沛，有些夜里，仅以一条长凳为床。而后，逐渐以做得一手好菜与写得一手好字而颇有名气，得以有人经常雇用，他这才娶上了妻子，接二连三生了三个孩子，按当时世俗的眼光，他在这方面运气不错，竟

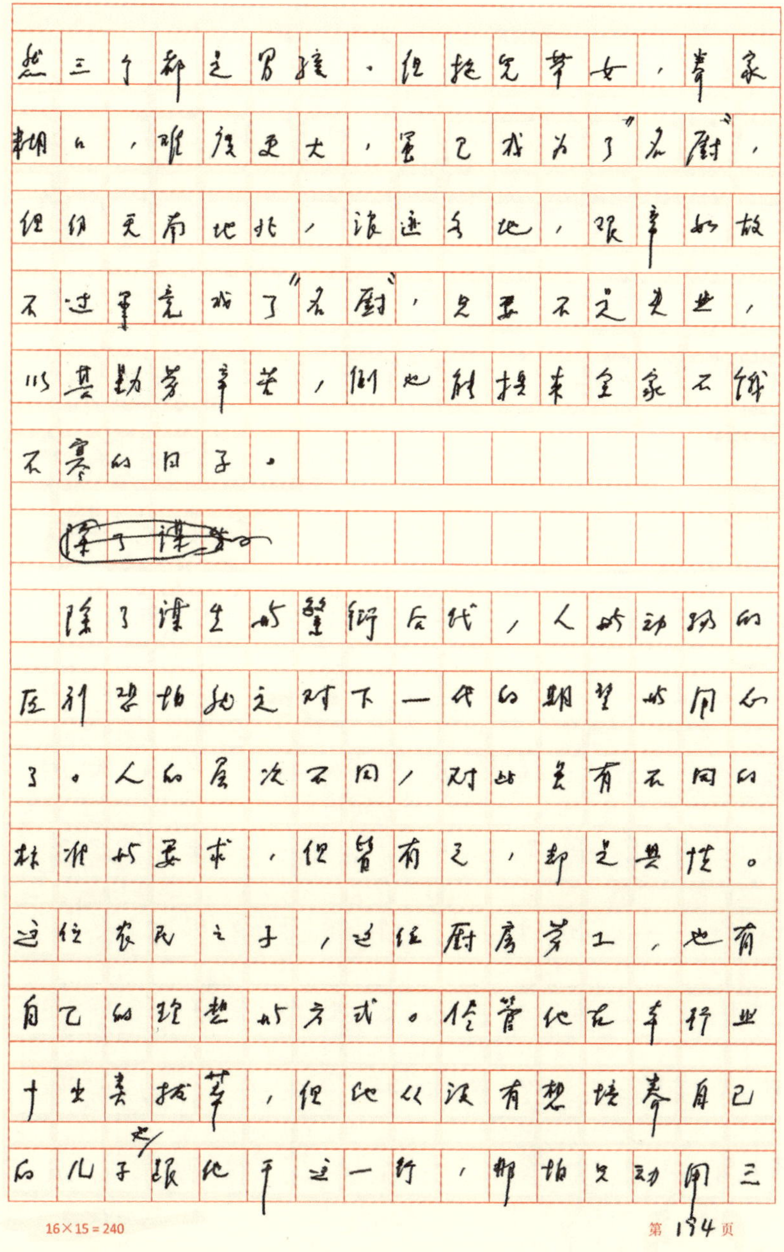
然三个都是男孩，但拖儿带女，养家糊口，难度更大，虽已成为了“名厨”，但仍天南地北，浪迹各地，艰辛如故。不过毕竟成了“名厨”，只要不是失业，以其勤劳辛苦，倒也能换来全家不饿不寒的日子。

~~除了谋生~~

除了谋生与繁衍后代，人与动物的区别恐怕就是对下一代的期望与用心了。人的层次不同，对此虽有不同的标准与要求，但皆有之，却是共性。这位农民之子，这位厨房劳工，也有自己的理想与方式。尽管他在本行业中出类拔萃，但他从没有想培养自己的儿子也跟他干这一行，哪怕只动用三

16×15＝240　　第 194 页

然三个都是男孩。但拖儿带女，养家糊口，难度更大，虽已成了“名厨”，但仍天南地北，浪迹各地，艰辛如故。不过毕竟成了“名厨”，只要不是失业，以其勤劳辛苦，倒也能换来全家不饿不寒的日子。

除了谋生与繁衍后代，人与动物的区别恐怕就是对下一代的期望与用心了。人的层次不同，对此虽有不同的标准与要求，但皆有之，却是共性。这位农民之子，这位厨房里劳工，也有自己的理想与方式。尽管他在本行当中出类拔萃，但他从没有想培养自己的儿子也跟着他干这一行，哪怕只动用三

16×15＝240　　第 195 页

个男儿中的任何一个，其实，作为一个跑单帮的个体户，他跟前急需一个徒儿，一个助手，何况，他还有好些烹调的绝招、独学有待传授……他常叹息自己这一行苦不堪言，如何苦不堪言，我没有体会，不知道，但我的确见过体胖怕热的他，在蒸笼一般的厨房里，在熊熊大火的炉灶前，一站就是两三个钟头，往往全身汗如雨下……他常抚摸自己孩子的头，感慨道："爹爹苦了这么多年，就吃亏在没有文化……好伢子，你们要做读书人。"

"做读书人"，这就是他对下一代的理想与期待。理想不小，但他自己的能耐却极其有限，他身上毫无可以泽及后代的书香，没有可以使后人轻易受惠的“秘方”与技艺，他只有那点可怜的文化经验——练字，只能把这点简易的经验，用来种他那“三亩地的实验田”。因此，我们兄弟三人从小就必须服从努力练字这么一个“硬道理”，这条“死规定”，他常教训我们道：“写得一手好字，那就是有块敲门砖，有一套看家拳。”当然，他待我们比待他自己宽厚得多，他并不要求我们像他那么蘸着茶水在桌面上练字，而是花钱替我们买笔、买墨、买砚、买纸，还有字帖。于是，练字就成了三个小子每天必修的“日课”，这条硬规定对长子更是雷打不动，这不难理解，他可能是最殷切

16×15=240　　第 196 页

后代的书香，没有可以使后人轻易受惠的“秘方”与技艺，他只有那点可怜的文化经验——练字，只能把这点简易的经验，用来种他那“三亩地的实验田”。因此，我们兄弟三人从小就必须服从努力练字这么一个“硬道理”，这条“死规定”，他常教训我们道：“写得一手好字，那就是有块敲门砖，有一套看家拳。”当然，他待我们比待他自己宽厚得多，他并不要求我们像他那么蘸着茶水在桌面上练字，而是花钱替我们买笔、买墨、买砚、买纸，还有字帖。于是，练字就成了三个小子每天必修的“日课”，这条硬规定对长子更是雷打不动，这不难理解，他可能是最殷切

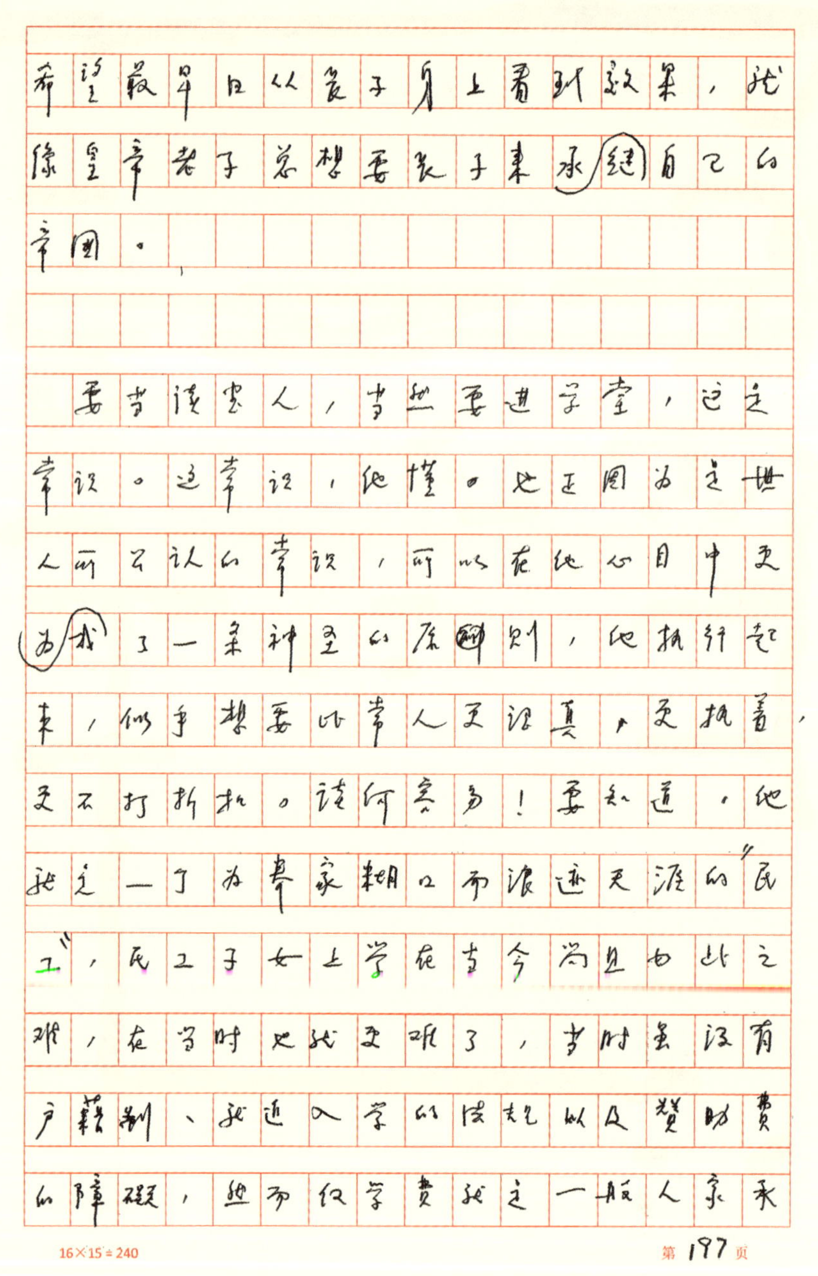

希望最早日从长子身上看到效果，就像皇帝老子总想要长子来继承自己的帝国。

要当读书人，当然要进学堂，这是常识。这常识，他懂。也正因为是世人所公认的常识，所以在他心目中更成了一条神圣的原则，他执行起来，似乎想要比常人更认真、更执着、更不打折扣。谈何容易！要知道，他就是一个为养家糊口而浪迹天涯的“民工”，民工子女上学在当今尚且如此之难，在当时也就更难了，当时虽没有户籍制、就近入学的法规以及赞助费的障碍，然而仅学费就是一般人家承受不起的，更主要的困难是，要照顾孩子在固定学校里就读，往往就要放弃一些比较合意的就业机会。

于是，自从我们兄弟三人到了入学年龄之后，我们的上学问题，就成为了家里的头等重要的大事。每迁到一个城市，父母亲最优先安排的事情便是赶紧替我们找学校，让我们及时地上学念书。父亲每新谋得一个工作，或者每遭失业，因而需要全家搬到另一个城市去时，何时迁居，何时动身，都是以我们在学校的“档期”为准，决不耽误我们的学业。

正因为一辈子都悲叹自己没有文化，这一对父母，始终竭尽全力坚持着他

16×15＝240　　第 198 页

受不起的，更主要的困难是，要照顾孩子在固定学校里就读，往往就要放弃一些比较合意的就业机会。

于是，自从我们兄弟三人到了入学年龄之后，我们的上学问题，就成为了家里的头等重要的大事。每迁到一个城市，父母亲最优先安排的事情便是赶紧替我们找学校，让我们及时地上学念书。父亲每新谋得一个工作，或者每遭到失业，因而需要全家搬到另一个城市去时，何时迁居、何时动身，都是以我们在学校的“档期”为准，决不耽误我们的学业。

正因为一辈子都悲叹自己没有文化，这一对父母，始终竭尽全力坚持着他

16×15=240　　第 199 页

们可怜的“子女上学读书至上主义”。虽然从抗战时期到五十年代之初，全家一直是东西南北，不断颠沛迁徙，他们的长子却几乎从未中断过从小学进初中再升高中的学业，而且由于他们竭尽了全力，耗尽了积蓄，这小子每到一个城市，都得以进了当地最好的中学，从南京的中大附中，重庆的求精中学到湖南的名校广益中学与省立一中……

巴尔扎克有一篇很著名的小说，写的是巴黎一个贫苦的挑水工，出于爱心，以自己一个子一个子攒起来的全部积蓄，支持一个贫困的学生完成了昂贵

16×15=240　　　　第200页

的医科大学教育，成为巴黎一个名医。这一对可怜的父母与那个挑水工虽然在很多方面都不一样，但在以微薄的收入支付高昂的教育费这一点上，却是完全相同的，而且都是长期坚持，数十年如一日。这需要含辛茹苦、自我牺牲。我的初中时代、我弟弟的小学时代，恰逢“乱世”，物价飞涨，学费高昂，非得付“硬通货”才能入学，而入学后，还有各种各样的“硬支出”与“硬消耗”，以及为了在好学校上学而必须维持某种“体面”而不得不付出的“软消费”，更不用说为了保证儿子准时的起居与一日三餐而长年累月付出的辛勤劳动了……这是亲情的长征，这是坚毅的苦熬，这是慈爱的奋斗，这是精神的渴求。

对于这个农民之子来说，这一奋斗，这一长征，这一苦熬，这一追求，几乎一直到自己生命的最后阶段仍在坚持，以感人至深的方式在坚持着，事情是这样的：

四十年代末，中国面临着天翻地覆的大变化，餐饮业、厨艺行业大为萧条，他在内地谋职谋生殊为不易，便去了香港打工，直到六十年代中期才回家乡。那一个时期，香港的天，还不是“解放区的天”“明朗的天”，父亲在香港之所以一待就是将近二十年，唯一的原因就

16×15=240　　第 202 页

是谋生。五十年代，运动此起彼伏，横扫旧制度、旧思想、老习俗、老生活方式，高级烹调术吃不开了，被视为服务于剥削阶级享乐的玩意儿，与父亲同一行业的“名厨”纷纷失业，父亲为了使四口家人不致于衣食无着，为了使三个儿子不致于失学，也就只好咬紧牙关，单枪匹马在那尚未“放晴”的天空下做一个老年打工仔了，要知道，他的这三个儿子正一个一个在进中学、进大学，三笔学费与三笔生活费是一般家庭绝对承担不起的，而这三个学生要得到国家与组织上的全额补助照顾又绝无可能，因为他们的父亲是以为剥削阶级生活方式服务为业的，其家

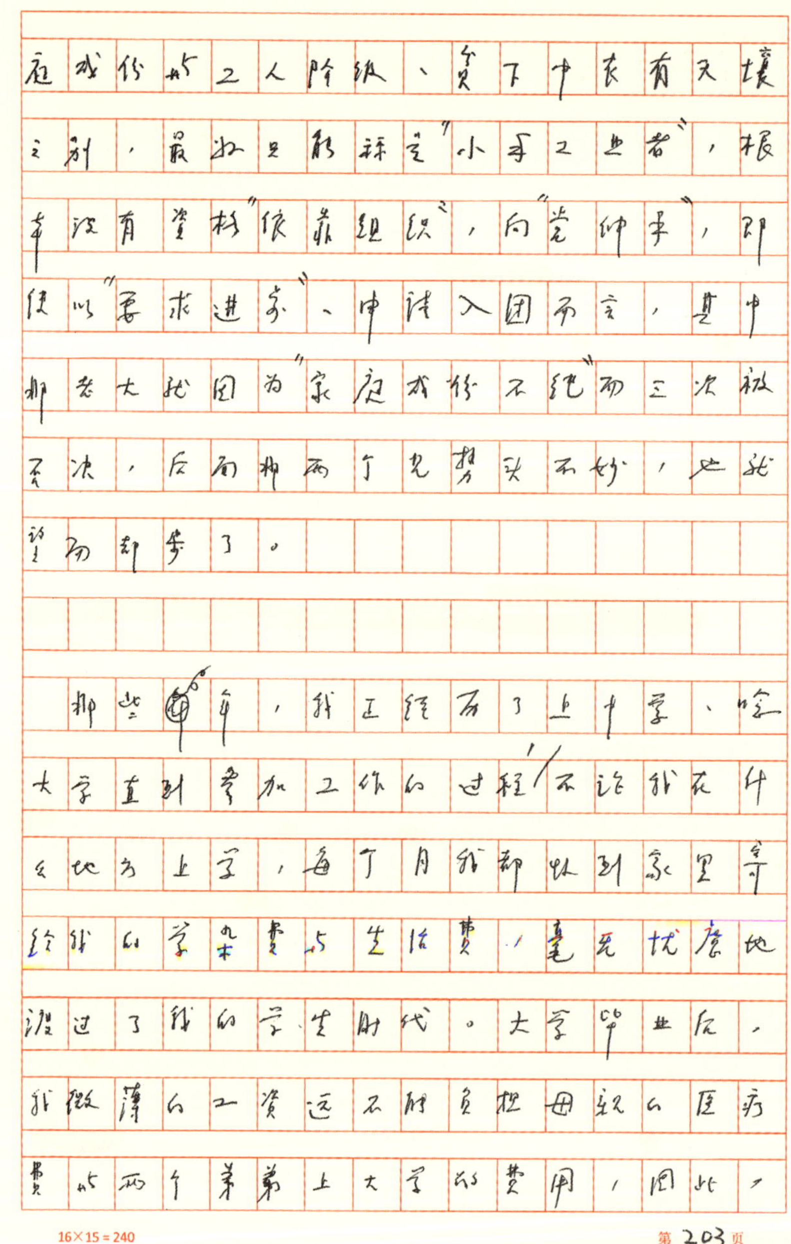

庭成分与工人阶级、贫下中农有天壤之别，最好只能算是“小手工业者”，根本没有资格“依靠组织”，向“党伸手”，即使以“要求进步”、申请入团而言，其中那老大就因为“家庭成分不纯”而三次被否决，后面那两个见势头不妙，也就望而却步了。

那些年，我正经历了上中学、念大学直到参加工作的过程，不论我在什么地方上学，每个月我都收到家里寄给我的学杂费与生活费，毫无忧虑地度过了我的学生时代。大学毕业后，我微薄的工资远不能负担母亲的医疗费与两个弟弟上大学的费用，因此，

16×15=240　　第204页

父亲仍然留在香港打工，虽然他当时已经六十多岁了。他常用漂亮的行书，给他的“贤妹”写些半文半白、半通不通、但充满了感情色彩的“家书”，将一些老话一遍又一遍从头讲到尾，自称“愚兄鲁钝”，“自幼无缘文化”，“饮恨终生”，“幸亏学了一门手艺”，“终能自食其力”，“眼见三儿日渐成长，有望成为对社会有用的人才，虽在外做一名劳工，常遭轻视与白眼，亦深感欣慰”，云云，有时，还讲些大道理，说什么“自己老朽落后，无力报效祖国”，“能挣几个钱，养家糊口，让孩子上学”，也能“减轻国家的负担，为社会培养有文化的人才”，因此“问心无愧”，等等。这些家信是我母亲用来

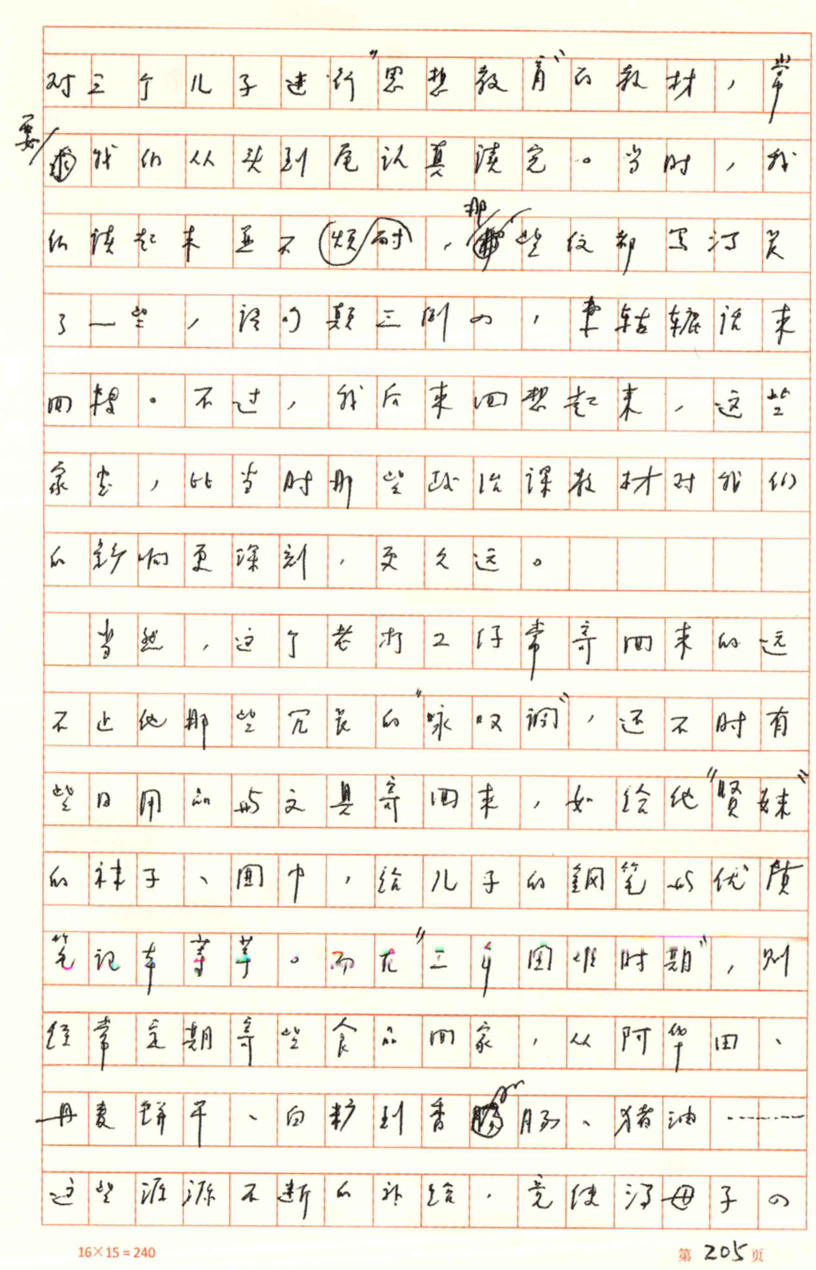

对三个儿子进行"思想教育"的教材，常要求我们从头到尾认真读完。当时，我们读起来并不耐烦，那些信都写得长了一些，语句颠三倒四，车轱辘话来回转。不过，我后来回想起来，这些家书，比当时那些政治课教材对我们的影响更深刻、更久远。

当然，这个老打工仔常寄回来的远不止他那些冗长的"咏叹调"，还不时有些日用品与文具寄回来，如给他"贤妹"的袜子、围巾，给儿子的钢笔与优质笔记本等等。而在"三年困难时期"，则经常定期寄些食品回家，从阿华田、丹麦饼干、白糖到香肠、猪油……这些源源不断的补给，竟使得母子四

16×15＝240　　第 205 页

对三个儿子进行“思想教育”的教材，常要求我们从头到尾认真读完。当时，我们读起来并不耐烦，那些信都写得长了一些，语句颠三倒四，车轱辘话来回转。不过，我后来回想起来，这些家书，比当时那些政治课教材对我们的影响更深刻、更久远。

当然，这个老打工仔常寄回来的远不止他那些冗长的“咏叹调”，还不时有些日用品与文具寄回来，如给他“贤妹”的袜子、围巾，给儿子的钢笔与优质笔记本，等等。而在“三年困难时期”，则经常定期寄些食品回家，从阿华田、丹麦饼干、白糖到香肠、猪油……这些源源不断的补给，竟使得母子四

人在那段"饥饿的年代"无一人得那种几乎流行全国的"浮肿病"。

至于那些年里老打工仔自己在外的生活呢？很长一段时期里，他在"平安家书"里总是说自己"一切都好"，"家人尽可放心"之类笼统而不具体的话，家人对此都半信半疑，认定他的生活必定是艰辛的，必定有不少需要他"咬紧牙关"的难处，老劝他退休回家，但他仍然坚持着，终于答应了等他最小一个儿子大学毕业，他自认为已经"完成了平生最大的心愿"，一定回来与家人团聚。培养出三个大学生，这就是他一生的宿愿，最大的人生理想。眼见他

16×15=240　　第206页

人在那段“饥饿的年代”无一人得那种几乎流行全国的“浮肿病”。

至于那些年里老打工仔自己在外的生活呢？很长一段时期里，他在“平安家书”里总是说自己“一切都好”，“家人皆可放心”之类笼统而不具体的话，家人对此都半信半疑，认定他的生活必定是艰辛的，必定有不少需要他“咬紧牙关”的难处，老劝他退休回家，但他仍然坚持着，最终答应了等他最小的一个儿子大学毕业，他自认为已经“完成了平生最大的心愿”，一定回来和家人团聚。培养出三个大学生，这就是他一生的夙愿，最大的人生理想。眼见他

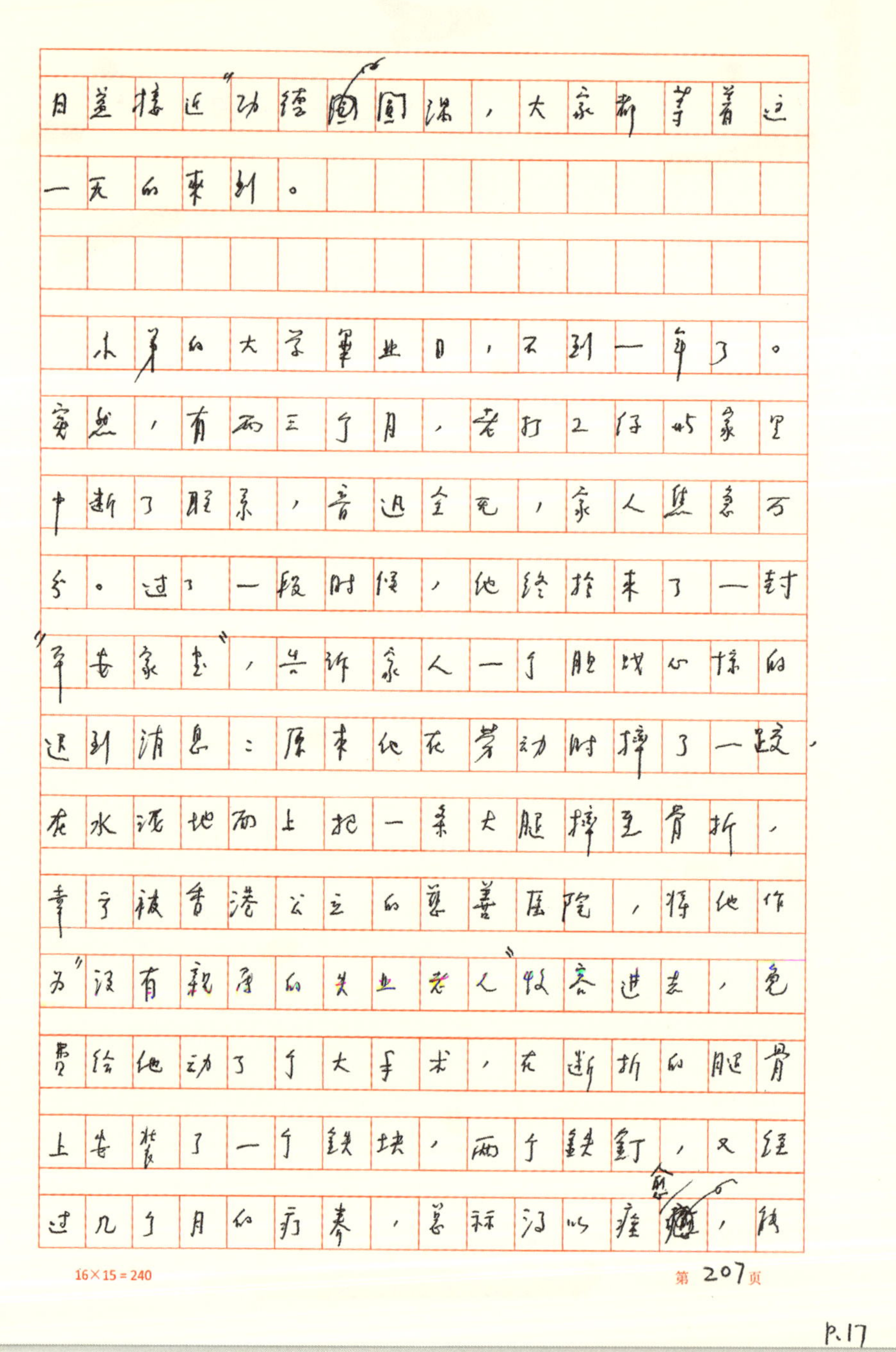

日益接近"功德圆满"，大家都等着这一天的来到。

小弟的大学毕业日，不到一年了。突然，有两三个月，老打工仔与家里中断了联系，音讯全无，家人焦急万分。过了一段时候，他终于来了一封"平安家书"，告诉家人一个胆战心惊的迟到消息：原来他在劳动时摔了一跤，在水泥地面上把一条大腿摔至骨折，幸亏被香港公立的慈善医院，将他作为"没有亲属的失业老人"收容进去，免费给他动了个大手术，在断折的腿骨上安装了一个铁块，两个铁钉，又经过几个月的疗养，总算得以痊愈，能

16×15=240　　第 207 页

P.17

日益接近"功德圆满"，大家都等着这一天的来到。

小弟的大学毕业日，不到一年了。突然，有两三个月，老打工仔与家里中断了联系，音讯全无，家人焦急万分。过了一段时候，他终于来了一封"平安家书"，告诉家人一个胆战心惊的迟到消息：原来他在劳动时摔了一跤，在水泥地面上把一条大腿摔至骨折，幸亏被香港公立的慈善医院，将他作为"没有亲属的失业老人"收容进去，免费给他动了个大手术，在断折的腿骨上安装了一个铁块，两个铁钉，又经过几个月的疗养，总算得以痊愈，能

够自己行走了，虽然不如以前那么"利索"，不久即可出院，返回自己"日思夜想的故里"与家人团聚——他来信的报导没有什么感伤情绪，倒是说很高兴能住进那宽敞明亮的医院，那是他"一辈子中住过的最好房子"。我记得信里还附有一张照片，他穿住院服，坐在一张洁白的床上，脸上是一个像儿童一般天真的乐呵呵的笑——

　　从这个事件开始，他那长期不为家人所知、"咬紧牙关"的生活状态，才逐渐浮现出来，进入我们的视线：

　　香港的房租极贵，为了省钱，他向一套公寓中几户人家，租用了公共浴

16×15＝240　　第 208 页

够自己行走了，虽然不如以前那么“利索”，不久即可出院，返回自己“日思夜想的故里”与家人团聚……他来信的报导没有什么感伤情绪，倒是说很高兴能住进那宽敞明亮的医院，那是他“一辈子中住过的最好的房子”，我记得信里还附有一张照片，他穿住院服，坐在一张洁白的床上，脸上是一个像儿童一般天真的乐呵呵的笑……

从这个事件开始，他那长期不为家人所知、“咬紧牙关”的生活状态，才逐渐浮现出来，进入我们的视线：

香港的房租极贵，为了省钱，他向一套公寓中几户人家，租用了公共浴

16×15 = 240　　第 209 页

室午夜后的“使用权”，每当夜深人静、无人再上浴室冲凉时，他便在那里面架一张行军床睡觉，天一亮就撤出。白天，则在楼顶的露天平台上打发时光，没有人雇他时，他就坐在平台上的一张竹椅上出神，平台上支着一把大伞，勉强可以遮阳，可以避雨，但碰到大雨，光靠那把伞可不行，还得在那大伞下自己再打一把雨伞……而在有人雇他办筵席时，他就把用料备齐，在那平台上进行制作，将一道道菜做成半成品，然后将所有这些运至东家的厨房，待开席时下锅烹制……光秃秃的一个平台，竟成了排列数序式复杂劳动的场所，居然从这里，他做出了“名厨”的名声，得到过采访，上过报纸，也正是在这个平台上，他劳动时踩在有油污的地面上，狠狠地、重重地摔了一跤，几乎丢掉了自己的性命，这时，他六十有五。

这就是他十六年打工生涯的一个缩影，为了一个目标、一个夙愿、一种向往而受着、熬着、挺着的缩影。就其含辛茹苦、艰苦卓绝的程度而言，比巴尔扎克笔下那个培养了一个大学生的挑水夫，实有过之而无不及，那个挑水夫，好歹在巴黎一套公寓的门房里，还有自己的一个栖身之地啊！

16×15＝240　　第210页

他做出了“名厨”的名声，得到过采访，上过报纸，也正是在这个平台上，他劳动时踩在有油污的地面上，狠狠地、重重地摔了一跤，几乎丢掉了自己的性命。这时，他六十有五。

这就是他十六年打工生涯的一个缩影，为了一个目标、一个夙愿、一种向往而受着、熬着、挺着的缩影。就其含辛茹苦、艰苦卓绝的程度而言，比巴尔扎克笔下那个培养了一个大学生的挑水夫，实有过之而无不及，那个挑水夫，好歹在巴黎一套公寓的门房里，还有自己的一个栖身之地啊！

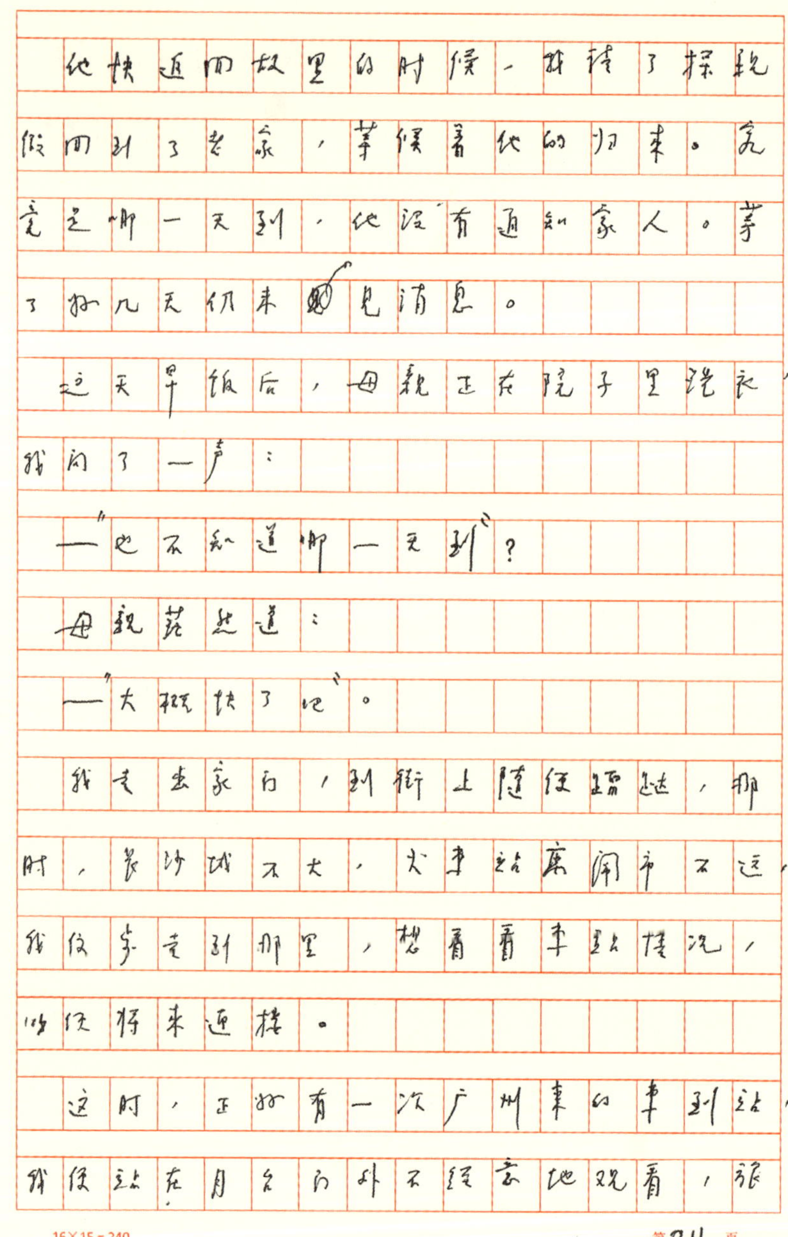

他快返回故里的时候，我请了探亲假回到了老家，等候着他的归来。究竟是哪一天到，他没有通知家人。等了好几天仍未见消息。

这天早饭后，母亲正在院子里洗衣，我问了一声：

——“也不知道哪一天到？”

母亲茫然道：

——“大概快了吧。”

我走出家门，到街上随便溜达，那时，长沙城不大，火车站离闹市不远，我信步走到那里，想先看看车站情况，以便将来迎接。

这时，正好有一次广州来的车到站，我便站在月台门外不经意地观看，旅客都快下完了，我突然看见从一节车厢里下来一个矮墩墩的头发花白的老头，穿一身黑色的港式唐装，手提两个简陋的提包，朝出口处走来，他没有远方游子归来时那种东张西望的神情，而是闷着头快步走，似乎脑子里只有一根筋，一个念头，像一埋头拉车的老牛……我认出了他，猛然一阵心酸，还没有待他走出站口，就不禁失声哭了起来……

他返回故里后，总算过上了退休的生活，总算亲眼见到了自己的儿子都已经走出了大学的校门，参加了工作，总算看见了自己的孙女与孙子。他绝

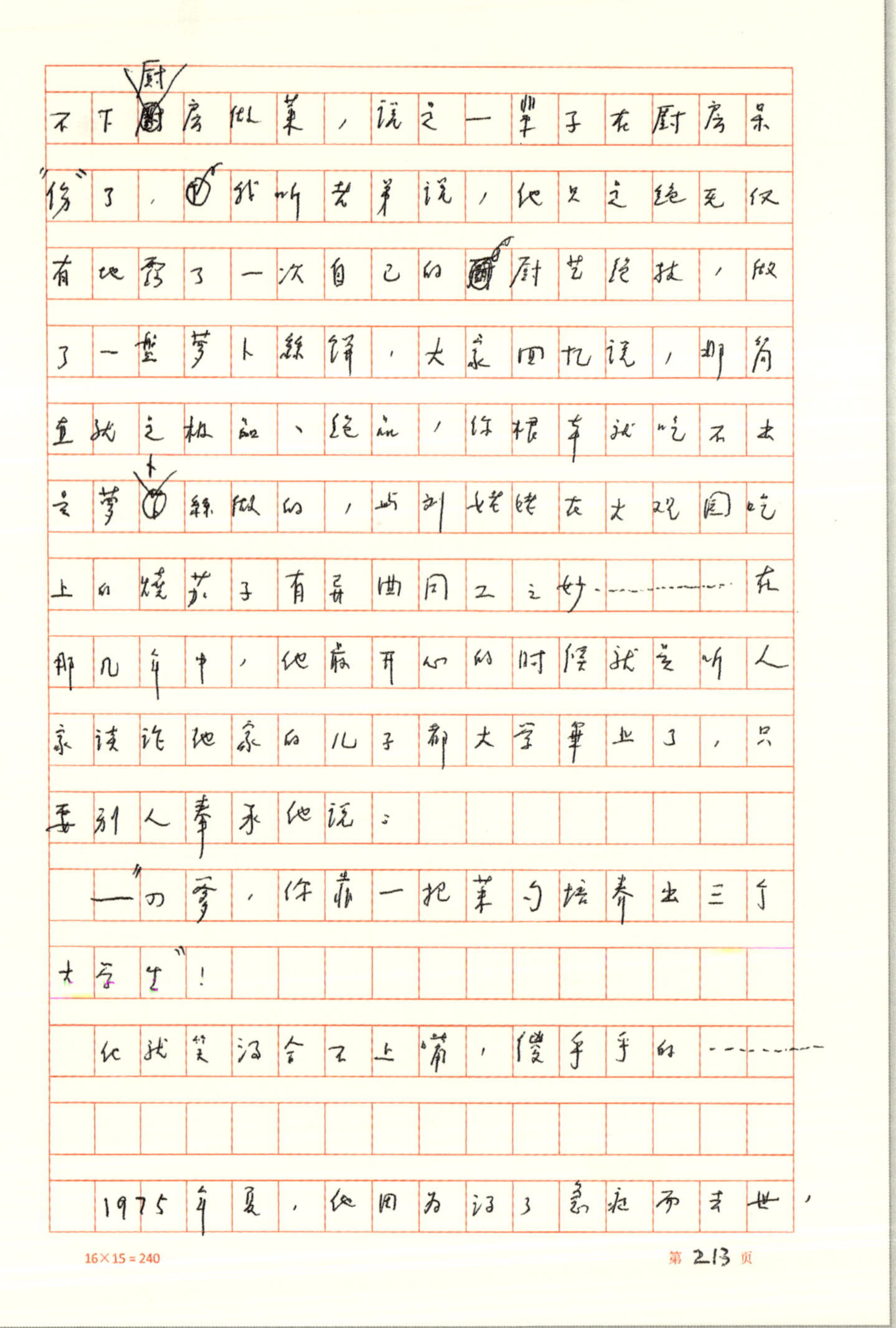

不下厨做菜，说是一辈子在厨房待“伤”了，我听老弟说，他只是绝无仅有地露了一次自己的厨艺绝技，做了一盘萝卜丝饼，大家回忆说，那简直就是极品、绝品，你根本吃不出是萝卜丝做的，与刘姥姥在大观园吃上的烧茄子有异曲同工之妙……在那几年中，他最开心的时候就是听人家谈论他家的儿子都大学毕业了，只要别人奉承他说：

——“四爹，你靠一把菜勺培养了三个大学生！”

他就笑得合不上嘴，傻乎乎的……

1975 年夏，他因为得了急症而去世，

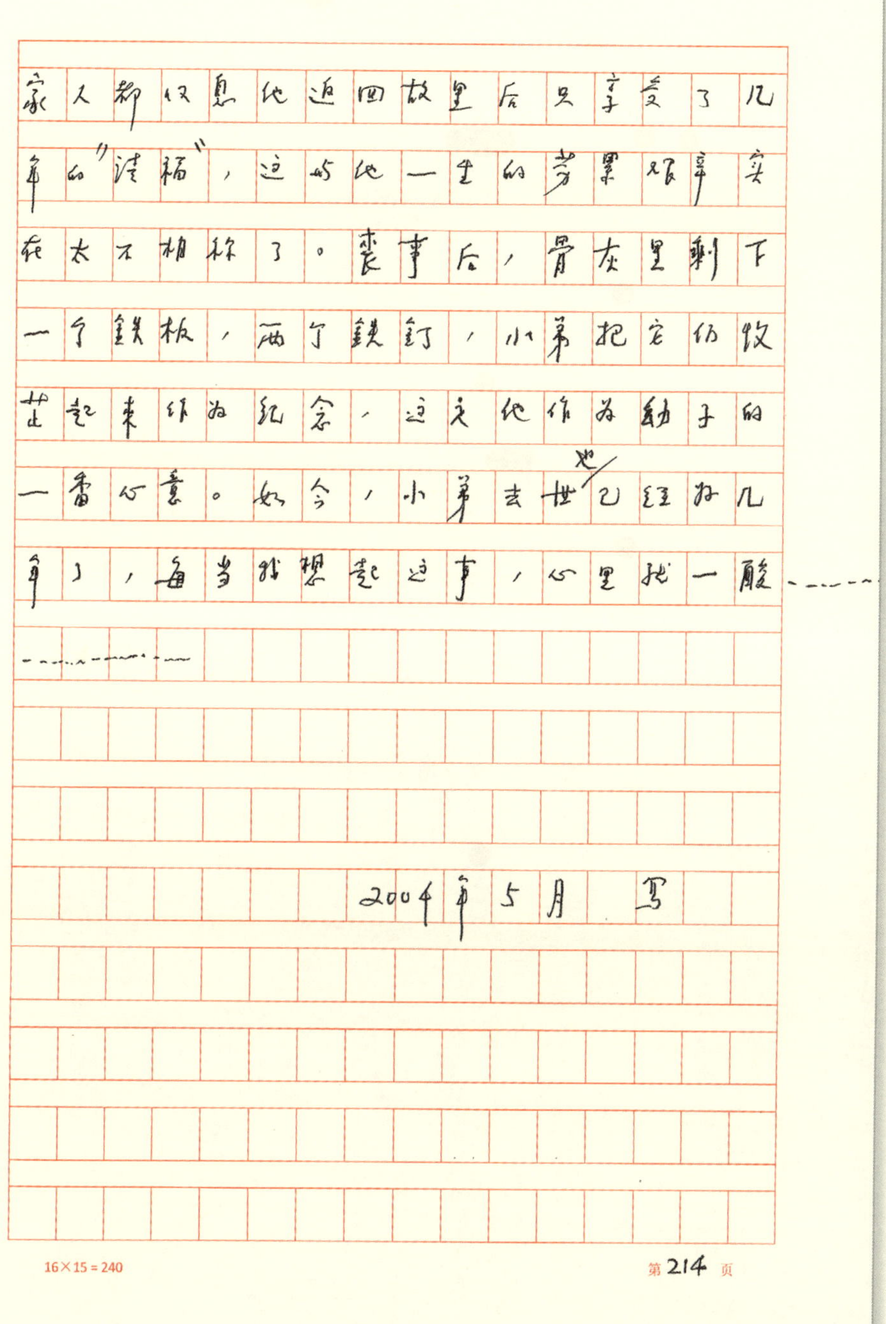
家人都叹息他返回故里后只享受了几年的“清福”，这与他一生的劳累艰辛实在太不相称了。丧事后，骨灰里剩下一个铁板，两个铁钉，小弟把它们收藏起来作为纪念，这是他作为幼子的一番心意。如今，小弟去世也已经有几年了，每当我想起这事，心里就一酸……

2004年5月 写

16×15＝240　　第214页

家人都叹息他返回故里后只享受了几年的“清福”，这与他一生的劳累艰辛实在是太不相称了。丧事后，骨灰里剩下一个铁板，两个铁钉，小弟把它们收藏起来作为纪念，这是他作为幼子的一番心意。如今小弟去世也已几年了，每当我想起这事，心里就一酸……

2004年5月